U0455246

imaginist

想象另一种可能

理
想
国
imaginist

模仿

Echopraxia

PETER WATTS

[加] 彼得·沃茨 著　　姚向辉 译

北京日报出版社

ECHOPRAXIA

Copyright © 2014 by Peter Watts

Published by agreement with Peter Watts through The Grayhawk Agency Ltd.

All rights reserved.

北京版权保护中心外国图书合同登记号：01-2022-1395

图书在版编目 (CIP) 数据

模仿 /（加）彼得·沃茨著；姚向辉译. -- 北京：
北京日报出版社，2022.4

ISBN 978-7-5477-4253-2

Ⅰ.①模… Ⅱ.①彼… ②姚… Ⅲ.①幻想小说－加
拿大－现代 Ⅳ.① I711.45

中国版本图书馆 CIP 数据核字 (2022) 第 053706 号

校　　译：邓思渊
策划编辑：闫柳君
责任编辑：卢丹丹
装帧设计：山川制本 workshop
内文制作：李丹华

出版发行：北京日报出版社
地　　址：北京市东城区东单三条 8-16 号东方广场东配楼四层
邮　　编：100005
电　　话：发行部　(010) 65255876
　　　　　总编室　(010) 65252135
印　　刷：山东韵杰文化科技有限公司
经　　销：各地新华书店
版　　次：2022 年 4 月第 1 版
　　　　　2022 年 4 月第 1 次印刷
开　　本：880 毫米 ×1230 毫米　1/32
印　　张：12.625
字　　数：332 千字
定　　价：60.00 元

版权所有，侵权必究，未经许可，不得转载

如发现印装质量问题，影响阅读，请与印刷厂联系调换献给 BUG。

TA 救了我的命。

荆棘王冠号
外部布局

注：为了表达清晰，六根轮辐中只有两根显示在此。

伞顶（展开形态）

主对接气闸　　　　　　　　顶层舱

飞轮

轴心舱　　　　　　　　　　生活舱（旋转状态）

轮辐（收起状态）　　　　　轮辐（展开状态）

生活舱（驱动状态）　　　　中脊

生活舱锁止机构

货舱

生活区

驱动引擎

20m

目 录

摧毁迷信无法毁灭宗教

——西塞罗

凝望天堂即创造地狱

——汤姆·罗宾斯

我们爬上这座山。向上每走一步，我们都能看得更远，因此我们当然会继续前进。现在我们爬到顶了。科学至今已经在山顶上待了几百年。然后我们隔着平原望去，看见另一个部落在云层上跳舞，甚至有可能比我们站得更高。也许只是海市蜃楼，也许是个错觉。但也许他们真的爬上了一座更高的山峰，我们之所以看不见，是因为云层遮蔽了视线。因此我们出发去寻找答案，但现在每一步都在下山。无论我们走向哪个方向，我们都不可能在离开脚下这座山峰的同时不失去目前的有利位置。于是我们又爬了上去。我们被困在这个局部极大值上。

　　但是，假如真的还有一座更高的山峰位于平原的另一端呢？想要抵达那里，我们只能咬紧牙关，爬下我们这座山丘，沿着河床艰难跋涉，直到最终又开始爬山。只有到了那个时候，你才能意识到：哎呀，这座山比咱们刚才那座山丘高得多，咱们爬到山顶能看得更远。

　　然而，除非你能抛下原先让你获得成功的所有工具，否则你就不可能抵达那里。你必须迈出下山的第一步。

——莉安娜·卢特罗特博士，《信仰与适应度地形》，

收于《对话录》，2091

序 章

系统性地建构一套符合自然的道德法则几乎是不可能的。大自然没有原则。她没有提供任何理由来让我们相信人的生命应当受到尊重。

天地无情，不分善恶。

——阿纳托尔·法朗士

一个白色的房间，没有阴影和高低起伏。没有夹角——这一点很关键。没有墙角和会挡光的家具，没有定向照明，明暗交错的几何形状无论从什么视角看，都不可能唤起十字架的特征。墙壁（确切地说，只有一面墙）是一整个的连续曲面，散发着柔和的生物冷光，围成一个底部扁平的球形，算是勉强服从于两足动物的生活习惯。这是个直径三米的巨大子宫，正中央有个呜咽的动物蜷缩在地面上。

子宫，但所有的血都在外侧。

她叫萨琪塔·巴尔，那些血也都在她的头脑里。现在他们肯定已经干掉了所有的摄像机，就像消灭其他东西一样，但你不可能撤回最初时刻的那些影像：休息室，组织学实验室，甚至还有该死的清洁用具储藏室，那是个肮脏的小隔间，位于三楼，格里高尔就躲在那儿。萨琪没看见格里高尔是怎么被发现的。当时她在一个个频道之间切换，发疯般地搜寻生命，但只找到了死亡，尸体的内脏都翻了出来。等她切完一圈，切回储藏室的信号源，怪物已经来过又离开了。

格里高尔，他爱极了他那只傻乎乎的宠物雪貂。今天上午她和他坐过同一部电梯。她记得他衬衫上的条纹。否则她也不可能认出储藏室里那堆血肉模糊的东西。

在摄像机断开前，她看见了这场屠杀的部分片段：朋友、同事和对手被砍成肉酱，凶手既没有怜悯也没有偏好，开膛破肚的尸体躺在实验台上、工作区中和厕所隔间里。萨琪塔·巴尔能访问无所不在的全部监控装置，所有的视频信号通过她大脑中的植入装置循环播放，但她没怎么看清干下如此罪行的那些生物。顶多只瞥见了几个影子。单独行动的猎食者位于摄像机镜头的盲点处，而她仅仅看见了光线投下的一抹黑暗。他们犯下了如此可怖的罪行，却没有被看见，甚至互相也没有打过照面。

他们一向被单独隔离。这当然是为了他们好：把两个吸血鬼关在同一个房间里，刻在基因中的领地意识会让他们立刻扑向彼此的喉咙。但他们在通过某种手段合作。至少六个，他们受到禁锢，无法接触外界，却突然精确地协同出击。他们甚至没见过面，就犯下了这一切罪行——即便在屠杀的最高潮，在摄像机断开前的最后时刻，他们也依然无影无踪。整场大屠杀都发生在萨琪的眼角余光之中。

他们是怎么做到的？他们是怎么从夹角中活下来的？

其他人肯定会欣赏这种讽刺。她躲在怪物的避难所里；在这座该死的建筑物中，能让他们不必冒着生命危险睁开眼睛的地方寥寥无几，这就是其中之一。此处禁止出现直角。这是用来实地测试阿喀琉斯之踵的场所，是个没有十字交叉的区域，几何形状在这里受到精确控制，神经系统的枷锁得到优化配置。在其他地方，文明带来的几何形状从所有方向造成威胁：桌面和窗格，器具与建筑物中的无数个交汇点，它们等待着合适的视角，随时会让吸血鬼陷入惊厥。假如没有抗欧几里得药克制十字架障碍，那些怪物在外面不会——

——不可能——

——活过一个小时。只有在这儿，在这个白色的子宫里（灯光熄灭的时候，可怜、愚蠢的萨琪塔·巴尔躲了进来），他们才敢毫无防护措施地睁开眼睛。

但此刻，房间里除了她，还有他们中的一员。

她看不见。她闭着眼睛，紧紧地闭着，想要排斥刻印在她脑海里的屠杀景象。她没有听见任何声音，除了从自己喉咙里不断发出的动物哀鸣。但有某种东西吸走了落在她脸上的光线中的一小部分。她眼皮内红色的黑暗旋涡变成了无穷小但可辨识的一丁点，于是她知道了。

"你好。"怪物说。

她睁开眼睛。是雌性吸血鬼中的一员：瓦莱丽，他们用去年退休的某位部门主任为她命名。吸血鬼瓦莱丽。

瓦莱丽的眼睛使光线红移，然后重新投向她，这张脸在屠杀的余韵中泛出红色，点缀着血色与橙色的星斑。她耸立在萨琪身前，仿佛一尊昆虫的雕像：一动不动，连呼吸都微不可察。萨琪离死亡只有几秒钟了，由于无事可做，她大脑的某个子程序开始列举形态特征：与人类迥异的修长肢体，至尖端逐渐收窄的体形变异，有利于身体散热，而这具新陈代谢引擎正热得发烫。微妙突出的下颚，用以容纳多得过分的牙齿，就人形生物来说做到了与狼相似的极致。傻乎乎的绿松石色罩衣，智能纸和遥感纤维的复合织物：日程表上今天肯定是瓦莱丽的理疗日。红润的脸色，血红色的瞬时血管扩张，这是一头进入了狩猎模式的猎食动物。还有眼睛,那一对令人恐惧的发光针尖——

她终于注意到了:收缩的瞳孔。

她没有用抗欧几……

萨琪突然掏出了十字架,这是退无可退时最后的撒手锏,每个工作人员都会在第一天和身份证件一起领到它:它经过了经验性的测试,在紧要关头得到过验证,千百年来被当作宗教符号打入冷宫,最终受到科学的救赎。萨琪在孤注一掷的愚勇中突然举起它,用大拇指按下按钮。弹簧驱动的延长杆从各个尖端弹出,她的便携小图腾忽然变大到一米见方。

在视觉弧中占据三十度,萨琪。比较难对付的吸血鬼也许需要四十度。确保它与视线正交,夹角只在接近九十度时才会起作用,但一旦这个小宝贝在视觉弧中占据了足够的宽度,视觉皮层就会像雷暴中的电路一样烧毁……

格里高尔的原话。

瓦莱丽侧着头研究她手里的人造物。萨琪知道这个噩梦怪物随时都会瘫倒在地,在手足痉挛和突触短路中化作一团抽搐的废物。这不是信仰,而是神经科学。

怪物反而凑近了她,甚至没有颤抖。萨琪塔·巴尔尿在了裤子里。

"求求你。"她啜泣道。吸血鬼没有开口。

字词如洪水般倾泻而出:"对不起,我其实并不是他们中的一分子,你知道的,我只是个研究助理,我做这些只是为了毕业,没别的,我知道这么做不对,我知道这就像,几乎像奴隶制,我知道,这是个烂透了的体制,我们对你做的事烂透了,但真的不是我的本意,你明白吗?决定从来都不是我下的,我只是后来才加入的,我几乎没动过手,只是为了毕业。还有,我能理解你们的感受,我能理解你们为什么憎恨我们,换了我多半也会那么做,但求求你,天哪求求你,我只是……我只是个学生……"

过了一会儿,她发现自己还活着,壮着胆子再次抬起视线。瓦莱丽盯着她左侧一千光年外的某处。她似乎心不在焉。但另一方面,他们永远像是心不在焉,他们的大脑能平行运行十几个线程,他们活在十几个感知现实之中,每一个都和普通人类所生活的现实一样真实。

瓦莱丽侧着头,像是在倾听遥远的音乐。她几乎在微笑。

"求求你……"萨琪低声哀求。

"不愤怒,"瓦莱丽说,"不想报复。你无关紧要。"

"你不——但是……"尸体。鲜血。这座建筑物里充满死尸,而制造死尸的正是这些怪物。"那你想要什么?任何东西都行,求求你,我保证——"

"要你想象一样东西:十字架上的基督。"

结果可想而知,一旦一幅图像被描述出来,你就不可能不去想象它了。刚开始的几秒钟,萨琪塔·巴尔还困惑于她的肢体为何会突然开始痉挛,下巴锁定在受惊过度般的脱臼状态上,而上千个针尖大小的充血点同时在颅底爆发出血。她想闭上眼睛,但无论落在视网膜上的是什么类型的光,她见到的都不是视觉的成像。意识在自行产生图像,源头要比视网膜更靠近上游,而她没办法把它们驱逐出去。

"对,"瓦莱丽用咔嗒咔嗒的声音自言自语,"我学习。"

萨琪竭力开口。这是她做过的最困难的事情,但她知道这是她应该做的,而这也是她一生中能做的最后一件事了。于是她凝聚起全部的意志力、每一滴储存的能量、每一个尚未得到命令自我毁灭的神经突触,说出她想说的话。其他一切都不再有意义了,而她真的很想知道:

"学习……什……"

她连这几个字都没说完。然而在逐渐涌起的白噪音之中，萨琪塔·巴尔短路的大脑还是顿悟了最后一个念头：这就是十字架障碍发作时的感受。这就是我们对他们做的事情。这就是……

"柔道。"瓦莱丽轻声说。

原始

　　归根结底，所有科学都是相关性。无论它多么有效地用一个变量来形容另一个变量，它的方程式最终都永远停留在一个黑盒子的表面上。（圣赫伯特的说法大概是最简明扼要的，他认为，一切证明都会不可避免地回推到没有任何证明的命题。）因此，科学与信仰的区别只是也只可能是预测能力。事实证明，科学的洞见在预测上比灵性的洞见更胜一筹，至少就世俗事务而言如此；它们占据上风的原因并不是正确，而仅仅是有效。

　　在这个普遍一致的格局中，二分心智教会是个赤裸裸的反常现象。他们的方法论明确地基于信仰，厚颜无耻地闯入形而上学的领域，把实证分析方法踩在脚下——但他们产出的结果始终如一地比传统科学更具有预测能力。（他们是如何做到这一点的尚不为人知；我们最优质的证据表明，颞叶的某种重新接线增强了他们与神性的联系。）

　　将他们视为传统宗教的胜利则是天真得危险的行为。不，完全不是。这个胜利属于一个历史不足半个世纪的激进教派，而代价是拆除了科学与信仰之间的隔墙。教会在实在领域的退却导致了历史性的休战，信仰与理性因此得以共存至今。见到信仰的地位再次在全人类范围内上升，有些人或许会感到振奋；

然而他们的信仰并不是我们的信仰。尽管它的手依然在引导迷途羔羊远离世俗科学那缺少灵魂的实证主义，但它引导羔羊投向我们救主那爱的怀抱的时代正在结束。

——《内部大敌：二十一世纪二分心智信仰对制度性宗教的威胁》（宗座科学院呈交圣座的内部报告，2093 年）

由于面临严峻的选择压力，因此动物都会尽可能地保持愚蠢，只要能凑合着活下去就行。

——彼得·里奇森与罗伯特·博伊德

俄勒冈沙漠深处，丹尼尔·布吕克斯睁开眼睛，像个疯狂的先知，开始每天例行的死亡清点。

这是个漫长的夜晚。东侧的六个陷阱离线了——该死的中继站肯定又出了故障——其他的大多数都是空的。不过十八号抓住了一条束带蛇。十三号里有一只艾松鸡在紧张地啄镜头。四号的视频摄像头坏了，不过根据质量和热信号判断，里面多半有一只幼年强棱蜥在爬来爬去。二十三号抓住了一只野兔。

布吕克斯讨厌处理野兔。给它们开膛时的气味太难闻了，然而现如今，你总是不得不给它们开膛。

他叹了口气，用食指画了个半圆；监控画面从帐篷的织物上消失。新闻头条随即出现，默认内容是历史关注：巴基斯坦目前的僵尸危机，救世主号爆炸的一周年纪念日，献给最后一片野生珊瑚礁的哀伤悼词。

没有罗娜的消息。

又一个手势，柔性战术覆层照亮了织物，切到热信号：普赖恩维尔保护区的实时公域卫星图像。帐篷蜷伏在画面中央，是个弥散性的黄色斑点：冰冷松脆的外壳，温暖耐嚼的核心。范围内的任何地方都找不到同等级的热源。布吕克斯暗自点头，他满意了。他的世界依然清静。

外面，破晓前的无色光线中，就在他走出去的时候，他看不见的某种小动物嗒嗒地跑过松动的岩石。哈气在他前方凝结，白霜在他脚下嘎吱嘎吱作响，给积满尘土的沙漠地面带去一丝微弱的闪光。乱蓬蓬的落叶松拱卫着营地，他的全地形摩托靠在其中一棵上，棉花糖轮胎柔软而松弛。

他从自己钉的挂钩上取下马克杯和过滤器，沿着开阔而松软的碎石滩向下走。坡底有一条半流不流的沙漠小溪能为他止渴，黏稠的溪水流淌缓慢，注定会在这个月内断流。不过在这段时间内，它足以给一只大型哺乳动物提供水源。山谷另一侧，二分心智教会的宠物龙卷风在东方灰色的天空下微微蠕动，但头顶上的群星依然清晰可辨，它们冰冷，从不眨眼，不存在任何意义。今晚的天空中只存在熵——还有一些所谓的形状，自从人类第一次想到要仰望星空，就把这些想象中的形状强加给了大自然。

十四年前，那是另一块沙漠上的另一个夜晚。但感觉是一样的，直到他仰望天空的那一刻——有几个令人战栗的瞬间，天空变成了另一片天空，被褫夺了一切随机性。无论人类的想象力如何拼死挣扎，在这片天空中，每一颗星辰都在精确的队列中闪耀，每一个星座都是一个完美的正方形。2082 年 2 月 13 日，第一次接触之夜：六万二千个来源不明的天体，围绕我们的星球织成一张巨大的罗网，在燃烧的同时在整个无线电频谱上发出啸叫。布吕克斯记得当时的感受：他仿佛目睹了天界的政变，反复无常的神祇遭到废黜，秩序得以恢复。

这场革命仅仅持续了几秒钟。精确的摩擦轨迹刚从上层大气中消失，舞台背景中的星座就重新现身。但损害已经造成，布吕克斯知道。天空将不复原先的模样。

至少当时他是这么认为的。这也是所有人的想法。这个该死的种族在共同威胁面前终于走到了一起，尽管他们并不知道这个威胁具体是什么，尽管事实上它只对人类的妄自尊大造成了威胁。地球把内部的琐碎纷争放在一旁，不惜一切代价，造出了二十一世纪能力范围内最好的飞船。他们给飞船配备了可牺牲的血刃团队[1]，派遣他们朝着可能性最高的方向出发，带着用一千种语言书写着"请带我去见你们领袖"的导游手册。

　　世界屏住呼吸等待第二次降临，到现在已经十几年了。但既没有等来返场，也没有第二幕。对于一个靠即时满足感长大的种族来说，十四年是一段漫长的时间。布吕克斯从不认为自己是人类灵魂本质高洁的信徒，然而即便是他，也惊讶于天空在那么短的时间里恢复了原先的模样，而世界的琐碎纷争以那么快的速度回到了头版头条上。他心想，人类就像青蛙：只要把东西从视野中拿开，他们就会立刻忘个一干二净。

　　忒修斯远征队应该早已飞出了冥王星轨道。然而即便他们有所发现，布吕克斯也还没有听到消息。就他而言，他厌倦了等待。他厌倦了停止生活，等待恶魔或救世主现身。他厌倦了杀死猎物，厌倦了内心的死亡。

　　十四年。

　　他希望世界能加快步伐，赶紧毁灭。

　　　　　　　　　　　　　＊

　　这个早晨他过得和过去两个月的每一个早晨都毫无区别：他沿

---

[1]　血刃科技，即超前沿技术，是具有高风险且不一定可靠的技术，因此先行者导入
　　　此技术时可能会有大量的支出。

着设置陷阱的线路走了一遍，试探陷阱里的东西，怀着一丝微弱的希望，期待能找到一小块尚未被扭曲的自然。

日出时阴云已经开始合围，因此他的摩托车没能吸收足够的太阳能；于是他把摩托车留在了原处，徒步前去巡视。他发现野兔时已将近中午，却发现来迟了一步。陷阱被扯开了，另一个掠食者清空了里面的东西，那家伙甚至缺乏起码的礼仪，没有留下血迹供他分析。

不过十八号里的束带蛇还在游来游去：雄性，放在地面就会找不着的棕褐色变种。它在布吕克斯的手里蠕动，像长鳞片的触手似的抱住他的前臂，气味腺把臭味涂抹在他的皮肤上。布吕克斯抽了它几毫升血液，没抱什么希望地注入腰间的条码器。他拿起水壶喝了一口，等待仪器发挥它的魔力。

沙漠的另一头，在正午高温的作用下，修道院的龙卷风膨胀到了破晓前的三倍大。距离太远，因此它看上去就像一条棕色细绳，或者一根不起眼的烟柱；然而假如你离那个漏斗状物体太近，就会被拆成零件扔得半个山谷到处都是。仅仅一年前，某个乌干达复仇神权组织劫持了一架从达特茅斯起飞的越洋航空穿梭机，送进约翰内斯堡郊外的一台气旋引擎，最终出来的只有铆钉和牙齿。

条码器用哀伤的咩咩叫声表达投降：遗传伪像过多，无法准确读取。布吕克斯叹了口气，并不感到意外。这台小仪器能从一小坨粪便中标识出任何种类的肠道寄生虫，能通过一小块纯粹的身体组织辨认出所属生物的物种——但纯粹的身体组织现如今已经很难遇到了。永远会存在不属于样本的杂质。病毒 DNA，通过遗传工程制造时是为谋取更多利益，但它们不听管教，不肯只作用于目标物。特定的标志基因，设计它们是为了让动物接触到某些毒素后能在黑暗中发光，然而环保署早在五十年前就对这些毒素丧失了兴趣。甚至还有 DNA 计算机，它们为了特定任务而按需定制，却在无意间扩散进入了野生基因型，就像留在干净地板上的泥脚印。而今地球上的一半技术数据似乎都在以基因手段存储。你为一只肺吸虫测序，读出的碱基对有可能是某种蛋白质编码，也有可能是丹佛污水处理系统的技术规格，两种可能性一半对一半。

不过也无所谓。布吕克斯是个老家伙，是个属于荒野的人，在他所属的时代，人们想看出一个东西是什么，只需要——唉，看一眼就知道了。瞅一瞅下颚的甲片，数一数鳍条和头节上的小钩。用你的眼睛看啊，真他妈的。至少要是你搞砸了，你能怪的只有自己，而不是一台连细胞色素氧化酶和莎士比亚十四行诗都分不清的傻逼机器。要是你正在鉴别的东西凑巧活在其他动物体内，那你就杀死宿主，把它开膛破肚。

布吕克斯也很擅长这个，但他从不怎么喜欢这种事。

此刻他对他最新的残害对象小声说——"嘘——对不起……我保证不会有痛苦……"——然后把它扔进屠宰囊。他发现自己经常这么做，对不可能理解他在说什么的猎物嘟囔一些毫无意义的安慰性谎言。他一直在告诫自己该成熟起来了。生命在这颗星球上繁衍了几十亿年，有哪个猎食者尝试过安慰它的猎物吗？丹·布吕克斯杀死猎物是为了更高的利益，所谓"自然"的死亡难道能比他下手更迅速和毫无痛苦吗？话虽如此，看着那些小小的散射黑影在半透明白色塑料板里面扑腾和蠕动，听着简单意识尝试驱动躯体时发出的轻柔撞击和嘶嘶声，望着它们在突然间令人恐惧地丧失反应，前往只存在于想象中的某种往生，他还是会感到不安。

至少这些死亡是有意义的，作为某种建设性的终结，比大自然可能会降下的疾病或掠食行为更有意义。生命是以其他生命为代价的生存斗争。生物学是旨在理解生命的斗争。而在生物学这个特定部分的研究中，他是作者、准则和唯一的调查员——这场斗争是为了用生物学去帮助他所采样的目标群体。这些死亡是达尔文宇宙有史以来最接近利他主义的东西。

然而总是在这种时刻冒出来的那个小声音会说，这他妈都是放屁。你唯一努力做的是在资金枯竭前从基金里多榨出几篇论文来。即便你找出了过去一百年间发生在所有演化支上的每一个改变，即便你把物种损失量化到分子级别，那也并不重要。

因为没人在乎。你唯一与之对抗的东西就是现实。

多年以来，那个声音已经变成了他的固定伴侣。他任凭它胡说八道。每次等它安静下来，他就会对它说，反正咱就是个狗屁生物学家。尽管他认罪认得非常爽快，但他无法因此让自己感到愧疚。

*

等他回到营地，那条蛇已经不再是个活物了。他拉直失去生命的瘫软尸体，放在解剖托盘上。激光剪只用了四秒钟就开了它的膛，从咽喉一直到泄殖腔，又过了二十秒，消化道和呼吸道分别悬浮在了各自的观察瓶里。肠道的寄生虫负荷通常最重；布吕克斯把消化道放进显微镜，开始工作。

二十分钟后，消化道内的吸虫和绦虫才做完了一半分类，远处有什么东西爆炸了。

至少听上去像是爆炸：柔和而发闷的轰隆一声，听上去很遥远。布吕克斯从工作台前起身，从长满节瘤的细长树干之间扫视沙漠。

什么都没有。什么都没有。什么都——

不，等一等……

修道院。

他抓起全地形摩托车上的护目镜，戴上后放大倍数。首先吸引他视线的是龙卷风——

——白天已经临近结束，那东西却还相当强大——

· 15 ·

——但往右看，就在修道院的正上方，一团棕黑色的烟雾喷涌飘动，在逐渐低垂的阳光中散开。

但建筑物似乎没有受损。至少他能看见的墙面都是完整的。

他们又在那儿搞什么名堂。

对外宣称的是物理学、宇宙学、高能什么的，但按理说全都是理论性的研究。就布吕克斯所知，二分心智教会不做任何真正的实验。当然了，现如今也没什么人会做实验。是机器在扫描天空，是机器在探测原子之间的空隙，是机器在提问和设计实验来回答问题。肉身能做的事情似乎只剩下了自省：坐在沙漠里，思考机器提供的种种答案。不过大多数人依然更愿意把他们的行为称为分析。

一个说灵言[1]的集群思想：据说二分心智教会就是这么做的。大脑里的某种生物电台，共有的胼胝体：电子在微管里乱窜，是什么量子纠缠的玩意儿。完全有机质，因此能绕过血脑屏障。就像一个龙头，把诸多意识倾倒进一个负责指挥的意识。这些意识共同流淌，祈求被提[2]，满地打滚，流着口水哀号，他们的侍僧负责记录，而最终的结果是重写了《振幅多面体》[3]。按理说也存在某种合乎理性的解释，能够为这些胡说八道正名。左脑的模式识别子程序被增强得超乎想象，使得你在云朵中看见面容以及在雷暴中见到神怒的故障湿件接受调整，越过了横亘于洞察力和空想性错视[4]之间的细线。显而易见，在那条刀刃般的细线上能够收获一些最基础的洞见，只有二分心智教会的成员才能将其与幻觉区分开。总之故事是这么

---

[1] 指流畅地说类似话语般的声音，但发出的声音一般无法被人们理解。

[2] Rapture，被提，或可称出神，《圣经·帖撒罗尼迦前书》中写到耶稣再临时，会将地上的基督徒带去天上，与主同在，此为"被提"。

[3] 2013 年由科学家引入的数学概念，据猜测，它的几何结构决定了特定类型量子场论中的散射振幅。

[4] 一种心理现象，指大脑为外界刺激强行赋予某种实际意义，但刺激的来源仅仅是个巧合，"意义"实际上并不存在。

说的。然而在布吕克斯看来，这完全是在胡言乱语。

然而，你没法和诺贝尔奖争辩。

也许那儿有个粒子加速器之类的东西。他们肯定在做什么会大量消耗能量的事情，没人会用工业级的气旋引擎去驱动厨房电器。

背后传来实验器具不该发出的金属碰撞叮当声。布吕克斯转身去看。

激光剪躺在地上。实验台上，被开膛破肚的蛇在解剖托盘里上下颠倒地看着他，分叉的舌头闪闪发亮。

还没死透的神经，布吕克斯对自己说。

被遗弃的尸体躺在那儿颤抖，就好像寒气顺着它腹部的切口钻了进去。伤口两侧翻开的组织泛起褶皱，缓慢的波状蠕动顺着身体的长轴传递。

皮电反应。不过如此。

蛇的脑袋突然探出托盘边缘。不会眨动的呆滞眼睛扫视各个方向。舌头——红色转黑色，黑色转红色——品尝空气。

死去的动物爬出托盘。

它爬得可并不轻松。它一直想翻身，用腹部爬行，但它已经没有腹部了。腹部的鳞片本来可以推动它前进，但鳞片下的所有肌肉都被切断了。因此，这动物会时不时地勉强扭动半圈，但无法真的翻身，于是只能继续用背部蠕行：它睁着眼睛，舌头探来探去，内脏被掏空。

蛇爬到工作台的边缘，无力地挣扎片刻，然后掉在了地上。布吕克斯用靴子踩住它的脑袋。他使劲在岩石性的土壤上碾蛇头，直到地上只剩下湿漉漉黏糊糊的一团血块。蛇其余的身体还在蠕动，肌肉随着神经的搏动而弹跳，但充斥神经的不再是信号，而全是噪音了。不过至少没留下任何有可能会让他感到"老天在上我求你了"的东西。

爬行动物可不是什么脆弱的生物。布吕克斯不止一次在路面上发现响尾蛇，它们距离最后一次被碾过已有几个小时，脊椎粉碎，毒牙折断，头部变成一团血色糨糊——但它们还在动，还在企图爬向排水沟。屠宰囊按理说能防止这种过于漫长的折磨。你把动物的新陈代谢变成它自己的敌人，让肺部和毛细血管将毒素送往每一个器官的每一个细胞，迅速而无痛地造成（最重要的）彻底死亡，这样等你把动物的内脏掏出来，它就不会过上一个小时又重新苏醒，他妈的瞪着你并企图逃跑了。

当然世上如今存在真正的僵尸。说起来，连吸血鬼也都有了。然而二十一世纪的不死族仅限于人类。没道理会有人想制造一条僵尸蛇。这条蛇肯定又是受到污染的人工造物；基因黑客不小心关闭了 MS 受体位点，有可能意外触发了一组运动指令。肯定是这样。

但是。

他真的希望鬼魂能更容易应付一些。

*

首先，沙漠里的鬼魂不能算多。其次，它们都不是人类。他杀死了成千上万的人，有时候他也希望他对此能稍微有点感觉。

当然了，最基础的生物学就能解释这种特定的双重标准。他不需要面对他的任何一名人类受害者，他们死去的时候他不在场，他没有看着他们的眼睛送他们上路。良心不是一种有长距感知能力的器官，它对罪责的体悟会随着距离而呈指数下降。丹尼尔·布吕克斯的行为与行为结果之间隔着许多层复杂难解的因素，因此良知本身进入了纯粹理论的领域。另外，这也基本不是他一个人做的，负罪感平均分配给了整个团队。还有一点最基本的，他们的意图无可指责。

没人责怪过他们，没人大声说出来，就算有也不是认真的。至少刚开始确实如此。锤子没有智力，有人拿它砸破了别人的脑袋，你不会对它做任何评判。一些嗜血的家伙扭曲利用了布吕克斯的工作，有罪的是他们，而不是他。然而这些罪犯到今天也没有落网和受到惩罚，而与此同时，还有许多事情需要最后的结论。"他们怎么能这么做"和"你怎么能允许他们这么做"这两者之间的差距，比布吕克斯能够想象的还要小很多。

他没有受到指控，责任甚至不足以撤销他的教职，只是让他在校园里变得不受欢迎。

但大自然不一样。大自然永远欢迎他。她不会做出论断，不在乎谁对谁错、谁有罪谁无辜。她只在乎什么行得通而什么行不通。她以同样漠然的平等态度迎接每一个人。你必须遵守大自然的规则，即便事与愿违也不要期待会被网开一面。

就这样，丹·布吕克斯申请休长假，提交了他的行程表，然后走进荒野。他舍弃了采样无人机和人造昆虫，存心不带任何自主技术的造物，以对抗人类劳动已经过时的论调。有几个人目送他离开，松了一口气；其他人则抬眼望天。他也舍弃了他们。他的同事也许会原谅他，也许不会。外星人也许会回来，也许不会。但大自然永远不会拒绝他。即便这个世界上的每一寸自然栖息地都被重重围困，但沙漠永远不会短缺。沙漠像慢性癌症一样持续生长了一百年甚至更久。

丹尼尔·布吕克斯乐于走进包容一切的沙漠，杀死他在那儿找到的一切生物。

*

他睁开眼睛，望着机器在惊恐中发出的柔和红光。在他睡觉的这段时间里，三分之一的网络断开了。就在他的注视下，又有五个陷阱下线了，因为有一个中继站突然断线。片刻之后，二十二号发出单调的哔哔声——热源感应追踪捕捉到了大型动物，甚至是人类的尺寸——随后从地图上消失。

布吕克斯立刻清醒过来，重放系统日志。网络从东向西下线，断线的节点组成了一系列参差不齐的黑色脚印，大踏步地穿过河谷。

径直朝他而来。

他调出卫星成像的热信号图。营地的北部周界上，旧380公路的遗迹仿佛一条细细的叶脉，昨天日照的残余热量从开裂的沥青路面向外渗透。朦胧的热气流和微气候热点自从夜幕降临就开始衰减，此刻在可见与不可见的门槛上扇动。画面中央，他的帐篷仿佛一团黄色光晕，除了这些，他什么都没找到。

二十一号报告温度突然上升，随即下线。

陷阱所在的线路上到处都设置了摄像头。布吕克斯一直觉得它们没什么用处，但摄像头是包括在解决方案里一起出售的。有个摄像头安装在一台信号放大器上，十九号刚好在它的视野正中间。他调出这个摄像头的画面。星光增强把夜间沙漠描绘成了蓝色与白色，仿佛对比度拉到满格的超现实主义月面景象。布吕克斯转动镜头——

——险些漏掉它：画面右侧有一丝动静，在增强图像中非常模糊。有个东西的移动速度超过了人类有可能做到的极限。十九号甚至都还没感觉到热量，摄像头就下线了。

信号放大器也下线了。另外十二个信号源随即消失。布吕克斯几乎没注意到。他盯着最后一帧定格画面，感觉到肠胃收缩，腹部冰寒。

比人更快，更接近兽类。体内温度略低于人类。

但室外传感器不够敏锐，无法觉察到这种差异。想要仅仅通过热信号找到真相，你必须进入目标的头部，你要眯着眼睛寻找，直到看见十分之一度左右的温度变化。你必须去看海马体，会发现它没有在工作。你必须去听前额叶皮质，会发现它无声无息。然后也许你才会注意到所有额外的接线，被迫生长的神经点阵将中脑与初级运动皮层连接在一起，高速公路绕过了前扣带回——还有那些额外的神经节，它们像肿瘤似的附着在视觉传导通路上，片刻不停地捕捞与搜寻与毁灭有关的标志性神经信号。

这些差异在可见光下会更加容易分辨：你看一眼它们的眼睛就会知道，因为你会发现回望你的只有虚无。当然了，假如它来到离你这么近的地方，你肯定已经没命了。它连祈祷的时间都不会留给你。它甚至不会理解你的请求。假如它得到的命令是杀了你，那它就会直截了当地杀了你，比任何有意识的生物都要高效，因为没有任何东西会来碍事：它不会重新考虑，不会故意放水，它甚至没有自我意识，因为那样会消耗葡萄糖。它被削减成了纯粹的爬行动物，并且极为专注。

现在只剩不到一公里了。

丹尼尔·布吕克斯的内心分裂成两半。一半用双手捂住耳朵，否认一切——他妈的搞什么，为什么会有人想干掉他，肯定是什么错误——但另一半回想起了人类对替罪羊的普遍喜好：傻逼"后门"布吕克斯害死了几千人，死难者里有个什么人的近亲坐拥足够多的资源，能够派遣军用级僵尸来追杀他，这个可能性不可谓不大。

他们怎么能这么做。

你怎么能允许他们这么做……

轮胎开始充气，全地形摩托车在他屁股底下嘶嘶作响。充电线短暂地拽得他失去平衡，然后被撕扯开。他向下穿过树丛中的一个缺口，沿着碎石侧身滑行：摩托车撞上坡底，沙漠在他四周旋转——黏稠，但没有摩擦力。流沙险些直接将他送走。布吕克斯挣扎着控制住摩托车，车转了整整一百八十度，但伟大的棉花糖轮胎奇迹般地让他没有摔倒。然后他向东驶去，驰骋在龟裂的谷底地面上。

山艾在他驶过时撕扯他的衣服。他诅咒自己的瞎眼；现如今，一个研究生只要还有自尊，就不会在眼睛里未植入响尾蛇受体时就去荒野里送死。但布吕克斯是个老家伙，基准人类，夜盲。他甚至不敢开头灯。于是他就这样在黑夜中疾驰，闯过枯死的灌木丛，跃过看不见的露头岩或岩床。他用一只手在鞍袋里翻找，总算摸到了护目镜，拿出来拍在眼睛上。沙漠出现在视野里，绿色画面，充满噪点。

0247，护目镜从眼角告诉他。离日出还有三小时。他尝试呼叫他的私人网络，然而就算网络还有一部分没掉线，这里也超出了信号范围。他不知道僵尸是不是已经攻占了营地。他想知道他们再过多久能逮住他。

不过无所谓，狗娘养的，反正你们现在逮不住我了。至少徒步肯定不行。就算你是不死人也不行。你就亲亲老子的屁股说再见吧。

然后他看了一眼电量计，又一次差点把胃吓掉。

阴天。旧电池，最佳使用期限已经过了一年。充电垫一个月没清理过了。

摩托车剩下的电量还够开十公里。顶多十五公里。

他刹车掉头，掀起漫天的泥土。车辙在他背后延伸，在沙漠的地面上留下了一道断断续续但不可能看漏的破坏印痕：他经过时弄断了植物，碾碎了古老湖床上被太阳晒裂的土块。他在逃跑，但并没有在躲藏。只要他待在河谷里，他们就能追踪他。

究竟是谁？

他把星光增强画面切换成红外画面，然后放大视图。

找到了。

一个灼热的小光点沿着远处的山坡跳跃，就在他的营地位置附近。

越来越近了，而且在以极快的速度逼近。那东西很能跑。

布吕克斯抓着摩托车掉头，重新挂挡。他险些没发现第二个光点扫过视野，因为它太微弱了。

但第三个光点非常清晰。还有第四个。太远了，无法通过热成像辨认形状，但温度和人类一样高。全都在逼近。

五、六、七……

妈的。

他们在谷底以扇形散开，队形延伸至他视野之外。

我到底是造了什么孽啊，他们难道不知道那只是一起事故吗？责任甚至不是我的，老天在上，我没害死任何人，我只是——忘了关门……

十公里。他们在像饿狼似的追逐他。

全地形摩托车向前飞驰。布吕克斯拨打 911：毫无反应。感控中心尽管在线，但无视他的恳求；不知为何，他能上网，但无法发出消息。而追赶他的那伙人依然没有在卫星热成像图上现身；在天眼看来，地面上只有他一个人，当然了，还有微气候和修道院。

修道院。

他们肯定在线。他们能帮助他。至少二分心智教会的信徒住在高墙之内。无论如何都好过赤条条地穿过沙漠逃跑。

他开向龙卷风。龙卷风在增强视野里蠕动，远远望去像个被钉在地面上的绿色怪物。它的咆哮声像平时一样传过沙漠，微弱但无所不在。有一个瞬间，布吕克斯在巨响中听见了一个怪声。修道院在护目镜中变得清晰，它蜷缩在庞大引擎的阴影之中。无数个针尖般的光点在那里燃烧，亮得让人看了眼睛酸痛，背景是一片低矮而混乱的阶梯排屋。

凌晨三点，所有窗户都亮着灯。

现在呼啸声不再微弱：气旋的巨响仿佛海洋在怒号，音量随着叶轮的每次转动而微不可察地升高。它不再贴在地面上，星光增强让它亮得犹如火柱，巨大得足以支撑天空，或者在天空中捅出一个窟窿来。布吕克斯抻着脖子看：还隔着一公里左右，但漏斗似乎就耸立在他的头顶上。它似乎随时都会挣脱束缚，随时都会从地面上一跃而起，然后重重地砸下来，落在这里那里或者他该死的脑袋上，就像某个愤怒神祇的手指，无论碰到什么都会把世界碾成碎末。

他保持前进的方向，尽管前方的怪物不可能仅仅由空气和水蒸气构成，不可能是那么——那么柔软的东西。它完全是另一种物质，是旧约圣经中疯狂事件的视界，吞噬了物理定律。它捕捉修道院的光芒，虏获光线，将之撕得粉碎，然后与落入它手中的其他东西搅拌在一起。丹尼尔·布吕克斯的脑袋里有个吵闹的小东西在哀求他掉头，追踪他的凶兽不可能比这东西更可怕，因为无论它们是什么，尺寸都和人类差不多，而这东西是神怒的化身。

但那个怯生生的小声音又开口了，这次的问题纠缠着他：鬼玩意儿为什么运转得如此疯狂？

按理说不应该。气旋引擎从不真正停机，但在夜间，空气变冷导致转速降低，气旋会扩散空转，直到太阳重新升起才会恢复正常功率。想让这么巨大的一个漏斗气旋在深夜运转得这么疯狂，消耗的能量恐怕会超过它的产出。从冷凝单元流出的蒸汽肯定无限接近于新汽[1]——布吕克斯离气旋已经很近了，他在喷气发动机般的轰鸣中还听见了其他声音，那是巨型金属叶片变形时发出的微弱嘎吱声，说明它们的弯曲程度超过了正常范围……

修道院的灯熄灭了。

他的护目镜过了一瞬才恢复亮度，但是那一秒钟纯粹的黑暗照亮了他的心灵，丹尼尔·布吕克斯终于意识到了自己的愚蠢。他第一次注意到他前方也有针尖般的热印记，它们除了从他背后而来，

---

[1] 指从锅炉过热器到汽轮机的这一部分蒸汽。

也从东面向他逼近。他看到了异常强大的力量，足以入侵对地静止轨道上的监控卫星，却不知为何没黑掉他的老古董Telonics网络，隐藏这些热印记。他看到了军用级的自动机，它像鲨鱼一样无情，像超导体一样迅速，却在几公里外就暴露了踪迹；它明明可以完全避开他的陷阱，在睡梦中杀死他。

他从头顶上的高空中看见了自己，他跌跌撞撞地闯过别人的棋盘，落入了围绕他收拢但不是为他而设的罗网。

他们甚至不知道我在这儿。他们是为二分心智教会来的。

他急刹车停下。修道院耸立于五十米外的前方，在星空的映衬下显得低矮而黑暗。所有的窗户突然关闭，所有的出入口突然变暗，它屹立于背景之中，像是地貌的产物：一堆岩石，从地下深处的底层隆起，突破了这颗星球的表面。龙卷风仿佛一个旋转着的时空裂隙，耸立于修道院另一侧的一百米开外。它狂暴的巨响充斥了整个世界。

黑暗中，烛火般的光点从四面八方逼近。

0313，护目镜提醒他。不到一个小时前，他还在睡觉。时间太短，远远不足以让他安然接受即将到来的死亡。

你处于危险之中，护目镜好心地告诉他。

布吕克斯眨了眨眼。红色的细小文字没有消失，悬浮在眼角应该显示时间的那个地方。

进来吧。门开着。

他的视线越过这句命令，扫视修道院暗沉沉的外墙。看见了，地面一层：就在通向正门的宽阔台阶的左侧。一个洞口，大小仅够一个人出入。那里有个人类体温水平的热源。它有胳膊和腿。它在挥手。

动一动你的老屁股，布吕克斯，你这个固执的白痴。入口即将封闭。

十五秒

十四秒

十三秒……

布吕克斯固执的老屁股动了起来。

他们所种的是风，所收的是暴风。

——《圣经·何西阿书》8:7

里面，黑暗中是明亮的混乱。

人类的热能特征近距离掠过布吕克斯的护目镜，伪彩色图像在狂乱的动作中闪烁。他们经过时留下热量，给周围的环境涂上一层层比较浅的红色与黄色：粗陋的墙壁，天花板是普普通通的照明板（没有点亮），地面在他脚下出乎意料地下陷，就好像那是橡胶和血肉的渎神混合物。难以判断远近的一段距离外，有什么生物在断断续续地叫喊和哭嚎；但身旁的走廊里，人类的彩虹在无声无息地移动，他能感觉到紧急的气氛。邀请他进来的是个女人，娇小扭动的热信号还不到一百六十厘米高。她抓住他的手，拖着他向前走。"我是莉安娜。跟紧我。"

他跟着她走，把护目镜切到星光增强模式。热信号消失了；明亮的绿色星辰在它们留下的虚空中移动，总是成双成对，一组组双子星在黑暗中推挤和闪烁。一个词突然跳进脑海：荧光素。视网膜中的发光细胞。

这些人的眼睛能当手电筒用。布吕克斯曾经认识一个做过类似增强手术的研究生。黑暗中的性爱怎么说呢——令人不安。

他的向导领着他在星场中穿梭。远处的哀号声起起落落；吐出的不是词语，顶多只能算是音节。嗒嗒声、哭叫声和复合元音响彻黑暗。明亮的眼睛在他前方升起，散发着冰冷的蓝色光芒。光子信号经过放大，勾勒出一张充满皱纹和棱角的灰色面庞。布吕克斯想绕过去，但那张脸挡住他的去路，那双眼睛释放出狂暴的强烈光芒，他的护目镜不得不把增强倍率调到接近于零。

"Gelan，"那张脸发出沙哑的声音，"Thofe tessrodia。"

布吕克斯想后退，但撞在了其他人身上，被弹回原处。

"Eptroph！"那张脸叫道，底下的身体软瘫下去。

莉安娜把他往侧面的墙上一推——"待着别动"——然后跪倒在地。布吕克斯切回热信号。彩虹重新出现。攻击布吕克斯的男人躺在地上，热能特征亮得仿佛太阳耀斑，嘟嘟嚷嚷地胡言乱语。他的手指在空中挥舞，像是在敲打不可见的键盘；他的左脚有规律地拍打着弹性地面。莉安娜把他的头部抱在大腿上，用同样难以理解的语言和他说话。

背景中气旋引擎持续不断的轰鸣声微妙地提高了音调。石墙在布吕克斯的背后颤抖。

一个灼热的明亮人影出现在走廊前方，逆着人潮游向他们。没过多久，它就来到了他们身旁；布吕克斯的向导把怀里的人交给新来的这个人，然后立刻站了起来。"咱们走。"

"那是——"

"这儿不是说话的地方。"

一扇边门。一段楼梯，同样包着橡胶，他们的脚步声变成了柔和的吱嘎声。楼梯螺旋向下，穿过岩床，温度越来越低，环境在护目镜的视野中随着每一步而变得愈发模糊，但那个娇小的身躯在前方闪耀得像个灯塔。周围忽然重新安静下来，只剩下了两个人的脚步声和气旋引擎近乎次声波的嗡嗡运转声。

"发生了什么？"布吕克斯问。

"哦。马哈穆德。"莉安娜扭头看他，眼睛明亮得像是一对灯泡，嘴巴是一道猩红色的热源裂口。"出神的时刻并不总是可控的，更不用说被提的是哪个节点了。肯定不是全世界最省心的事情，但没人想错过洞见，明白吗？谁知道呢，说不定这次是时间旅行。也有可能是石化症的治疗方法。"

"你能听懂他在说什么。"

"算是吧。这是我的工作，只要我不忙着拯救沙漠里的迷途羔羊。"

"你是综合家？"综合家的街头名称是"职业嘴炮"。他们是高级版的翻译，负责把深奥难懂的超人类石板从西奈山上拿下来，翻刻成足够简单的符文，连可怜的基准人类也能稍微理解一点。

罗娜曾经叫他们哺乳类摩西，那是她还在这个世界上的时候。

莉安娜却摇了摇头。"不完全是。我更像是——你是生物学家，对吧？假如综合家是鼠科动物，那我就更像是树袋熊。"

"特化专家，"布吕克斯点点头，"领域更狭窄。"

"没错。"

模糊的橙色光斑出现在热成像画面之中：下方有热源。

"你知道我是谁，因为……"

"我们这儿的神创病毒学处于研究最前沿。你以为我们不知道怎么访问公共数据库？"

"我只是以为在遭受僵尸袭击的时候，你们还有更重要的事情要调查。"

"布吕克斯博士，我们一直在关注左邻右舍。"

"好吧，但——"

她停下了。布吕克斯险些撞上她，随即意识到他们来到了楼梯的最底下。明亮的热量溢出正前方的一个拐角，莉安娜转身，用手指点了点他的护目镜。"不需要这东西了。"

他把护目镜掀到额头上。世界恢复了蓝色与灰色的模糊色调。他左侧的粗糙石墙把微弱的环境光切割成边缘参差的碎片，他右侧是平滑的灰色金属墙壁。

莉安娜已经从他身旁挤过，重新爬上楼梯。"我得走了。你就在底下看戏吧。"

"可是——"

"什么都别碰！"她喊道，然后就消失了。

他绕过那个拐角。和他在修道院里见到的其他地方一样，这儿头顶上的照明板也暗着。照亮房间（事实上更像是个死胡同）的仅仅是对面墙上的智能涂料。它从齐腰高度延伸到天花板，发光的战术显示画面杂乱无章，尺寸从巴掌大小到两米见方都有，仿佛一大幅拼贴画。有些视频源是粗糙的绿色马赛克，还有一些则是极为清晰的高清画面。

显示墙前有个男人踱来踱去，他身穿宽松的棕褐色工作服，从他毛茸茸的拖鞋（拖鞋？）到头顶上浓密的花白平头至少有两米。布吕克斯走近时他只是瞥了一眼，嘟囔了一声"glas-not"，然后就重新投入了那纷乱的信息海洋。

好极了。

不过，树袋熊莉安娜说过他可以看。他走上去，试图从混乱的画面中理出头绪。

左上角：卫星视图，画面锐利得伤眼睛。修道院位于正中央，就像靶标上的红心，热辐射信号暴露了它的存在。但修道院是整个画面中唯一的热点；无论他在通过什么轨道天眼观察，那东西都精确地屏蔽了正在黑暗中逼近的其他热信号。布吕克斯向画面伸出手，分开手指想要提高放大倍率；穿拖鞋的僧侣哼了一声，瞪了他一眼，他立刻缩了回去。

轨道监控只能看到这么多了。然而从纵览沙漠的星光增强和热成像视图来看，修道院还有自己的摄像头系统。它们以可见光谱的所有波段为调色板，描绘外面的夜景；冰蓝色和红玉色浓烈得像是激光，配色方案混乱得让布吕克斯心生怀疑：它们是真的在工作，还是仅仅反映了某种奇怪的二分心智美学。烛光般的光点在每一个视图中闪烁，它们看上去毫无区别。

还有四公里，正在快速接近。

一个显示画面上突然有个东西亮了起来，仿佛深夜中的一轮幻日。画面变白了一瞬间，电子雪花点模糊了整个画面。就像新星短暂爆发。那个画面随即变成了墙上的一个黑洞，正中央显示"无信号"三个字。

僧侣的手指扫过智能涂料，调出键盘，调整放大倍率。视窗逐个萌生，短暂地扫过地貌，然后依次消失。其中三个视图在二分心智僧侣有机会让它们正常关机前就光爆和断线了。

他们在干掉我们的摄像头，布吕克斯意识到，然后半心半意地思考他从什么时候开始把这些被出神折磨的家伙当成了"我们"的一部分。

现在还不到三公里半了。

一组新的视图在墙上绽放。边框中闪烁的画面比其他画面颗粒更粗、饱和度更低、几乎是黑白的。它们同样是沙漠的全景图，但画面有些不寻常，有什么地方不一样，但又很熟悉——

看见了。第三个视窗：小小的修道院蹲伏在地平线上，旁边是个小小的气旋引擎。这个摄像头位于沙漠上很远的地方。

布吕克斯醒悟过来，那是我的网络。我的摄像头。看来僵尸手下还有几条漏网之鱼……

拖鞋兄弟接入了其中的六个，放大并循环播放监控画面。布吕克斯看不出它们能有什么用处：便宜的大路货，为了吸引贫穷的研究人员掏钱而塞进打包方案的派对赠品。它们也有常见的增强功能，但范围都不值一提。

然而对于拖鞋想做的事来说，它们似乎够用了。左侧的第二个视窗，一个热源从左向右移动了大约一百米。镜头自动平移，在他放大显示倍率时跟踪目标。画面缓慢地插值解析，变得更加清楚。

修道院的又一个监控画面光爆并断线，叠加在画面上的测距仪读数过了一会儿才消失：3.2 公里。

也就是每秒近 9 米。徒步……

"他们到了这儿会发生什么？"他问。

三号监控画面里有个遥远的热信号，拖鞋似乎对它更感兴趣：一辆小型载具，全地形摩托车，框架很像他的那辆——

等等——

"那是我的摩托车，"布吕克斯喃喃道，皱起眉头，"那是——我……"

拖鞋瞥了他一眼，摇头道："Assub。"

"不，你听我说——"画面当然不是完美的大头照，而 Telonics 的自动稳定跟踪算法在这个领域里也绝对不是什么值得羡慕的对象。但骑在摩托车上的男人有着布吕克斯的胡子、方正的面部轮廓和同一件多口袋的户外背心，二十年前他继承那件该死的衣服时，它就已经过时好几年了。"你们被黑了，"布吕克斯坚持道，"那是录像，有人肯定——"有人拍了我的录像？"我是说，你好好看一眼啊！"

又有两个摄像头断线了。目前断线的已有七个画面。拖鞋甚至懒得关闭频道腾出更多的显示空间。另一个东西吸引了他的注意力。他点击一个视窗的边缘，那个视窗是沙漠天空的裸眼视图。星辰遍布视图，闪闪发亮，就像天鹅绒上的一把砂糖。布吕克斯想坠入那片天空，消失在没有战术叠加或偏振增强的纯粹静夜之美中。

然而即便在这个画面中，僧侣也发现了一个煞风景的东西：稍纵即逝的闪烁，一个模糊的红色光晕圈住了一片椭圆形的天空，只持续了一眨眼的时间。他轻轻点击画面，一个无穷小的焦点锐化区——下一个瞬间，星空恢复纯净，没有受到任何玷污。

但夜空中有个大洞悬浮于西方的山梁之上，那是个椭圆形的巨大黑窟窿，其中没有星辰在闪烁。

有个东西在天空中接近他们，经过星空时盖住了其中的一部分。它的温度和同温层一样低，没有出现在任何一个相邻的热成像画面中。另外，它非常庞大，覆盖了足足二十度的天空，但它还在——

没有测距仪读数。没有热信号。要不是拖鞋刚刚施展的天晓得什么微透镜魔法，连古老的星光的遮蔽也不可能泄露它的踪迹。

布吕克斯意识到，我显然是选错了队伍。

两千三百米。再过五分钟，僵尸就会来敲门了。

"隐形飞船。"拖鞋嘟囔道，他的语气让布吕克斯忍不住看了他两眼。

僧侣在微笑。但他看的不是正在穿过猎户座腰带的隐形巨兽，而是一个地面摄像头里的气旋引擎。没有音频信号；龙卷风在星光增强的画面中默默旋转，这个戴着镣铐的绿色怪物正在撕碎空域。但布吕克斯还是能听见它的声音——它在他的记忆中咆哮，弯曲孕育它的底层结构的管道和叶片，让振动波穿透他所处的岩床。他能通过脚后跟感觉到它。拖鞋兄弟调出一个他没见过的视窗，这个面板显示的不是监控画面或战术叠加，而是机械读数、层流信号和湿度注入率，是扭矩、转速和五百米高度内可压缩气流的测量结果。面板一侧有个标着 VEC/PRIME（气旋／主）的发光线框圆环，周围引出足有一千条带图标的线；圆环内向心排列着另外一百条带图标的轮辐线和螺旋线。加热元件。逆流交换器。简直是恶魔的混音台。拖鞋点点头，像是在自言自语："看着。"

图标和读数动了起来。读数没有任何戏剧性的变化，没有突然加速进入红区，没有报警。只是在圆环的一侧微微调整注入率，在另一侧轻轻更改对流和凝集设置。

视窗里的绿色怪物抬起了一个脚趾。

我的天。他们要把它放出来了……

一片读数变成黄色；黄色的太阳突然绽放，正中间有十几个读数转为橙色，然后又有几个转成红色。

龙卷风从地面升起，以不可侵犯的威严之势迈开步伐，走进沙漠。

*

它落在两个僵尸的身上。一个视窗在追踪漏斗穿过地貌的一举一动，布吕克斯通过这个视窗看见了一切：目标奔跑和穿梭的速度远远超过了普通人类双腿能承载身体的极限。他们沿之字形前进，不死的奥林匹克运动员冲刺得如同一个醉鬼。

但结果和他们站着不动也没什么区别。龙卷风把他们微不足道的体温光斑吸上天空，快得甚至都没有留下残像。龙卷风停顿了几秒钟，像猛犸的鼻子一样铲除地面上的一切。它吸走了尘土、碎石和轿车那么大的巨石。然后它又出发了，在沙漠上刻下自己的名字。

怪物原先停泊的地方，水汽的旋涡在它挣脱之处重新凝聚。

气旋已经穿过不死者的包围圈，朝着西北方向而去。它再次起飞，把它能够碾碎大地的巨足收到空中；被碾碎的沙漠像雨点似的在它背后倾泻而下。布吕克斯的大脑深处有个不相关的子程序（对敬畏、恐惧和威胁免疫的某个逻辑神经节）怀疑起了把一整个天气系统扔向两个倒霉步兵的效率问题，觉得这么胡乱投掷龙卷风能击中目标的可能性微乎其微。然而下一秒钟它就陷入了沉默，而且没有再开过口。

气旋没有跌跌撞撞地盲目走进那个良夜，而是径直扑向骑着全地形摩托车的那个人影而去。

它在扑向他。

这不可能，布吕克斯心想。你不可能驾驭龙卷风，没人能做到。你顶多只能释放它，让它自行其是。这不是真的。这不可能是真的。

我不在外面……

但有个东西在外面，而且它知道自己被盯上了。布吕克斯被侵入的摄像头说明了一切：全地形摩托车放弃了直线轨道，做出极其危险的规避动作，假如它是人类骑手，恐怕早就被甩出去了。摩托车回旋、滑行，掀起的尘云在增强的星光下闪耀着蓝宝石般的光芒。气旋逐渐逼近。双方在沙漠中横冲直撞，像是在跳某种会引发灾祸的狂野舞蹈，舞步中充满了旋身、阿拉贝斯克[1]和难以想象的急转。两个舞伴的步调从不一致，彼此都跟不上对方的节奏。但是，似乎有一根不可见但坚不可摧的线把两者拴在一起，不屈不挠地将双方拉向彼此的怀抱。布吕克斯望着这一幕，眼看着自己即将上升天空，不禁看得入迷；全地形摩托车被卷入了围绕它噩梦仇敌旋转的轨道。有一瞬间，布吕克斯觉得它也许会挣脱——是他的想象，还是漏斗真的在变小？——不过，下一个瞬间，他的二重身失去平衡，贴着地面滑向解体的宿命。

就在这个瞬间，一切都变了。

布吕克斯不确定那具体是怎么发生的。即便没有旋转的碎屑遮挡视线，光子增强后的画面不是这么模糊，事情发生得也过于迅速了。丹尼尔·布吕克斯和他忠实骏马的图像似乎从中劈裂，就好像里面的东西在竭力蜕皮并挣脱出来，像蜥蜴抛尾似的舍弃外壳，喂

---

[1] 一种舞蹈动作，一脚着地，一条腿向后平伸。

给天空中的怪兽。气旋接近，石块和尘土如暴雪般抹掉了一切细节。漏斗现在明显变小了，但依然有足够的吸力来吞掉整个猎物。

它的牙齿依然足以把猎物嚼成碎片。

不死者的队伍散开了。

这不是撤退，甚至也不像是有组织的行为。烛火般的光点只是停止前进，在各自所属的视窗中前后摇摆，在修道院的九百米之外漫无目标地做布朗运动。他们背后的远处，吃饱了的气旋晃晃悠悠地飘向北方，它正在消散，细得像根绳子，几乎耗尽了能量。

"Dymic，"拖鞋狡黠地点点头，"Assub。"

视线回到引擎台座上，一个新生的气旋在束缚中挣扎，它比先前那个小，但似乎更加狂暴。气旋／主的界面上，黄色图标成片绽放，就像蔓生的野火。天空中，有个东西正在从脚部开始吞噬双子座。

墙上又打开了一个视窗，里面混杂着无数翠绿色的数字和字母。拖鞋眨了眨眼，皱起眉头，这个突然冒出来的界面好像不在他的意料之内。滚过新视窗的有希腊字母的算式和西里尔字母的脚注，甚至还有少量的英语文字。

不是遥感读数，不是传入的数据。从状态条来看，这是个传出的信息流；二分心智教会在向某个方面发送数据。画面闪烁得太快，就算布吕克斯会说俄语，他也没能看懂，但偶尔掠过的英语短句留在了他的视网膜上。其中之一是"忒修斯"。还有一个是"伊卡洛斯"。与天使和小行星相关的某些内容在界面中央闪了半秒钟，随即消失得无影无踪。

更多的符文，更多的数字；这次是三个平行的纵列，文字是红色的。有人在回话。

外面的沙漠中，僵尸的光点不再摇曳。

"唔。"拖鞋说，抬起胳膊，用一根手指抵着太阳穴。布吕克斯第一次注意到他戴着老式的耳塞，这种古董音频装置来自皮层植入和骨传导之前的年代。拖鞋侧着头倾听，墙上红绿相间的纷乱文字把正在进行的交流演绎成了一场圣诞庆典。

气旋/主的界面上，橙色和红色的图标恢复成黄色。被束缚的气旋不再在引擎台座上挣扎，而是在正中央平缓地旋转。从修道院到地平线的一半距离上，它的大哥剩下的最后一丝能量消散在了正在沉降的发光尘雾之中。

天空中那个不可见的物体之下，沙漠逐渐恢复寂静。

仅仅几分钟之前，丹尼尔·布吕克斯眼看着自己死在沙漠中。或者在最后一刻逃之夭夭。反正是个很像他的东西。直到最后一刻被气旋嚼碎了喷出去之前。而就在那个瞬间，僵尸变得——失控了……

Assub，拖鞋当时说。至少布吕克斯听见的是这个发音。Assub。

Ass—hub？

"A.S.？"他大声说。拖鞋兄弟转向他，挑起一侧眉毛。

"A.S.，"布吕克斯重复道，"那是什么的缩写？"

"人工智障。攫取本地的监控存档，混入实时画面。变色龙式的反应。"

"但为什么用我的形象？为什么"——天空中，不可见的浮空艇——"为什么要有形象？为什么不直接隐形，就像天上的那东西？"

"隐藏热辐射不可能不造成过热，"拖鞋对他说，"至少不可能持久，只要是恒温动物就不可能做到。你顶多只能让自己看上去像是其他的东西。动态模仿。"

Dymic。

布吕克斯从鼻孔里出气，摇着头说："你根本不是二分心智教会的人，对吧？"

拖鞋微微一笑：“你以为我是？”

“这儿是修道院。你说话像……”

拖鞋摇头：“只是来做客的。”

喜欢用缩写。“你是军队的人。”布吕克斯猜测道。

“差不多吧。”

“丹·布吕克斯。”他说，伸出手。

那个男人盯着他的手看了半秒钟，然后才和他握手。“吉姆·摩尔。欢迎见证休战。”

“刚才发生了什么？”

“他们达成了协议。暂时。”

“他们？”

“僧侣和吸血鬼。”

“我以为那些是僵尸。”

“那些确实是。”摩尔点了点墙壁，远处出现了一个热源，这个孤独的光点离包围圈有很长一段距离。“这个不是。僵尸不会做任何事情，除非受到操控。她要过来了。”

“吸血鬼们。”布吕克斯说。

“吸血鬼。单独行动的。”然后，他像是忽然想到了什么。“那些家伙不擅长团体行动。”

“我都不知道我们会放他们出来。我一直以为我们非常小心，对他们……你明白的……严加看管。”

“我也这么以为，”苍白的闪烁光线冲掉了摩尔脸上的血色，“天晓得她有什么来历。”

“她对二分心智教会有什么不满吗？”

“不知道。”

“那她来干什么？”

“我的敌人的敌人。”

布吕克斯沉思片刻。"你是说存在一个更大的敌人。一个共同的威胁？"

"很有可能。"

外面的沙漠上，没有长宽高的热源小点已经变大，正在用可见的双腿移动。它似乎并没有在奔跑，穿过沙漠的速度却远远超过了基准人类的行进能力。

"看来现在我可以走了。"布吕克斯说。

老兵转身看着他，遗憾和战术画面的倒影在他眼中交织。

"想都别想。"他说。

过时的不是战争就是人类。

——R. 巴克敏斯特·富勒

两名卫兵守在大厅中间一扇门的左右两侧，身穿相同的宽松衣物，模样仿佛一对阴森的土偶。布吕克斯没得到邀请参加房间里的会谈，但他远远地跟着摩尔，无处可去，于是沿着走廊的侧墙溜达。二分心智教会的人员来来去去，忙着处理与驯化武器化气旋有关的天晓得什么事情。在斜射进窗户的晨光之中，他们看上去平平无奇。没人发出玄妙难测的怪声。没人穿法医或兜帽长袍，或者布吕克斯认识的任何一种制服，有几个人穿牛仔裤。有一个人从他面前走过，全神贯注地盯着他的战术平板，他赤身裸体，胸前有个文身在蠕动：那是某种有翅膀的动物，布吕克斯确定在分类学数据库的任何角落里都找不到它。

但他们的眼睛里都还有星星。

摩尔从卫兵中间走进房间。布吕克斯在他背后侧身而行。卫兵像石像似的站在那儿一动不动，他们光着脚，面向前方，一模一样的米色连体服上没有任何标记。空荡荡的枪套挂在他们腰间。

他们没有神采的眼睛从不停止移动。眼珠颤抖和抽动，前前后后，上上下下，像受惊的小动物一样画着弧线，就好像他们是两个被活埋在水泥里的惊恐活人。有人在走廊里轻声咳嗽。四只眼睛立刻锁定声音的来源，在四视线的远焦点上同步凝视了短短的一瞬间，然后继续在各自的眼眶中挣扎。

布吕克斯读到过文章，说僵尸在依然以第一人称进行性交的人群中有个特定市场。他试图想象与拥有这么一双眼睛的生物做爱，忍不住打了个寒战。

他从大厅的另一侧经过。视差给了他门内房间的一个移动切片视图：吉姆·摩尔，处于待机模式的桌面全息显示器，五六个二分心智人正在点头。一个女人：瘦得像一条灵缇，身穿仿生连体紧身衣，黑色刺猬头短发底下的脸苍白如骨头，下巴有点突出，一般意义上的猎物见到了都会胆战心惊。布吕克斯悄悄走过时，她忽然扭头看他。她的眼睛像猫科动物一样闪闪发亮。她露出了满嘴的牙齿，放在其他人脸上，这个表情大概叫作微笑。

门立刻关上了。

"哎，饿不饿？"

一只手落在他的胳膊上，他吓了一跳，但那只是个女人，她梳着脏辫，身材纤细，笑容让他感到温暖，而不是浑身发冷。她的皮肤是均匀的巧克力色，而不是昨晚彩虹旋涡般的伪彩色。不过他记得这个声音。

"莉安娜，"他嘟囔道，和她打招呼，"你是我在这里看见的第一个真的穿得像僧侣的人。"

"这是浴袍。我们并不怎么喜欢这里的帮派色彩，"她朝大厅前方扬了扬下巴，"走吧，吃早饭。"

*

食堂令人安心，就像个普普通通的自助餐厅，他们选取了各自的食物（见到克隆肉培根，布吕克斯松了一口气，他担心二分心智教会会遵循素食的传统），坐在正门的宽阔台阶上吃东西，望着影子在晨间的沙漠上渐渐缩短。龙卷风低速旋转的平静嘶嘶声在他们背后的防御墙上飘过。

"昨晚可够热闹的。"布吕克斯嚼着嘴里的鸡蛋说。

"早晨也挺热闹。"

他抬起视线。头顶上的高空中，路过的空客飞机在天上留下了一道尾迹。

"对，它还在天上呢，"莉安娜说，"你仔细看，会发现它在较高的波长上时隐时现。"

"我看不见。"

"你有什么增强？"

"我的眼睛？什么都没有。"布吕克斯把视线又投向地平线。"隐花色素受体还是'下一个伟大进展'的时候我就做了植入，以为它能帮我在哥斯达黎加辨别方向。你知道广告是怎么说的，永远不会迷路啥啥啥。但突然间我看见的不只是地球磁场，每一个该死的战术平板和充电垫周围都多了个光圈。太他妈烦人了。"

莉安娜点点头。"是啊，需要花点功夫才能适应。好比让盲人拥有视力，他们也需要时间来学习如何去看。"

"我的耐心没那么好。色素受体还在我的视网膜上，但过了一个星期我就屏蔽掉了。"

"哇，你还真是个老古董。"

他克制住恼怒的反应：她只有我一半年龄，多半早就忘记了她出生时的肉身和后来植入的色素体之间的区别。"我做过标准的大脑提升。否则恐怕也得不到终身教职。"这提醒了我——"你们这儿应该没有认知素吧？我的留在营地了。"

莉安娜瞪大了眼睛。"你还在吃药？"

"东西是一样——"

"装个药泵顶多只需要十分钟，而你非要吃药，"她咧开嘴，露出滑稽的灿烂笑容，"你不只是老古董，而是真正的石器时代人。"

"很高兴你觉得这么他妈的好笑，莉安娜，所以你到底有没有？"

"没有，"她抿了抿嘴唇，"不过我猜我们可以合成一些。我帮你问问。或者你可以找吉姆。他也是个，呃……"

"老古董。"布吕克斯替她说完。

"事实上，要是你知道他脑袋里有多少改线，一定会吃惊的。"

"我光是在这儿看见他就已经够吃惊的了。军队的人出现在修道院里？"

"嗯，对哦，你还以为我们都穿着睡袍呢。"

"他在这里是帮你们和吸血鬼交战吗？"布吕克斯把空盘子放在身旁的台阶上。

她摇了摇头。"他在这儿——他只是需要一个地方做他的研究。另外，我认为他在刺探我们的情况，"她侧过头看他，"你呢？"

"我是被赶出来的。"他提醒她。

"不，我是说，你在荒野里干什么？这儿还有什么物种没被加入存储记录和数字化的吗？"

"已经灭绝的那些。"布吕克斯气咻咻地说。然后他收起了坏脾气："没错，你在实验室里能够虚拟化一切。但湿件广域网里有一百万个无法预测的变量，虚拟不可能告诉你外面究竟在发生什么。"

她望向平原上的远方，布吕克斯顺着她的视线看过去。西北方向有一道山梁，过去两个月，他的营地就安在那里。但他从这里看不见它。

"能告诉我到底发生了什么吗？"他最后说。

"你被卷入了交火。"

"什么交火？僵尸为什么——"

"是吸血鬼，"莉安娜说，"事实上，就是瓦莱丽本人。"

"你开玩笑对吧？"

她耸耸肩。

"所以吸血鬼瓦莱丽纠集了一支僵尸军队来攻击二分心智教会。这会儿他们就坐在走廊上的那个房间里，吃着薯片和小香肠，因为——摩尔说什么共同的敌人。"

"情况很复杂。"

"说不定我能听懂呢。"

"你不可能理解的。"她挤出笑容——"你忘了吃你的认知素"——但笑容毫无说服力。

"听我说，很抱歉我闯了你们的派对，但——"

"丹，实话实说，目前我知道的比你多不到哪儿去，"她摊开双手，"我能明确地告诉你的只有一句，那就是你必须相信他们。他们知道他们在干什么。"

她想摸摸他的头，但在最后一刻忍住了。

他站起来。"很高兴听你这么说。那我就不打扰你们的快乐游戏了，谢谢你招待我吃饭。"

她抬头看着他。"你知道那是不可能的。吉姆已经告诉过你了。"

"你是要告诉我我的摩托车在哪儿，还是我只能走回去？"

"丹，你不能离开。"

"你们不能把我关在这儿。"

"你要担心的不是我们。"

"现在这个'我们'是谁？二分心智教会？吸血鬼？树袋熊？"

她指着沙漠上的北方，眯起眼睛。"你往那儿看。山梁上。"

他望向那儿。刚开始什么都没看见。然后，有个东西在晨光中闪闪发亮：峭壁上的一点光芒。

"然后向上看。"她说。东方的高空中，一点亮光远远地刺进他的眼睛，那是来自开阔天空中的反射光。

"不是我们，"莉安娜重复道，"而是你们。"

"我——？"

"和你一样的人。基准人类。"

他思考她的话。

"瓦莱丽肯定入侵了相当多的一批卫星，只是为了让她的棋子就位。在轨道上的那些天眼看来，这一整块沙漠昨夜消失了整整四个小时。这就引起了人们的主意。有人塞了一两台无人机飞进来，刚好看见我们的气旋引擎跳起来；而那些舞步，怎么说呢，有点超过了外界的最先进水平。"莉安娜叹了口气。"多年来，二分心智教会一直使得某些不对路的人提心吊胆。比起通常的发展速度，我们的突破太多也太快了。他们在观察我们，多年来一直在观察。而现在，在他们眼中，我们正在和一群僵尸打某种帮派战争。"

"丹，他们不可能放过这个机会。他们瞥见了幕布背后的情况，会朝着整个保护区撒下一张大网。"

而我，布吕克斯心想，他妈的一点也不怨恨他们。"我和这里的事毫无关系。你自己也说过。"

"你是目击者。他们会盘问你的。"

"让他们盘问好了，"布吕克斯耸耸肩，"你什么都没告诉过我。既然他们部署了无人机，那我见到的东西也不比他们更多。"

"你见到的东西比你意识到的更多。每个人都是这样。他们会想到这一点的，因此对你的盘问会相当激烈。"

"那你成了什么？我的私人保镖？喂我吃饭，陪我散步，确保我不会走进不该去的房间，打扰成年人开会。要是我企图离开，就拽住我的狗绳。是不是这个道理？"

"丹——"

"你听着，你这是要我做出选择，要么支持率领僵尸军队的吸血鬼，要么支持你所谓的'你们这些基准人类'，说得倒是挺好听的。"

她站了起来。"我不是在让你做选择。"

"我迟早会离开的。我不可能在这儿过完一辈子。"

"要是你企图现在离开，"她说，"那结果就会是这样。"

他俯视着她：瘦得像柳条，个子只到他胸口。

"你要阻拦我？"

她目不转睛地盯着他。"要是必须如此，我会尽力的。但我真的希望不至于走到那一步。"

他伫立良久，然后捡起盘子。

"去你妈的。"他说，回到了建筑物里。

*

在监狱里，她给了他充分的自由。他气冲冲地沿着大厅向前走，她立刻就退开了，放他一个人走过虔信者的喃喃低语和凝固僵尸的超动目光，经过讨论敌人之敌人的闭门会议，经过敞着门的宿舍、书房和卫生间。刚开始他漫无目标地闲逛，见到出现在面前的走廊就进去，碰到死胡同就往回走，他的双脚在自行其是地探索，而滔天巨浪在他的心里翻涌。过了一阵，他的眼睛背后开始隐约作痛，把他带回了此时此地；他更用心地观察周围的环境，决定重返摩尔的地下室瞭望台，既因为他相对而言更熟悉那儿，也因为他在那儿或许能得到一些战术启示。

但他找不到那个地方了。他记得莉安娜领着他穿过了墙上的一个门洞。他记得他们在休战后从那儿出来。那个房间肯定就在主走廊上，肯定就藏在大厅周围那些一模一样的橡木门中的某一扇里面，但沿着那段走廊走来走去，没有一个视角显得熟悉。仅仅一小时前他还置身其中，但现在这儿似乎变成了它本身的奇怪模拟版，就好像修道院的布局在他不注意的时候发生了微妙的变化。他随便挑了几扇门试着打开。

第三扇门虚掩着，里面传来低沉的喃喃交谈声。门很容易就推开了；墙上镶着培养槽克隆的硬木墙板，这大概是个图书室或地图室，另一头外面是一片草地（一半被阳光照亮，一半被阴影覆盖）。玻璃滑动门的另一侧，一些玄妙的物体从毫无瑕疵的草坪上乱糟糟地升起。布吕克斯不确定它们是机器还是雕塑还是两者的胡搞混合。外面只有一个东西看上去还算熟悉，那是个浅浅的洗脸池，放在齐腰高的四方形底座上。

房间里也有这么一个东西，就在占据了房间中央位置的会议桌的另一侧。两个模样天差地别的二分心智人站在会议桌旁，盯着散落于某种硬拷贝地图或古老游戏盘上的一组骰子大小的东西。那个日本僧侣瘦得像是稻草人；而那个白人可以去百货商场的圣诞派对上演圣诞老人——当然了，必须先让他穿上合适的衣物，再在肚子前面绑个枕头。

"有可能来自昆士兰，"圣诞老人说，"那地方一向能孕育出最强的生物毒素。"

稻草人舀起一把物体（布吕克斯现在能看清了，它们不是骰子，而是多面的块状物，让他想到桃花心木的编织饰品），把它们在底板上大致排成新月形。

圣诞老人思忖片刻。"还是不够。即便我们能在短时间内滤掉范艾伦信号。"他漫不经心地挠着脖子侧面，似乎这才注意到布吕克斯。"你就是那个难民。"

"生物学家。"

"反正欢迎，"圣诞老人咂了咂嘴，"我叫勒基特。"

"丹·布吕克斯。"另一个人点点头。他觉得这是邀请，于是走向会议桌。游戏盘上的图案是彭罗斯镶嵌块互相交错构成的多色螺旋，比他记忆中在祖父阁楼上见过的任何一个游戏盘都要复杂无数倍。它仿佛在他的眼角余光中移动，在他似看非看的时候悄然爬行。

稻草人弹了弹舌头，视线没离开过会议桌。

"别管政三，"勒基特对他说，"他不怎么擅长你所谓的正常交谈。"

"这儿所有人都会说灵言吗？"

"说——哦，我明白你的意思了，"勒基特轻轻一笑，"不，咱们政三的问题更像是失语症。反正他不接入网络的时候就是这样。"

稻草人无序但精确地又扔出几个桃花心木块。勒基特再次轻笑，摇了摇头。

"他通过桌游说话。"布吕克斯猜测道。

"差不多了。谁知道呢？等我毕业，我说不定也会这么做。"

"你还没——？"他当然没有了。他的眼睛里没有星光。

"还没。侍僧。"

他能说英语就足够了。"我在找我昨晚待过的房间。在地下，螺旋楼梯，感觉有点像指挥作战的地堡？"

"啊哈。上校的老窝。北厅，右手边第一个拐弯，左手边第二扇门。"

"好的，多谢。"

"不客气。"勒基特转了回去，政三把骨骰摇得哗哗作响，然后扔了下去。"总之反物质足以打破轨道。至少能节省化学材料。"

布吕克斯停下了，一只手抓着门把手。"你说什么？"

勒基特扭头看他。"只是在制订计划。没什么好担心的。"

"你们有反物质？"

"很快就会有了，"勒基特咧嘴笑笑，把双手放进洗脸池，"看神的旨意。"

*

战术拼贴画面中的大多数都暗着，或者是模拟信号的蠕动白屏。随机视角一阵一阵地闪过五六个视窗：沙漠，沙漠，沙漠。没有卫星成像的画面。有可能是摩尔关闭了那些信号源，也有可能是封锁线背后的人不但隔绝了地平线，也隔绝了天空。

布吕克斯试着点了点一块暗着的智能涂料。他的手指激起了一闪而逝的红光，但除此之外就毫无反应了。

但活动的视窗在不停切换信号源。摄像设备也许内置了某种动作感应器：视图不断平移和突然移近，闪电般地放大稍纵即逝的黑影或遥远的悬崖。布吕克斯在画面中央往往找不到任何值得关注的东西：一只隼在枯枝上梳理羽毛，中远处能看见一个沙漠啮齿类动物的地洞。有一两次，小规模的山石崩落滚下远处的一道山坡，像是被某种不可见的干扰力量踩松的碎石。

有一次，在树叶和灌木丛的掩映下，一对玻璃珠般的倒影回视镜头。

"有事吗？"

吉姆·摩尔的手伸过布吕克斯的肩膀，点了点显示屏。新视窗在他的指尖下生成。布吕克斯让到一旁，老兵把视窗扩大到智能涂料墙上，调出一个信号源，放大显示南面小丘上的一道裂缝。

"我想上网，"布吕克斯坦白道，"看看外界有没有人发现这里被隔离了。"

"网络只能访问本地资源。我不认为二分心智教会能通万联网。"

"为什么，他们担心被入侵吗？"布吕克斯听说过，这是个持续增长的趋势：防御性的自我分隔，为了抵御现时间冲击[1]，管他妈的法律后果。人们开始权衡利弊，选择在全景监狱外待上一两天，哪怕不得不面对因此而来的罚款和拘禁。

摩尔却摇摇头。"我不认为他们有这个需要。无法使用电报网络，你觉得失去了什么重要的东西吗？"

"电报是什么？"

"我就是这个意思。"上校注意到了什么东西。"哎呀。这可不妙。"

布吕克斯顺着他的视线望向他刚打开的视窗，看着画面中央的岩缝。"我什么都没看见。"

摩尔在墙上弹出琶音。画面变成伪彩色。蓝色的分形图案之中，有个几何图形在绽放黄光。

他嘟囔道："似乎是气溶胶投放。"

"你们的人？"

摩尔的嘴角微微一扯，"很难说。"

"有什么难说的？你是军人，对吧？他们也是军人，除非政府开始外包给——"

"生物热信号也是。他们不会信任机器人去负责做事，"老兵的声音里有一丝笑意，"所以多半是基准人类。"

"为什么？"

"玻璃心。低自尊。"他的手指在变暗的墙壁上跃动。明亮的视窗在手指碰到的地方闪现。

"至少你们是在一边的，对吧？"

"情况并不是那样的。"

"这话是什么意思？"

---

[1] Present Shock，指个体在过短时间内感知过多变化而受到的冲击。

"指挥链现在和以前不一样了，"摩尔淡淡一笑，"它现在变得更加——有机。总之——"手指再次舞动；视窗缩小，沿着墙壁边缘滑向一个空位，"他们还在布置。我们有时间。"

"会面情况如何？"布吕克斯问。

"还没结束。不过，开场白过后，我留在那儿也没什么意义。我只会拖慢他们的进度。"

"让我猜一猜：你不能告诉我正在发生什么，而且反正也和我没关系。"

"为什么这么说？"

"莉安娜说——"

"卢特罗特博士没有参加会面。"摩尔提醒他。

"好的。所以你能告诉我什么——"

"天火坠落。"摩尔说。

布吕克斯诧异道："和天火坠落有什么——哦。你们共同的敌人。"

摩尔点点头。

截获的会话记录闪过脑海，犹如圣诞彩灯："忒修斯。他们出发后发现了什么？"

"有可能。现在还不确定，只有——线索和推测。没有真正的情报。"

"但道理是一样的。"一股外来力量，它有能力在毫无预警的情况下向地球大气层同时投放六万个监控探测器。这股外来力量在几秒钟内到达和离开，打了这颗星球一个措手不及，在天晓得多少个波长上拍摄了天晓得多少张能泄露秘密的照片，然后让大气层把整个狗仔队焚毁成悬浮在平流层中的无法追踪的一把金属屑。尽管投入了巨大的资源去寻找它，但这股外来力量无论是之前还是之后都没留下任何踪影。"它确实有资格成为共同的威胁。"布吕克斯不得不承认。

"我看也是。"摩尔转向他的作战指挥墙。

"但双方一开始为什么要交战呢？一个吸血鬼和一伙僧侣能有什么仇怨？"

摩尔没有立刻回答，过了一会儿，他说："不是个人恩怨，你应该是想这个，对吧？"

"那是什么呢？"

摩尔吸了一口气。"那是——事实上，差不多是一回事。熵，在增加。现实主义者和他们对天堂的战争。北海道的纳米组织微体者。伊斯兰堡在燃烧。"

布吕克斯不明所以："伊斯兰堡的——"

"哎呀。我说得太快了。时间长了你自然会明白。"上校耸耸肩。"布吕克斯博士，我不是想故弄玄虚。你已经在这锅汤里了，所以只要不会进一步给你造成危险，我就会尽我所能告诉你。但你将不得不把很多东西寄托在——怎么说呢，信仰上。"

布吕克斯爆出一声尖笑。摩尔看着他。

"不好意思，"布吕克斯说，"就是我听说了很多有关二分心智教会的事情，还有他们在科学上的突破和他们对真理的追求。现在我终于走进了这座殿堂，我听到的却是'信心''神的旨意'和'寄托信仰'。我是说，这整个教会就建立在对知识的追求上，而第一戒律却是不得提问？"

"倒不是说他们没有答案，"摩尔过了一会儿才回答，"只是我们在绝大多数情况下都无法理解。我猜你只能求助于类比。硬把超人类的洞见拗成人类的曲奇模具。但这么一来，大多数时候你得到的只是个打断了所有骨头、流完了全部血液的比喻。"他举起手，挡住布吕克斯的反驳。"我知道，我知道，这确实会让人觉得非常沮丧。但人类有个倒霉的习惯，那就是会仅仅因为理解了类比就以为他们理解了实际情况。你把脑外科手术解释得过于简单，一个学龄前儿童以为他弄懂了，说不定会在没人注意的时候抓起一把微波手术刀，开始切某个人的脑袋。"

"但话说回来，"布吕克斯望向墙壁，投放的气溶胶在绽放黄色和橙色的光彩，昨天夜里，一个杀气腾腾的龙卷风曾经蹂躏过那片土地，"他们解决冲突的手法似乎和我们这些愚蠢的基准人类没什么区别。"

摩尔淡淡一笑。"这倒是的。"

*

他在门前台阶上找到了莉安娜，晚饭放在她的膝头，眼睛望着落日西沉。他推门出来，莉安娜扭头看他。

"我为你打听过大脑促进剂，"她说，"可惜运气不好。装配线全都预订满了。"

"谢谢你能帮我问。"他说。

"吉姆大概会记在心里的。不过你应该已经问过他了。"

他用一只手端着托盘，用另一只手揉了揉隐约疼痛的眼窝。"介意我坐下吗？"

她腾出一只手示意，台阶宽阔和气派得像是属于一座大教堂。

他在她身旁坐下，开始戳盘子里的食物。"关于今天早上，我，呃……"

她盯着地平线。太阳也盯着她，给她的颧骨打上高光。

"……对不起。"他终于说了出来。

"没关系。没人喜欢被关在笼子里。"

"但还是一样。我不该朝信使开火的。"寒风突然吹来，刮过他的肩膀。

莉安娜耸耸肩。"要我说，没人应该朝任何人开火。"

他抬起视线。金星朝他们眨眼。他有一瞬间想到，不知道这些光子是直线传入他的眼睛的，还是在最后一纳秒内被引流绕过了某些不可见的充满曲线和夹角的溢洪道。他扫视周围皲裂的沙漠地面，然后抬起视线，望着远处更为参差不齐的地形。他思考有多少他看不见的实体也在看他。

"你总在外面吃饭？"

"只要有机会。"西沉的太阳拉长她的影子，投在两人背后的防御墙上，橙色的阳光勾勒出巨大的黑影。"这儿很——凄凉，明白吗？"

有棱纹的云层现出一百万种肉红色，飘过橙色与紫色的天空。

"这种情况会持续多久？"他问。

"哪种？"

"他们躲在外面，咱们守在这儿。等有人真的采取行动。"

"老古董，你放轻松，"她摇摇头，在暮光中微微一笑，"随便你纠结揣测整整一个月，我也敢保证无论你想到什么办法，款待咱们的主人都已经用过五种方式制订计划了。他们一直在采取行动。"

"例如？"

"你别问我，"她耸耸肩，"就算他们告诉我，我多半也听不懂。他们大脑的接线方式不一样。"

蜂群意识，他提醒自己。而且还是联觉者——要是他没弄错的话。

"但你肯定理解他们，"他说，"那是你的工作。"

"和你想象的方式不一样。而且要是我不做点改造，就完全不可能了。"

"到底怎么做？"

"我也不确定。"她承认道。

"别开玩笑了。"

"不，我说真的。类似禅修。比方说弹钢琴，或者想象自己是天堂里的一条蜈蚣。只要你开始思考你在干什么，那一瞬间你就搞砸了。你必须进入那个状态。"

"他们肯定在某个阶段训练过你，"布吕克斯坚持道，"肯定存在某种有意识的学习曲线。"

"你是这么想的，对吧？"她眯起眼睛，望着他依然无法看见的隐形巨物。"但他们，怎么说呢，直接跳过了那个环节。他们用恰到好处的超声波脉冲轰击我的穹窿[1]，然后等我恢复知觉，已经是四天以后，而我拥有了所有的神经反射。跟弹钢琴一样，我的手指比我更能理解，明白我的意思吗？音素、节奏、手势——有时候是眼球的动作——"她皱起眉头。"我吸收了所有的这些提示，而算式——就这么一点一点地直接进入我的脑海。我把它们记录下来，寄出去。第二天，它们出现在最新一期《科学》杂志上。"

"事后你从没查验过那些神经反射？比方说以极慢的速度弹钢琴，花时间去观察你的手指如何移动？"

"丹，它们是对不上的。意识是个草稿本。你可以储存购物清单，写下两个电话号码，但是——举个例子，你发觉你已经吃完晚饭了吗？"

布吕克斯低头看盘子。盘子空空如也。

"而那只是几次吞咽动作，发生在仅仅半分钟之前。你有没有尝试过，比方说，把一本小说的一个章节记在大脑里？有意识地？从头到尾？"她的脏辫在暮色中前后甩动。"无论我做的是什么，那都是太多的变量。放不进全局工作空间里。"她朝布吕克斯露出小小的，抱歉的微笑。

---

[1] 大脑海马至乳头体的弓状纤维束。

他们给我们编程，就当我们是发条玩偶，他心想。西方的最远处，太阳温柔地落在一道遥远的山梁上。

他望着她："为什么还是咱们说了算？"

她咧嘴笑道："这个'咱们'是谁，白小子？"

他没有笑。"你的那些老板。他们应该毫无还手之力，别人都这么说。优化大脑可以往上也可以往下，但没法面面俱到。假如一个人能在普朗克尺度上自如思考，那他在真实世界中连过马路都需要别人的帮助。所以他们才会把大本营建在沙漠里。所以他们才会雇佣你这样的人。反正我们听到的说法是这样的。"

"全都是真的——或多或少。"莉安娜说。

他摇摇头。"莉，他们能微操龙卷风，能用一个眼神和一挥手把人变成木偶，半个专利局是他们的。他们的'毫无还手之力'就像霸王龙进了托儿所。所以这么多年了，他们为什么还没统治世界？"

"你这话就像一只猩猩在问，既然没毛的猿猴那么聪明，他们的屎团为什么不比其他人都大。"

他想忍住不笑，但没能做到。"你没有真的回答我的问题。"

"当然回答了。人人一开口就是这个蜂群意识，那个联觉，就好像那是什么超能力。"

"过了昨夜，你难道想告诉我不是？"

"实际情况比超能力深刻得多。这是知觉问题。我们——怎么说呢，太贫乏了，明白我的意思吗？我们在观察的根本不是现实，我们看到的是现实的模型，是我们的大脑通过波长和压力点拼凑出来的漫画。我们低头看手写的笔记，上面说向东两个街区，到桥头左转，而我们认为阅读这些愚蠢的文字等同于看着宇宙从挡风玻璃的另一侧掠过。"她扭头望向他们背后的建筑物。

布吕克斯皱眉道："你认为二分心智教会能直接看到挡风玻璃外的风景。"

"谁知道呢。也许吧。"

"那我就不得不告诉你一些坏消息了。只要我们开始通过神经系统调制感官输入信号，现实就立刻不复存在。你想真正地直接感知宇宙，不通过愚蠢的符号或建模？去变成原生动物吧。"

微笑点亮了她的面容，在越来越深的暮色中明艳得惊人。"那不就正是他们吗？建立一个群体思维，复杂得足以让几百个基准人类天才感到羞愧，然后使用它像草履虫那样思考。"

"我说的不完全是这个意思。"他说。

太阳眨眼告别，沉到了地平线之下。

"我不知道他们是怎么做到的，"她承认道，"但假如他们见到的事物更接近现实——呃，也就是你所谓的飞升 [1]。不是微操龙卷风的能力，仅仅是——能多看见一点外面的东西，"她点了点她的太阳穴，"而不是这里面的东西。"

她起身，像猫似的伸懒腰。布吕克斯也站起来，拍掉衣服上的沙子。"那么飞升就是遥不可及的了。至少对我们的大脑来说是这样。"

莉安娜耸耸肩。"那就改造你的大脑呗。"

"那它就不再是你的大脑了，而是变成了别的什么东西。你也会变成另一种存在。"

"差不多就是这个意思。飞升是一种转化。"

他摇摇头，并不信服。"对我来说，听上去更像自杀。"

*

他感觉到眼睛在闭着的眼皮底下启动，跨过了梦境与清醒边缘

---

[1] Transcendence，在此指从人类到后人类的跨越。

那条细如刀刃的分界线：他有足够的意识能看见帘幕，但没有足够的意识去看清帘幕背后的人。

清醒梦是一种微妙的精神活动。

他从垫子上坐起来，幻觉的双腿依然裹着肉体的双腿，就好像那是半蜕皮昆虫的腹节。他扫视周围的家具，假如前两个月你不是每天都在沙漠地面上睡觉的话，那么这个房间就只能用简陋来形容了：一块高于地面的睡垫，长两米，比地面上仿佛肉体的合成材料更柔软和厚实。墙上有个壁龛，是磨砂玻璃门的药柜。还有那种带底座的洗脸池，在朝着睡垫的那一面安装了一根毛巾杆，上面搭着一条擦手巾。勒基特安排他在这个鸽子笼里过夜，它在梦中和他清醒时见到的样子没什么区别。

他早就学会了从锚定于现实中的平台上发射梦境。这样会让回程变得更轻松。

布吕克斯舒展他的颞顶联合区，向上穿过抛光花岗岩（这是猜测的，他在清醒世界忘记了注意它的材质）的天花板。修道院先在四周铺展，然后沉向他的脚下：从真实尺寸的要塞变成了皲裂的荒凉土地上的一个桌面模型。指甲盖大小的骨白色月亮高悬于头顶上：天空中的其他地方，百万星辰在黑暗中绽放冰晶般的刺眼寒光。

他飞向北方。

这是极简主义的魔法场景：没有彩虹桥和会说话的云团，没有霸王龙驾驶的飞行器编队。他早就学会了不去轻信能够容忍他置身于此处的心理过程，还有在梦境变得清醒前就住进他头脑的批评声音。骑自行车穿越星空——这些东西会让他内心的怀疑论者皱起眉头，然后八岁的丹尼·布吕克斯在梦中就发现自己被困在星辰之间。扫兴的前脑对飞行的轻佻喜悦嗤之以鼻，他会忽然被高压线缠住，或者干脆在凌晨三点被弹回意识之中，被他自己的怀疑赶出梦乡。即便在梦中，他的大脑早在他长出阴毛前就开始出卖他了。成年以后，清醒梦对他来说毫无用处，直到他有限的基准学习曲线耗尽了清醒的时间，迫使他在梦中学习新的技能，以免学术界越来越精进的后浪把他拍死在沙滩上。

现在他至少能飞行了，不需要思考或自我颠覆。通过多年实践，通过曾经在快速眼动睡眠期引导幻觉的诱导硬件，通过最终让他抛开训练装置、只靠大脑去完成任务的练习，他已经掌握了窍门。他能飞行，能进入环地轨道，要是他愿意，还能飞到更远处再飞回来。他可以一口气飞到天堂。那正是他此刻要去的地方：北极光在正前方的天空中盘绕，蓝绿色的帘幕在目的地上方发光，就像全息时代的伯利恒之星。

但没有会说话的云团。他也学会了不去冒险。

现在，他像幽灵似的穿过天堂的墙垒，降到最深处的那一层。罗娜像平时一样萎靡，孤零零地待在牢房里，依然身穿大脱离那天的纸罩衫和拖鞋，当时他们对彼此说这不是永别。她的左脚踝上戴着脚镣，十几条被腐蚀的铁链把她拴在墙上。她垂着头，长发挡住了脸，就像黑色的帘幕。

但是，当他穿过天花板进入牢房时，她的表情顿时变得振奋。

他在她身旁的石头地面上坐下。"对不起。我应该早点来的，但我——"

他停下了。没必要浪费珍贵的快速眼动睡眠期在梦中道歉。他调整台词，重新开始。

"你不会相信发生了什么。"他说。

"来，告诉我。"

"我卷入了某种战争，被困在封锁线后，和一群——天哪，你不可能相信我的。"

"僧侣和僵尸，"她说，"还有一个吸血鬼。"

她当然知道。

"我甚至不知道我怎么来这儿的。你会觉得发生了这么多事情，我会过于兴奋，连坐都坐不下来，但——"

"你二十四个小时没合眼了，"她抬起手放在他的手上，"当然能睡着。"

"但这些人不会，"他嘟囔道，"我甚至不认为他们还会睡觉，至少不会完全入睡。他们大脑的不同部分会轮流值班什么的。就像海豚。"

"你不是海豚，也不是什么增强精神海豚人。你是天然人。我就喜欢你这样。还有，你知道吗？"

"知道什么？"

"你能跟上他们的节奏。你一向能做到的。"

不是一向，他心想。

"你应该回来。"他突然说。某个遥远的地方，他的手指和脚趾微微发麻。

她摇摇头。"我们讨论过这个了。"

"没人说你非得回去工作。还有一百万种其他选择。"

"在这儿，"她说，"有一百个一百万种。"

他望着她的锁链。这些锁链并不是他有意识地铸造出来的。他找到她的时候她就是这个样子。当然了，他动动念头就能改变她的处境，就像他改变这个世界里的一切那样——但风险永远存在。

他已经学会了不去冒险。

"你不能永远这么过下去。"他静静地说。

她笑了。"为什么不能？那东西又不是我自己戴上的。"

"但是——"他的太阳穴突突地跳。他命令它们停下。

"丹，"她温柔地说，"你在外面能跟得上，我不行。"

他四肢的麻痒感觉越来越强烈。罗娜的脸在他眼前时隐时现，逐渐变成黑色。他无法继续维持她的存在了。这些小心翼翼的守旧行为，这些仅仅略微超过物理法则的约束环境——它们只能防范你内心的质问，无法抵御不受欢迎的感觉从外部闯入。头疼。针扎般的刺痛。它们分散了他构造内心世界的注意力。突然，他周围的整个外表面都在分崩离析。"尽快回来，"他妻子在陡然升起的白噪音中喊道，"我会等你……"

他还没来得及回答，她就消失了。他尝试构建一些奇观——天堂的内爆，整个世界朝着加拿大地盾[1]之下深处的贪婪奇点剧烈坍缩——但他在朝着光的方向上升，势头过于迅猛。

有段时间，他曾经嘲笑自己缺乏想象力，咒骂自己无法挣脱束缚，像别人一样普普通通地做梦，屈服于辉煌的幻境。即便到了今天，有时候他还是必须提醒自己：这根本不是一种缺陷，而是你的力量。

即便在睡梦中，丹·布吕克斯也不会把任何事情托付给信仰。

---

[1] 北美大陆从加拿大中部延伸到北部的前寒武纪古岩盘。

对自身而言，每个人都是不朽的；他也许知道自己会死，但永远不可能知道他已经死了。

——塞缪尔·巴特勒

阳光穿过小房间的狭窄窗户，刺进他的眼睛。他的嘴巴很干，他的脑袋在抽痛，他的手指像是有电流冲击似的在搏动。睡觉的时候压到手了，他想道，试图想象如何在把两条腿抢过睡垫边缘时做出压手的动作。

双脚接触地面，同样的针刺感淹没了脚底。

好极了。

他按照勒基特昨晚的指点找到卫生间，倒空膀胱，四肢百骸都充满刺痛感和灼烧感。冲马桶的时候，不适开始减轻；他沿着空荡荡的走廊向外走，去寻找其他温暖的躯体，感觉稍微有点立足不稳。

一扇关着的门里面传来东西碰撞的咚咚声。他停下听了几秒钟，然后继续向前走，大厅前方有一扇门开着，吸引了他的注意力。

然后，一个浑身斑驳的赤裸怪物落入视线，像触电似的哽咽和抽搐着。

他呆呆地站了几秒钟，震惊得无法动弹。然后他重新迈开脚步，他认出了对方，所产生的惊愕感无比强烈，使得他忘记了自己不值一提的小小不适：那是稻草人政三，反弓后背，呲着牙齿，皮肤紧紧地包着颧骨，他的脸没有从中裂开就已经是个奇迹了。在意识到这一点之前，布吕克斯几乎走到了他的身边，他停下了脚步。

所有的肌肉都进入了强直状态。这是某种运动机能障碍。

这是神经性的。

强烈的针刺感再次出现。布吕克斯难以置信地看着自己的指尖。然而无论他如何努力，都无法遏止它们的颤抖。

尖叫声开始的时候，他几乎没有听见。

*

无论那是什么，它制造杀戮的时候都悄无声息——绝大多数情况下。

不是因为他们死得毫无痛苦。受害者蹒跚着走出藏身之处，倒在地上挣扎，面部因为痛苦而扭曲成恶魔的面具。连死者都保持着这副面容：青筋突出，针尖大小的血栓把眼球染成猩红色，每张脸都僵化成同样的咧嘴怪相。他们没有任何人说话，甚至没人发出一声呻吟。他跟着那个尖叫的孤独声音向前走，能做的只有跨过一具具尸体；除了手指和脚趾间不断变强的可怖电击感，他什么都感觉不到。他无法思考，脑袋里只有一个念头：它也在我身体里，也在我身体里，也在——

一队生物在他前方绕过了拐角：四具人类躯体以完美的步伐行走，比地上的那些躯体更有生命力，但内部同样已经死去。瓦莱丽在它们中央迈着相同的步伐。四双抖动的眼睛瞬间锁定了布吕克斯，然后继续疯狂地全方位转动。瓦莱丽甚至没有看他。她走路时像是被弹簧驱动，就好像所有关节都略微脱离了原位。队伍走向他，僵尸之一缺少膝盖底下的部位，代替双腿的碳纤维仿生假肢在地板上轻轻地吱嘎作响。除了这个轻微的摩擦声，布吕克斯听不见他们其他人的脚步声。他本能地平贴在墙上，向更新世的神灵祈求隐身能力——能让自己变得更不起眼也行。瓦莱丽从他面前走过，眼睛直视前方。

布吕克斯紧闭双眼。微弱的尖叫声充斥了黑暗。他隐约感觉到有点自豪，因为尖叫声不是他发出来的。等他重新睁开眼睛，怪物已经消失。

尖叫声变得愈加微弱，也更加熟悉了。那就像个可怖的灯塔，电池逐渐耗尽，在战场的迷雾中求助。但这他妈的不是战争，而是一边倒的屠杀，这是一个巨人部落在屠杀另一个部落，任何一个基准人类老古董，只要他蠢得会被卷到他们的脚下，那就连战场上的割喉慈悲都不配享有。

欢迎见证休战。

他跟着叫声继续走。他怀疑他其实没什么可做的——也许能帮对方安乐死——但既然那个声音还在惨叫，那也许就能说话。也许能告诉他一些什么……

但它已经以某种方式在告诉他了。它告诉布吕克斯，在这场血疫面前，受害者并不平等。到目前为止，他见到的二分心智人似乎都在几分钟内倒下，他们被掐住喉咙，没来得及叫喊就变成了苦痛的石像。但不是所有人。吸血鬼和她的部下不是这样。尖叫的声音不是这样。丹·布吕克斯也不是。

至少现在还不是。

但他被感染了，是的，肯定被感染了。有某种东西在影响他的末梢神经，短接了他的精确运动控制系统，正在沿着主线路向上移动。也许再过十分钟，就要轮到他——丹尼尔·布吕克斯尖叫了。

也许它就在这儿，在这扇门背后。

布吕克斯推开门。

勒基特。这个小房间和布吕克斯过夜的地方一模一样，他躺在地上蠕动，就像一条上钩的海鲶鱼，在被他自己的体液弄得滑溜溜的地面上蹭来蹭去。汗水在他脸上和四肢上流成小河，把罩衫变成了一块湿抹布；颜色更深的水渍在裤裆扩散。

但鱼钩刺穿的不是他的嘴巴。它从他后脖颈上的一个端口长出来，连着一根颤抖的细线，通往墙根上的一个插槽。勒基特在抽搐。他的头部撞上一把翻倒的椅子的边缘。这一撞似乎让他稍微清醒了一点；惨叫停止，目光恢复清澈，类似于知觉的东西透过充斥意识的动物性剧痛冒了出来。

"布吕克斯，"他呻吟道，"布吕克斯，拿给我——真他妈疼……"

布吕克斯跪下，伸出手抓着对方的肩膀。"我——"

侍僧猛地一抖，摆脱他的手，重新开始尖叫："太他妈疼了——！"他挥舞一条胳膊：布吕克斯猜测这是个有意识的动作，是一个指令，试图越过一百万条短路的运动神经的咆哮静电传达出来。布吕克斯顺着他指的方向走到嵌在墙上的玻璃门小药柜前。滑动窗格里面，成型剂混合药物做成的锭剂放在贴着标签的纵格里：快乐、高潮、食欲抑制——

止痛。

他从架子上抓起注射器，回去跪在勒基特身旁，抓住颈椎底部的光纤接头：动作笨拙，手指在错误解读大脑的指令。勒基特再次惨叫，拱起后背，像一张拉开的弓。粪便的臭味充斥房间。布吕克斯捏紧插头，使劲转动。插口咔嗒一声松开。汹涌的光淹没了墙壁：摄像头的信号、样条拟合的曲线、被伪彩色涂抹成缤纷暴雪的沙漠。那是被驯服的神谕，现在无法直接访问勒基特的大脑了，只能在肉体空间[1]中继续它的对话。

布吕克斯把止痛剂插进端口，拧了一下让它就位。勒基特立刻沉了下去；手指仍然在抽搐和颤抖，完全是电信号的作用。布吕克斯一时间以为侍僧失去了知觉。但随后勒基特深吸一大口气，然后慢慢地吐出来。

"好多了。"他说。

布吕克斯打量着勒基特颤抖的手指，然后看着自己的手指。"没好。这是——"

"不是我的研究领域，"勒基特咳嗽着说，"也不是你的，不过谢谢你的好运星。"

"但那到底是什么？肯定有解药吧。"他想了起来：怪物组成的花冠，吸血鬼位于核心，动作高效得仿佛没有摩擦力，穿过遍地死者的战场。"瓦莱丽——"

勒基特摇摇头。"她和咱们是一个阵营的。"

"但她——"

"不是她。"勒基特转过头，视线落在实时俯瞰周围沙漠的战术画面上：修道院位于靶心，周围边缘上是一圈玄奥的象形文字。"是他们。"

我们一直在采取行动。

"你们干了什么？到底干了什么？"

"干了什么？"勒基特咳嗽，用手背擦掉嘴角的鲜血。"你也在这儿，我的朋友。我们被注意到了。我们正在——怎么说呢，收割暴风。"

"他们不可能直接——"话又说回来，为什么不能呢？"难道没有什么、什么最后通牒吗？他们难道没有给我们一个投降的机会，

---

[1] 赛博朋克用语，指相对于网络空间的现实世界。

或者——"

勒基特看他的眼神里混合了怜悯和好笑。

布吕克斯咒骂自己的天真和愚蠢。前一天头疼了大半天。摩尔观测到的气溶胶投放。没有大炮齐射，没有致命的小罐呼啸着飞越沙漠。这东西随风而来，神不知鬼不觉。另外，即便是经过改造的细菌也不会一接触就死。疾病必定有个潜伏期，幸运的孢子需要时间在肺部孵化，孕育出足以摧毁人体的一支军队。即便是指数增长的魔法，也需要几个小时才能显现结果。

敌人——

——莉安娜说过，和你一样的人——

——肯定在设立好包围圈之后就启动了这个计划。就算整个二分心智教会高举双手穿过沙漠走出来，他们也不会皱一下眉头；武器已经进入血液，白旗毫无意义。

"你们怎么能允许他们这么做？"布吕克斯咬牙切齿道。"你们应该比我们聪明，你们是该死的奇点后人类，我们这些愚蠢的洞穴人无论搞出什么计划来，你们都应该比我们领先十步。你们怎么能放任他们？"

"噢，但这全都是按照计划进行的。"勒基特抬起一只短路痉挛的手，拍了拍他的胳膊。

"什么计划？"布吕克斯把歇斯底里的狂笑咽了回去。"我们已经是死人了——"

"就连上帝也不可能计划得面面俱到。变量太多了，"勒基特再次咳嗽，"但你别担心。我们早就为我们无法计划的事情做过了计划……"

外面隐约传来一个声音，它穿过敞开的房门——沿着走廊飘来，从高处的狭窄窗口进入建筑物；穿过有栏杆的大门，穿过面向沙漠和花园的玻璃窗格：那是个哨声，因为多普勒效应而变形。附近某些冲击发出闷响。

"啊，清扫工作开始了，"勒基特平静地点点头，"现在没必要再偷偷摸摸的了，是吧？"

勒基特用双手捧住脑袋。

"别担心，老弟。事情还没结束呢，至少对你来说没结束。去吉姆的老窝，他在等你。"

布吕克斯抬起头。"吉姆——可是——"

"我说过了，"勒基特说，"按计划来。"痉挛传遍他的整个身体。"快去。"

就在这时，布吕克斯听见了另一个声音，它更加低沉，在濒死者的呛咳声和即将来终结一切的哨音尖啸背后，这个隆隆声变得越来越响。他感觉到了巨大的叶片在地底深处搅动的震颤，听见蒸汽注入深井的嘶嘶闷响。他听见了一个元素怪物在锁链中挣扎时发出的渐强鼓声。

"这个，"他说，"就他妈的比较像样了。"

*

摩尔在他的地堡里，但并没有参与演出。智能涂料上没有控制器在闪烁，没有滑动条或旋钮或虚拟按钮供他操纵。读数全都是单向的。二分心智教会在另一个地方启动他们的引擎，摩尔只是坐在看台上欣赏。

听见布吕克斯的脚步声，他扭头道："他们在掘进。"

"但无所谓，对吧？我们会把他们撕成碎片。"

老兵转回去对着墙壁，摇了摇头。

"有什么问题吗？他们不在范围内？"

"我们不打算抵抗。"

"不打算抵抗？你没看见他们对我们做了什么吗？"

"我看见了。"

"所有人不是死了就是快死了！"

"我们不会的。"

"好吧。"布吕克斯的指尖上，神经唱着不祥的歌谣。"这样的情况会持续多久？"

"足够久。这种病菌是为二分心智教会定制的。我们还有时间。"摩尔皱起眉头。"你不可能在现场改造出这样的东西来，一夜之间做不到。他们策划进攻已经有段时间了。"

"他们甚至没有鸣枪示警，我操他妈的！他们甚至没尝试谈判！"

"他们很害怕。"

"他们确实害怕。"

"他们认为事先警告会给他们带来不可接受的劣势。他们不知道我们有什么能力。"

"现在也许该让他们见识一下了。"

摩尔转身面对他。"你大概还不熟悉二分心智的哲学。它是极度非暴力的。"

"随便你和勒基特还有你们所有的好朋友宣扬单边和平主义的微妙哲学吧，眼看着咱们都变成极度非暴力的尸体。"朋友。"莉安娜——"

"她没事。"

"我们没有一个没事的。"布吕克斯转向楼梯。也许他可以在天花板塌下来之前找到她。也许他能找到一个可以藏进去的清扫工具储藏室。

摩尔抓住他的肩膀，把他转了回去，就好像他是用软木做的假人。

"我们不会攻击这些人，"他平静地说，"我们不知道凶手是不是他们。"

"你刚才还说他们一直在策划攻击，"布吕克斯用沙哑的声音说，"他们一直在等待动手的借口。你看着他们上子弹开保险。你说不定甚至在监听他们的通讯频道，听见了他们怎么下令。你当然知道。"

"不重要。就算我们就在他们的指挥中心。就算我们拆开他们的大脑，一个突触一个突触地检查，回溯每一个得到启动命令的神经元。我们依然不可能知道。"

"去你妈的。我不会因为你跟我扯不存在自由意志的老狗屁就乖乖听你的话。"

"这些人有可能是在不知情的情况下被利用的。他们有可能受到植入指令的奴役，会信誓旦旦地说他们从头到尾都是自己做出决定的。我们不杀受到操纵的傀儡。"

"摩尔，他们并不是僵尸。"

"完全不同的另一种僵尸。"

"他们在屠杀我们。"

"在这件事上，你必须相信我。否则——"摩尔歪了歪脑袋，显然觉得有点好笑，"我们就只能把你扔下，让你亲自去和他们探讨人生了。"

"扔下我——？"

"我们要溜了。否则你以为咱们为什么在预热引擎？"

*

有人把一个巨大的足球滚进了修道院。十几个僧侣倒在地上，瞪大双眼，进入强直性痉挛状态，他们围绕着这个测地线球体 [1]，它

---

[1] 对正多面体的每一个表面进行测地线细分，从而使之接近球体的结构。

由互相交错的五边形构成，赤道直径约四米。一个房门大小的多边形从它的表面向内打开，仿佛折断的指甲。

某种逃生舱。没有明显的推进装置。至少没有机载的推进装置；但是，漏斗形的龙卷风高耸于围墙之上，它旋转时发出喷气式发动机般的轰鸣声。布吕克斯抻着脖子去寻找这个怪物的顶端，他咽了口唾沫，然后——

然后再看一眼。一个物体在空中画出一道弧线。

"快进去，"摩尔在他的肘边说，"咱们没多少时间了。"

敌人当然知道。他们有人造卫星，有微型无人机，他们能看到墙里的情况，知道我们正在干什么，然后把一切都炸个稀巴烂……

"导弹……"他嗓音嘶哑。

他指着的地方，天空突然破碎。

凝结尾迹在正上方的高处戛然而止，喷气流的下降曲线被拦腰截断；一个新的太阳在曲线终点爆发，那是个炫目的针尖，小得难以想象，亮得不可思议。布吕克斯无法确定他在接下来那耀眼的一瞬间究竟看见了什么。清晨的天空中打开了一个闪烁的巨洞，天穹被撕掉了一大块，就好像上帝亲手揭开了他的培养箱的盖子。天空出现了褶皱：丝丝缕缕的高空卷云粉碎成无数碎屑，深邃无际的大块蓝色坍缩成边缘锐利的万千晶面，半个天际折叠形成了疯狂的折纸。天空内爆，露出了另一片天空——沉静而毫无疤痕。

雷鸣巨响像冰锥似的插进布吕克斯的脑袋。冲击波把他从地面拎起来，在半空中悬停了一个漫长的瞬间，然后将他扔回草坪上。有人从背后推了他一把。他转过身，摩尔的嘴在动，但布吕克斯只听见高频鸣叫充斥了整个世界。摩尔的背后，修道院的防御墙上方，冒着黑烟的残骸从天空中坠落，仿佛火柴巨人被烧焦的骨头。它空荡荡的皮肤化作破烂碎片，斜着飘过天空，金属箔片的气流被吸向受缚的龙卷风。气旋引擎似乎从这顿饭里汲取了力量：它似乎变得更加粗壮，也变得更快和更阴沉了。

瓦莱丽不可见的浮空船。他忘记了。十万立方米的坚硬真空就挡在导弹的来袭路径上：在撞击时溃破，沙漠空气像瀑布般被吸入虚空。

摩尔把他推向球体。布吕克斯晃晃悠悠地爬进黑暗，里面仿佛某种庞大蜘蛛的巨网。它已经挤满了受难者，半隐半现的剪影彼此纠缠。他们全都像虫茧似的挂在宽阔的扁平纤维组成的网上，巨网乱糟糟地充满了结构体的内部。

"快。"一个微弱而尖细的声音在调音叉的大合唱中吼道。布吕克斯抓住离他最近的一条网带，在他手里的电刺激所允许的范围内尽可能抓紧，然后把身体拽了上去。有个东西撞上他的头部侧面。他扭头去看，猛地一缩，见到的是瓦莱丽的一具僵尸的脸，他倒吊在网里，像一只被缠住的蝙蝠，眼珠依然不停抖动。布吕克斯往回松开手；网粘住了他，就好像他是一只壁虎。他挣脱出来，向上攀爬，远离那双疯狂的眼睛和那张没有生命的脸。

另一张脸——不是那么死气沉沉——悬在它的保镖身后的暗处。布吕克斯看不清细节，他的虹膜还因为新升的太阳而闭锁。但他能感觉到它在观察他，能感觉到那双眼睛底下的猎食者狞笑。他继续爬行。有黏性的带子在他接触时抓住他，在他拉开时轻轻剥离。

"随便找个空位。"摩尔说，跟着他向前爬。布吕克斯耳朵里的嗡鸣终于开始消退，像是被这个可怖的子宫和它庇护的奇人和怪物吸收了。"尽量远离外壁；虽然有衬垫，但这一程会很颠簸。"

舱门像最后一块拼图似的旋转就位，把他们封在里面，切断了从外面滤进来的少许光线；空气立刻变得黏稠和憋闷，仿佛海底的一个陈腐气泡。布吕克斯咽了口唾沫。看不见的口鼻在他四周呼吸黑暗，沉如水泥的空气抑制了这个安静而幽闭的合唱团。

视觉和通风在一息之间就恢复了：陈腐的微风吹过他的面颊，

外壁带衬垫的表面发出黯淡的红光。二分心智教会的成员从各个方向挡住光线：有些人摊开手脚，有些人蜷成一团，有几个仿佛纽结的剪影说明他们要么拥有惊人的柔韧性，要么就是骨头断了。加起来似乎一共只有十几个人。

十几名僧侣；一个史前精神变态，她脑死亡的杀戮机器随从；两个基准人类。全都悬挂在子宫中巨大的蛛网里，等待不露面的军队来把他们碾成粉末。

全都是计划的一部分。

布吕克斯试图移动，却发现他停止攀爬后，蛛网立刻包裹着他收紧了。他可以像上钩的鱼那样蠕动，可以抬起手挠鼻子。但除此之外就什么都没法做了。

他的眼睛终于开始适应长波光。头顶上的一张脸变得清晰，熟悉得让他感到快乐："莉安娜？莉安娜，你没……"

但在场的仅仅是她的躯体。躯体的手指轻轻敲打头部侧面，从这个节奏看得出，它的主人调制进入了另一个更遥远的现实。

"她没事，"摩尔在附近某处平静地说，"她在和咱们的载具交谈。"

"就这么多了？二十个人？"他大口呼吸，尽管球体里有生命支持系统，但空气依然出奇地陈腐。

"够多了。"

布吕克斯几乎喘不上气来。强制通风的嘶嘶声响彻整个舱体，空气冲刷他的面部，但似乎就是无法充满他的肺部。

他努力克制越来越强烈的恐慌感。"我认为——换气装置出问题了。"

"空气没问题。放松。"

"不，有——"

某种力量从侧面重重地踢中他们。上方突然变成了侧向，侧向突然又变成下方。血液涌入布吕克斯的头部。一个巨人站在他的胸膛上。空气本来已经憋闷得难以忍受，现在变得更加憋闷：臭鸡蛋的气味像海啸似的涌入布吕克斯的鼻腔。

我的上帝啊，他心想。他无法想象还存在比此时此地更不适合放屁的时间和地点。换个其他环境，他也许会觉得很可笑。但现在只会让他反胃，夺走本来就所剩无几的那点氧气。

"出发了。"摩尔喃喃道——在他背后。在他底下。在他顶上。

他听上去像是昏昏欲睡。

蛛网在摆动。那些躯体被齐刷刷地甩向一个方向，又像钟摆似的被抛向另一个方向，围绕着某个随意且不可测的重心翻转。他们似乎在同时朝着十个方向加速。尼亚加拉瀑布在布吕克斯的脑袋里咆哮。

"不能——呼吸……"

"正常现象。忍着点儿吧。"

"这是——"

"异氟醚。硫化氢。"

疯狂旋转的白噪音从外部吞噬世界。二十具躯体——在大旋涡之中几乎无法看清——同时扑向舱体对侧某个不确定的位置。它们指着那个点，就像被回旋加速器吸引的铁屑，有弹性的枷锁几乎被拉伸到了断裂极限。

布吕克斯的视觉停止了工作，他宽慰地心想：原来是这样。临终前的意识体验。

趁你还有意识，好好享受吧。

寄生虫

　　想要理解这种方法的本质性缺陷，最好的例证也许就是东方达摩联盟开发的所谓"解脱心法"。他们通过使用在西方（正当地）被禁的技术，尝试"现代化"他们的信仰，结果得到的是个从字面意义上摧毁灵魂的意识集群，使得数百万人陷入我们只能称之为深度紧张症的精神状态。（尽管这正是达摩信仰数千年来所渴望得到的，但并没有让他们的命运显得更不悲惨。）而这种行为绝不仅限于东方，错误使用脑机接口技术来"沟通"猫或章鱼之类异类的思维，同样导致了难以言喻的心理创伤。

　　然而也存在另一个极端，面对现代社会的挑战时，我们有可能会受到诱惑，选择单纯地转身背对更广阔的世界。这样的退缩不但违背了圣经中"去使万民作门徒"的训诫，而其本身也有可能造成可怖的后果。救世主吉兰地[1]提供了一个惨痛的例证。南方浸信会和中央浸信会的联盟在将近一年前破裂，我们已经有三个月无法与冲突中的任何一方取得联系了。（直接登陆吉兰地是个不现实的想法，任何载具进入两公里范围内都

---

[1]　gyland（gyre-island），指在大洋上漂流的人工岛屿或船只。

会遭受火力打击，但远程监控自从 3 月 28 日以来就没再发现过人类活动的证据。联合国认为武器射击是自动的，因此宣布救世主吉兰地为禁区，直到防御系统耗尽弹药。）

　　——《内部大敌：二十一世纪二分心智信仰对制度性宗教的威胁》(宗座科学院呈交圣座的内部报告，2093 年)

　　若非噩梦连连，我即使被关在果壳之中，仍自以为无限空间之王。

　　　　　　　　　　　　　　　　　　——威廉·莎士比亚

　　他在尖叫中醒来，睁眼看见模糊的灰色光线，他的侧面挨了一脚，疼痛像电标枪似的顺着左腿刺向上方。他惨叫起来，但叫声被更庞大的杂音吞没：那是金属扭曲的声音，巨大的合金骨架在不寻常的应力线上发生切变。重力的方向完全错误。他仰面平躺，但重力从侧面拉扯他，把他脚先头后地拽出包裹他身体的某种半透明橡胶羊膜。隐约可见的人影在羊膜外改变形状。世界在濒临次声的波长上呻吟，仿佛一头受伤的座头鲸，翻滚着冲向遥远的海床。警报在更高的频率上尖啸。

　　*我在裹尸袋里，*他心想，开始惊恐。*他们以为我死了……*

　　也许我确实……

　　剧痛逐渐在他的脚踝里沉淀下来。布吕克斯抬起双手；微弱的弹力阻碍这个动作。他的静脉和动脉都翻了出来，紧贴他的皮肤。不，不是动脉。肌电张力——

　　世界猛地沉向侧下方。疲劳的金属终于沉默；警报声没有竞争者，似乎变得更加刺耳。有个东西隔着裹尸袋刺进布吕克斯膝盖以下的位置。剧痛迅速消失。

　　一个模糊的影子俯身对他说："悠着点儿，大兵。我抓住你了。"

是摩尔。

薄膜像睁眼似的分开。上校站在他身旁，在一个向下倾斜的世界里倾斜了三十度。这个世界并不大，是个圆柱形的气泡，直径五米，高度大约等于半径，地面、天花板和墙壁都让人发疯地倾斜着。有个东西从它的中心穿过，看起来像是某种框架的脊髓（布吕克斯隐约意识到那是竖梯：这个世界有阁楼和地下室）。塑料方块的堆叠塔，边长一米——有些是白色的，有些是枪灰色，有些是透明的深色（能模糊看见里面的东西像内脏似的闪闪发亮），它们像垒起来的石块一样林立于四面八方，像壁虎一样互相攀附。有些方块脱开了，在舱室底部高高低低地垒成一堆。重力想拉着布吕克斯与它们会合；要是他的包囊没有固定在托盘上，他也会从末端滑出去。

摩尔伸出手，拨弄布吕克斯视线外的控制器；谢天谢地，警报声总算停了下来。"感觉如何？"老兵问。

"我——"布吕克斯甩甩头，想让自己清醒过来，"发生什么了？"

"轮辐肯定扭转了。"摩尔向下/侧面伸出手，从布吕克斯头上剥掉某些东西：薄膜形成的第二层头皮，上面镶着由微小凸起构成的网格。"脱开的立方体砸到了你。你的脚踝折断了。等咱们把你弄出去，很容易就能治好。"

墙上有草皮：一米宽的一片片蓝绿色草皮从天花板铺到地板，中间夹着管道、格栅和凹下去的维护面板，舱壁因此变得丑陋。（经过增强的藻青蛋白，他记得他在什么地方读到过。）智能涂料在不进行光合作用的所有表面上发出沉静的光芒。他的托盘从墙上的一个缺口中放下来；缺口里有一组时间序列图在闪烁，报告他的身体运行状态。

"我们在轨道上。"他忽然意识到。

摩尔点点头。

"我们受到——他们攻击我们——"

摩尔微笑。"具体是谁呢？"

"我们受到了攻击……"

"那是一段时间之前了。在地面上。"

"那——"布吕克斯咽了口唾沫。他的耳朵砰然打开。他从未上过太空，但他一眼就认出了布局：标准化的生活舱，两层，与从低轨道到地球同步轨道之间报废的卫星一样常见。你可以把它们挂在离心枢纽上模拟重力。那样模拟出的重力应该与甲板垂直，而不是——

他尽量让声音保持平稳。"发生什么了？"

"也许是流星撞击。也许是不良构件，"摩尔耸耸肩，"难说不是外星人绑架。在没有可靠情报的情况下，一切皆有可能。"

"你不——"

"布吕克斯博士，我现在和你一样没有头绪。没有感控中心，没有内部通信。轮辐扭转的时候，连线肯定被拉断了。要是有人能增强上游节点的信号，我就能重新接上系统，但我猜他们这会儿有更重要的事情要考虑，"他抬起一只手按住布吕克斯的肩膀，"放松，博士。救援已经上路了。你没感觉到吗？"

"我——"布吕克斯犹豫道，抬起一条仿佛橡胶的胳膊，让它向下方／侧面垂落；胳膊似乎比刚才轻了一丁点儿。

"他们已经关停了离心旋转，"摩尔证实他的猜想，"我们的转速正在平缓下降。这意味着飞船的其余部分应该没什么毛病。"

布吕克斯的耳朵再次砰然打开。"我们当然没有。我觉得——我认为某处有个地方在漏气。"

"你也注意到了。"

"咱们难道不去补一补？"

"首先要找到它。咱们这么办：我去搬开货物，你拆开所有的舱壁。"

"但是——"

"或者咱们下去穿上太空服，出去转一圈看看。"他把布吕克斯的茧一直扯到底，扶着布吕克斯坐起来。"能走路吗？"

布吕克斯把双腿从托盘边缘放下去，尽量不去理会眼底蓄积的微弱压力感。他抓住托盘边缘，免得自己跌跌撞撞地顺着歪斜甲板冲下去。肌电文身在他赤裸的身体上纵横交错，仿佛某种自制的外骨骼。它们顺着四肢的长骨延伸，分叉越过脚趾（他试着活动右脚，左脚毫无知觉地悬在脚踝末端，就像一坨黏土），然后翻过脚跟，穿过脚底。无论做什么动作，他都能感觉到橡胶似的阻力。每一个手势都是个小小的练习。

等长肌调节器。天堂有时候会使用这东西，以免飞升者蜷缩成无力的胎儿。在不多的一些深空任务中，船员没有接种吸血鬼基因，他们依然会使用它，来避免休眠期间的肌腱变短和肌肉萎缩。

摩尔搀扶他站起来，用自己的身体充当拐杖。布吕克斯用没受伤的那只脚晃晃悠悠地蹦跳，一条胳膊搂着摩尔的肩膀。情况没有他想象中那么糟糕。模拟重力朝着错误的方向拖动一切，但它很微弱，而且还在变得越来越微弱。

"我在这儿干什么？"他倚着摩尔向前跳。天花板上，竖梯所在的洞口里，柔和的猩红色光线在搏动，染红了相邻的舱壁。

"去安全的地方。"

"不，我是说——"他用另一条胳膊比画，指着堆放在四面舱壁上的容器，"我为什么在货舱里？"

"货舱在船尾。放不下的东西才堆在这儿。"

竖梯的栏杆呈生皮色，像塑料一样光滑，是某种有弹性的聚合物，能在一定的长度范围内保持紧绷。布吕克斯伸出手，抓住一个梯级，透过天花板向上看，找到了血色光线的源头：一个密封的紧急舱盖正在警告任何打算通过的人：未加压。

"我的意思是——"他低头看地板上的洞口：底下是更多的元方块，由更小的单元聚集在一起而组成，"为什么把我从储藏室里弄醒？"

"确实不该把你弄醒的，我们让你处于治疗性的昏迷状态中。"布吕克斯记得他被剥开头皮，头盖骨上插着电极。"你运气不错，事情出岔子的时候，我刚好在附近。"

"你是说你们把我储藏起来——"

生活舱猛地一抖，朝着侧面弹了出去，布吕克斯的内耳无法辨别那究竟是什么方向；竖梯忽然沿着水平方向滑动，他突然穿过地板向下坠落（舱口边缘擦过他的肋部）。堆在一起的立方体仿佛巨人的积木，若是在地球重力下肯定会撞断他的脊柱，但在这儿只是撞弯了他的身体，又把他弹回空中。

摩尔在他反弹回去的时候抓住了他："好么，这段路原来也能这么走……"

布吕克斯在他怀中挣扎，把他推开。"你他妈放开我！"

"冷静，大兵——"

"我他妈不是你的大兵！"布吕克斯想在局促的空间内站起来，受伤的脚踝在身体之下扭曲，像是用橡皮筋连在腿上的。"我是个寄生虫学家，我在该死的沙漠里做我的研究。我根本不想被你们的帮派战争卷进来，我他妈根本不想被发射到轨道上，我他妈更不想像一盒圣诞装饰似的被你们放在储藏室里！"

摩尔等他发泄完。"结束了？"

布吕克斯气咻咻地怒视他。摩尔把沉默当作默认。"我为给你带来的种种不便道歉，"他干巴巴地说，"等事态稍微平静一些，我们也许可以联系你的妻子。告诉她你要加班。"

布吕克斯闭上眼睛。"我不和我妻子联系，"他咬着牙说，"已经好几年了。"*我真正的妻子。*

"是吗？"摩尔假装没听懂暗示，"为什么？"

"她在天堂。"

"哈，"摩尔嘟囔道，他的声音变得柔和，"我的也是。"

布吕克斯翻个白眼。"世界真小，"他的耳朵又是砰地一下，"咱们快点出去吧，免得血液沸腾。"

"那就走吧。"摩尔说。

向上经过储物方块构成的倾斜城市，人类尺寸的凹槽排列在卵形气闸两侧，一边两个。太空服挂在凹槽里，仿佛剥下来的银色皮肤，由捆货带固定在舱壁上。它们的膝盖和肘部略微膨胀。摩尔帮布吕克斯穿过倾斜的甲板，递给他一条松开的捆货带让他抓住，然后从最左边的凹槽里解开太空服，太空服向侧面倒进老兵怀里。

一股微风嘶嘶刮过布吕克斯的面颊。摩尔把太空服递给他：太空服从裆部到颈部打开，仿佛前一个所有者蜕下的外骨骼。布吕克斯斜着身子站在甲板上，用他没受伤的那只脚轻轻蹦跳，让摩尔把他受伤的那条腿塞进太空服。低重力对他有利；布吕克斯现在顶多十公斤。他觉得自己像是已经孵化的虫蛹，出来后转念一想，又企图爬回原先的壳里。

麻痒的感觉在他空着的那只手上扩散；他抬起手，看着皮肤上犹如蛛网的血褐色弹性细丝。"为什么——"

"所以她为什么去？"摩尔问，使劲一推布吕克斯的腿，把他受伤的脚插进靴子里。碎骨彼此摩擦——振动沿着他的胫骨传递，穿透了摩尔给他用的神经阻断剂。尽管不疼，但布吕克斯还是龇牙咧嘴。

"呃，什么？"

"你妻子，"没有左腿支撑，右腿变得更难使唤了，摩尔再次充当他的拐杖，"她为什么去天堂？"

"你这么说还真是奇怪。"布吕克斯评论道。

我受够了，她轻声说，望着窗外。它们是活的，丹。它们有智能。

摩尔耸耸肩。"每个人都想逃避什么。"

它们只是系统，他提醒她。被设计出来的。

我们也一样，她说。他没有和她争论，她知道不需要。两人都没接受过改造，除非你把自然选择视为某种设计者，而他们都没糊涂到那个地步，会接受这么愚蠢的想法。她反正也没兴趣争论；她早就厌倦了多年来让他们保持激情的口舌之争。现在，她只想一个人静静地待着。

"她——退休了。"他对摩尔说，把右脚轻松地塞进靴子。

"以前是干什么的？"

他始终尊重她的意愿。她切除最后一名受难者的脑叶时，他没去打扰她；她提交辞呈时，他也没去打扰她。她开始关注天堂的时候，他想去帮助他，只要能让她在来世留在他的身旁，他什么都愿意去做。然而到了那个阶段，事情早就和他的意愿没有关系了。于是她出租大脑，用以支付她进入集群意识的租金，从外部世界缩进内部世界，这时他还是没去打扰她。至少他留下了一个链接。他还是能够和她交谈，只需前往冥河最遥远的彼岸。她总是会履行她的义务。但他知道一切都走到了尽头，因此即便到了那个时候——她不再屠杀人造系统并开始成为其中之一之后——他依然没去打扰她。

"她是一名云杀手。"布吕克斯最后说。

"哦，"摩尔嘟囔道，他帮助布吕克斯把胳膊塞进袖管，又说，"希望不是特别出色的那种。"

"为什么？"

"怎么说呢，不是每一个分布式人工智能都能涌现，也不是每一个涌现的人工智能都是反叛的。"摩尔把手套递给他。"我们没有公开，但每隔一段时间，就会有个以擅长选择目标而闻名的云杀手变得过度出色，而我们真的希望他们没那么厉害。"

布吕克斯的喉咙突然变干，他咽了口唾沫。"最糟糕的地方在于，她赞同他们。我指的是主张人工智能权利的那些白痴。她退出是因为她厌倦了杀害有意识的存在，而它们唯一的罪孽就是——"她是怎么说的来着？"成长得太快了。"

太空服拉上了拉链，手套咔嗒一声就位。用力拽一下BOA系带，太空服在他身体周围蠕动，只花了让人胆战心惊的短短几秒钟，就从绵软变成了紧身。摩尔把头盔递给他："面向你的三点钟戴上，逆时针转动，直到听见咔嗒一声。面罩别放下来，等我的指令。"

"是吗？"布吕克斯已经开始觉得头重脚轻了，"空气似乎有点——稀薄……"

"还有足够的时间，"摩尔从墙上取下另一套太空服，"我不希望你的听力受到影响。"他从甲板上跳起来，把膝盖收到胸口，用双手展开太空服。他双腿下蹬，落回甲板上的时候，太空服已经穿到了腰部，整个动作一气呵成。他轻轻弹跳。

"所以她并不害怕产生意识的人工智能，"摩尔把胳膊伸进袖管，"聪明的那些呢？"

"什么？"

"聪明的人工智能，"他咔嗒一声给自己拧上头盔，"她害怕它们吗？"

布吕克斯大口呼吸带有油味的稀薄空气，努力集中注意力。聪明的人工智能。超过最低复杂度阈值，网络就会觉醒；过了智能界限，它们会重新沉睡，随着覆盖范围变大，网络会变得过于广阔，信号滞后使得同步成为噪音，因此自我意识会逐渐消融。从那以后，尽管自我遭到舍弃，智能却会持续增长。

"对那些，她——有点担心。"他承认道，尽量不去理会耳朵里的隐约啸鸣。

"真是个聪明的女人。"上校的声音出奇地尖细。他凑过来，以机械师的精确性和效率检查布吕克斯太空服的封口和卡扣，他点点头，说："放下面罩。"然后放下了他的面罩。

更响亮的嘶嘶声取代了微弱的啸鸣：面罩刚一密封好，犹如神赐的新鲜空气就开始吹拂布吕克斯的面颊。片刻之后，如释重负的感觉吞没了他。由图标和缩写组成的玄奥拼贴画在透明面板上闪烁着活了过来。

摩尔把头盔贴在他的头盔上，声音通过临时的物理连接传进耳朵，听上去既遥远又发闷。"这是个眼动界面。通讯树在左上角。"没错，一个琥珀色的星标在那儿闪烁：有人敲门。布吕克斯把视线集中在那儿，接受呼叫。

"这就好多了。"突然间，他感觉就像摩尔在头盔里和他说话。

"咱们离开这儿。"布吕克斯说。

摩尔伸出胳膊，看着它缓缓落下。"还不到时候。再过一两分钟。"

布吕克斯的头盔外，空气（也许正是因为缺少空气）似乎变得坚硬。隔着越来越稀薄的大气和两层凸面透明材料，吉姆·摩尔的面容显得既平静又神秘莫测。

"你的呢？"过了一会儿，他问。

"我的什么？"

"妻子。她为什么——进去？"

"哦，对。海伦。"摩尔似乎皱了一下眉头，但这个表情转瞬即逝，没等布吕克斯有机会后悔提问，他就回答了。"我猜她就是——厌倦了，也可能是害怕，"他垂下视线，沉吟片刻，"二十一世纪并不适合每一个人。"

"她是什么时候上去的？"

"差不多十四年前。"

"天火坠落。"那次事件过后，许许多多人逃进了天堂。很多飞升者后来又回来了。

但摩尔摇头道："其实是在那之前。事实上只差了几分钟。我们和她道别，然后走出来，我抬头看天……"

"也许她预感到了什么。"

摩尔淡然一笑，伸出胳膊。布吕克斯看着它飘回摩尔身旁，慢得像一片羽毛。"马上就——"

生活舱猛地一歪。立方体和纸箱颤抖和晃动，抵抗相互之间的吸力；松脱的容器从甲板起飞，在墙壁间撞来撞去，跳起了步伐沉重的芭蕾舞。布吕克斯和摩尔把捆货带拴在身上，像海草似的飘荡。

"——可以出发了。"摩尔转动内部的舱盖。布吕克斯跟着他游向前方。

"吉姆。"

"就是这儿。"摩尔从腰部的小圆盘上拉开带弹簧的搭扣，拽出一根绕在绳轴上的闪亮细绳。

"你为什么会在这里？我说的是事情出岔子的时候。"

"我正在巡视，"他把搭扣固定在布吕克斯太空服的一个系索耳上，"沿着周界巡逻。"

"什么？"

"就是我说的这个意思。"内部的舱盖在他们背后关紧。

摩尔按部就班地给气闸减压，布吕克斯扯了一下细绳：细得不可思议，结实得难以形容。一根狗绳，用基因工程改造过的蛛丝制作。

"你的大脑能收到感控中心的信号，"布吕克斯指出，"你不需要从马桶上爬起来就能看到有网络覆盖的每一个地方，却要亲自去沿着周界巡视？"

"一天两次，三十年了。你应该感谢我，因为我一直没找到理由不再这么做。"他用一只戴着手套的手朝外部舱盖做了个夸张的手势。"咱们走吧？"

摩尔，不愧是一匹老战马。

多亏了你，我还活着。我在龙卷风里失去了意识，醒来时不但在一个断了脊梁的空间站里，而且还被撞碎了脚踝。你把我塞进这件太空服。你让我絮絮叨叨地说我妻子如何如何，因此我几乎没注意到我们身边的空气正在迅速泄漏。

我敢打赌你永远不会告诉我我们离死还差多远，对吧？那不是你的风格。你忙着转移我的注意力，免得我彻底陷入惊恐大发作，同时你还救了我的老命。

"谢谢你。"他轻声说，但就算摩尔（忙着在舱壁的操作界面上输入芝麻开门的指令）听见了，也没有做出任何反应。

外部舱盖像虹膜似的打开。浩瀚宇宙在外面等着他们。

而吉姆·摩尔善意谎言的严重程度赤裸裸地散落在天空中，只要有眼睛就能看见。

*

"欢迎来到荆棘王冠号。"摩尔从宇宙的另一头召唤他。

太阳过于巨大，也过于耀眼：外部舱盖刚打开，偏振圆盘就立刻在面罩上打开并隔断了强光，但布吕克斯还是有一瞬看见了，因为太阳就位于他的视线正前方。当然，他的第一个念头是：没有大气。一切天体在轨道上都会显得更加明亮。

他跟着摩尔跌跌撞撞地飞出气闸，他没有重量，围绕着某个倾斜的质心翻滚，无数星辰和庞大的结构体在他四周旋转。

地球不见了。

这不是真的，尽管他大脑里某个偏僻的假想角落知道这根本都无所谓。这不可能是真的。地球依然存在于某个地方；从四面八方刺破天空的万亿光点中有一个就是地球。它们全都是不会闪烁的像素点，但没有一个离他足够近，足以从零维升格成有具体形状的物体。

没有地面供他坠落。

他的呼吸快得像心跳，自己听上去都觉得刺耳。"你说我们在轨道上。"

"是啊。但不是绕地轨道。"

这艘名叫"荆棘王冠号"的飞船在他面前铺展，仿佛城市大小的巨兽的骨架。折断的轮轴就悬在正前方，彼此纠缠的支柱和管道笼罩在闪亮的粗粝光晕之中：金属箔的碎片、凝固液体的结晶、不知该飞向何处的金属残片。所有东西都在光与影的镶嵌背景中移动。金属蜘蛛簇拥在残骸上，用炽热的口器做点焊，织网把碎块重新组合在一起。微小的星爆在金属城市中阵阵闪耀。

不是弯曲，不是扭转。而是折断。干净利落地断开了。布吕克斯惊恐地望着一条细细的银色缆绳，它的直径还不到人类手指的粗细：这根孤零零的肌腱奇迹般地完好无损，从截断的残桩中冒出来，跨过真空，把巨大的桶状生活舱从背后锚定。要不是这根脆弱的细绳……

"你早就知道，对吧？"他大口呼吸空气，"你一直挂在感控中心上……"

摩尔抓住一个把手悬在那儿，对脚下绵延几十亿光年的虚空毫不在意。"在我的经验中，让人一点一点接受这样的处境通常来说会更好。"

"这可不是我的经、经、经验——"他的舌头在嘴里打结。他似乎无法正常呼吸了。没有一个方向是上，也没有一个方向是下——

"我的空气——"

某个东西啪的一下打在他的靴底上；说来荒谬，下方突然重新出现。摩尔在他面前，双手抓着他的肩膀，隔着太空服用力："没事的。别害怕。闭上眼睛。"

布吕克斯闭紧双眼。

"你只是在过度换气，"摩尔在黑暗中说，"太空服会在你发生失去知觉的严重风险时降低氧气含量。你是百分之百安全的。"

布吕克斯险些笑出声来。"你——"他挤出一句话，"就是那个总在喊安全安全的男孩[1]。"

"看来你感觉好一些了。"摩尔得出结论。

确实如此，尽管程度有限。

"来，试一试睁开眼睛。注意力集中在飞船上，而不是周围的星星。别着急。慢慢找感觉。"

布吕克斯把眼睛睁开一条缝。真空和眩晕如洪水般涌来。

注意力集中在飞船上。

好的。飞船。

先从这条轮辐开始。它拦腰截断，被火烧过，是几条——六条——轮辐中的一条（其他五条似乎完好无损），从球形中轴向外伸出，就像自行车车轮的破烂骨架：没有轮辋，每条轮辐尽头只有一个铁皮罐头。仅仅几分钟之前，这些轮辐还在甩动各自的生活舱，就好像它们是投石器里的石块；现在它们只是悬在那儿。一根比较小的短棍同样一动不动地悬在轮轴前方，像巨人股骨似的穿过中心。（应该是反向旋转的飞轮，用以抵消扭矩。）

这些中空的长骨每根至少长五十米。飞船仿佛一个疯狂的摩天轮，从一头到另一头超过了一百米。

但是，与耸立在它背后的金属高墙相比，飞船只是个用小树枝

---

[1] 布吕克斯在这里开了个玩笑，将摩尔比喻成"狼来了"的故事里的男孩，但这次喊的是"狼没来"，即"安全"。

和枯草搭成的短命玩具。那是驱动部分。从正面看，它是个圆盘：一整个小世界被立了起来，山脊、壕沟和直角组成边缘突兀的地貌。但是从受创的轮缘望去，布吕克斯只能看见堆积在翼沿背后的物质：与其说它是个圆盘，不如说它是从某个人造月球中提取的地核样本。沉积而成的峭壁的条纹表面，用金属雕凿而成；巨大虬结的动脉在拼接而成的壳体上蜿蜒延伸，输送燃料或冷却剂的血流。引擎喷嘴的弧形边缘隐约可见，在金属地平线上探出脑袋，就像黯淡的日出。

一个圆柱形的筒仓踞伏在驱动装置的正中上方。大概是货舱。荆棘王冠号的主干从它的顶点冒出来，就像从红杉的巨大树桩上冒出来的小树苗。在引擎的阴影之中，位于前方的所有上部结构——轴心舱和各个生活舱、飞轮、遍布天线的半球形船首——都显得微不足道。只是几根脆弱的小树枝，可以让肉体躲在里面呼吸。它们就像被虏获的太阳背面的几只小跳蚤。

"这东西可真大。"布吕克斯低声对摩尔说。但摩尔已经不在他身旁了；他摊开四肢滑翔，穿过悬在绳缆上的生活舱和它被切断的轮辐之间的空隙。摩尔扔下他，飞向一支蜘蛛军队。

有东西拽了拽布吕克斯的系索。他扭头看到抓住他的缰绳的新主人，冰水顿时浇在了他的脊柱上。

"跟我来。"瓦莱丽说。

*

她拖着他穿过虚空，就好像他是鱼钩上的诱饵，速度快得让他的脑干来不及反应。她伸出手抓住一个掠过的把手——甚至都没有扭头去看有没有把手——他们立刻划出一道弧线，开始穿过由参差金属构成的云层。他跌跌撞撞地飞过向外伸出的折断的桁架，他的太空服没有被撕破，这真是个奇迹。

他坠入一口深井——不，不是深井，而是轮辐。那条折断的轮辐。他看见它残破的巨口在头顶上变得越来越小。他撞击井底，后背重重地着地；弹力惯性想把他抛回去，但一台打桩机砸在他的胸口上，把他牢牢地固定住。红橙色的光点在他视野边缘搏动。他惊恐地大口大口吸气，扭头望去。

这台打桩机是从瓦莱丽的肩头伸出来的。他们落在一道升降式闸门上，瓦莱丽在用另一只手操作闸门上内嵌的控制器。猩红色的光以两秒间隔在门的四周闪烁。

"摩尔——"布吕克斯喘息道。

"已经在你身上浪费了太多时间，午餐肉。他去帮忙维修了。"舱盖在闸门的正中央分开。瓦莱丽单手把他扔了进去。舱门里有个东西像捕手手套似的抓住他：一块弹性薄膜，绷在可延伸的棱条环圈之中。真空抽吸这层半透明的皮膜，它在加固装置里被拉紧变成了一个凸面。

瓦莱丽进来后关上舱盖。小小的帷罩立刻开始充气，随着压差降低，皮膜逐渐松弛下来。

左手手指传来一阵刺痛，布吕克斯意识到他一直紧握着那只手。他强迫自己松开手，一小块金属片悬浮在掌心里，他不由有些惊讶。金属片的边缘不完全是锯齿形的。这块金属有几个地方曾经熔化流动和重新凝结，就像蜡烛里的蜡。

他肯定在经过时抓住了它。

帷罩像蚌壳似的分开。瓦莱丽没等它完全打开，就把他拖了出来，拉着他走进一条通道，通道沐浴在浅白色的平淡光线中。一条没有头的棕色巨蟒在纵向抽搐，线圈以毫无规律的能量拍打舱壁：那是某种弹性长索，有他的手腕粗细，间或镶嵌着小小的铁环。竖梯的梯级在舱壁上掠过，它们彼此之间相隔太远，超出了普通人类的臂长范围。偶尔有标志着危险的黄黑两色条纹爆发，但它们一闪而过，不可能看清楚它们在警示什么。布吕克斯转动脖子，眼睛对着前方。在过去几秒钟内的某个时候，瓦莱丽掀开了面罩。头盔的阴影把她的脸变成灰色，上面全都是平面和角度。只有骨头，没有血肉。

轮辐尽头是个有槽口的圆顶，就像天文学研究室搬离后被丢弃在山顶上腐烂的古董望远镜所在的建筑物。槽口几乎被另一侧的轴孔挡住了。他们从剩下的缝隙中弹射出去。

他们来到两个同心圆球之间的空间之中：银色的内部核心像一大团水银，直径三米；不反光的黯淡外壳将它容纳其中。某种格栅将两者之间的空间分隔成两个半球，从中纬线将外壳和核心连接在一起。瓦莱丽拖着他穿过后部半球的凹陷处：绕过货舱模块的立体地形，越过南极点的通道口（布吕克斯意识到，这是飞船的长轴；从入口处望去，阴影和桁架向着远处延伸）；经过其他轮辐的圆球与轴孔组合体——它们像花冠似的排列在那个开口周围。透过中纬线的格栅，布吕克斯看见活动的物体一闪而过（那些人员位于另一个半球内，在瓦莱丽拖着他走向宿命时埋头工作）；但再一眨眼，他们就钻进了荆棘王冠号的另一条长骨，隔着密封的头盔，他似乎听见了微弱而细小的声音——

——我操，那只蟑螂飞上来了！——

——说不定只是你想象出来的。又一次漫长的坠落，这次他们是被拽着走的。这条轮辐里的巨蟒完好无损，一条移动的皮带，两端套着滑轮，被绷紧到了铅笔粗细。瓦莱丽依然用一只铁爪攥着布吕克斯的手腕。她用另一只手勾住传送带向外运行一侧上的一个圆环（那是把手，布吕克斯意识到，或者脚蹬）。向内运行的另一侧从他左边一两米处经过，朝着轴心舱而去。在另一个充满希望的平行幻想宇宙里，布吕克斯挣脱瓦莱丽的手，抓住一个圆环逃之夭夭。

又一个终点站——这个终点站没有弹片或残骸，只有一个 U 字转弯，还有一道围绕舱口建造的壁架，上面的标牌写着：

保养与维修。

他们穿过这个舱口。她终于放开了他，悬浮在一个生活舱里，这个生活舱和他不久前逃离的地方没什么区别。舱壁、控制面板、基因工程改造过的光合作用植物条块。舱壁上有一些棺材大小、略微凸起的轮廓：那是供人睡觉的托盘（他就在这么一个托盘上醒来），此刻没人使用，因此收进了墙里。还有那种处处可见的立方体，它们粘附在一起，高高地堆放着，把半个船舱变成了一个洞窟：光谱上的所有颜色，乱七八糟的各种图标。布吕克斯认出了几个符号：动力工具、制造原料的储备库存，风格化的阿斯克勒庇俄斯权杖——代表医疗。而其余的那些图标，说是外星人的涂鸦也可以。

"接住。"

他转身，吓得一抖，连忙抬起双手，及时接住了向他飘来的小箱子。从尺寸和形状来看，它能装下半个比萨；叠一叠也许能装下三个。激光剪、黏合剂、装着人造血液的囊袋，放在盖子底下压制成型的凹坑里。某种基础急救包。

"给我治好。"

不知何时，瓦莱丽已经脱得只剩下了连体服，把太空服像一团揉皱铝箔似的贴在墙上。她伸出左臂，手腕向上，袖子挽了起来。她的前臂在一半长度之处略微弯曲。即便是吸血鬼，那个位置也没有关节。

"什么——怎么——"

"船坏了。运气不好。"她的嘴唇向后翻起。在凝滞的光线下，她的牙齿显得近乎透明。"给我修。"

"但——我的脚踝——"

他们忽然对视。布吕克斯本能地垂下眼睛：羔羊来到狮子面前，除了屈从别无选择，除了祈祷别无他想。

"两个受损的东西，"瓦莱丽低声说，"一个关系到任务的成败，另一个是压舱物。哪个优先级更高？"

"但我不会——"

"你是生物学家。"

"对，但是——"

"专家。生命体的。"

"呃——是的……"

"那就给我治吧。"

他想和她对视，但做不到，只能咒骂自己。"我不是医生——"

"骨头就是骨头，"他从眼角看见她侧着头打量他，像是在权衡选择，"要是做不到这个，你还有什么用处？"

"船上肯定有医疗舱吧，"他结结巴巴地说，"医务室什么的。"

吸血鬼瞥了一眼头顶上的舱盖，看着舱盖上的标牌：保养与维修。"一个生物学家，"她说，声音里似乎有笑意，"而你认为两者有区别。"

这太疯狂了，他心想。这是什么测试吗？

假如是的，那他眼看着要失败了。

他屏住呼吸，咬住舌头，让眼睛盯着受伤的地方：闭合性骨折，谢天谢地。没有皮肤破损，没有明显挫伤。至少断骨没有戳破任何重要血管。

还是说戳破了？吸血鬼是不是——没错，他们大多数时候都在收缩血管，把大部分血液保存在身体的核心部位。这个怪物的桡动脉有可能被彻底撕开，但她不会有任何感觉，直到进入狩猎模式……

也许那样一来，她的猎物还会有机会挣扎一下。

他按捺住这个念头，尽管不合乎理性，但他担心她会看见他的想法在头盖骨里闪烁。他转而把注意力放在骨折上：是放着不管，还是尝试接骨？（他记得从哪儿看到过，应该放着不管。尽量减少活动，降低破坏神经和血管的风险……）

他从急救包里取出一卷夹板胶带，撕下三十厘米左右的几截（长度足够延伸超过手腕——它正在回缩）。他把它们等距离地缠在瓦莱丽的胳膊上（我的天，她可真是冰冷），轻轻按压进皮肤（别弄疼她，别他妈弄疼她），直到黏合剂起作用，硬化使得夹板就位。他后退，看着吸血鬼张合手臂，转动胳膊，查看他的手艺。

"没扳直。"她评论道。

他咽了口唾沫。"不，我认为——这只是临时——"

她伸出右手，像掰断树苗似的掰断了左前臂。两块夹板随之折断，发出的声音仿佛轻微的枪声；第三块夹板从皮肤上脱离，撕开了皮肤。

皮肤下的筋膜像石蜡一样没有血色。

她伸出彻底骨折的手臂。"重新包扎。"

我的天哪，布吕克斯心想。

妈的，妈的，妈的。

这不是测试，他终于意识到了。这种怪物绝对不会测试你。这是游戏。是施虐狂的恐怖游戏，是猫在戏弄老鼠……

瓦莱丽等待着，既耐心又空虚，离他的颈静脉还不到两米。

继续干。别给她借口。

他重新用双手抓住她的手臂。他紧紧握住，以免他的双手颤抖，但她似乎无动于衷。骨折现在更加严重了，折断处变成了锐角；断骨从肌肉底下隆起，在皮肤下形成一座硬质小丘。紫色的瘀痕在丘顶逐渐显露出来。

他依然无法和她对视。

他用一只手抓住她的手腕，用另一只手抵住她的肘弯，然后一起用力拉扯。感觉像是在企图拉钢筋；她手臂里的筋腱过于结实，坚韧得不像纯粹的血肉之躯。他再次尝试，使出浑身的力气硬拉；

· 94 ·

大声吼叫的那个人是他。

这条肢体终于抻长了一点点，能听见断骨在里面彼此摩擦的声音，他松开手，隆起的小丘消失了。

让这次处理过关吧。

他把折断的夹板留在原处，另外撕了几截胶带粘上。压紧，等待它们变得坚硬。

"有进步。"瓦莱丽说。布吕克斯吐出一口气。

咔嚓。啪。

"重来。"瓦莱丽说。

"你他妈什么毛病？"他没来得及思考就骂出了这几个字。布吕克斯在自己这句话的余波中吓得不敢动弹，她有可能做出的反应让他惊恐万状。

她在回血。骨头在绷紧的皮肤下清晰可见，就像泥水中断面参差不齐的死树。就在他的注视下，它周围的挫伤逐渐扩散，仿佛血痕在白蜡上扩散。不，不是白蜡，已经不是了；瓦莱丽皮肤上的苍白颜色正在退去。血液从核心部位向外渗出，重新灌满外围组织。这个吸血鬼——开始变热了——

她在舒张血管，他意识到了。她在切换进入狩猎模式。连游戏都算不上，甚至不需要借口。

一个触发动机……

"我搞定了。"一个声音在他背后说。

布吕克斯想转身。瓦莱丽的漠然视线把他像蝴蝶标本一样钉在地上。

"不，真的。"一条浅色的人影。一件米色的连体服。莉安娜飘进视野，抓住舱壁刹车。"剩下的我可以在这儿做完。另外，我觉得你那帮小子在外面船壳上需要有人监督。"

瓦莱丽扫了一眼她的断臂，视线随即回到布吕克斯脸上。他才一眨眼，她就消失了。

"我帮你脱太空服。"莉安娜说，拧开他的头盔。

她剪短了头发，脏辫现在只到下颌了。

布吕克斯浑身一软，他摇摇头。"你怎么能那么和她说话？"

"什么？我就是——说话呗。"头盔翻滚着飞过舱室。布吕克斯摸索着拉开拉链，解开搭扣，他的身体还在颤抖；莉安娜帮他松开手套。"没什么特别的。"

"不，我是说——"他深吸一口气。"她难道没吓得你屁滚尿流吗？"

"呃，好像是挺吓人的。"她望着急救箱飘向一旁。"我操。她让你给她用这个？"

"那个怪物是他妈疯的。"

莉安娜耸耸肩。"按照人类的标准，没错。但另一方面——"她用脚趾戳了戳舱壁：一张诊断台从墙上的凹陷处徐徐展开。"要是他们的大脑和我们的运转方式相同，那就没必要把他们从更新世捞回来了，对吧？"

"你难道不害怕？"

她似乎思考了一小会儿。"应该也害怕吧——从某个角度说。我是说，猎食者对猎物，对吧？本能反应。"

"正是如此。"

"奇内杜姆说没什么好担心的。"她示意他在诊断台上躺下；他飘上去，配合她从腰间把他捆在诊断台上。生物遥测的读数在舱壁上展开。

"而你相信他。他们。"或者它。天晓得应该用什么代词称呼集群。

"当然。"她用手指从上到下拂过体征数据，看见的某些东西使她皱起眉头。"好吧，我来看看咱们都有什么。"

她扫视整个舱室（"我们真的应该找个时间拆包整理一下了"），打开一个贴着医药图标的银色箱子。她在箱子里翻了几秒钟，从里面的设备托盘中取出一把射钉枪。她把拨盘转到"骨科"位置，用枪口抵着他折断的脚踝。"神经阻断了，对吧？"

他点点头。"吉姆给我注射了什么东西。"

"那就好。否则会疼得要命的。"她扣动扳机。布吕克斯的腿反射性地跳了一下；他看见细如线虫的黑色丝状物疯狂挥动尾部，然后钻进他的皮肤，消失得无影无踪。

"等阻断剂失效，也许会痒上一阵子。"莉安娜已经开始扫视舱室，搜寻其他的宝物。"处理这些小骨头的时候，固定网需要一点时间来组合成形——啊哈。"这次是个偏象牙白的立方体——不对，它是透明的。它的颜色来自其内部的黏性模具灰泥，她打开盖子，里面的东西像明胶似的微微颤动。

里面的灰泥足够给十个人打上全身模具。布吕克斯环顾四周，莉安娜从盒子里捞出一把。至少有六个储物箱里装满了这种东西。

灰泥在莉安娜的手上蠕动，被她的体温激活。"咱们这是要去哪儿？"布吕克斯好奇地说，"等咱们到了那地方，你们预测会有许多人弄断骨头？"

"哦，他们从不预测。他们只是喜欢做足准备。"她把胶冻拍在他的脚踝上。"别动，等它成形变硬。"它像一只巨型阿米巴虫，蠕动着包裹住关节，与自身融合，然后沿着小腿向上爬行了几厘米，同时向下绕过脚跟，这才逐渐静止下来，在有氧环境中开始硬化。

"好了。"莉安娜重新拿起那个立方体，合上盖子，以免里面剩下的胶冻变硬。"很抱歉，你必须戴几天模具了。通常我们会在八小时后取掉，但你的身体还在抵御虫子的微量活动。要是我们把你的新陈代谢率调得太高，虫子搞不好会卷土重来。"

虫子。

勒基特，在痛苦中惨叫。草坪上躺满了扭曲的躯体。一种疾病，极度冷酷无情，极度迅猛，患者都还没死，就已经让他们体验到了尸僵。

布吕克斯闭上眼睛。"多少人？"

"什么——"

"我们扔下了多少人？"

"是这样的，丹，我不会轻易把他们算成死人。我知道情况看上去有多糟糕，但关于二分心智教会，假如说我学到了什么的话，那就是绝对不要随意揣测。他们永远领先十步，他们的计划里永远还套着计划。"

他等了一会儿，直到眼皮外的声音停止说话。然后他又问了一遍。

声音没有立刻回答，但然后："四十四个。"

"领先十步，"他在只属于他的黑暗中重复道，"你相信那个。"

"是的，我相信。"声音严肃地说。

"他们预料到了四十四个牺牲者。这是他们的计划。他们想要这个结果。"

"他们不想要——"

"他们带着那个——那个怪物一起上路，他们很清楚自己在干什么。整个局面都在他们的控制之下。"

"是的。"声音里连一丝最轻微的怀疑都没有。

布吕克斯吸了一口气，然后吐出来，他的喉咙深处出乎意料地有一股活物生长的气味，他思考那会是什么。

"我能感觉到你很难产生信仰，"过了几秒钟，声音轻柔地说，"但有时候事情就是要看，你明白的，神的旨意。"

他睁开眼睛。莉安娜盯着他，亲切而温柔，但这个人完全陷入了妄想。

"求你别那么说。"布吕克斯说。

"为什么不？"她似乎真的非常困惑。

"因为你不可能真的相信——因为那是个童话，用来当借口的次数太多了……"

"丹，那不是童话。我相信存在一种超越了物理实在的创造性力量。我相信是它创造了一切生命。确实有人打着它的旗号犯下无数罪恶，但你不能为此责备它。"

他的手指隐约感到刺痒。唾液像潮水一样从他喉咙深处升起。舌头似乎在嘴里肿胀。

"你能不能——要是你不介意的话，我想一个人静一静。"他轻轻地说。

莉安娜眨眨眼道："呃……好的，应该可以。你随时都可以拆掉固定网了。我给你拿了一身干净的连体服，就在那边的台子上。感控中心和智能涂料有链接，你需要任何东西，点三次舱壁就行。界面非常——"

我要呕吐了，他心想。"求你了，"他勉强道，"快走吧。"他重新闭上眼睛，咬紧牙关，把越来越强烈的恶心感咽了回去，他听着莉安娜的脚步声渐渐远去消失，最后只剩下了机械的运转声和脑海里的轰鸣声。

他没有呕吐。他把双腿提到胸口，用胳膊抱住膝头，他把腿紧紧地抱在突然颤抖得无法控制的身体上。他闭着眼睛，不肯去看这个新世界，去看他醒来时身处其中的这个微宇宙监狱：这是个微不足道的小小气泡，每分每秒都在远离他熟悉的家园，怪人和饥饿的猎食者在此处肆虐。地球现在只是个遥远的记忆，遗失在浩瀚无边的虚空之中；但地球也在他的脑海里，他无法从中逃离，那是个沙漠花园，躺满了扭曲的尸体。

每一具尸体都长着勒基特的脸。

我们在地震后的第二天上午了解地质学。

——拉尔夫·沃尔多·爱默生

惊恐最终逐渐消退。他最终还是不得不回去。

他不确定他在半空中悬浮了多久。就目前而言，他满足于躲在自己眼皮后的黑暗中，只听着通风系统的嘶嘶气流声和医疗监控设备柔和的嘀嘀声。中远距离上响起了某种警报声，它响了五次，然后归于寂静。片刻之后，整个世界开始向右倾斜，温和的压力在肩胛、小腿和脚跟上逐渐形成。上下方向重新建立。

布吕克斯睁开眼睛。周围的景物没有改变。

他坐起来，转身，让新产生的重力牵动双腿，从检查台边缘垂下去（他起身的时候，舱壁上的生命体征读数随之消失）。他克制住从内耳产生的一丝眩晕感，伸出一只手举在面前，他盯着那只手，直到它不再抖动。

剥掉硬化灰泥的时候，它令人愉快地颤动着；每撕下一条，他一松开手，它都会立刻恢复弹性余能最小的形状。它们带走了他的体毛和皮肤细胞，在身上留下几道光溜溜的痕迹。他看着它在甲板上微微颤抖，橡胶韧带彼此纠缠成一个球，像活物似的颤动和抽搐。

他绕过堆成小山的舰载行李，好不容易才找到厕所；回来的路上，他劫掠了舱壁上的食品合成机。他吸着充满电解质的挤压袋，取下莉安娜放在墙边的叠得整整齐齐的衣物：森林绿的连体服，用飞船上的打印机预先定制的。穿裤子的时候他有点站不稳，但模拟重力既微弱又宽容。他终于恢复过来了：穿着衣服，能够直立，供能系统开始从肠道的营养物质中汲取能量。他把诊断台收回凹槽中。它的底部由智能涂料覆盖，从墙上略微突出，散发柔和的光芒。

点击三次，莉安娜说过。

感控中心在他的触碰下展开，这是供增强缺乏者使用的弱化界面：系统、通讯、图书馆。荆棘王冠号的立体影像悬浮在一旁的虚拟宇宙之中。一切都在他的指尖下等待起舞，但他看见了"语音界面可用"的提示，于是说："飞船平面图。"

动画平滑地扩展到画面中央，林林总总地充满了注释。引擎、反应器、护盾占据了至少四分之三的显示区：推进锥、聚变反应堆、隔绝辐射的磁场的同心环形等高线。减震器、反质子捕获器和氢化锂的巨大保护板。许多科普信息源短暂地吸引过布吕克斯的注意力，他因此读过这些科技的简单介绍。这套系统被称为反物质微聚变。核动力的脉冲引擎，掺入精确的少量反质子增强推力。选择一个良好的发射窗口期，荆棘王冠号能在几个星期内飞抵火星。

"我们要去哪儿？"他大声问。无法调取导航数据，感控中心回答。

"我们的方位？"无法调取导航数据。

"那我们的目的地呢？"

无法调取导航数据。

好得很。

王冠号的生活区沿一百五十米长的中脊分布，这条管道由合金制造，内部充满空气，连接着上部结构的各个部分，就像用钉子串起来的几颗珠子。瓦莱丽拖着他穿过的轴心舱位于从引擎到船首的三分之二处。飞船的轮辐已经恢复转动，缓缓地扫过太空，与更前方的飞轮形成庄重的反转。（布吕克斯注意到，轴心舱只有后部半球在旋转。另一个半球似乎固定在脊柱上，根据感控中心的标注，那是指挥舱，就好像现代太空船还需要舰桥这种古老的玩意儿似的。）

"放大生活区。"

王冠号从内部重绘自身，引擎和护盾被干净利落地去除，只剩下前部的中空区域，它进而被高光显示，拉近到画面中央。标注如星座般在这些区域闪烁，就像在巨兽的肠道中发光的无数萤火虫。船尾的货舱（去掉衬托它的动力系统后，它显得巨大无比）里亮着一组灰色图标：K. 霍多罗夫斯卡、S. 尤拉利、C. 奥福伊格布。此外还有八九个人。J. 摩尔（绿色的）在标为"宿舍"的生活舱里发光。L. 卢特罗特在轴心舱，旁边是 R. 森古普塔。D. 布吕克斯所在的生活舱显示为"医疗 / 维修舱"，尽管舱盖上的标志不是这么说。出去后顺时针走，旁边就是"厨房 / 食堂"，而逆时针则是"实验室"。"储物 / 配平"位于轮盘对面的平衡点上，不久前他在那儿被粗暴地唤醒。看起来它已经重新接回了飞船上，但黄色霓虹灯标出了远端损伤的位置，那里的轮辐依然在修理之中。

最后一个生活舱没有标记，但里面亮着六个星标：五个灰色的，一个绿色的。只有绿色的那个有身份标识，而且不是标准格式。

它只有一个名字：瓦莱丽。

再向前五十米——过了轴心舱，过了充满管道、电路和气闸的某种阁楼，甚至过了飞船最前面的主传感器阵列——感控中心画出了一个半球形的船首构造，将其标为"伞顶"。它目前似乎是收起来的，但有一个半透明的叠加层显示它打开后会形成一个巨大的平头锥体，宽阔得足以让整艘飞船躲在后面。布吕克斯不知道那是什么。也许是宇宙尘导流板。也许是散热片。也许是二分心智教会的魔法隐身斗篷。

"初始画面。"王冠号在舱壁上缩小，回去与其他缩略图标排列在一起。

万联网的图标！他像拆圣诞节礼物似的点开它。这儿无法访问他的偏好设置，但即便是人类圈[1]的一般性新闻标题也像是沙漠中的清水：安纳瑞斯正式分离，FFE杀死温特尔，巴基斯坦的僵尸总统——

当然了，只是缓存。是过时的新闻摘要，小得足以塞进王冠号的记忆体——除非有人打破了从天火坠落时期开始的静默飞行规程，或者用定向波束直接向王冠号传送最新消息。一切皆有可能。

但多半是缓存。这样的话，他只需要按发布日期排列可调取的内容，然后就——

二十八天。假如缓存是他们在夺路而逃时抓取的，那么他就在储藏室里躺了近一个月。

他轻轻地哼了一声，摇摇头，惊讶于自己居然没有对此感到惊讶。我开始对意外产生免疫力了。

尽管如此，过期的口粮也总比没有好。再说他也没别的地方可以去。

巴基斯坦总统终于被揭露是替身，没人觉得特别吃惊：真正的总统早在近一年前就倒在了病毒性僵尸化上，几乎可以肯定是一起刺杀，但没人出面声称为此负责。温特尔生物形态公司，旧时代企业中的最后一家，终于在与熵增的斗争中败亡。与其相关的部分人士声称此事源自中国的农业崩溃（温特尔的人造授粉机毁灭后，这个国家继续荒欠了三年），但嗅觉灵敏的资本则归咎于林火经济的炽

---

[1] 苏联矿物学及地质化学家维尔纳茨基提出的概念，指地球在地质圈和生物圈之后的第三个发展阶段。

热巨手。一种名叫吉特巴的玩意儿正在拉丁美洲蔓延，它是武器化的镜像神经元影响物，能劫持受害者的运动控制回路。在远地的拉格朗日 L5 点（不对，布吕克斯纠正自己，对他来说现在是近地了；在他遥远的家乡），安纳瑞斯殖民地把一组古老的 VASIM-R 引擎[1]安装在它的底部，准备把分裂运动推向新高度。

感控中心发出叮咚一声，舱壁在余韵中吼叫："蟑螂向轴心舱报道。"说话的女声出奇地耳熟，但布吕克斯无法确定究竟是谁。他继续在缓存中搜寻与俄勒冈沙漠中的骚动有关的消息。

什么都没有。

没人提到普赖恩维尔保护区深夜的一场神秘遭遇战：没有僵尸突袭宗教堡垒，没有龙卷风不可思议地在人类指挥下发动反击。没人提到武装力量埋伏在地面上，沙漠平原包围圈的中心是个异教组织。

有蹊跷。

也许他们匆忙撤离竞技场的消息还没来得及进入缓存。尽管布吕克斯当时失去了知觉，但他猜测王冠号不会在绕地轨道上逗留太久，因此未必有时间用刚出炉的消息更新存储器。然而即便如此，瓦莱丽的突袭、休战、包围——各种活动至少持续了三十个小时，热度应该比背景高至少十个标准差。即便那天夜里没有耳目盯着普赖恩维尔，肯定也会有人注意到某些人员突然离开原有位置并重新部署。即便瓦莱丽屏蔽了地球同步轨道上的所有天眼，她从机库里劫持的隐形飞船也会在什么地方留下记录。

这个世界的窗户太多了。每一座房屋都是玻璃做的。无论是企业、政治或合成的实体，早在几十年前就无法拉上窗帘，遮住所有窗户了。

---

[1] 指可变比冲磁等离子体火箭，是用于航天器推进的一种电磁推进器。

或许有人直接清除了舰载缓存。把他关在大门外的显然也是这个人。

因为一切都和你有关。把你蒙在鼓里是每一个人的首要任务。

他撇撇嘴。

"蟑螂向轴心舱报道。你是不是觉得我们一个个都闲着没事，就喜欢看你摆弄你的小鸟？"

布吕克斯吃了一惊，东张西望。"什么？"

"呃，她说的是你，丹，"莉安娜在他看不见的地方说，"算是个简报会吧。觉得你也许想知道当前的情况。"

"哦，我——"

蟑螂？

"——我这就过去。"

竖梯穿过生活舱的中心，就像一根被拉直的DNA。它穿出舱门，布吕克斯探身钻出去，抓住梯级，往储藏室里看，旋转依然让他有点头晕。底下是堆起来的箱子和拆开的一段段管道。他抻着脖子向上看，发现竖梯升向一团浅蓝色的亮光。

唯一的出路是向上。他深吸一口气，抬起了脚。

*

竖梯带他来到轮辐的底部，终点是围绕舱盖的一个环形壁架。对面是另一条竖梯，它向上伸向远方，就像一道几何透视的习题。先前他见到的并不是幻觉：梯级之间相隔至少一米，在地球重力下不可能用来攀爬。但这儿的模拟重力只有地球重力的一半，因此很容易就能爬上去。

不过这并不重要。竖梯只是备用的。传送带平稳地下降进入他左侧的洞口，绕过隐藏在他脚下的轮子，然后重新向轴心舱上升。

它的脚蹬／把手隔着两米从他面前掠过，这个距离设计得刚好能供搭乘者把一只脚和一只手放上去。向上；向下。

向上。

即便有动力帮忙，上升的这段路似乎也长达几光年；梯级、环节和舱壁永无穷尽地倒退，在他不直视的时候几乎像是在呼吸。传送带拉着他向上穿过了一系列的套叠节段；危险的条带图形标出了节段之间的交汇点，通道的直径在那些地方略有增加。小小的读数以对数间距排列在舱壁上，在上升的过程中标出重力数值：0.3、0.25、0.2。

上升到一半，惊恐死灰复燃。

他得到了几秒钟的预警：突如其来的无形的不安感在腹中蔓延，文明催生的新皮质[1]企图把它淡化成普普通通的恐高症。然而只过了一瞬间，它就扩散变成了让他毛骨悚然的恐惧，吓得他浑身僵硬。他的呼吸突然快得像是蜂鸟的心跳，手指突然攥紧像是包住石块的老树根。

他无法动弹，只能等待着无可名状的恐怖之物在视野中升起，把他的肢体一根一根撕碎。但没有东西出现。他强迫自己动起来。他的头部像生锈阀门似的吱吱嘎嘎转动，先向左，再向右；他的眼球疯狂转动，搜寻威胁。

还是什么都没有。节段间的结合垫在他周围经过。竖梯的梯级平平常常地掠过。眼角有个东西闪了一下——但没有。那儿什么都没有。

不存在任何异常。

过了这漫长的几秒钟，时间恢复了正常流动，惊恐缩回了他的

---

[1] 大脑皮质的一部分，与一些高等功能（如知觉、运动皮层的产生、空间推理、意识及人类语言）有关系。

大脑深处。布吕克斯低头看他来时的路。他的胃里不安地翻滚，但没看见任何能诱发最轻微的不安感的东西。

等他抵达通道顶端，下方已经消失；科里奥利力[1]轻轻地向侧面拉拽他，又持续了短短的几秒钟。他从南半球的底部钻了出来，洞口是环绕南极点的六个水滴状突起物之一。先前他在那儿看到的那条通道已经封闭，边缘处是齐腰高的栏杆，包着铝箔的巨大舱盖像括约肌似的封住了洞口。仿佛没有瞳孔的虹膜。鱼眼反射面把正对它的镜球变成了一个盲目的铬合金眼球。

他转身面对把轴心舱分成两半的格栅，仿佛水银土星的诸多星环，紧紧地簇拥在一起。隔着转动的格栅（静止的格栅，他纠正自己，转动的是底下的那个半球），他能看见运动的闪烁碎片：赤足的脚底，一抹黄色倒映在马赛克碎镜面上。这是昆虫复眼的视角。

柔和的声音飘过格栅。黄色的碎片像鱼群似的游动。"往前走。"

是摩尔的声音。

向前有两条路，镜球相对两面的格栅上有两个环形开口。其中一个被一道收起来的螺旋楼梯挡住了，楼梯几乎被压平，变成一个黑色的金属饼图，切分成彼此交错的条块：引擎点火后，加速度把前变成上之后，那会是一条至关重要的通道。但现在它只是一件毫无用处的草坪雕塑，收在一旁免得碍事。

另一条路畅通无阻。布吕克斯踢了一脚舱壁，在空中飞行时体会到了兴奋和轻微的恐惧，开口慢悠悠地转了过去，他挥动手脚，最后抓住了逆转动方向几米外的格栅。他沉稳下来，像螃蟹出洞似的横着爬过去，穿过开口，飘进镜面地球与智能涂料天空之间的北半球。

---

[1] 又称科氏力，用于描述在旋转体系中做直线运动的质点因惯性而相对于旋转体系所产生的偏移。

摩尔光脚站在那儿，用蜷曲的脚趾抓住格栅，聚精会神地看着扎在前臂上的战术臂带。模拟重力座椅破坏了镜球的北半部，它们就像印在曲奇面团上的全身模具。它们围绕温带以辐射状分布，头靠指向极点。任何人坐进这些座椅，都会发现他们的前方是轴心舱的北半球，那是室内天空的穹顶，智能涂料覆盖了所有表面，只有一个地方除外：另一条冗余竖梯从格栅通向紧贴北极一侧的一个舱门。

一个印度裔女人用安全带固定在镜球上——二十七八岁，厚实的黑色刘海，颈背到头顶剃光了一半——布吕克斯想和她对视，她却猛地转动头部。她的右脚旁似乎有什么东西吸引了她的注意力。"正他妈好。"她在橙色连体服外穿了一件色阶背心（布吕克斯意识到，我们是按颜色编码的），背心可无限编程，但此刻显示的是透明效果，能让你看到她所躺的那张座椅，把她变成了嫁接在幽灵身体上的两条胳膊和一个脑袋。

莉安娜从船舱远端的格栅上飘了过来。她对他微笑，笑容里的欢迎和抱歉各占一半。"丹·布吕克斯，拉克什·森古普塔。"

布吕克斯又看了一圈穹顶。"呃，瓦莱丽……"

"不会来的。"莉安娜说。

"正在治她的胳膊。"森古普塔补充道。

谢天谢地。

"那么，"摩尔开口道，掉队的家伙终于赶到，他显然不想再浪费时间，"怎么样？"

森古普塔翻个白眼。"还能咋样他们烧穿了该死的轮辐那是攻击。"

他们是谁，布吕克斯想问，但管住了舌头。

"我想知道一下细节。"摩尔不为所动，和蔼地说。

莉安娜接过话头。"简单来说，他们用放大镜对准了我们。聚焦微波脉冲，从损伤的情况看，功率在五亿瓦特左右。"

"从哪儿？"摩尔问。

莉安娜咬了咬嘴唇。"太阳。北半球。"

"只知道这些？"

"吉姆，就算是二分人也有极限。这完全是事后分析出来的结果；结构上不同表面承受的热应力的差别，轮辐的轨迹——简单来说，他们逆向计算了当时各个部件的排列方式，然后根据冲击角度反推作用力。"

"这点事情我们自己也能做。"森古普塔嘟囔道。

"谁？"布吕克斯脱口而出，"攻击我们的是谁？"

没人回答他。森古普塔望着他这个方向上的什么东西，眼神像是在端详从鞋底刮下来的一坨排泄物。

"我们想搞清楚的就是这个。"莉安娜过了一会儿说。

摩尔抿紧嘴唇。"所以集群没有提前发现。"

她摇摇头，像是不愿大声承认这次失败。

"那就是超人类了。"

"要是一个基准人类能打他们个措手不及那倒也值得载入史册了。"

摩尔的视线飘向船尾。"在通常情况下，确实如此。但他们并不总是百分之百地发挥力量。"

灰色的图标，聚集在货舱里。"呃——"布吕克斯清了清喉咙，"他们究竟在后面干什么？"

"康复，"莉安娜说，"虫子对他们的侵袭比对我们的严重得多。我们增加了大气压以提高他们的恢复速度，但还是需要几天时间。"

"所以是在破坏后。"摩尔沉思道。

破坏？

莉安娜点点头。"我们在另一头必须提前至少一周启动。他们想要亲自参与的选项。"

"在哪儿参与？"布吕克斯问，"破坏是——"

森古普塔从齿缝间不耐烦地呼哨一声，然后转向莉安娜："我说吧？"

"你先别急着问这问那，"摩尔说，"晚些时候我会解释给你听的。"

"否则你只会浪费其他所有人的时间。"森古普塔补充道。

"拉克。"莉安娜开口道。

"为什么要叫他来这儿难道除了给他点参与感还真有人指望他能做些什么？"

"我也这么觉得。"布吕克斯说。

"正在浪费大家时间的可并不是丹。"莉安娜指出。

森古普塔哼了一声。

摩尔等了半秒钟，然后把话题拉回正轨。"有武器能在那个距离上造成这样的损坏吗？"

莉安娜耸耸肩。"你是搞情报的，应该是你告诉我。"

"我说的不是基准人类的科技。"

"那东西似乎并不是专门研发的武器。更像是有人劫持了一组供能卫星，让它们同时向同一个方位发射能量。而且很可能是一次性的勾当，在额定范围内恐怕无法得到这个级别的输出功率。很可能烧坏了整个组网的线路，甚至有可能超过了自愈阈值。"

"有十二分钟的延迟，这个问题也并不重要。他们有一次机会来预测我们的方位，但是他们搞砸了。拉克什，你——"

"推进器每次喷射四分之一秒间隔时间随机在六到十二分钟之间。你不会有任何感觉但那些混球再也不可能预测到我在哪儿了。"

十二分钟的延迟，乘以光速，布吕克斯心想。信号从太阳到飞船打个来回。因此我们距离太阳六光分，那就是在……

离太阳一点零八亿公里。要是他没记错他的基础天文学知识，那就是靠近金星轨道。

"——影响了我们的临界点？"摩尔又问。

莉安娜点点头。"但不至于造成严重的后果。他们正在做修订，说还需要几个小时。"

"我们的尾巴呢？"

森古普塔在半空中挥动无形的笔触。圆顶上打开了一个视窗：某种等离子图表，三个红色尖峰从紫色山丘之间拔地而起。实时反馈使得细部摇摆不定，但尖峰本身保持不变。画面一角，玄奥的标注在絮絮叨叨地讲述"复数判别式""红外遮蔽"和"微透镜"。

某种热量痕迹，布吕克斯猜测。从标注来看，对方是隐形的，但森古普塔的手指显然会魔法。

有人跟踪他们。情况真是越来越妙了。

"所以，"摩尔斟酌道，"两个分支还是两个阵营？"

"应该是分支。二分人认为开火是想打残我们，好让追兵赶上来，"莉安娜嗯了一声，"我在想，他们为什么不直接朝我们发射导弹……"

森古普塔："他们之前没能绊倒我们现在说不定真的会。"

"我们可以利用这个机会，"摩尔沉思道，"拉克什，要是他们朝我们开火，我们能提前多久预警？"

"用啥开火你说包括所有手段吗？"

"那些标准玩意儿。差不多就行。"

她扭动手指，像是整个世界就全指望它们了。"间距不变就是七小时八分钟。多点少点吧。"

"那咱们就开始干活吧。"摩尔说。

*

"我从没参加过听得这么云里雾里的简报会，"布吕克斯嘟囔道，拖着身体返回南半球，"考虑到我加入的部门委员会的数量，这就很能说明问题了。"

"是啊，我大概可以理解，"莉安娜抓着舱壁上的一个把手，回头对他说，"跟我来。给你看点东西，也许能帮助你。"

她像一条鱼似的翻身，钻进离她最近的一条轮辐通道。这一幕看得布吕克斯有点眩晕。他以笨拙的姿态跟上去，穿过满是立方体的南半球，钻进吞噬了她的球窝关节。莉安娜在她前方悠然下坠，时而用一推或一踢抵消科里奥利力；她在轮辐内下坠了十米，这才第一次伸手去抓轮圈。去他妈的空中杂技，布吕克斯从顶部刚进去就抓住了轮圈，他转过来，摸索着把脚套进下一个，尽管此时他的重量顶多不过几公斤。他懒得去计算自由落体加速度每米会让他增加多少重量，但他很确定等他们来到轮辐尽头，两个人都会摔成肉泥。

餐厅。又一个生活舱，和他一次又一次离开的那些生活舱毫无区别：两层，外形就像他祖父后院烧烤炉用的那种丙烷罐，把它放大许多倍，然后泵入陈腐的空气。至少这儿的上层不像保养／维修舱那么拥挤，有几把椅子、隐私屏风、六个半空的立方体和一张桌子。处处可见的墙壁附生草皮。一面墙上用铅笔粗细的材料搭了个框架。一顶单人帐篷的表面（旧骨头的黄色，坚韧如肌腱）像乳胶似的绷在顶点之间。乱糟糟的东西之中，两把带黏性的椅子面对面放着。

莉安娜来到制造器旁，在一个刚打开的立方体里翻找。"有了。"

她举起一顶头罩，它有点像给水管工性癖者用的捆绑兜帽，上面点缀着许多垫圈和小螺栓，在头部组成一个细密的网络。戴上后只能露出下半张脸：嘴巴、下巴和鼻尖。眼睛部位嵌着两个特别突出的垫圈。

常温超导体。压缩超声脉冲发送器。镶在黑色皮革上的读写体素阵列。

"我的旧游戏面罩，"莉安娜介绍道，"我觉得你会喜欢这个界面，它肯定比拉克什对用户更加友好。"

一个皮头罩，供受缚于肉体空间的废物使用。

"我是说，既然你没有植入——"

"谢谢，"布吕克斯说，"要是你不反对，我就还是继续用智能涂料吧。"

"不只是用来玩游戏的，"莉安娜安慰他道，"它对感控中心可完全沉浸，而且比通过涂料操作要快得多。另外，比起经过感官过滤的信息，它能把你的同化率提高到三倍。特别适合搞黄色。无论你喜欢什么。"她合上立方体。"说真的，没多少事情是它做不到的。"

他从她手里接过那东西。材质摸起来有点油乎乎的。他把它翻过来，看着悬浮于表面上一厘米的虚拟小徽标：闯入者配件。

"这是完全非入侵式的，"莉安娜对他说，"只使用 TMS[1] 和压缩超声脉冲，就连视觉——"

"我很熟悉这个技术，"他对她说，然后，"谢谢。"

"顺便说一句，要是你有兴趣玩游戏，我乐意奉陪。"

不提他在瓦莱丽手中的无助。不提他的惊恐发作。没有对他的无知失去耐心，没有因为他缺少增强而居高临下。只有一个建议和一只援手。

布吕克斯同时体会到了羞愧与感激。我喜欢这个女人，他心想。

"谢谢。"他又说，因为他不知道他还能说什么。

她露出一个傻乎乎的笑容——"不客气"——然后指了指他的背后。"吉姆好像有话想说，对吧？"

布吕克斯转身。摩尔已经无声无息地落在了他背后的甲板上。

---

[1] 经颅磁刺激技术（Transcranial Magnetic Stimulation, TMS）。

他站在那儿，一脸有点抱歉的表情，背着一个网袋，鼓鼓囊囊，突出的曲线形状奇特。

"我是不是——"

"我反正要回货舱了。他就交给你了。"莉安娜一蹬腿，手一抓，很快就消失在了天化板的洞口里，摩尔卸下网袋，拉开封口。布吕克斯看着他取出一卷同样的网状材料。

摩尔递给他："装东西用的。"

布吕克斯愣了一下才接过去——"谢谢。但我似乎没带什么东西。"——但上校的手又伸进了背包。这次他取出一个长长的绿色瓶子，他把瓶子翻过来，让布吕克斯看标签：格兰杰威士忌。

"在一个立方体里找到的，"他说，"别问我它为什么会出现在那儿。也许是某个经销商的大订单奖品。也许奇内杜姆就是想赏我一块骨头。总之我只知道，这是我个人最喜欢的——"

他把酒瓶放在甲板上，手再次伸进网袋。

"——而且还配了一对特别漂亮的酒杯。"

他指了指黏性椅子："拿把椅子过来。"

*

摩尔打开瓶盖；气雾带着泥煤和木炭的香味在空中盘旋。"按照规定，哪怕在三分之一 G 的重力下我们也不该用开口容器盛液体，但用挤压袋无论喝什么都一股塑料味。"

布吕克斯递出酒杯。

"要是让我猜，"——摩尔从酒瓶里倒出一杯量的烈酒，液体在低重力的环境下颤颤巍巍地下落——"我会说你肯定有点生气。"

"也许吧，"布吕克斯承认道，"只要我不被存在性惊恐吓得尿裤子。"

"前一天你还在野营，做自己的事情——"

"实地研究。"

"——下一天你就在一场超人类大战的枪口下了，然后再一天，你在飞船里醒来，而这艘飞船的外壳上被人画了个靶心。"

"我确实思考过我在这儿干什么。大概每隔三十秒左右一次。"

他们碰杯，喝了一大口。美酒像烈火似的炙烤喉咙，布吕克斯不由赞赏地嘟囔了一声。

"当然了，待在这儿是有风险的，"摩尔承认道，"为此我向你道歉。但另一方面，要是我们没有带上你，你恐怕早就死透了。"

"知道是谁在追杀我们吗？"

"无法确认。有可能是几方势力中的任何一方。甚至穴居人，"上校抿了一小口酒，"莉安娜有时候没有给予我们足够的重视。"

"但为什么呢？"一个念头跳进他的脑海，"飞船不是集群偷走的吧？"

摩尔轻轻笑了起来："你知道教会名下拥有多少项基础专利吗？要是他们愿意，用零花钱就能买下这么一支舰队。"

"那为什么？"

"集群还被困在重力井底的沙漠里的时候，它就被认为是一种威胁了。现在我们在一艘飞船上，从伊卡洛斯到各个奥尼尔殖民地[1]，想去哪儿就去哪儿，"他望着手里的苏格兰威士忌，"威胁等级当然只会上升。"

"伊卡洛斯？我们要去那儿吗？"

摩尔点点头。"我觉得我们的尾巴应该不知道。在他们看来，我们正在从地球轨道内侧横穿太阳系去某个地方。也许这就是为什

---

[1] 美国物理学家杰拉德·K. 奥尼尔提出的一种太空殖民地设计，呈圆筒形，人们在内表面上的模拟重力环境中生活。

么他们一直在保持距离，"他喝完杯子里的酒，"但'为什么'是个烦人的词。把他们视为有计划有目标的行为主体用处不大。他们更像是——怎么说呢，非常复杂的互动系统，只会做系统设定的事情。无论反应物如何自我解释它们在反应中扮演的角色，那都和实际上的化学作用没什么关系。"

布吕克斯从新的角度打量对方。"吉姆，你是什么佛教徒吗？"

"一名信佛的老兵，"摩尔微笑着给两人斟酒，"我喜欢。"

"伊卡洛斯是——放大镜的一部分吗？"

"应该不是。但不能完全排除。它在置信区间内。"

"那么，我们为什么要去那儿？"

"怎么又是一个为什么，"摩尔把酒杯放在身旁的立方体上，"侦察，大体而言。"

"侦察。"

"二分心智教会认为这更像是一场——怎么说呢，一场朝圣，"他抿紧了一侧嘴角，歪着嘴做了个小小的鬼脸，"你还记得忒修斯任务吧。"

这句话的设问色彩过于浓重，不需要加上问号。"当然。"

"你知道它使用过——不，正在使用的推进技术吧。"

布吕克斯耸耸肩。"伊卡洛斯轰升反物质，用激光送出量子参数。忒修斯把它们砸在自己存储的粒子上，轰隆，成了。反质子你要多少就有多少。"

"差不多吧。重要的是，伊卡洛斯向忒修斯的遥传物质发动机发送燃料特征已经超过十年了。最近有消息说，另一些东西沿着同一个粒子束反向发送回来了。"

"你认为他们在把样本送回来？"

"忒修斯的合成频段连通的是近地轨道上的一个隔离设施。我说的是真正的遥传物质流。"

"我以为那根本是不可能的。"布吕克斯说。

"哦,当然能了。事实上,那就是原始设计的一部分;燃料送过去,数据传回来。不过,即便是最尖端的技术,离能够处理复杂结构还差许多光年呢,接收器只能处理非常基础的东西。单个粒子,奇异物质,甚至是非重子粒子。需要极高能量构造的东西。"

布吕克斯喝了一口酒,咽下去。"你觉得去那儿有可能发现什么?"

"我们完全不知道,"摩尔耸耸肩,"但肯定是非常陌生的东西。另外,比起整个任务,在太阳一侧加装一个凝集器的成本可以忽略不计。至少可以在主频段瘫痪的情况下用来打信号。因此他们加装了一个。说不定会派上用场呢。"

"我猜确实是用上了?"布吕克斯说。

摩尔望着他身旁的空酒杯,像是在权衡到此为止是否明智。过了一会儿,他伸手去拿酒瓶。

"情况是这样的,"他给自己斟满酒杯,"忒修斯在途中被诱拐了,你知道吗?他们有没有公布这个消息?"

布吕克斯摇摇头。"他们说什么它在经过木星后做过航线校正,因为得到了更好的新数据。"

"我已经完全无法分辨了,"摩尔低声吼道,"哪些是我们承认的,哪些是我们篡改的,哪些是我们彻底掩盖的。但没错,天火坠落之后,我们都盯着太空看,看得眼珠都快流血了。我们发现有东西在柯伊伯带发信号——这一点你肯定知道——于是派出高加速度探测器去查看。然后刚把忒修斯号装配起来就发射了出去。但她并没有开到那么远的地方。探测器先感到了,在一颗彗星爆炸前瞥见了埋在里面的东西。大老远地飞到那儿去,却只是被一个诱饵骗了一把——至少在所有人看来它都只是个诱饵。一颗乔装打扮的地雷,上面焊了个扬声器。于是我们重新看射电图和星图,我们发现有个X射线尖峰埋在档案里,时间早于天火坠落好几年,而且没有重复过。国际天文学联合会当时说那是设备故障，但现在它成了我们唯一的依据。忒修斯已经在十五个天文单位外了，正在朝错误的航向飞行，但你要明白，无限燃料供应有个了不起的好处。我们把新航线发给她，她掉头飞向奥尔特云，在那儿发现了一个天体，看上去像是极小的褐矮星。她过去查看，发现有东西在绕轨道飞行，刚开始发送详细情况，就噗的一声——"

他抬起空着的那只手，把指尖捏在一起，然后像吹蜡烛似的展开。

"——消失了。"

"这个我就不知道了。"布吕克斯过了一会儿说。

"你要是知道那我就要担心了。"

"我以为任务还在进行中。所有新闻源都没说他们发现了任何东西，"布吕克斯打量他的酒杯，"所以到底发生了什么？"

"我们不知道。"

"但既然他们开始送回——"

"多次接触。数以千计。有证据表明他们有可能已经在用生命起源前的有机物在褐矮星的大气播种了，也许是某种超木星的行星改造计划，然而就算他们在继续跟进，我们也没得到过任何消息。"

"天哪。"布吕克斯轻声说。

"那里也许还有其他的东西。"摩尔又说，眼睛盯着甲板，仿佛要盯穿它，一直看向奥尔特云。"有些东西——藏在那儿。不确定的东西。"

他似乎已经不在这个房间里了。布吕克斯清了清喉咙。

摩尔使劲眨眼，回到了现实中。"我们只知道这么多。遥测数据往好里说也充满噪声——褐矮星有个超级强大的磁场，无论你想发送什么，保准都盖不过它的嗓门。二分心智教会有些非常厉害的提取算法，他们从我敢发誓纯粹是静电噪声的片段里榨出了数据。

但毕竟也有极限。忒修斯飞进去，我们就像是看着一艘船消失在雾海之中。我们只知道她还在发送信号——他们至少在外面留下了一颗中继卫星。它还在工作。只要还存在希望，我们就会咬住这个数据源不放。但我们没收到从飞船本身发回的任何东西。我们从那锅汤里连一个信号都滤不出来。"

"但你说过，你们现在收到了一个信号。它从——"

"不，"摩尔举起一只手，"假如系统在正常工作，那我们就会看见它在工作，但我们没有。没有握手规程，没有明确的信息传送，没人在上游对我们说他们在向下游发送信息。没有数据包抵达时应该响起的正常提醒。我们顶多只得到了一个小小的预报，说有东西有可能要开始下传了，但收到的数据没有通过校验，所以朋友们，这没什么可看的。任务控制中心甚至没注意到它的存在。我也没注意到。直到二分心智教会用他们的起死回生算法从存档中榨取信息，我才恍然大悟，但那是事情发生后好几年了。"

"但既然数据流连标准规程都没有遵守，那怎么可能——"

"你去问他们，"摩尔朝着舱壁外的某个方向摆摆头，指的是二分心智教会洞见的某个中枢，"我只是搭车随行的。"

"那么，有东西在使用我们的遥传物质流。"布吕克斯说。

"至少是使用过。"

"但不是我们的人。"

"无论是谁，他们都费了很大的力气躲避侦测。"

"他们会在传送什么呢？"

"《小行星诸天使颂》，"摩尔耸耸肩，"这是二分心智教会起的名字，更确切地说，用我们的语言顶多只能这么翻译。有可能仅仅是他们心目中的行动代码。但我不知道他们是不是真的认为那底下有东西。也许不过是个什么故障。或者某种没能成功的远程黑客攻击，而我们能通过研究黑客的足迹来了解他们。"

"但假如那底下真的有什么东西，"布吕克斯说，"某些——实体存在。"

摩尔摊开双手。"比方说？一团鬼鬼祟祟的离散原子雾？"

"我不知道。某些打破规则的东西。"

"唔，"摩尔说，"假如是那样，我猜……"

他吸了一口气。

"它已经有了几年时间去安顿下来。"

事物分崩离析。

——威廉·巴特勒·叶芝

为了阻止神秘的追击者炸毁王冠号，他们想出了一个超级棒的计划：自己动手，抢先炸毁飞船。

他们没有征求布吕克斯的意见。

此刻他回到了保养与维修舱，用另一组弹性外骨骼给自己固定伤处。贴胶带没什么困难的，只需要照着不到两天前的脱毛模板重新贴一遍就行。

当然了，现在没有一天天的时间供他消磨了。根据刚刚响过的提醒铃声，他还有大约两分钟可以浪费。

离点火只有两分钟了。

莉安娜从天花板落下来。"哎，告诉你一声，拉克准备收起轮辐了。免得重力改变方向害你摔跤。"

对哦，总是这么关心蟑螂，布吕克斯在内心挖苦道。听上去正是拉克什·森古普塔会说的话。

像是收到了提示，舱壁开始颤抖。生活舱振动起来，突然响起的微弱轰鸣声像是来自遥远的海洋。一个挤压袋从被人扔下的地方沿着一个立方体滚了几厘米。

布吕克斯咽了口唾沫。他在固定网里的脚踝痒得让他发疯。他努力克制挠痒的冲动，隔着模具反正也挠不着。

"没什么好担心的，"莉安娜安慰他，"正常方向会偏离几度，只会持续几分钟。要是你在喝东西，都不够洒出来的。"

他倒是希望他手里有酒。

下方从他脚下缓缓地飘出来，像个慵懒的钟摆，然后在他的中轴线的半米之外停下；王冠号的空心骨骼沿着脊柱向后收起，就像收伞时的伞骨，把它们向外抛的离心运动逐渐减慢，精确而巧妙地换成从后方而来的加速度。数千吨的物质在慢动作中运动，许多向量彼此间相互作用，而布吕克斯几乎没有任何感觉，只有内耳短暂而有礼貌地抗议了一下。即便是在切换的过程中，下方也在缓缓飘回它原先的位置。

确实相当了不起，他心想，但嘴里还是说："让我害怕的不是点火本身，而是接下来的昏迷。"

"你不会有任何感觉的。"

"我说的就是这个。假如要让我坠入太阳，我觉得还是醒着比较好，万一事情出了岔子，我还能跳进救生舱。"

"那就更不需要担心了。船上没有救生舱。"

巨大的对接夹扣猛然合上，轰然巨响传遍全船，生活舱跟着跳了一下。桌上的胶冻物质来回颤抖。荆棘王冠号扎紧货物，打开风帆，准备启航。

莉安娜把连体服扔给他，指了指天花板。"走吧？"

这次不再是轻松自如地穿过光明通道了。他们没有从模拟重力环境慢慢进入自由坠落。王冠号已经点火，引擎在喷射，生活舱放平紧贴船身；质量乘以加速度的效应避无可避。每爬一个梯级，他的重量就会增加一点；每经过一个标志着危险的圈环，他就有可能从更高的地方摔下去。

出于某些无法理解的原因，他反而更放松了。

他们爬进轴心舱，来到巨碗的底部：这儿和船上的其他地方一样，现在也受到重力的束缚。南极点的虹膜打开了。水银如长针般从镜球穿过张开的瞳孔垂下来，就像一串串黏稠的唾液。应该是货运电梯。通往货舱，也可能是更远处的杂物间和爬行空隙：万一遇到灾难性的系统故障，船员可以钻进去手动修理电路，甚至直通喷吐中子的庞大引擎本身。

布吕克斯慢慢向前挪动，从栏杆上探头去看。王冠号中空脊柱仿佛深渊，像光学幻觉似的伸向远方，说是上帝他老人家的气管他都肯相信。（其实只有几百米，布吕克斯提醒自己。只有。几百米。）底下有活动的迹象：一闪而过的身影，金属碰撞的微弱当当声。液体镜面／长绳微微震颤，仿佛弓弦在响应其尽头受到的扯动。

有人碰了碰他的肩膀，他吓了一跳。莉安娜的手里拿着两根银色绳缆；绳缆尽头奇迹般地长出了脚蹬，模样仿佛过于肥厚的针眼。她把其中一根递给他，透过另一根的脚蹬指了指他的脚。"抓住，跳。"她说，轻巧地走上护栏。

她以慢动作下落——在四分之一 G 的推力加速度下，他们的体重比轮辐旋转时还轻——速度随着她逐渐远去而提高。布吕克斯套上他的脚，用一只手抓住绳缆（就像用手指握住玻璃面的橡胶），跟着她跳了下去。随着他的下降，绳缆在他手里伸展和变细。他抬起视线，以为他也许会在奇迹绳缆与镜球表面相接之处看见震荡波的涟漪，但速度和距离夺去了他看第二眼的机会。

他坠入柔和的微光，经过生物钢铁的支架、环形的箍圈和有衬垫、色彩缤纷的舱壁。一束束线管像声带似的排列在通道中，银色的金属流在经过时变得模糊。莉安娜已经松开了她的绳缆，它沿着竖井回卷，从他身旁掠过，就像青蛙在收回舌头。

尽管只有四分之一 G，但下坠数百米后在底部摔断脖子，还是会让你丧命。

不过布吕克斯下降的速度正在减慢，神奇的蹦极绳快要伸展到极限了。正下方是另一个敞开的巨大舱口，格栅、维护操作面板和六个存放太空服的凹槽环绕着它。一侧的舱壁上有个气闸开着舱盖，模样仿佛第二张嘴，大得足以一口吞下两个他。但真正吞下他的还是更大的那张嘴。银色绳缆把他放进那个舱口，就像母亲把婴儿放在床上，缓缓地带着他从光明进入黑暗。它把他放在一个巨大的昏暗洞窟的地面上，怪物和机械从四面八方包围了他，然后把他遗弃在那儿。

*

所以这就是战略，布吕克斯心想。这是先见之明，这是反制措施。这是甚至无法用语言阐述的磅礴智慧。

这他妈是自杀。

"有点信心嘛，"穿太空服的时候，莉安娜干巴巴地说，"他们知道自己在干什么。"

太空服紧紧地裹住他，就像一条即将窒息而死的寄生虫。他的呼吸和脉搏在头盔里响得刺耳；插进肛门的软管轻轻抽动，仿佛一根鼻饲管。他感觉不到尿道里的导尿管，这从某种角度说更加可怕；他根本不知道那玩意儿在里面干什么。

他们知道自己在干什么。

他们已经在货舱里游荡了两个小时，被拆开的机械零件在周围投下朦胧的缠结阴影，而飞船的其他部分在他们的头顶上变成了冰封地狱：生活舱、实验室、脊柱和轴心舱全都排光空气，与真空连同。仅仅几个小时之前，这个犹如洞窟的空间还是受到病痛折磨的二分心智人的专属领地，它是个自制的高压氧舱，有害的厌氧菌在对它们来说是毒气的氧气中死去，集群可以在这儿舔伤口，吟诵咒语，组装他们正在制作的拼图的碎片。现在，这些玄奥的原机械被收了起来，固定在舱壁的高处。二分心智人的身体组织依然在十五个大气压的作用下处于过饱和状态，他们转而进入玻璃棺椁，那是一个个有胳膊和腿的单人减压舱。他们立着排列在甲板上，几乎无法移动，就像旧时代深海潜水员的对立面。瓦莱丽的僵尸无声无息地在他们之间移动，似乎肩负着照顾他们的任务。由工蜂照顾的幼虫。

现在货舱本身也开始降温了，船上人员聚集在这里，而王冠号的最后一点大气开始变得稀薄。二分心智人、基准人类、怪物——那些生命体难以确定所属，介于两者之间，也许两者都沾点边——他们全都站在那儿，望着船舱中央那堆松弛的织物慢慢展开，变成一个巨大的黑色圆球，互相交错的测地线框架从表面下逐渐隆起，就像折纸骨架徐徐展开。一个影子的孵化。

摩尔称之为热水瓶。布吕克斯望着它充气，几乎确定这就是带他们逃离沙漠的那个巨型足球。只是换了个涂层。

莉安娜在一旁碰了碰他，把两人的头盔贴在一起，和他说了句悄悄话："欢迎参加普赖恩维尔校友聚会。"布吕克斯挤出一个笑容作为回应。

他们知道自己在干什么。

从一定的程度上说，布吕克斯也知道。他们要滚出去。他们要翻着跟头穿过尾迹，近得要是伸出手，就会看见你的胳膊在以每秒二十五公里喷出的等离子流中气化。没有机会选择打开机动推进器以获取一点额外的前向冲量，没有机会在即将折断的脊柱和每分钟爆炸六颗的氢弹之间拉开一点距离。牛顿第一定律是个难搞的老婊子，不留任何谈判的余地。就连二分心智人也只能让她把大腿分开一条细缝，而这一丁点勉强的让步几乎无法弥补前端的损失。他们不会有任何余地在安全距离外完成机动操作。

当然了，假如他们没有算错一两个微米，假如这一小团支架和骨骼没有被吸进尾迹和化作离子，那么弥漫在各个方向上的中子屏障之中就也许能找到一条进入的途径。

拉克什·森古普塔伸出胳膊，打开热水瓶的舱盖。舱盖猛地弹开，落在充气弹性球体的表面上又弹回来。森古普塔爬了上去。瓦莱丽的自动机（生存装备的服饰选择有限，他们现在更加难分彼此了）排成一排，把二分心智人依次传进球体，就像工蚁在把濒临危险的虫卵送往安全之处。

莉安娜在面罩背后比着嘴型说：全体登船。

会泄露他们踪迹的不仅是引擎的辐射能。即便是最低生命支持系统的热印记，在只比绝对零度高一丁点的宇宙背景上也会像航标似的闪耀。当然了，他们有办法解决这个问题。把一支蜡烛举在太阳前面，你就不会注意到它了，而荆棘王冠号一直把自己置于太阳边缘和追踪他们的望远镜之间的那条直线上：近得足以让阳光掩盖她的热印记，但又没有近得只要有人在扫描器前方插个遮蔽滤镜就会现出真身。另一个办法是把所有温热的躯体藏在大量绝热体之中，这样一来，等热印记传递到表面的时候，他们早已逃到了合理的搜索半径之外。

二分心智人不喜欢冒险。两个办法他们全都用了。

*

确实就是同一个足球。

内部是同样的网状结构。同样的环境色——维多利亚时代的妓院红，他心想，咧了咧嘴——在暗影和波长足够长的可见光之下，连尸体都会显得迷人。同样的伙伴，加加减减。

一簇脐带从头顶上的神经丛里垂下来，散开遍布于整个网状结构之中。布吕克斯抓住最近的一根，插进头盔的吸盘插槽。莉安娜从他头顶上伸出手，重新检查连接情况，然后向他竖起大拇指。布吕克斯打开通讯器，平静的呼吸声大合唱充斥了他的头盔，他轻轻地说了声多谢。莉安娜隔着有色玻璃面罩报以微笑。

摩尔爬进子宫，封闭舱门，他们周围的长波光立刻黯淡下来。布吕克斯在最后的光线中看见老兵伸手去抓脐带。黑暗随即吞噬了所有人。

瓦莱丽也在这儿，藏在某个水银般的伪装之中。布吕克斯没看见她进来——甚至没在甲板上见过她——但另一方面，她肯定能无声无息溜进球体。她肯定在球体中的某个地方，不是在这儿的这件太空服里，就是那儿的那一件里。

他望向平视显示系统中的倒计时：还剩两分钟。一分五十九秒。

他打个哈欠。

他们说这次会比较轻松。不会有拍脑袋的临场发挥，不会有诱发惊恐发作的窒息。只会有一股清爽的麻醉气体被送进头盔呼吸器，在硫化氢从体内扼杀他的细胞前让他舒适地坠入梦乡。

他们知道自己在干什么。

五十五秒。

倒计时旁边有个图标开始闪烁：外部摄像头启动中。布吕克斯朝它眨了眨眼，然后——

"要有光。"莉安娜在通讯频道中悄声说，于是就有了光：亮得炫目的黄色太阳在黑色的天空中闪耀，大小如同一臂之外的拳头。布吕克斯在强光下眯起眼睛：一团参差不齐的缠结光线和菱形悬挂于上方，被边缘锋利的暗影裂隙分割出十几个角度。

要有光，但少一点，他更改命令，调低亮度。太阳变得黯淡，星辰随即浮现。它们从所有方向填满虚无，明亮的斑点数以百万计，却反而突出了它们之间的无尽黑暗。正上方的星场不见踪影，生活舱和王冠号的梁桁隐然耸立，仿佛天空中的一个垃圾场。阳光把飞船边缘变成了一个明亮的拼图块；其余部分只能通过推理才能见到，这个负空间 [1] 在星辰的映衬下，形成了一个混杂的几何形状。

天空突然一抖。

我们上路了……

又是一抖。一种迟滞的动量感逐渐蓄积。他们背后的某处，将王冠号维系在一起的纽带在逐一熔断。正前方的视野偏向左侧。

他们知道自己在干什么。

船首开始倾覆，缓慢而庄严，就像一棵被伐倒的红杉。阳光和黑影在它的无数个表面上嬉戏，隐藏和照亮了许多个角度，而星辰划着弧线掠过。宇宙围绕他们旋转。太阳升起，到达天顶，随即落下。

船尾有个东西在发光，冠状光环围绕着一个巨大的黑色物体，后者挡住了船尾的星空：十几块微不足道的金属折断飞走，有个东西终于倾斜着落入视野。布吕克斯在最短的一瞬间内看见了黑色的物质，那是巨大的防护板，波纹表面的庞然枝干，粗大得像是摩天大厦——

（他意识到那是减震器。）

——然后，白光如海啸般闯入视野，他顿时什么也看不见了。

浮絮像惊恐鱼群似的在眼球里游来游去。布吕克斯眨掉泪水，本能地抬起手，感觉到刚刚变得熟悉的奇异惯性回到了胳膊上——

——自由落体——

——黏性的网状物随后松开了他的胳膊，他戴着手套的双手笨

---

[1]　指构图中物体周围的空白或开放空间。

拙地抹过面罩。他没碰到面罩；他挥舞手臂，什么都没打到，只感觉到重力缓冲网的弹性反作用力。

他在失重环境中轻轻摆动，等待视野变得清晰。等他能够重新看见东西了，全景视野已经完全被遥测数据取代，这个简化的宽视野视图由数字、等值线图和抛物线轨迹构成。布吕克斯眯着眼睛看，隔着他越来越迟钝的大脑，尝试从噪音中挤出信息：王冠号的驱动部分已经位于左侧数公里和前方数公里之外，间距每一秒都在扩大。战术显示系统在它前方的空间中绘制了一个巨大的衰减光锥，它像探照灯似的从被舍弃的引擎向前扩散。星际冲压发动机，布吕克斯很快就认了出来。这个磁场能汇聚电离粒子，利用太阳风来刹车。它可以掩饰质量的突然消失：不会因为加速度改变而泄露秘密，没有可疑地松开油门的动作。这是诸多措施之一，被硬塞进其他手段之间，左边是掩盖热印记，右边是让这艘飞船在雷达上隐形。布吕克斯猜测摩尔把他能理解的东西全告诉他了。但还会有其他措施。基准人类无法预见（更别说解决了）的难题的解决方案。这是一场精心策划、避人耳目的退场演出，不知情的追击者会跟着燃烧的诱饵飞向彗星的家园。一切都铺展在他个人的潜水钟内表面上，那是为智障准备的数字、示意图和火柴人动画。

他顶多只看懂了一半，不知道是否能就这样信任另一半。

也许这根本不是真的，他睡眼惺忪地心想。也许只是用来安慰人的幻象，好让我乖乖地坐在后排座位上。妈妈和爸爸讲动听的故事，免得孩子哭闹。

至少他们还活着。尾迹没有把他们化为气体。只有时间才能说清楚辐射病会不会杀死他们。时间，或者——

他放眼扫视气泡内表面上的信息，没看见任何与伽马射线明显相关的读数。

当然了，伽马射线杀人是需要时间的。刚开始你不会有任何感觉，生命中最后的几分钟里也不会有任何感觉，然后所有人就都走进那……良夜了……

去伊卡洛斯需要五十天。这五十天里，关闭动力，沿着轨道翻翻滚滚飞行，看上去只是内部太阳系中的另一块太空垃圾。干草垛里的一根针，但远没有尖锐到能刺痛凑巧看向它的任何人。那些亮闪闪的小碎片有充足的时间可以从内部吞噬我们。我们也许会在睡梦中死去，自己永远不会知道。

球体的内部没有重力，但他感觉眼皮不相称地沉重。他坚持睁着眼睛，扫视周围玻璃面罩下的一张张脸，寻找笑容、蹙眉或代表担忧的细纹——担忧也许会让更加通晓内情的人紧锁眉头。夹角和光学器件把一半人的头盔变成了哈哈镜，遮蔽了里面的面容。丹尼尔·布吕克斯的一小部分内心困惑地皱起了眉头——等一等，灯不是已经关上了吗？——但不知为何，他却依然能看见莉安娜，她闭着眼睛，面容祥和，也许是因为睡着了，也许是因为已经放弃。向下望去，视线越过他的靴子，他能看见摩尔头盔的背面。他几乎能确定他能分辨出二分心智人的一双双眼睛，眼睛全都紧闭，底下的嘴唇在无声的同步吟唱中翕动。

但通讯频道里只能听见呼吸声。

也许我已经睡着了，他心想，在网状物中蠕动。也许我在做清醒梦。

瓦莱丽和他对视。那张脸上看不出疲惫或麻木。

布吕克斯的眼睛开始闭上，他心想：她不需要新陈代谢的黑科技。她的喉咙深处没有腐败的恶臭，血细胞不会被一氧化碳或硫化氢阻塞，没有半吊子的科技让她失去知觉。她不需要我们的帮助。两万年前她就在这么生活了，早在人类刚开始在岩洞墙壁上画火柴人的时候，她就已经掌握了操控不死的奇技。她以我们为食，却在人类种群恢复可持续水平时销声匿迹，我们忘记了她曾经真实存在，把她从捕食者变成神话，从神话变成了睡前故事……

一个弹孔出现在她的胸甲中央。一条细线垂直增长，一道裂缝从中分开她的太空服。

我们花了那么多年去说服自己，她并不真的存在，而这么多年来，她就在我们的脚下沉睡。一直到她再次感到饥饿，自己扒开泥土爬出来，就像连上帝都嫌恶的一只巨蝉，然后她开始狩猎，而我们躺进自己的坟墓入睡，称之为"天堂"……

瓦莱丽扭动身体，蠕动着从银色茧壳中赤裸裸地爬了出来：苍白得像一条幼虫，瘦削得像一只螳螂。她咧开嘴，露出针尖般的牙齿，沿着兜网爬向他。

就像此刻，我们正在沉睡，布吕克斯心想，意识渐渐模糊。而她向我微笑。

我辽阔博大，我包罗万象。

——沃尔特·惠特曼

他进入天堂的地牢，但镣铐是空的，他的妻子不见踪影。

他躺在沙漠里，低头望去，发现他从裆部到喉咙被开膛破肚。光怪陆离的蛇群爬出刀口，逃离他身体的束缚，奔向化石海床遍布皲裂淤泥的无尽土地，终于自由了，终于自由了……

他翱翔穿过星空，群星是零维的无数针尖：抽象，永不改变，虚幻。其中有一颗在他的注视下打破规则，这个像素自行展开成更高的维度，就像延时摄影拍摄的量子花朵绽放。夹角从轮廓中涌现；影子在表面上扩散，而表面围绕布吕克斯无法确认的某个轴转动。骨骼在其中部庄严地自转。

那儿有怪物，正在等待他。

他想拐弯，想刹车。他扯动颞顶联合区把梦境变成清醒梦的所有连线。荆棘王冠号继续在视野中变大，对他妄图改写剧本的可悲企图视若无睹。一个生活舱像矛尖似的扫向他；他挥舞四肢挣扎，闭上眼睛，但没有感觉到撞击。等他再次睁开眼睛，他已经在船舱里了，而瓦莱丽正盯着他。

欢迎来到天堂，午餐肉。

她那怪物双眼的瞳孔完全打开，就像一双车头灯，就像从内部发光的血色玻璃球。底下的嘴唇陡然劈裂，就像一道新划破的伤口。

继续睡吧，她对他说。忘记你所有的担忧。长眠不醒吧。

她的声音突然变得奇怪，像是雌雄同体。

这是你的选择。

他尖叫起来——

——同时睁开眼睛。

莉安娜在俯视他。布吕克斯抬起头，疯狂地扫视每一个方向。

没有其他人。除了莉安娜没有别人。他们回到了保养和维修舱。

总比储藏室好。

他躺回诊断台上。"我猜咱们成功了？"

"应该吧。"

"应该？"他的喉咙像是被糊住了。

她递给他一个挤压袋。"我们在我们应该去的地方。"她说，他像饥渴的新生儿似的吮吸。"没有受到追击的明显迹象。尽管还需要一段时间才能确定，但看上去情况不错。我们分离后过了几个小时引擎爆炸了，因此在我们看来，他们认为他们干掉了我们。"

"无论他们是谁。"

"无论他们是谁。"

"那么，下一站就是伊卡洛斯了？"

"取决于你。"

布吕克斯挑了挑眉毛。

"我的意思是没错，我们在前往伊卡洛斯。但要是你不愿意，你明白，就不需要保持清醒。我们可以让你继续沉睡，等你再睁开眼睛，就已经安全返回地球了。因为你不是这次远征的正式成员。"

一个关系到任务的成败，一个是压舱物。

"或者你们让我继续沉睡，等远征出了岔子，我可以在睡梦中死去。"他过了一会儿说。

她没有否认。"你无论在哪儿都有可能在睡梦中死去。另外，二分心智人比咱们都了解情况，他们很确定你能活着回来的。"

"这是他们说的，对吧？"

"没有明说，但——对，这是他们给我的感觉。"

"要是他们真的知道会在底下发现什么，"布吕克斯思索道，"他们从一开始就不会非要进去了。"

"这是个问题，"她说，然后换上更欢快的语气，"但假如的确任务出了岔子，你难道宁可保持清醒，在被吸进太空时使劲惨叫，而不是在睡梦中死去？"

"你真是绝境中的希望女王。"布吕克斯对她说。

她欠身致意，等他回答。

前往太阳的探险之旅。有机会看一眼异类智慧留下的痕迹——尽管在这个世界上，他所属种族的成员把自己组合成群体思维，或者从更新世唤醒最可怖的噩梦，用来管理股票市场，他已经不确定"异类"究竟意味着什么了。直面未知的面容。什么样的科学家会选择在这种情况下睡觉？

就好像他们会允许你靠近他们宝贵的小行星天使似的，他内心的伙伴嗤笑道。就好像你能从中看出任何意义来似的。最好还是当个看客，最好让他们送你回家，这样你就可以从你离开的地方继续过你的生活了。你反正不属于这儿。你在战场上不过是一只蟑螂。

你很容易就会在睡梦中被碾成尘埃。无论一个战士是多么仁慈，上了战场难道还会考虑脚下的区区小虫？

清醒着，他至少还能爬开，躲避从天而降的皮靴。

"你以为我会放弃参与这种实地研究的机会？"他最后说。

莉安娜咧嘴一笑。"那就好。你知道该怎么做,自己收拾一下吧。"她跳起来飞向竖梯。

"瓦莱丽。"布吕克斯对着她的背影突然说。

她没有转过来。"在她的生活舱里。和她的随从在一起。"

"与飞船分离的时候——我看见——"

她侧着头,垂下视线,望着对面舱壁上的某个地方。"我们在休眠时偶尔会看见一些奇怪的东西。濒死体验,你明白吧?"

这个濒死也太近了。"但我见到的不是隧道和光。"

"几乎从来都不是,"莉安娜伸手去抓梯级,"大脑会在关闭和重启时玩花招。你不能信任自己的感官。"

她停下,转过身,一只手抓着竖梯。

"但话也说回来,什么时候能呢?"

*

布吕克斯刚穿好连体服,摩尔就落在甲板上,他表情严肃。他一只手里拿着一个单人帐篷,那是个卷起来的圆筒,与他的前臂大小相仿。"听说你要加入我们。"

"请控制一下你的热忱。"

"你是个额外变量,"上校对他说,"我有许多工作要做。到了紧要关头,我们未必能分出精力来照顾你。但另一方面——"他耸耸肩,"换了我是你,我无法想象我会做出其他的选择。"

布吕克斯抬起左脚,用右脚保持平衡,挠了挠他重新变得粉嫩的脚踝(有人在他昏迷的时候取掉了模具)。"相信我,我最不想做的事情就是碍手碍脚,但这并不是我熟悉的研究领域。我不了解规则。"

"规则很简单,就是——别碍手碍脚,"他把帐篷扔给布吕克斯,

"你愿意去哪儿搭你的帐子都随你便。生活舱有点乱，他们改造货舱的时候，我们不得不重新安置了大量存货，不过另一方面，住在生活舱里的人也暂时少了一些。所以你去找个地方，搭好你的帐篷，系好安全带待着。假如你需要什么东西，但界面帮不了你，你就呼叫莉安娜。或者我，只要我不太忙就行。二分心智人会在几天后减压，你躲着点儿他们的靴子。至于吸血鬼，我就不用说你必须加倍小心了。"

"万一吸血鬼想踩死我呢？"

摩尔摇摇头。"不太可能。"

"她已经存心来撩拨过我一次了。"

"具体是怎么做的？"

"轮辐折断后，你看见她的胳膊了吗？"

"没。"

"被她弄断了。她掰断了自己的胳膊，而且是两次，说我没有帮她固定好。"

"但她没有攻击你，或者威胁你。"

"肉体上没有。但她似乎打定主意要吓得我尿在裤子里。"

上校哼了一声。"根据我的经验，那些家伙并不会存心吓得你尿在裤子里。要是她想弄死你或让你崩溃，你一定会的。吸血鬼有他们——独特的语言模式。你很可能只是误会了她的意思。"

"她管我叫午餐肉。"

"拉克什·森古普塔还叫你蟑螂呢。除非我猜错了，否则你应该觉得她也在侮辱你。"

"难道不是？"

"标准的超人类用语。意思是你太原始了，因此杀不死。"

"我他妈一杀就死。"布吕克斯说。

"当然，如果有人把一架钢琴砸在你的脑袋上。但你是通过了实地测试的，我们用了上百万年的时间完善自己的身体机能，但货舱里有些人，他们身上的增强装置甚至在几个月前都还不存在呢。最初的版本肯定充满瑕疵，你需要时间去修正错误——但到时候，下一个升级版多半已经出来了，假如他们还想保持领先，就不能放过不管。因此他们有时候甚至会出故障。要是说'蟑螂'这个称呼有什么深意，那大概就是一点嫉妒吧。"

布吕克斯消化他的这番话。"好吧，假如这算是某种恭维，那她的语气就还需要磨炼了。人们总会觉得既然一个人拥有那么强大的脑力，他们肯定也能给自己加点儿社交技能。"

"说来有趣，"——摩尔的语气却毫无感情——"森古普塔也不明白，你这么会搞人际关系的一个人，却把数学搞得那么稀烂。"

布吕克斯没有吭声。

"别往心里去，"上校对他说，"但你尽量记住，咱们在这艘船上是客人，无论你有什么样的个人标准，在这儿都不可能是主流。你坚持把狗当作一种怪猫来对待，它们迟早会造反。这些人不是打过补丁的基准人类。他们更接近于，怎么说呢，不同的认知亚种。至于瓦莱丽，她和她的——保镖——自从出发之后就一直待在他们的生活舱里。我希望这个情况能持续下去。原因之一是她觉得环境光太亮了。要我说，只要你别去自找麻烦，麻烦就不会找上你。"

布吕克斯觉得他不由自主地挑起了嘴角。"所以，"——他想到轴心舱里的简报会，还有嫉妒他的拉克什·森古普塔——"离伊卡洛斯还有一周？"

"更确切地说，十二天。"摩尔答道。

"为什么这么久？"

摩尔脸色阴沉。"修道院的那场溃败。王冠号不得不提前发射。分离操作本来就是计划中的一部分，不需要集群意识也能想到这么一次探险必定会引来关注，但要换上的引擎现在还是零件。咱们说话的这会儿，他们正在组装新引擎。"

布吕克斯诧异道，"我们没有引擎了？"

"有机动推进器。但现在还不能用，否则就有可能被侦测到，"摩尔看见布吕克斯的表情，又说，"不过我并不认为我们会真的需要它们。集群计算的弹道非常精确。考虑到医疗因素，我们绕远路反而更好。他们一旦确定了瑕疵的具体位置，修复起来倒是很简单，但愈合需要时间，而休眠和医学昏迷也不是一码事。我们最不希望的就是在核心人员受创的情况下进入目标区域。"摩尔想到什么严峻的场景，表情变得狰狞，随即又放松下来。"我的建议？就当这是一次加长的休假吧。也许你能近距离见证一些惊人的发现，也许这只是个死胡同，你会无聊得睡过去。但无论如何，比起在俄勒冈沙漠中痛苦地死去，权衡之下这都算是一场计分判胜。"他摊开双手。"好了，下课吧。"

*

北半球的灯光已经黯淡下来。布吕克斯爬进轴心舱，透过赤道格栅看见了一大片玄奥的战术画面，他知道即便视野中没有遮挡物，他也不可能看懂那些五颜六色的纷乱图表。

他飘向相邻的轮辐，一个熟悉的声音说："走错路了。"

森古普塔。

"什么？"他透过格栅张望，但依然看不见她。镜球遮蔽了视野。但她的声音清晰地传遍了整个船舱："你去找吸血鬼？"

"呃，不。"鬼才去。

"那你就走错路了。"

"谢谢。"他劝了一句自己，但决定还是要冒险一试（哎，毕竟是她先搭话的），他从空中游过，不偏不倚地穿过移动的门洞——靠的主要是运气，而不是技术。

她依然躺在她那张加速度座椅里。布吕克斯刚进入她的视野，她就把脸转了过去。

不过她还是继续说了下去。"你去哪儿？"

不知道。我没有任何概念。"食堂。厨房。"

"另一个方向。过去两个轮辐。"

"谢谢。"

她没说话。她的眼睛在眼眶里不停抽动。红玉色的光芒时而在她的角膜上一闪而过，他看不见的激光在那里读取指令。

过了一会儿，布吕克斯试着开口："肉体空间显示。"

"怎么了？"

"我以为这儿每个人都用感控。"

"这就是感控。"

他点了点他的太阳穴。"我是说，你明白的，大脑皮层。"

"去他妈的无线是个人都能偷窥。"

她的劳动成果横跨圆顶上足足二十度的显示空间，那是一场光华的风暴，其中有数字、图像和——位于最左侧——似乎是声纹的一组堆叠图。它不像布吕克斯见过的任何太空导航界面。

她在挖掘缓存数据。

"我能偷窥，"他说，"我这会儿就在偷窥。"

"我他妈为什么要在乎你？"森古普塔嗤之以鼻。

猫和狗，他心想，但管住了舌头。

他换个方式搭话。"看来我欠你一声谢谢了？"

"谢我什么？"

他指了指横跨天穹的几周前的数据回声。"出门的时候抓了个快照。要是什么万联网都没有，真不知道接下来十二天我能做些什么。"

"那是当然了。你吃我们的食物吸我们的氧气为什么不再顺便偷点我们的数据呢。"

算了,我放弃。

他转身,飞向出口。他感觉到森古普塔在他背后的沙发里动了动。

"我讨厌该死的吸血鬼她的行为全都不对劲。"

很高兴知道增强没有破坏最基础的躲避猎食者子程序,布吕克斯心想。

"另外我也不信任屠夫上校,"森古普塔又说,"无论他怎么哄你开心都一样。"

他扭头看她。座椅宽松的束带下,驾驶员悬浮在半空中,她一动不动,眼睛直视前方。

"为什么这么说?"布吕克斯说。

"你爱信任他就信任呗。我他妈无所谓。"

他又等了几秒钟。森古普塔坐在那儿一动不动,就像一只竹节虫。

"谢谢。"他最后说,穿过地面落了下去。

*

所以这就是我:寄生虫。

他降落在实验室里。

已经半截入土的化石,在经过时从战场上顺手抄起来。修修补补治好,原因不外乎是几个镜像神经元受到触发,激起了我们曾经称之为怜悯的某种尚未完全退化的心痒。

设备不是他的,但工作台从一定程度上提供了形态方面的安慰:在这艘充满长骨和奇特生物的飞船上,算是有了一点替代性的熟悉感。

甚至不如压舱物：我吸他们的氧气，吃他们的补给，占用他们宝贵的空间，而真正的大气层离这儿至少有几百万公里。甚至比不上宠物：他们不需要我的陪伴，没有冲动要挠我的脑袋，没兴趣欣赏我会耍的一切花招——除了隐身和装死。

测序／剪接仪、通用孵化器、能达到三十皮米精度的光电子纳米显微镜。在他所处的这个世界里，他甚至觉得灰尘都有可能是用奇迹和魔法水晶制造的，这些仪器给了他令人安心的熟悉感。也许是存心的，它们是给错过奇点的野狗准备的安乐毯。

好吧，行啊。我是寄生虫。寄生虫不会被强大者摧毁，而是会以它们为食。寄生虫会利用强大者，实现自己的目标。

底下一层几乎空置，只有一小摞折叠椅和六个储货立方体（装箱单上说是储备的制造原料）。布吕克斯放下帐篷，贴着一段弧形舱壁在甲板上铺开。

绦虫未必像宿主那么聪明，但也并不能阻止它骗取住所、营养和繁殖场地。优秀的寄生虫是隐身的，最厉害的寄生虫是你不可或缺的。肠道菌群、叶绿体、线粒体，它们都曾经是寄生虫。在更巨大的生命体的阴影下，它们全都是隐身的。而现在宿主离了它们更是无法生存。

结构体充气，变成球茎状的某种菱形。它像圆顶冰屋似的朝着船舱中央膨胀，贴着墙壁和地面改变形状。它和被他扔在沙漠里的帐篷没什么区别；支撑结构体的压电同时也为内表面上的图形用户界面供能。布吕克斯用食指从上往下划过门的中央。薄膜的左右两侧悄然分开，就像一块肠系膜从中间裂开。

有些寄生虫甚至更进一步。它们抢先出手，向深处挖掘，直接改变突触的接线。双腔吸虫、蟹奴虫、弓形虫。它们全都没有大脑。这些没有意识的生物却把智力强大得难以想象的宿主改造成了傀儡。

他跪下，爬进帐篷。附带的吊床紧贴帐篷内表面，剥下来轻轻一碰就会开始充气。默认配置只提供了足够蹲伏的空间高度，但布吕克斯懒得动手调高。另外，在轮辐最底部，这个逼仄的空间反而奇异地令人安心，尽管只隔着几层合金和隔热物，群星闪烁的宇宙就在他脚下缓缓滚过。

所以我是寄生虫？很好。这是个可敬的称号。

在这底下，温暖地蜷缩在这个能够自我调节的小结构体里，他拥有了王冠号能够给予他的全部重量。他几乎感觉到了稳定，几乎重新扎根。尽管他不敢称之为安全，但他无法避免地意识到他的住所多么像个洞窟：位于地底深处，远离这个微生态系统的其他居民。丹尼尔·布吕克斯趴在甲板上，就像一只耗子挤在装满眼镜蛇的大玻璃培养箱最偏远的角落里，而所有的照明灯都开到了最大亮度。

给你一个选择，你就会相信你是自由行动的。

——雷蒙德·特勒

所有生活舱刚开始都是一样的：同样的生命支持系统，同样的卡扣与拉伸框架，可以按个人喜好分割居住空间。同样的基础舱壁厨房操作面板，对面是同样的厕所。它们都配有同样的紧急休眠连接装置，兼容大多数常见的加压太空服和远距离棺椁（不包括在内）。这是波音公司最通用的全用途个人居住舱，直接从货架上取下来，批量购买，短时间内安装在王冠号轮辐的端头上。若是遭遇几乎难以想象的意外，一根轮辐折断，某个生活舱自己飞了出去，公司会保证里面的肉体能保持新鲜和呼吸（有可能休眠）长达一年或直到重入大气层（两者以先发生者为准）。

但这不等于无法加入定制功能。食堂的合成机能制造出具有真正风味的食物。

布吕克斯爬进食堂吃早餐的时候，在这儿只见到了一个活人，那就是摩尔。上校刚开始没有回应他的微笑——布吕克斯认出了连接感控中心时远在千米之外的茫然视线——但布吕克斯的脚步声把他拉回了肉体空间这个贫乏的世界。

"丹尼尔。"他说。

"没想打扰你的。"布吕克斯说，但他在撒谎。他一直等到王冠号内部通信系统上的稀疏星座排列出合适的形状（莉安娜或摩尔在食堂里，瓦莱丽在其他任何地方），这才壮着胆子出来觅食。

摩尔挥挥手，示意不需要道歉。"我反正也需要休息一下。"

布吕克斯命令合成机给他打印一份法式吐司和培根。"不休息在干什么？"

"忒修斯号的遥测数据，"摩尔告诉他，"尽管非常少。为大节目做准备。"

"还有大节目？我们的？"

"什么意思？"

布吕克斯单手端着食物放在食堂的桌子上（糖浆与黄油的香味从盘子里升起，但掺杂着一丝石油产品的怪味），然后坐下。"巨人队伍里的矮子，明白吗？我没感觉到普通的基准人类能扮演任何有价值的角色。"

他尝了一条培根。还行。

"他们来这儿有他们的理由，"摩尔淡然道，"而我有我的。"他的语气在说：但我不想告诉你。

"你经常和这些人打交道？"布吕克斯猜测道。

"这些人？"

"二分心智人。后人类。"

"他们不是后人类。现在还不是。"

"你怎么确定的呢？"他只有一半在开玩笑。

"因为他们是的话，我们就不可能和他们交谈了。"

布吕克斯咽下一团人造的法式吐司。"他们能和我们交谈。至少他们中的一部分能。"

"他们为什么要费这个劲呢？我们已经处在和他们分道扬镳的

边缘了。而且——丹尼尔，你有孩子吗？"

他摇摇头。"你有？"

"有个儿子。事实上，席瑞不完全是基准人类。他离对岸还有十万八千里，但即便如此，有时候我也很难，怎么说呢，和他产生联系。这个比较对你来说也许没什么意义，但是——他们全都是我们的孩子，人类的孩子，而现在我们只能勉强维持他们的关注。一旦他们越过那个边界……"他耸耸肩，"换了是你，你要等多久才会决定你还有更重要的事情可做，而不是和一群僧帽猴交谈？"

"他们不是神。"布吕克斯轻声提醒他。

"还不是。"

"永远不会是。"

"你这是否认现实。"

"总比认命强。"

摩尔微笑，有点沮丧。"行了吧，丹尼尔。你知道科学能发挥多么大的力量。从鬼魂和魔法往上爬，花了一千年发展成科技；但从科技掉回鬼魂和魔法，只需要一天半。"

"我以为他们不使用科学，"布吕克斯说，"我以为重点就在这儿。"

摩尔微微点头表示认可。"但不管怎样，让基准人类去对抗二分心智人，二分心智人永远会领先一百步。"

"而你对此没什么意见。"

"我的意见并不重要。因为这就是事实。"

"你对这一切似乎充满了——宿命感，"布吕克斯推开空盘子，"遥远的海岸线，巨人和僧帽猴之间的鸿沟。"

"不是宿命感，"摩尔纠正他，"而是信仰。"

布吕克斯恶狠狠地盯着桌子对面，想搞清楚摩尔是不是在逗他玩。老兵无动于衷地望着他。

"事实是有人朝我们开火，"布吕克斯思忖着说了下去，"而你自己说过他们很可能是超人类。"

"是我说的，对吧？"摩尔似乎觉得很好笑，"还好我们这边也有一伙很厉害的超人类。实话实说，我并不担心。"

"你对他们太有信心了。"布吕克斯平静地说。

"你一直在这么说。你不像我这么了解他们。"

"你以为你了解他们？是你把他们称为巨人的。我们不知道他们在盘算什么，就像我们不知道那些智能云想干什么一样。至少智能云不会撬开我们的大脑，在里面四处窥探，就像，就像……"

摩尔有好一会儿一言不发，然后："莉安娜。"

"你知道他们对她做了什么？"

"不怎么清楚。"

"我说的正是这个。没人知道。莉安娜自己也不知道。他们让她昏迷了四天，等她醒来，已经变成了中文屋式的某种专家[1]。天晓得他们怎么改造了她的大脑，天晓得她还是不是原来的那个人。"

"她不是了，"摩尔平板地说，"改变接线，你就改变了机器。"

"我说的就是这个意思。"

"但她自己同意的。她自告奋勇。她发疯般地争取，甩着胳膊挤到队伍最前面，就想要那个被开瓢的机会。"

"但那不等于知情同意。"

摩尔再次挑起眉毛。"怎么说？"

"假如当事人没有足够的认知能力去理解她同意了什么，那怎么可能算是知情同意呢？"

"所以你想说她的心智不够健全。"摩尔说。

---

[1] 美国哲学家约翰·希尔勒（John Searle）在 1980 年设计的一个思维实验以推翻强人工智能（机能主义）提出的过强主张：只要计算机拥有了适当的程序，理论上就可以说计算机拥有它的认知状态以及可以像人一样进行理解活动。

"我想说我们都一样。比起集群意识，比起吸血鬼，比起重接线者和所有的——"

"我们只是小孩。"

"对。"

"我们自己的决定是不可靠的。"

布吕克斯摇摇头。"对于像这一类的事情来说，是的。"

"我们需要成年人来代表我们做出选择。"

"我们——"他说不下去了。

摩尔望着他，露出一丝似有似无的笑容。过了一会儿，他从墙上取下那瓶格兰杰。

"来喝一杯吧，"他说，"能让你更容易接受未来。"

*

寄生虫悄然爬过宿主的内脏，逐渐取得了控制。

丹尼尔·布吕克斯钻进荆棘王冠号的中枢神经系统，使其屈服于他的意志。莉安娜和往常一样，在货舱陪伴着她虚弱但无所不能的主人。森古普塔的图标在轴心舱里闪烁。摩尔表面上在宿舍里，但从那个生活舱传来的信号说明事实没那么简单：待在船舱里的仅仅是躯体，靠自动驾驶运行，而他闭着的眼睛在跳舞，精神穿行于布吕克斯只能想象的某个感控现实之中。

他只能单独吃饭了。

焦虑变成了一种慢性病，像牙疼似的从深处啃噬他的大脑，已经成为他的一个组成部分。他几乎不会注意到它的存在，但有些时候，寒意会出乎意料地降临，使得它重新暴露在他的眼前。惊恐发作；在轮辐内，在生活舱里，在他自己的帐篷中。这种情况并不频繁，而且也从不持续太久；但频繁得足以让他记住它的存在，频繁得足以让他总是疑神疑鬼。

此刻沿着轮辐上升时，身体里的刀锋开始转动。布吕克斯咬紧牙关，短暂地闭上了眼睛，让传送带拉着他经过恐慌地带（有帮助，确实有帮助），那个可怖的地区在他脚下渐渐远去，他终于放松下来。他松开轮辐顶端的把手，飘进轴心舱，穿过南极点的舱门（现在收缩了一半，勉强能让一个人钻进去），把自己推向——

一个轻柔的泣音。北半球传来一声咳嗽，一声抽噎。

有人在哭。

森古普塔在上面。至少几分钟前在。

他清了清喉咙。"有人吗？"

短暂的沙沙声。寂静，通风管道的呼呼声。

好吧……

他继续先前的路线，前往食堂所在的轮辐，他扭动身体，像弹簧刀似的钻进舱口。他花了两秒钟恭维自己，然后抓住传送带，头前脚后地下降，同时平缓地围绕把手转了半圈，直到双脚向下；仅仅两天前，琳琅满目的管道和重力不均衡的直线通道还会让他完全迷失方向。

瓦莱丽在中途拍了拍他。

他根本没看见她接近。他面对着舱壁。正上方也许有个影子一闪而过，仅仅瞬息之后，有人拍了拍他的肩胛骨之间：就像刀尖顺着他的脊骨划过，就像皮肤像拉链似的从背后打开。他甚至还没感觉到触碰，小脑就做出了反应，让他平趴在舱壁上，像受惊的兔子一样无法动弹。等他恢复行动能力的时候，她早已从他背后掠过，消失得无影无踪了，而丹尼尔·布吕克斯还活着。

他向下望去，望着她头前脚后、无声无息地潜入的漫长通道。她在轮辐底下等着他；苍白、赤裸、几乎是一具骷髅。钢丝般的肌肉在骨头上绷紧。她的右脚在金属甲板上拍出令人不安的怪异旋律。

传送带将他送往她的怀抱。

他松开把手，扑向轮辐另一侧固定而安全的竖梯。他没抓住想抓的第一个梯级，但抓住了第二个；剩余的动量险些让他肩膀脱臼。他的双脚乱扒了几下，终于找到支点。他紧抱着竖梯，传送带从两侧经过，一条向上，一条向下。

瓦莱丽仰望着他。他转开视线。

她刚刚拍了一下我，老天在上。我甚至都没什么感觉。很可能只是个意外。

不，不是的。

她没有威胁你，没有对你出手。她只是——坐在底下。等待着。

没有待在她的生活舱里。无论摩尔如何用谎言安慰他，明亮的灯光都无法约束她。

布吕克斯盯着舱壁。他发誓他能感觉到她露出了尖牙。

她只是另一种失败的类人猿。仅此而已。没有我们的药物，她甚至见到直角就会陷入抽搐。只是大自然搞砸了的另一个物种，只是一万年前灭绝了的另一种怪物。

而我们让她起死回生。而令人胆寒的是，她在未来完全如鱼得水。比丹尼尔·布吕克斯更适应这个未来。

要不是我们，她甚至不可能活着。要不是我们这些蟑螂拼凑起了残余的所有基因，把它们重新拼接在一起，她甚至不可能存在。她的辉煌时代早已成为历史。她不值得我去害怕。你他妈别这么胆小。

"来吗？"

他逼着自己向下望去，竭力把视线焦点放在她背后的舱口上，尽量让她的双眼落在人类视野那占据了百分之九十五面积的令人安心的低分辨率区域内。他甚至勉强挤出了两个字，算是某种回答："我，呃……"

他的双手却牢牢地抓着竖梯。

"随你便。"瓦莱丽说，消失在了食堂里。

*

透过格栅能看见动静：像素化的马赛克拉克什·森古普塔从更前方的某处返回。也许是顶层舱里的厕所。森古普塔很可能特地选择了瓦莱丽经过的那个时间去撒尿，布吕克斯觉得这完全可以理解。

她落入被镜球遮住的空间。布吕克斯听见她扣上安全带，插头插进插槽，然后她嘟囔了一声，对她来说大概就是在打招呼："以为你要去食堂。"

他游向北半球。森古普塔忙着把感控手套戴在左手上：中指，无名指，食指，小指，拇指。她的头发从脑袋上支棱着，因为静电而噼啪作响。

"瓦莱丽先去了。"他说。

"那儿坐得下两个人。"右手的手套：中指，无名指，食指……

"其实坐不下。"

不出意料，她依然不肯看他。但笑容算是个鼓励。

"疯婆娘根本就不用厨房，"森古普塔用阴恻恻的语气说，"她从生活舱出来就是为了吓唬我们。"

"她到底为什么会出现在这儿？"布吕克斯好奇道。

森古普塔用眼睛做了些什么，眼珠微微抖动，说明她在操作界面。"好了。现在咱们能看见她在接近了。"她的胳膊肘离开身体又缩回去，精确地模仿拍打翅膀的动作。布吕克斯不确定那是在操作界面还是强迫症发作。"但为什么要问我？"

"我以为你也许知道。"

"我把你们捞出大气层的时候你也在那里面。"

"不，我是说——她到底是从哪儿来的？吸血鬼应该生活在舒

· 150 ·

适的小空间里，和算法作斗争，求解大难题，不威胁任何人。没有任何人会蠢到放开他们的缰绳。所以瓦莱丽为什么会出现在沙漠里，不但带着一伙僵尸，还开着军用飞行器？"

"聪明的小怪物，"森古普塔说，嗓门有点太大（布吕克斯紧张地朝甲板上的洞口看了一眼），"假如我是你就会开始去做十字架。"

"没用。他们的脑袋里有药泵。抗欧几里得药。"

"基准人，情况不一样了。要么适应要么死，"森古普塔像鸟类似的点点头，"我不知道她是从哪儿来的。但我正在调查。完全不信任她，不喜欢她的行为方式。"

我也一样，布吕克斯心想。

"也许她的朋友能告诉我们。"森古普塔说。

"什么朋友？"

"被她从手中逃掉的那些人，我一直在查——哎，你是个大牌生物学家，对吧？去参加研讨会什么的？"

"参加过一两次吧。我没那么大牌。"大多数时候他只是虚拟参加；他的经费不够充足，无法让他的生物躯体坐上喷气机环球旅行。

另外，现如今他的绝大多数同事也不怎么乐于见到他。

"应该去参加这一次的。"森古普塔咬住嘴唇，调出一段存档，投射在舱壁上。视频是标准的悬浮式摄影机拍摄的，画面里是一次普普通通的研讨会里的一个普普通通的会议厅：她没开声音，但画面岂止是有点熟悉。一排排就座的资深教职员工，套在耐热镍铬合金和连体血肉雕塑里；研究生打着领带，身穿最笨重的综合套装。一侧有个小畜栏，里面是几十台远程操控台，它们像站在跑步机上的巨型昆虫或象棋棋子，是供买不起机票的鬼魂使用的机械外壳。

此刻的演讲者站在普普通通的讲台上，普普通通的平面显示器在他背后展开，普普通通的企业全息徽标在整个场景上方慢慢旋转，提醒与会者记住他们身处何方，是谁的慷慨捐赠让这一切成为现实。

费泽尔制药赞助

第22届 J. 克雷格·文托尔纪念合成与虚拟生物学双年研讨会

"其实不是我的专业,"布吕克斯坦白道,"我更——"

"看!"森古普塔开心地叫道,暂停播放。

刚开始他不明白她想让他看什么。讲台上的男人,动作做到一半凝固在那儿,指着背后屏幕上用大头照拼成的矩阵。无非是那种让人眼神呆滞的团体背景图,全世界所有的学术演讲上都能见到这玩意儿:我想借此机会感谢协助我完成本研究的所有好心人,因为我他妈才不会让他们共同署名。

然后布吕克斯的视线对上了焦点,他的胃里猛地一紧。

他看见的不是合作者,而是:受试对象。

他可以在脑海中逐一勾选所有的特征:惨白的脸色,面部的轮廓,颧骨和下颌骨的夹角。眼睛:我的上帝啊,那些眼睛。经过三代过滤的图像,画面中的画面中的画面,面部细节退化成几个黑色像素,但看着他们,他依然感觉冰冷的触手爬上了脊柱。

给他足够的时间,他能一条条详细阐述所有这一切。但在灰色脑细胞能告诉他原因之前那无比漫长的几毫秒之中,脑干传来的寒意就让他的卵蛋缩进了身体。

打了类固醇的恐怖谷效应,他心想。

然后他才注意到讲台前的发光文字,那是进行中的这场演讲的简要说明:R.J. 帕利诺,哈佛大学——吸血鬼视网膜中启发式图像处理的证据。

森古普塔用手指敲着鼓点,把线索扔给蟑螂:"第二列第三排。"

瓦莱丽的脸。哦,当然了。

"他们把他们弄得难以追踪,"她抱怨道,"不断改变身份代码把他们搬来搬去。所有信息全部私有外加各种归档错误不允许吸血鬼解放阵线知道狗窝在哪儿但我现在找到了她我已经找到她了我有了拼图的第一块碎片。"

吸血鬼瓦莱丽。小白鼠瓦莱丽。沙漠恶魔瓦莱丽，不死者的女主人，焦土的一人大军。拉克什·森古普塔找到了她。

"祝你好运。"布吕克斯说。

但驾驶员已经调出了另一个视窗，里面列出姓名和所属机构。似乎包括了论文作者和与会者。有些名字做了标记。布吕克斯眯着眼睛打量名单，搜寻有可能把被标出的名字归为一类的共同特征。

啊哈。所驻机构：西蒙·弗雷泽研究所。

"她有朋友，"森古普塔喃喃自语，"我打赌她是从他们手上逃掉的。"

"我打赌他们想把她抓回去。"

现实这个东西，即便你不再相信，它也不会消失。

——菲利普·K.迪克

吉姆·摩尔在跳舞。

这儿当然没有舞池。也不存在舞伴。在丹尼尔·布吕克斯爬进轴心舱之前，他甚至没有观众；指挥甲板一反常态地安静，没有脚趾拍打地面，没人弹响舌，没有森古普塔在命令或界面与她意见相左时一阵阵地爆发出咒骂。摩尔一个人待在拥挤杂乱的空间内，从一堆储货立方体上起跳，碰到下面半高处的某个高台反弹，以完美的赤脚蹲姿落在甲板上，只过了一瞬间就又跃入空中：一条胳膊紧紧地横放在胸前，另一条刺向某个不可见的舞伴——

不，是对手，布吕克斯意识到。那是在掌劈空气，是在用脚跟砸向经过的舱壁：这些都是格斗动作。但布吕克斯不知道他是在和感控中心的某个虚拟对手操练，还是仅仅在自娱自乐。

一条松弛的捆货扎带从格栅飘过来，跳舞的战士抓住它，把双腿翻过头顶，然后牢牢地站在舱壁上；双手攀住扎带以代替重力，双腿反方向从格栅往后蹬，这个人形三脚架把自己固定在墙上，就像一只三条腿的蜘蛛。布吕克斯看清了他的面容。摩尔甚至没有用嘴呼吸。

"漂亮。"布吕克斯说。

摩尔的视线越过他,一言不发地抬起双脚,身体绕着扎带缓缓旋转,就像微风中的风车。

"呃……"

"嘘——"

一只手抓住他的胳膊,他吓了一跳。"你可别吵醒他。"莉安娜轻声说。

"他在睡觉?"布吕克斯扭头望向天花板;摩尔转得更快了,他头部向外,双腿展开成 V 字形,扎带在人和金属之间拧得越来越紧。下一个瞬间,他再次起飞。

"是的。"莉安娜点点头,脏辫在脑后上下起伏。"怎么,你锻炼的时候难道保持清醒?不觉得很,怎么说,无聊吗?"

他不知道她在挖苦什么,是丹·布吕克斯能自主选择梦游,还是同样可笑的丹·布吕克斯热爱健身。

"有锻炼的必要吗?来一针 AMPK[1] 激活剂,他成天躺在床上吃糖也能强壮如牛。"

"也许他不愿意依赖有可能被入侵的增强。也许内啡肽会让他做个美梦。也许只是积习难改。"

摩尔从他们的头顶上飘过,对空挥舞刺拳。布吕克斯不由躲闪。

莉安娜吃吃笑。"别担心。他看得清楚着呢,"她忍住笑意,"至少他脑袋里有东西在看。"她的脚一蹬,身体滑向左侧的舷梯。"再说你也不想和那个倒霉蛋在一起浪费时间,等他醒来,他只会立刻继续去查忒修斯号的档案,"她扬了扬下巴,"我有点时间需要浪费。你还是来和我玩吧。"

---

[1] 即腺苷酸活化蛋白激酶,被激活后会启动其在细胞内部的活性并恢复能量供应。

"玩什——"但她已经像一条鱼似的翻个身，俯冲钻进了轮辐。他跟着她返回有重力的船舱，他们前往食堂，那儿有摩尔的绿色酒瓶，还有他扔下的皮头罩，它们粘在有薄荷香味的太空草皮之间的舱壁上。

"玩什么？"他问，追上莉安娜，"追人？"

她从墙上拿起头罩抛向他，顺势飞向一张简易吊床。"想玩什么都行。神性对决。换体拳击挺好玩的。对了，有个卡尔达肖夫模拟，我很擅长，但可以保证对你网开一面。"

他把玩着手里的闯入者配件。面部的超导体瞪着他，就像一双受惊的眼睛。

"你还记得这东西其实是个游戏头罩，对吧？"

他摇摇头。"我不打游戏。"

莉安娜打量着他，就好像他刚刚说他是一朵绣球花。"为什么不？"

他当然不肯说实话了。"它不是真的。"

"本来就不该是真的，"她解释道，出奇地有耐心，"所以才是游戏嘛。"

"感觉不真实。"

"不，真实。"

"我觉得不真实。"

"不，真实。"

"对我——"

"我不想展开解释，但老家伙你听着，它就是很真实。"

"莉安娜，那是我的感知，你教训我也没用。"

"但神经元还是同样的神经元，同样的电信号在同样的神经线路里传输，你的大脑绝对不可能分辨一个电子是来自你的视网膜还是从半路上插进来的。完全不可能。"

"但感觉就是不真实，"他坚持道，"我觉得不真实。另外，我是不会和你玩《色情明星野猫大战》的。"

"哥们，你就试一试嘛。"

"你和人工智能玩吧。同样是花钱，保证你玩得更尽兴。"

"不一样的——"

"哈！"

莉安娜的脸垮了下来。"该死。被我自己的立场声明捅了个对穿。"

"而且动手的还是只蟑螂。感觉如何？"

"像是我给自己鼻子上来了一拳。"她承认道。

两人沉默了好一会儿。

"就这一次？算是哄我开心？"

"我不打游戏。"

"好吧，好吧。问问总没坏处。"

"你已经问过了。"

"好吧。"她在吊床上来回晃了几秒钟（这个动作不太规则，隐约有点偏螺旋振动。科里奥利力是个微妙的魔术师）。

"这么说也许能让你舒服一些，"她过了一会儿说，"我大致上知道你是什么意思。"

"关于什么？"

"关于事物看上去不真实。其实我一直有这个感觉。只有在游戏里，我才不会这么觉得。"

"哈，"布吕克斯嘟囔道，小小地吃了一惊，"那是为什么？"

他想了想："也许是因为游戏里你有同伴。"

*

　　有人在他的帐篷旁又搭了一顶帐篷，它贴着竖梯的底部，像个胀大的白细胞。为了避免撞上它，布吕克斯不得不从倒数第二个梯级上侧身横跳。帐篷里有人弄出窸窸窣窣的声音，同时还在自言自语。

　　"你好？"

　　森古普塔探出脑袋，但眼睛望着甲板。"蟑螂。"

　　布吕克斯咳嗽一声。"知道吗，你也许觉得这是好话，但听上去可不像。"

　　她似乎没听见他在说什么。"你该看看这个。"她说，然后缩了回去。

　　几秒钟后，她又把脑袋伸出来。"呃，进来吧。"

　　他小心翼翼地弯腰钻进帐篷。森古普塔蹲在帐篷中央。一块块智能显示在织物上涌动闪烁：成列的数字，某个电脑素描画手根据有限的肉眼观测数据绘制的皮肤犹如塑料的粗糙画像，成排的看起来像是家庭地址的东西。

　　"这是什么？"

　　"和你没关系，"反射光在她脸上跳跃，"只是某个狗娘养的，等我逮住他，会让他把自己的内脏吃下去。"她挥了挥手，拼贴画面随即消失。

　　"你知道他们把一整个生活舱改建成了宿舍，对吧？"布吕克斯说。

　　"那儿太拥挤这儿没人。"

　　"有我——"算了。

　　有个室友也许不是坏事，他心想。他没想过要去主动找个室友——无论生活如何孤独，优秀的寄生虫都不会去吸引关注——然而假如事情出了岔子，也许可以让瓦莱丽先吃拉克什。帮他争取一点时间。

"你看这个有史以来最好的派对戏法。"

她把一段视频投在帐篷内壁上：喧闹的声音，闪耀的灯光，一张磁性悬浮桌以夸张的角度摇摆，因为有个喝醉酒的混球企图在上面跳舞。校园酒吧。无论在地球上的哪个角落，大学生的氛围都是同一个鬼德性，但布吕克斯很确定这是欧洲的某个地方。字幕程序没开，不过他至少听见了一些德语和匈牙利语的词句。

两个研究生把十几个空啤酒杯胡乱摆在一张桌子上。另外一群人欢呼吟唱，拉开椅子，清出周围的一片场地。舞台左侧刚好在镜头外的某个地方发生了什么事情：某种反混乱的因素突然像传染病似的蔓延，噪音和骚动随之平息，吸引了所有目光，刹那间就传遍了整个人群。镜头转向暴风眼。布吕克斯倒吸一口气。

又是瓦莱丽。

她大踏步地走进清理出来的场地，就像一头上了弹簧的猎豹，没有缰绳的束缚，拥有自己的意志。她穿便宜的一次性智能纸织物，全世界的小白鼠和囚犯都是这个打扮；在熙熙攘攘的运动上衣、全息影像和生物发光文身的映衬下，她的衣着显得荒谬可笑。瓦莱丽似乎没有意识到她违反了着装规定，没有意识到她经过人群时最前排的人如何后退，她靠得太近时窃窃私语的人群如何忽然沉默。她直勾勾地盯着桌上的啤酒杯。

哪个想自杀的白痴会带吸血鬼去酒吧？这些人到底醉到了什么程度，竟然没有夺路而逃奔向出口。

"你从哪儿搞到——"

"闭嘴好好看！"

瓦莱丽绕着桌子走了一圈。她犹豫片刻，双眼失焦，几乎可以肯定是笑意的东西在她的嘴唇上扩散。

下一个瞬间，她一跃而起。

她的一只光着的脚落地，离起点几乎有三米远，另一只脚猛地踩下，然后她一旋身又是一脚，紧接着跳了起来，这次身体向后反弓，越过桌子，在半空中翻个跟头，四点着地伏在地上（左脚、右脚、左膝、左手），然后跃向左侧（踩脚），手像弹簧般地一撑，胸部贴在一个半醉不醉的观看者的脸上，那家伙总算还残留着足够的动物本能，整个人顿时变成了青白色，一张脸绿得像是充满了叶绿体。她直起身子：垂直跳起一米，单腿着地；原地后转（踩脚），朝着桌子斜跨两步（踩脚）。双肘和一个膝盖同时撞在古老的木地板上，她借着反作用力弹回站姿。结束。片刻之后，尽管拥有学生买得起的最优秀的图像稳定算法，但镜头还是抖了一下，画面转回桌子。

酒杯排列成完美的直线，彼此之间距离相等。

"好不容易才找到这段有人把她从后门带出来没有授权就带吸血鬼出门要是被发现职业生涯就完蛋了因此他们把证据锁了起来我觉得这是个入伙仪式之类的……"

镜头在这个令人难以置信的静态画面上停留良久，然后转回创造它的那个怪物。瓦莱丽直视镜头，望着镜头背后一千公里之处，她露出她标志性的笑容，看得人冰寒彻骨。她甚至没有气喘吁吁。

但其他人都呼吸急促。现实终于刺穿了酒精、毒品和纯粹的愚男，这些被宠坏了的孩子在永生的承诺下长大，被培养成了这个样子。他们亲眼见识了黑魔法。他们面前的这个怪物不费吹灰之力就能把运动定律变成念力表演。在全部的敬畏、震惊和难以置信背后，也许有一个麻木的瞬间，他们意识到了她浩瀚的智慧、流畅无比的运动技能都是为了什么目标而演化的。

狩猎。

这些特权小崽子听过的睡前故事忽然变得不再重要。在这样的怪物面前，他们不再是不死之身。他们仅仅是早餐而已。布吕克斯看得分明，他们终于醒悟了：因为他们纷纷后退，嘟囔着找借口离开；他们朝着门口挪动，始终背对墙壁；连假装自己在控制局势的那些人也不敢直视瓦莱丽，而是侧着身子走向瓦莱丽，用虚弱和颤抖的声音说现在该回去了。

事后再看，还有一点也同样显而易见：对于那些把小白鼠从笼子里偷出来度过一个狂野夜晚的人，布吕克斯过于苛刻了。无论他们是谁，他们都不想自杀。他们并不是白痴。无论事前和事后他们是怎么说服自己的，无论在他们记忆中想出这个主意的是谁。

那实际上都不是他们的决定。

*

布吕克斯不得不承认，皮头罩确实提升了他的学习曲线。

数据曾经被迫与太空草皮分享空间，绿色条带奢侈地沿三个空间轴向着三百六十度的无尽空间延伸。他曾经必须用眼神接触智能涂料才能做出选择，但现在他只需要动个念头，视窗就会跳到最前面并暂时占据中央位置。他曾经需要阅读、重述和复习的信息，现在只需要看一眼就能囫囵记录在大脑里。当然了，他也使用认知提高剂，但这肯定是二分心智教会的技术；他认为就连增强手术也不可能让他变得这么厉害。

三万亿节点和一万链接的搜索半径，这只是真正万联网的一个劣化回声，但你在里面挖掘一千个轮回也依然不可能触及其边缘。一百万个学科的即时专业知识。你甚至不需要去玩的互动小说，只要你有界面（布吕克斯没有，但这个已经很接近了），第一人称的清晰记忆就会直接植入你的大脑，提供所有的刺激、惊愕和体验，感觉就像刚刚玩过一样，但你甚至不需要抽空在真实时间中进入故事。人类圈认为值得记住的一切都在这里留下了不可抹除的脚印。

即便过了十四年，忒修斯号依然无处不在。

天火坠落后的震惊和难以置信。彩虹光谱中所有颜色的骚乱：惊恐的人群想逃离即将到来的末日，但不知道该跑向何方；示威者对抗永远以为自己知道得更多的行动派和摇摆者；注意力不够集中的劫掠者，眼睛里只盯着毫无防备的遗留财物；恐慌的人们躲在床底下或向穿制服的人发动反击，而后者的枪械、无人机和区域封锁武器在数十年不负责任的残忍滥用后，终于不再能够应对挑战。由于恐惧现实世界的新威胁，数以万计的人从天堂回到人间。但数以百万计的人出于同样的原因躲进了天堂。

然后，忒修斯号：一切超级计划之母。一个任务，一个隐喻，一个象征，代表着支离破碎的世界在共同威胁之下重新团结起来。驾驶她的那些勇士，他们经过精挑细选，以人类的名义去挑战宇宙。阿曼达·贝茨，西半联无数战役的胜利者，她的技能无比广阔，她的天赋是高度机密，在她被提拔进入梦之队之前，甚至没人听说过她。丽莎·高松，诺贝尔获奖者，语言学家，住在她头脑里的六个独立人格的训导者。朱卡·萨拉斯第，高贵的吸血鬼，与羔羊共眠的雄狮，准备为了他们而献出生命。席瑞·基顿，综合家，大使之间的大使，桥梁——

等一等——席瑞？

他听过这个名字。他筛查在升级前积淀的尘封的古老记忆，公告和传记顿时席卷而来。席瑞·基顿，综合家，在这个由最顶尖人物构成的人群中处于塔尖。六岁时被恶魔附体，某种直接来自中世纪的抽搐病毒用电信号风暴点燃了他的大脑。病毒本来会直接杀死他，但激进的手术把他从生死边缘拉了回来，给他打上补丁，让他变得伤痕累累、惊恐万状，被截然不同的另一种东西附体：那是一种永不认输的疯狂的奉献精神，它想要战胜困难和这个宇宙，驯服他叛变的大脑，去完成他的使命，哪怕是要前往太阳系边缘和更遥远的地方也在所不惜。

（事实上，席瑞不完全是基准人类……）

他的家庭生活几乎没有任何记录。没有家庭录像，没有泄露的小学心理评估报告。他似乎是独生子。完全没提到过母亲，提到父亲时也没有姓名，仅仅是背景里站在暗处的一个人物，拒绝来到聚光灯下，只有《时空》杂志在报道时说了一句：

……他一心一意追求实现个人目标，这既要归功于童年与癫痫的长期斗争，也来自他作为一名军人子女的成长经历……

布吕克斯在头脑里反复思考那些词句，搜寻巧合的身影。

"对屠夫上校不得不出去害得他的孩子险些被杀你不知道吗。那时候他都还没出生。"

低重力不是他的朋友；布吕克斯跳得太高，险些在天花板上撞破脑袋。

"天哪！"他扯掉头罩。用户界面在他的头脑中消融，备用画面在舱壁上重生，而森古普塔就出现在这两者之间。他必须搞清楚这东西的隐私设置，布吕克斯对自己说。当然了，要是她真的想偷看，他估计那些设置根本拦不住她。

"你是从哪儿冒出来的？"

"我在这儿至少待了五分钟了。"

"好吧，下次请弄出点声音来。打个招呼什么的，"他揉着头顶被撞痛的地方，"我说，你来干什么？"

森古普塔咂咂嘴，侧头望向她的帐篷。"狩猎一个死人。"

在这艘该死的船上，只有我一个血肉之躯不是猎食者。"狩猎什么？"某个僵尸？

"不在船上我是说像你这样——"她朝着感控显示画面打个响指——"狩猎他。"

布吕克斯转回去看着舱壁：小道消息的拼贴，宣传文章组成的重构历史。看上去一点都不像传记。

"吉姆险些害死他？"

"对，我说过了。"啪啪，打响指。

"这儿说他得了某种病毒性癫痫症。"

森古普塔嗤之以鼻。"是哦他得了病毒性癫痫症所以他们不得不切掉他的半个大脑。就好像屠夫的小崽子生病了拿他工资的人都只能接受水蛭和鸦片酊。"

"所以到底是什么？"

"病毒性的东西，"森古普塔用粗哑的声音说，"病毒性僵尸化。"

通风系统的声音充满了突如其来的寂静。

"胡扯。"布吕克斯轻声说。

"哦他不是存心的幼体只是连带伤害。某个坏蛋搞出一种地下室病毒但他微调的时候弄错了。病毒更喜欢胎儿的大脑而不是成年人的对吧？什么生长代谢什么神经修剪总之一切都更快于是他们用它感染老妈老妈感染老爸等它在第三代穿过老派的胎盘这才真的起飞。它钻进婴儿的大脑比肉食细菌还快。第二天清晨醒来小畜生已经在子宫里抽搐了还好对他们来说那是煤矿里的金丝雀，他们冲进急诊室打了抗僵尸药，及时清除了病毒。但对小席瑞·基顿来说已经晚了。他来到这个世界上的时候已经受到损伤他们想方设法救治他尝试了所有最好的药物和最好的晶格但他一直在走下坡路然后过了几年他开始犯癫痫原因就是他们刻在席瑞·基顿左脑上的东西懂吗？只好把它整个儿挖出来就像处理腐烂的椰子。"

"天哪。"布吕克斯低声说，忍不住扫视四周。

"哦不需要担心他他把自己埋在他宝贵的忒修斯信号的深处呢。"她古怪地耸了耸一边肩膀。"总之就像我说的手术后比手术前情况好。暴风突击队的医疗预案非常厉害。更换脑半球是个巨大的进步。他因此成了最适合那个任务的人。"

"这么对待一个孩子，真是太恐怖了。"

"不会培育代码就别靠近保育箱。狗娘养的天晓得亲自对其他多少人做过同样的事情他们就是专门干这个的。"

布吕克斯当然看过那些录像：成群的平民被几千字节的武器化代码弱化成了会走路的脑干，而那些代码受到意识思维的标志性生化过程吸引。这不是对认知障碍的精确手术切除，不是军用的可逆超级士兵或瓦莱丽的程序化保镖。这是从皮质到下丘脑直接啃掉意识和智力，把人类变成只会战斗、逃跑和性交的机器。这是把人类变回爬行动物。

对于预算有限的人来说，这也是个极其高效的战略：价格低廉，有传染性，效率高得可怕。假如你被惊恐的人群围困，你不可能确定从背后推你的那个人是想强奸你还是想砸烂你的脑袋，或者只是想他妈的逃离这个地区。从人群上方向下看，最先进的遥测技术也无法区分不死人和只是失去知觉的人；就连超人类科技也不可能穿过头盖骨分辨僵尸大脑里的那一丝寒意，至少从远处做不到，隔着墙壁或屋顶做不到，更不用说在暴乱之中。你能做的只有封锁这个地区，尽量待在上风处，等待火焰喷射器到场。

布吕克斯听说印度有特种部队专门应付这种事。士兵的大脑里有开关，用烈火对抗烈火。他们非常擅长他们的工作。

"要我说他那是活该。"森古普塔咬牙切齿道。

"天哪，拉克什，"布吕克斯摇着头说，"你对那家伙到底有什么意见？"

"没什么那些军国主义分子搞完别人然后说只是在执行命令我敢有什么意见吗？"她用鞋尖踢开某个不可见的刺激物，"你看我知道你们俩在约会还是什么的对吧？我无所谓你爱对他说什么就说吧但要是你被他搞了反正别吃惊就对了。只要他觉得有利于他的大义他就会立刻把你塞进绞肉机。说不定还会把自己也塞进去。我发誓有时候我不知道哪个结果更糟糕。"

两个人好一会儿谁也不说话。

"你为什么告诉我这些？"布吕克斯最后说。

"为什么不呢？"

"你不担心我会传话？"

森古普塔哈哈一笑。"随便你。另外他把泥脚印踩得满地都是就不能怪我长着眼睛看见了。你自己也会发现的。"

我为什么要勉强自己忍受她呢？布吕克斯第十次问自己。但另一方面，他第一次想到：她为什么要勉强自己忍受我呢？

然而他认为他已经知道答案了。至少自从她搬到隔壁来，他就开始有所怀疑了：森古普塔喜欢他，尽管喜欢的方式怪异而扭曲。不是性爱上的喜欢。也不是同侪或对手甚至不是朋友的喜欢。森古普塔喜欢丹尼尔·布吕克斯是因为他很容易被打动。在她的心目中，他根本不是一个人，而是把他当作了某种宠物。

糟糕透顶的社交技能。拉克什·森古普塔过于蔑视礼仪，甚至懒得去考虑它。然而她不遵守规则的事实不等于她看不懂社交信号。至少她完全看穿了他；他无论如何都不可能去告诉吉姆·摩尔，森古普塔已经知道的他儿子的遭遇。丹·布吕克斯这个人做不到。

因为他是个乖孩子。

*

再一次遇到莉安娜的时候，他没有看见她。

他听见了她的叫声——"哇，当心——"紧接着，生活舱发疯般地朝一侧倾斜，剧痛油然而生，从……

事实上，他不知道疼痛来自哪儿。他只是感觉到了。

他躺在甲板上诧异地眨着眼睛，莉安娜像变魔术似的在食堂咖啡桌旁冒了出来。"我的个天哪，丹，你没看见吗？"

是桌子，他意识到。我撞在桌子上了……

他甩了甩脑袋，让自己清醒过来。莉安娜再次消失——

"哎——"

——然后重新出现。

布吕克斯爬了起来，摘掉脸上的皮头罩，疼痛凝聚在他的左胫骨里。"这东西出问题了。它扰乱我的视觉。"

她伸出手，接过头罩。"看着挺正常的。你在干什么？"

"翻缓存看呗。我记得我标了一篇文章，但怎么都找不到了。"

"你给搜索加密了吗？"

布吕克斯摇摇头。莉安娜的视线聚焦在远方的感控中心上。"斯宾德等？《伽马—原黏液蛋白与 PCDH11Y 同源物的作用》？"

"就是这篇。"

"就在这儿啊，"她皱起眉头，把头罩还给他，"你再试试。"

他套上头罩。搜索结果重新出现在他面前的半空中，但其中没有斯宾德。"还是什么都没有。"

"唔，"莉安娜哎了一声，然后不见了。

"你在哪儿？你怎么就消——"

她从天晓得哪儿探身回到了视野里。

"——失了。"

"发现问题了，"她说，从他头上剥掉头罩，"诱发的偏侧忽略。多半有个超导体损坏了。"

"偏侧忽略？"

"你说你为什么不做个增强呢？那样你可以直接调出字幕，立刻就会明白我在说什么了。"

"这不就是我不做的原因吗？"布吕克斯在智能涂料上调出定义，"否则岂不是要切开我的脑袋，才能更换损坏的超导体。"

受损的大脑将身体从中间分成两半，然后舍弃其中的一半：患者无法感知身体中线以左的任何变化，甚至无法想象那儿有任何东西。患者会只用右手梳右侧的头发，只能看见盘子里右边的食物。他们会忘记半个宇宙的存在。

"真他妈该死。"布吕克斯敬畏地轻声说。

莉安娜耸耸肩。"就像我说的，有个超导体坏了。我们有备用的，比造个新的更快。"

他跟着她穿过天花板。"你还没说过你为什么这么守旧呢。"她扭头对他说。

"害怕活体解剖。超导体坏了就坏了，我们能解决。"

"那东西会损坏是因为它是蹩脚的过时科技。内置的增强设备比你的大脑还不容易出故障。"

"是啊，它们会勤勤恳恳地为你效劳，直到垃圾广告机器人黑进来，你突然产生无法抗拒的冲动，非要买一年份的猫用泡泡浴不可。"

"哎，增强设备至少是有防火墙的。要是你担心的是这个，没增强过的大脑反而更容易被黑。"

"但话也说回来，"她继续道，"我猜这并不是原因。"

他叹了口气。"对。我也觉得不是。"

"所以是什么呢？"

他们从南半球钻出来，经过镜球的时候，他们细如鳗鱼的倒影从镜球表面游过。

"知道漏斗网蛛是什么吗？"布吕克斯打破沉默。

极为短暂的迟疑过后："现在知道了。"又过了一秒钟。"哦。神经毒素。"

"不是普通的神经毒素。这种毒素非常特殊。也许是从医药公司逃出来的，也许只是失控的开源小爱好。换了其他的情况，说不定反而有益处。总之那个小混球逃掉了。但我感觉到被咬了一小口，就这儿——"他张开一只手的手指，用另一只手点了点虎口的皮肤——"十秒钟后我就躺在地上了，"他从鼻孔里轻声出气，"反正让我明白了一个道理，绝对不能不戴手套去采样。"

他们一前一后穿过赤道。北半球空无一人。

"但也没弄死你。"莉安娜讥讽地说。

"是啊。但诱发了对纳米微孔胶质抗体的最他妈剧烈的过敏反应。任何直接的神经接口都会完成那只小虫子开始的事业。"

"他们能解决这个问题，你肯定知道。"莉安娜从甲板上弹起来，顺着向前的竖梯滑行。布吕克斯在她背后爬行。

"他们当然能。我可以终生服用某种专利药物，费泽尔制药每次改变条款的时候都能捏住我的卵蛋。或者我可以彻底破坏我的免疫系统，然后换个新的。或者我可以每天吃几粒药。"

顶层舱。

由管道和电路组成的迷宫，位于飞船顶部的公用工程地下室。管道、对接舱、巨大的环绕带，上面满是工具、太空服和舱外活动配件。石器时代的控制面板，供灾难事件中不得不采取手动控制时使用。陈腐的空气从头顶某处的通风口吹过布吕克斯的面颊；他闻到了润滑油和电子设备的气味。正前方，三米直径的对接气闸舱盖朝着右舷隆起，形状像是包锡箔的轮毂罩；船舱对面是个较小的气闸舱盖，只有一人大小，扮演辅助的角色。太空服在凹槽里飘动，就像休眠的银色幼虫。出入口和控制面板占据了支架、液氧罐、二氧化碳净化器之间的空间：储物柜、总线板、压力可按不同重力等级自动调整。

莉安娜打开一个柜子，在里面翻找。

另一条竖梯继续通往前方，它伸出顶层舱，在昏暗的光线中沿着支架搭成的尖顶继续向上。根据地图，上面是传入传感器阵列，机动推进器，还有遮光伞：那是个巨大的圆锥体，由可编程的超材料构成，离太阳太近时，王冠号可以躲在它的背后。规格书说它具有光合作用能力。布吕克斯不确定它能不能产生足够多的电子，供二分心智人拼凑出的备用引擎使用，但至少洗个热水澡总是没问题的。

"找到了。"莉安娜举起一个闪着油光的灰色垫圈，露出微笑。

但只持续了一瞬间。就在布吕克斯的注视下，胜利的笑容消失得无影无踪，她的脸变得毫无血色，表情只剩下惊恐。

"莉……？"

她倒吸一口气，屏住了呼吸。她瞪着布吕克斯右肩的背后，就好像他变成了隐形人。

他转过去，以为会见到怪物，但只看见了气闸的舱门。他什么都没听见，除了荆棘王冠号的咔咔声和叹息声，那是飞船在自言自语。

"你听见了吗？"她悄声说。她的眼珠惊恐地扫来扫去。"那个——嘀嗒声……"

他听见了循环空气流入逼仄空间时的呼呼声，听见了空置太空服在微风中飘动的沙沙声。他听见了从底下传来的隐约响动：刮擦声，一下沉重的脚步声。布吕克斯环顾船舱，视线扫过凹槽和气闸——

他也听见了那个声音：尖利、轻柔、没有节奏。不是嘀嗒声，更接近嗒嗒声，像是——像是舌头弹出来的响声。从上方传来，是个饥饿的声音。

他的胃部向下坠落。

他不需要去看。他也不敢去看。他能感觉到她躲在上面的梁架之间：一个猎食动物的黑影，从光线无法抵达之处悄然窥视。

那是牙齿在彼此磕碰的声音。

"见鬼。"莉安娜低声说。

她不可能躲在上面，布吕克斯心想。离开食堂的时候，他看过人员分布图。他每次都会查看。瓦莱丽的图标就在她应该在的生活舱里，一个被灰色小点包围的绿色小点。她的动作不可能这么快。

但是当然了，吸血鬼就是这么快。

牙齿碰撞的嗒嗒声现在响极了，他不知道之前他怎么可能没注意到。这个声音没有规律，没有可预测的规则节奏。嗒嗒声之间的寂静无比漫长，短暂的悬念逼得他发疯；但牙齿偶尔也会在瞬息之后再次咬紧。

"咱们——"布吕克斯咽了口唾沫，然后重新开口，"咱们快……"

但莉安娜已经逃向后方了。

轴心舱光线明亮，没有任何倒影：舱壁发出的柔和光线把布吕克斯的恐惧赶回了它们所属的地下室。两人绕过镜球的时候，他有点胆怯地望着莉安娜。

但莉安娜看上去一点也不胆怯，而是比在顶层舱的时候更焦虑了。"她肯定黑掉了传感器。"

"什么意思？"

她在半空中摆动手指，内部通信系统出现在舱壁上。森古普塔在船尾靠近货舱的地方，摩尔回到了宿舍里。

瓦莱丽的图标是令人安心的绿色，依然在她的私人生活舱里，陪伴她的是几个灰色小点。

"飞船已经不知道她究竟在哪儿了，"莉安娜说，"她有可能在任何一个地方。在你打开的任何一扇门的后面。"

"她为什么要这么做？"布吕克斯望向天花板上的洞口，莉安娜抓住了竖梯，"说起来，她为什么会出现在那上面？"

"你看见她了吗？"

他摇摇头。"我不敢看。"

"我也一样。"

"所以就咱们所知道的，她也许根本不在上面。"

她紧张地哈哈一笑。"你想再上去看看吗？"

置身于明亮的光线和闪闪发光的机器之中，你很难不觉得那一切都无比荒谬。布吕克斯摇摇头。"就算她在上面，那又如何呢？她并没有被关在牢房里。而且她什么都没做，只是在磨牙。"

"她是个猎食者。"莉安娜说。

"她是个施虐狂。从第一天她就开始折磨我了，我觉得她只是在以此为乐。吉姆说得对，假如她想杀死我们，我们早就是尸体了。"

"也许她就想这么弄死我们，"莉安娜说，"也许她在跳曼波。"

"曼波。"

"巫毒玩意儿，老古董。恐惧会干扰你的心率。肾上腺素会杀死心脏细胞。假如你能以正确的方式入侵交感神经系统，就能从字面意思上吓死一个人。"

所以巫毒是真的，布吕克斯沉思道。

为有组织的宗教记上一分。

*

布吕克斯出来的时候，摩尔正要下去。

"嗨，吉姆。"

"丹尼尔。"

这样的对话最近发生得越来越少了。无论是吃饭时还是吃饭后，是在王冠号明亮的湛蓝白天，还是在夜间周期更加温暖的黑影之中，上校似乎永远待在感控系统的深处。他从不谈论他在那里面干什么。当然了，他在为伊卡洛斯做准备。审阅忒修斯驶入迷雾消失前传回的遥测数据。但他对细节守口如瓶，即便是出来透气的时候也一样。

布吕克斯在食堂竖梯的底部停下。"哎，想看个电影吗？"

"看个什么？"

《沉默的签牌人》。就像是打游戏，但你只能看。莉安娜说那是一种——你明白的，以前他们无法直接诱发想要的心理状态。他们必须操控你，让你产生某些感觉。用情节和角色之类的东西。"

"艺术，"摩尔说，"我记得。"

"按现在的标准看当然非常粗糙，但当时它们因为神经诱导而得了很多奖项。莉安娜在缓存里发现了它，设立了一个视频源。说值得一看。"

"那女人在影响你。"上校评论道。

"这个该死的航程在影响我。参加吗？"

摩尔摇摇头。"我还在查遥测数据。"

"你已经查了一个星期了。几乎不出来透气。"

"遥测数据有很多。"

"我以为他们进去后就静默了。"

"确实如此。"

"几乎是立刻，你说过的。"

"'几乎'是个相对性的说法。忒修斯的耳目比一个小舰队的都多。想筛查仅仅几分钟的数据，就需要一辈子的时间。"

"一个基准人类的一辈子吧。二分心智人肯定有各种各样的工具。"

摩尔望着他。"我以为你不赞成对更高力量的盲目信仰呢。"

"我也不赞成一个人明明看见街对面就是起重机，却非要累死累活地推石头上山。你自己说过的，他们领先我们一百步。我们在这儿只是为了坐享其成。"

"也不尽然。"

"这话怎么说？"

"我们在这儿。他们接下来六天都会困在减压过程中。"

"对哦，"布吕克斯回忆道，"经过了实地测试。"

"所以他们才会带上我们。"

布吕克斯做个鬼脸。"他们带上我是因为我不小心走上了高速公路，他们不忍心看着我被碾成肉酱。"

上校耸耸肩。"不等于他们见到机会却不愿意好好利用。"

布吕克斯的指尖在回忆中感到刺痒。机会，他恍然大悟，但只有一丝惊讶。

我正在错过一个机会。

*

这是一个粗糙得不能更粗糙的视窗：仅仅是一块实心的透明合金板，镶嵌在后侧的舱壁上。你不能放大画面、重设尺寸或在表面上叠加伪彩色的战术画面。你甚至无法关闭它，除非有人在另一侧放下防爆屏蔽帘。这是飞船上的一个洞口，透明但不可穿透：这个圆形窥视孔通向一个异类培养箱，在他本人面容犹如幽灵的倒影之下，奇特的耐高压生物用沙子和珊瑚建造出怪异的物品。它们的眼睛在朦胧环境中闪闪发亮，就像绿色的星辰。

六名僧侣在休息，他们悬浮在医疗茧壳里，像休眠的幼虫似的等待冬天过去。其他人像蚂蚁一样目标明确，在阴影和半建成的机器的背景中移动：这儿仿佛是一座杂乱无章的城市，构成它的是储槽、堆叠的陶瓷超导体和粗大得足以不低头就能穿过去的一节节管道。布吕克斯很确定正在货舱中央逐渐成形的拼搭球体就是核聚变室。

两个二分心智人缩在一旁，在进行某种背对背的无言交流。一个闪闪发亮的凝胶球体悬浮在他们身旁。另外一个人（叫埃文斯）抓住身旁的一个手工工具，把它抛向右舷。工具懒洋洋地翻滚飞行，直到霍多罗夫斯卡伸手从空中摘下它，但她的视线始终没有离开过另一只手里的部件。

她甚至没有抬头看，但不等于她不知道工具在飞向她。

不过，当然了，"她"并不存在。至少此刻不存在。也不存在埃文斯或奥福伊格布。

存在的只有集群。

摩尔是怎么说的来着？认知亚种。但上校并不真的明白。莉安娜也不明白；那天吃早饭的时候，她和布吕克斯分享了她狂热的盲目信仰，低声用恭敬的语气列举极大提升了她的主人的那些基因剪辑和拼接：没有 TPN[1] 抑制物，没有塞麦尔维斯反射[2]。他们对非蓄意盲目、非理性折现[3] 和墨守成规免疫，用联觉重设了数百万年以来的感官偏见。简而言之，他们随机化了所有误差。而范围不仅包括一般性的感官，不仅仅是触碰颜色和品尝声音。他们真的能够看见时间……

就好像这些都是优点似的。

当然了，从某个角度说，确实是优点。是直觉（无论对错）让这个品系在更新世的稀树草原上活了下来，尽管直觉在大多数时候是错误的。假阴性，假阳性，把胖子推到疾驰的电车前的道德代数[4]。刺穿心灵的情感信仰，深信孩子会让你快乐，尽管所有的信息都指向痛苦。对鲨鱼和黑皮肤狙击手的高度恐惧，虽说它们绝对不

---

[1] 即三磷酸吡啶核苷酸，参与多种合成代谢反应，如脂类、脂肪酸和核苷酸的合成。

[2] 指条件反射般地否定、拒绝新证据或新知识，因其抵触现有的常规、信仰或价值观的现象。

[3] 即双曲贴现，是行为经济学的一个重要部分。这个现象描述折现率并不是一个不变量，人们在对未来的收益评估其价值时，倾向于对较近的时期采用更低的折现率，对较远的时期采用更高的折现率。

[4] 经典思想实验"电车难题"：有一台刹车损坏的电车正冲向五个正在轨道上工作的人，而你的身边有一个胖子，他的巨大体型和重量刚好可以挡住电车，救下五个工人。那么作为旁观者，是否应该动手把这个胖子推向电车？

会杀死你；对一切毒素和杀虫剂无动于衷，尽管它们有杀死你的能力。心灵受到错误诠释的毒害，在一些情况下，你必须破坏它才能做出真正合乎理性的选择——假如一个脑损伤的母亲在着火的房子里为了拯救两个陌生人而抛弃自己的孩子，整个世界更有可能称之为怪物，而不是赞颂她这种救生艇道德观的纯粹理性。真该死，理性本身——人类过誉的说理能力——并不是在追寻真理的过程中得到发展的，而仅仅是为了赢得争论，获取控制：为了让其他人屈服于你的意志，通过逻辑或诡辩的手段。

真理从来都不是优先追寻的目标。假如相信一个谎言能让基因持续增殖，那么系统就会全心全意地相信这个谎言。

感情已经是化石了。一旦你成长得离开了大草原，认为真理确实至关重要，那么没有感情反而更好。但人类并不是由胳膊、腿和直立站姿定义的。人类不但进化出了能对握的拇指，神经突触也得到了进化——那些误导性的直觉为整个该死的演化支奠定了基础。僧帽猴有同理心。黑猩猩天生就有公平竞争的意识。随便找一只猫或狗，你都能在它的眼睛里看见一种联结，那是代代传承的共有子程序和共享情绪。

二分心智教会以他们发育迟缓的先祖称之为"真理"的名义，切断了所有的血族关系，代之以 ——其他的某种东西。他们看上去或许还是人类。他们的细胞代谢水平或许会在克莱伯曲线[1]上停滞不前。但仅仅把他们称为一个认知亚种就是在拒绝承认现实，以至于到了自欺欺人的地步。这些颅骨内的神经接线甚至早已不属于哺乳类动物。你看一眼那些闪闪发亮的眼睛，就会发现除了——

"嗨。"

---

[1] 克莱伯根据观测数据提出，动物的基础代谢率水平通常与体重的四分之三次幂成正比。

莉安娜头下脚上的倒影在窗户上跃动。他扭头去看，她伸出手，从凹槽中取出她的压力太空服。"嗨。"

他的视线飘回窗户上。背对背的二分心智人已经结束了共同的恍惚状态；他们转身，同时把双手插进身旁颤抖的球体（那是水，布吕克斯意识到：仅仅是一团水），然后拿起系在舱壁上的毛巾擦干。

"我不知道，"他的声音过于轻柔，像是害怕他们能隔着舱壁听见他在说什么，"他们是怎么运转的。他们——到底是什么。"

"说真的，"她查看太空服的氧气读数，"要我说，眼睛会泄露他们的踪迹。"

"我以为那是为了夜视力。妈的，我知道有些人把返祖的荧光蛋白当作时尚宣言。"

"嗯，对。当初那是——"

"诊断标志物。我已经想到了。"多亏了摩尔的启发，他回去仔细研究了在俄勒冈沙漠中把尸体变成扭曲浮木的那东西。它毕竟依然停留在他的血液里——而且轻松得易如反掌，实验室拆开那个嵌合体，把各个组件钉在标本板上供他探求。坏死性骨髓炎中提取的链球菌子程序；病毒性脑炎，从其在边缘性脑炎通常扮演的配角得到了横向提升；细胞壁内含有的一种多糖，对鼻黏膜具有特殊亲和性。五六种合成子程序，完全从零开始搭建，把各个不相容的组件黏合在一起，不让它们互相冲突。

然而，是这个拼凑病毒的核心在研究中向布吕克斯出卖了集群的秘密：那个子程序的靶向目标是 p53 基因的一个特异突变。他搜索了那个突变，没得到任何直接命中的结果，但近似度最高的一个结果足以泄露天机：近三十年前注册专利的一种肿瘤拮抗剂。

似乎有人武器化了一种抗癌因子。

"你不觉得害怕吗？"此刻他问莉安娜。

太空服已经把她吞到了腰部。"为什么要害怕？"

"他们是肿瘤，莉安娜。字面意义上的、会思考的肿瘤。"

"这个过度简化也未免太过分了。"

"也许吧。"他不清楚其中的细节。低甲基化、CpG岛、甲基胞嘧啶——全都是黑魔法。精确而蓄意地破坏某些甲基化基团，导致中间神经元发生癌变，就是这样：突触于是超级暴增，每个神经回路都增殖了上千倍。在布吕克斯的知识范畴中，这不可能是一场快乐的洗礼。在这样的重生中不可能存在狂喜。这是杂草电路的危险扩张，把历经六千万年演化的线路连根拔起，很可能会直接杀死接受改造的人。

莉安娜说得对：这条道路微妙而复杂，超过了人类的想象，以分子级的精确水平控制，受到二分心智教会使用的天晓得什么药物和黑魔法驯服，防止扩张生长的东西完全失控。然而等仪式结束，咒语念完，一切尘埃落定，受试者被重新缝好，归根结底都是同一个结果：

他们把自己的大脑变成了肿瘤。

"我对勒基特的反应太大了，"布吕克斯为自己的愚蠢而摇头，"我们把他扔在那儿等死，你知道的，我们扔下他们所有人——但他反正都是要死的，对吧？等他毕业。让他成为他这个人的每一条神经通路，最终都会被肿瘤吞噬，换上某种……"

"某种更好的东西。"莉安娜说。

"这是个观点问题。"

"你说得太可怕了。"手腕的封口。咔嗒，咔嗒。"但你要明白，你自己也会经历几乎完全相同的过程，但你不觉得有什么不好的。"

他想象自我分崩离析。他想象构成意识的每一根经纬逐渐磨损、消融和被吞噬。他想象死亡，但躯体继续生存。

"我不这么认为。"他说。

"当然是的。你还是个婴儿的时候，"她抬起一只戴手套的手放在他的肩膀上，"我们刚开始都是满脑袋糨糊，是随后的神经剪枝过程造就了我们。那就像，就像雕刻。从一块花岗岩开始，一点一点凿掉不属于它的石屑，最后得到的是一件艺术品。二分心智人只是从一块更大的岩石开始而已。"

"但那不再是你了。"

"有足够多的部分是。"她抓住飘在半空中的头盔。

"没错，记忆会留下。"有些脑区不会被改造：丘脑和小脑，海马体和脑干，它们被小心翼翼地区分开，在这场口味刁钻的屠杀中幸免于难。"但记忆的载体不一样了。"

"丹，你必须舍弃你对自我的执念。身份每分每秒都在改变，每次一个新念头重组你大脑的神经接线，你就会变成另一个人。你现在已经不是十分钟前的那个你了。"她把头盔戴在头上，逆时针转动，直到它咔嗒一声就位。她转身的时候，他的鱼眼倒影从她的面罩上滑过。

"你呢，莉安娜？"他轻声问。

"我怎么了？"隔着玻璃，她的声音发闷，带着气音。

"你也渴望这样的命运？"

她悲伤地从凸面的头盔里望着他。"事情和你想象的不一样。真的不一样。"然后走向了某个遥远的海岸。

把所有专家都想象成哺乳动物。

——克里斯托弗·希钦斯

　　是这样的，布吕克斯想说：五万年前，三个人在平原上散开，他们每个人都听见草丛里有东西在沙沙作响。第一个人认为那是老虎，他落荒而逃，而草丛里确实是老虎，他逃掉了。第二个人也认为是老虎，他落荒而逃，但其实只是风声，他的朋友们都嘲笑他是个胆小鬼。但第三个人，他以为只是风声，于是他耸耸肩不当回事，却被老虎当成了晚餐。同样的事情在一万代人之中发生了一百万次——过了一段时间，即便草丛中没有老虎，每个人也都会在那儿看见老虎，因为胆小鬼的后代永远比尸体的多。从这个谦卑的起点开始，我们逐渐在云团中看见面容，在星辰中看见预兆，在无序中看见作用，因为自然选择有利于疑心病。就算到了二十一世纪，你仅仅用马克笔在墙上画一双眼睛也能让人们变得更诚实。哪怕到了今天，我们的天性也会相信不可见的事物在盯着我们。

　　结果就使得某些人想到了该如何利用这个特性。他们涂抹面孔，戴古怪的帽子，晃动摇铃，挥舞十字架，说，对，草丛里有老虎，天上有面容，你们不遵守他们的戒律，他们就会非常生气。你们必须奉献祭品去取悦他们，你们必须带来谷物、黄金和祭童供我们享用，否则他们就会用雷劈死你，送你去恐怖的地方。数以十亿计的人们相信他们，因为他们毕竟能看见隐身的老虎。

莉安娜，你是个聪明的孩子。你有智慧，我喜欢你，但有朝一日你必须长大，意识到那一切全都是花招。那一切仅仅是画在墙上的眼睛，让你以为有东西在回应你的视线。

这就是布吕克斯想说的话。而莉安娜会听他说，思考他提供的新信息，她会明白他的看法中的智慧。她会改变她的心意。

这个方案只有一个问题，那就是他很快就发现她早就知道了这一切，但依然相信隐身老虎的存在。这让他苦恼不已。

"那并不是神，"一天早晨她在食堂说，她瞪大了眼睛，惊讶于他竟然会犯下这么愚蠢的错误，"那只是一堆仪式性的狗屁玩意儿，被妄图劫持神意的人硬贴在神的身上。"

厨房食物机旁传来一声嘲讽的嗤笑。"听着你们俩讨论鬼神看着屠夫排列老掉牙的数据碎片，"——森古普塔抓着早餐走向竖梯——"我觉得再过五分钟我就会被狗屎撑爆了。"

布吕克斯望着她离开，把注意力放回舱壁上，莉安娜在那儿打开了一个窥视货舱的画面：阴影，机械零件，失重的身体把被拆开的部件组合成缠结的悬浮拼图。一对对双星在昏暗的光线中闪烁。

"既然那是白费劲，他们为什么一直在做呢？"他用大拇指指着显示屏说，"他们为什么就不能停下三十分钟不做那种苍蝇洗手似的事情呢？"

"苍蝇洗手能消除做出决定后的疑虑和揣测，"莉安娜对他说，"大脑倾向于从字面意义理解隐喻。"

"胡扯。"

她的双眼失焦了一瞬间。"我刚把引例发给你了。当然了，真的动手试一试会更有效——事实上，我打赌他们也那么做——但我认为他们乐于回忆他们的来历。你把民间传说拆开，研究它们的根源，你会惊讶于它们有多么巨大的存在价值。"

"我没说过宗教信仰缺少适应性，但那不等于它们就是真的。"布吕克斯摊开双手。

"你认为视觉是什么？"她问他，"你只能看见你周围事物的一小部分，而且你看见的东西至少有一半是错误的。妈的，色彩甚至不存在于你的头脑之外。视觉它完全是个错觉；它能存在仅仅因为它有用。假如你想否定神的概念，那就干脆也别相信自己的眼睛了。"

"我的眼睛不会命令我去杀死不认同我的世界观的人。"

"我的神也不会命令我去做这种事。"

"但很多人的神是那样的。"

"对。但我们难道要无视引用达尔文来为奴役他人辩解的种族主义混球吗？要不要把他们全干掉？"他张开嘴，但她举起手阻止了他："咱们先达成一点共识，混球不是任何一个阵营的特产。重点在于，一旦你认识到人类对现实构造的任何一个模型都是本质上不真实的，那么一切就都归结为哪个模型更有效了。毫无疑问，科学赢了好大一场，但是，经验主义时代的太阳已经落山。"

他嗤之以鼻。"经验主义的时代才刚刚开始。"

"行了吧，老古董。只需要测量苹果掉落时间和比较雀类喙长的时代早已过去。自从科学开始让薛定谔的猫把不可见的宇宙弦当球玩之后，科学就撞上了它的边界。再往下走几个量级，一切都又变成了无法检验的猜想。数学和哲学。你我都知道，现实存在一个底层的基础结构，但科学去不了那儿。"

"但其他的也去不了。信仰可以宣称——"

"纽结理论，"莉安娜说，"创造它是为了纯粹的思辨之美。当时还没有粒子加速器，没有任何证据能表明它会在一两百年之后被用来描述亚原子物理学。前苏格拉底哲学时期的古希腊人就提出了原子理论。佛教徒在千百年前就说过不能相信感官，感知本身就是一种信仰行为。印度教断言自我是幻觉：一千年前并不存在核磁共振，也没有体素阅读器。没有证据。要是我能看出不相信自己的存在能带来什么适应性优势，那可真是见鬼了；然而从神经学的角度看，这正好就是事实。"

她对他微笑，绽放真正皈依者的幸福光辉。"存在一种直觉，丹，它反复无常，不可靠，容易被破坏——但它起作用的时候又无比强大，它与大脑中造成出神的区域有所关联，这并不是一个巧合。二分心智教会驯服了它。他们增强颞叶的功能，重接顶叶的线路——"

"意思是把它们全都挖掉。"

"——他们不得不把传统的语言扫进垃圾堆，但他们搞明白了。他们的宗教——说宗教是因为找不到更好的词语——到达了科学不可能去的地方。就科学能做到的事情而言，科学是它的支柱；没有理由相信它在甩开科学后不会继续驰骋。"

"你是说你们相信它会继续驰骋。"布吕克斯干巴巴地说。

"每次你出门的时候都会测量地球引力吗？每次你启动电脑的时候都会重新发明量子电路，以防别人漏掉了什么吗？"她给了几秒钟来回答。他没有回答，她继续道："科学依赖信仰。我们相信规则不会忽然改变，相信其他人的测量是准确的。科学做的从来都只是测量宇宙中极微小的一部分，假设其他一切都以相同的方式运行。然而如果宇宙并不遵循一致性的定律，整个科学都会崩溃。你该如何检验这是不是真的呢？"

"假如两次实验得到不同的结果——"

"这样的事情一直在发生，我亲爱的朋友。每次发生了，优秀的科学家就会因为无法重现而舍弃那些结果。两次实验中的一次肯定有瑕疵。甚至可能两次都有。或者存在什么未知变量，一旦发现那是什么，就能抵消偏差。你考虑过物理本身有可能是不一致的吗？就算你在你最狂野的梦中考虑过这个可能性，但科学方法只能在一个一致的宇宙中起作用，你又该如何去检验你的猜想呢？”

他努力思考该怎么回答。

“我们总是认为光速和它那伙常数超越一切，一直到类星体和更遥远的地方也不例外，”莉安娜沉思道，“但假如它们只是——你明白的，某种区域性的限制呢？假如它们是个瑕疵呢？总而言之——”她把盘子塞进回收器——“我得走了。今天核聚变室要试点火。”

“你要知道，科学——”他刚整理好思路，不愿就此放弃，“重要的不仅是它能运转。我们也知道它是如何运转的。其中没有秘密。能解释得通。”

她没在看他。布吕克斯顺着她的视线望向舱壁上的一个信号源。他们（奇内杜姆、阿穆拉图，五六个半神，对他来说始终仅仅是名字和代号）似乎多多少少都恢复了一些，尽管暂时仍还是压力的俘虏。他们还没强大到能加速减压这个物理过程。这算是个小小的安慰。

“我无法理解他们，”他继续道，“他们满地打滚嗷嗷乱叫，然后你在旁边填写专利申请书。我们不知道它如何运转，不知道它能不能持续运转，它随时都有可能停止运转。科学不只是魔法和仪式——”

他停下了。

嚎叫。咒语。集群的谐振。

仪式。

他记得这些信号源有动作捕捉。

吉姆·摩尔上校靠着食堂侧面的舱壁蹲在地上，就像一只巨大的蚂蚱：双腿从膝盖处收拢，像弹簧似的准备起跳；胸膛叠放在腿部上，就像个保护性的甲壳；一只手在不可见的感控界面上舞动，另一只手和一条捆货扎带缠在一起，把身体固定在舱壁上。他的眼珠在闭着的眼皮下颤抖跳舞：对肉体所在的贫乏小世界视而不见，沉浸在禁止丹尼尔·布吕克斯进入的另一个世界里。

蚂蚱睁开眼睛：眼神刚开始很呆滞，然后逐渐清澈起来。

"丹尼尔。"他茫然地说。

"你看上去一塌糊涂。"

"发射前我要求在船上搞个美容水疗舱，他们却弄了个实验室。"

"你上次吃东西是什么时候？"

摩尔皱起眉头。

"我猜到了。我请客，你给我好好吃饭。"布吕克斯走向厨房。

"但——"

"除非你认为厌食症能为长期野外任务做好最充足的准备。"

摩尔犹豫了。

"来吧。"布吕克斯输入三文鱼排的合成指令（制造器能熟练地制造出已经灭绝的肉类，每次操作都让他非常愉快）。"莉安娜在货舱，拉克什——还是那个老样子。你难道希望我和瓦莱丽一起吃饭？"

"所以这是个救援任务。"摩尔在甲板上展开身体，终于松弛下来。

"就是这个意思。你吃什么？"

"咖啡就行。"

布吕克斯瞪他。

"好吧，你赢了。随便什么都行，"上校挥手表示投降，"磷虾堡。唐杜里酱。"

布吕克斯咧咧嘴，重述指令，拿起一个装咖啡的挤压袋抛过船舱（科里奥利力把它变成一个曲线球，但摩尔几乎看都没看就接住了），然后给自己也拿了一袋，在路上拧了一下加热盖。他把抖动着的温热球体放在桌上，回去取两个人的食物。

"还在查忒修斯号的数据？"他把磷虾堡从桌上推给摩尔，然后在对面坐下。

"我以为你的目的是让我暂时忘记那些事。"

"我的目的是让你停止绝食抗议，"布吕克斯说，"顺便找个除了舱壁外的活人陪我聊天。"

摩尔嚼了一会儿，咽下食物。"别说我没警告过你。"

"警告我？"

"我记得很清楚，我提请你注意过你很可能——甚至是肯定——会无聊得睡过去。"

"相信我，我不是在抱怨。"

"不，你就是。"

"好吧，也许有一点。"（厨房里弄出来的东西为什么都有一股石油味？）"不过其实还好。我有感控中心，有莉安娜供我尝试解除毒害。比起被当作行李存放六个月，区区一点幽闭烦躁症——"

"相信我，"摩尔微笑道，"比起长时间失去意识，还有更可怕的事情。"

"举例来说？"

摩尔没有回答。

但王冠号回答了。她在一瞬间用内部通信系统的警报把一半舱壁涂成了血色。

森古普塔，警报齐声尖叫。

摩尔呼叫轴心舱，布吕克斯忙着把自己与天花板分开。"拉克什。发生——"

她的回答像瀑布般地传来，声音尖细，充满恐惧："她来了天哪我操她上来了她知道——"

布吕克斯的胃里开了个深坑。

"我探测到了她了我认为她知道了她当然知道她是个该死的吸血鬼她什么都知道——"

"拉克什，哪儿——"

"听我说愚蠢的蟑螂她杀——天哪我——"

她还没说过，频道就中断了，不过这并不重要。你在去火星的半路上也能听见她的尖叫声。

摩尔立刻蹿出了天花板。布吕克斯紧随其后，他跳上竖梯，抓住从身旁掠过一个把手，永不停息的传送带带着他从生活舱前往轴心舱，身体逐渐平缓地失去重量。摩尔不想浪费时间，他一次两级地爬上竖梯，然后三级，然后四级。传送带才把布吕克斯带到轮辐的一半，他就以自由落体从顶端飞了出去。这样也不错。也许等布吕克斯赶到顶端，他已经解决问题了，也许森古普塔的愤怒尖叫很快就会停止，取而代之的是安抚人心的喃喃低语，正在和解……

森古普塔的叫声停止了。

他尽量无视其他的声音，特别是他脑袋里对他大喊"白痴，快回去"的那个喊声。让吉姆去处理吧，老天在上，他是军人，而你能如何对抗一个该死的吸血鬼呢？你只能变成连带伤害。你是一顿午餐。

这就对了，别出声。转身，逃跑。再一次。

传送带不为所动，把他拖向战场。

他钻出南半球，膝盖颤抖。他没有听见平静的声音。这儿没有任何声音。

双方也没有和解。

吸血鬼一只手攀附在格栅上，另一只手抓着森古普塔的喉咙，把她提到眼睛的高度，就好像驾驶员是个纸糊的玩偶。瓦莱丽冷漠地看着猎物的眼睛；森古普塔蠕动，哽咽，无法和她对视。

南极点变成了通往船尾的明亮深渊，落在镜球上的倒影仿佛一张圆形的无齿巨口。一个画面掠过布吕克斯的前脑，那是后脑的杰作：瓦莱丽把森古普塔扔进那张大嘴，荆棘王冠号合上嘴，开始咀嚼。

摩尔沿着南回归线慢慢移动，双脚悬在甲板上方，双手在身体两侧张开。

"好，接下来就交给我们吧。"

不是摩尔，是莉安娜的声音，从王冠号的喉咙深处传来，冷静而清晰。片刻之后，她从大嘴里飘了出来，毫无畏惧地向着瓦莱丽和猎物而去，轻盈得仿佛空气。

她是在犯什么毛病？"莉安娜，你别——"

"没事的，"她瞥了他一眼，"我心里有——"

她的话戛然而止于骨头折断的脆响之中，因为瓦莱丽突然飞出一脚，动作优雅得仿佛芭蕾舞的足尖行走，却像活塞似的撞进卢特罗特的胸腔。莉安娜变成一个没有重心的破布娃娃，旋转着飞向南极点；王冠号在她经过时挡了一下她，她的脊柱朝着反方向弯曲，把她沿原路扔回了喉咙深处。

我操，妈的——

"放开她。"摩尔开口了，眼睛一直盯着森古普塔，冷静得像是死神。就好像莉安娜·卢特罗特从未出现过，就好像她没有像只蚊子似的被拍飞。就好像她不可能撞在船尾方向一百米处的舱壁上流血而死。

我必须去帮助她。

瓦莱丽一直盯着森古普塔，她歪着脑袋，像是猎食性的鸟类在打量什么亮晶晶的东西。"她攻击我。"她的声音很冷淡，几乎心不在焉，仿佛一个另有心事的怪物的语音邮件。

布吕克斯腹部贴着舱壁，一点一点向前移动：这儿抓住一根支架，那儿抓住一根捆货带，慢慢爬向南极点。

"她不是威胁。"摩尔来到了瓦莱丽背后，从她的肩膀上望着她的猎物。猎物发出微弱而沙哑的呻吟声。"没有理由要——"

"谢谢你的战术建议。"一丝白森森的微笑像幽灵似的闪过她的嘴唇。

从王冠号的喉咙传来的是个微弱的呻吟声吗？也许她还有意识。还有希望。

"交换。"瓦莱丽说。

"好。"摩尔答道，飘向前方。

"不是你。"

布吕克斯突然离开甲板，被拽到了半空中；瓦莱丽的手突然握住他的喉咙，冰冷的手指像触手似的蜿蜒，从下巴底下攥紧了他，而拉克什·森古普塔与这一切不再有关，她从南半球的舱壁上弹起来，弯腰蜷成一团，使劲咳嗽。

瓦莱丽望着他，眼神茫然而遥远，他也望着她。他想转开视线。尽管他的肺部像有一团火在缓缓燃烧，被挤压得行将窒息的喉咙隐隐作痛，但他依然愿意付出一切去换取转开视线的能力。不知道为什么，他就是没有这个能力。他甚至无法闭上眼睛，不去看她。

她的瞳孔是两个明亮的血色针尖，两颗红色的恒星在白昼的光线下收拢到极小。舱壁在他们背后滚过，动作慵懒而缓慢。

轴心舱渐渐缩小到远处。森古普塔在某处喊叫，声音尖锐又生硬，在犹如远方惊涛拍岸般的白噪音中几乎听不见：她杀了他们中的一个她杀了她的一个僵尸她自己的一个人他不在船上我到处都找不到他——

　　瓦莱丽的脸上只有那一抹幽灵般的笑容，那是无可无不可的赞许表情。她似乎没有注意到摩尔在从背后悄然逼近，也没有看见森古普塔张牙舞爪、头前脚后地嘶喊着重新扑向战局。她似乎甚至没有注意到她的左手自己动了起来，反手轻轻一甩就把飞行员拍到了老兵怀里，难以想象的巨大的动量如同在大头针顶上旋转半圈，转了一百八十度重新倾泻出去。该死的怪物该死的怪物该死的怪物，森古普塔在大洋彼岸高喊，而布吕克斯只能想到：猫和狗，猫和狗……

　　但这些都并不重要。重要的是他和瓦莱丽单独待在一起：她只允许少量的空气穿过她的指缝，允许他保持清醒，她抬起另一只手，在他的太阳穴上轻轻敲出那个无节奏的拍子；她在他耳边说出只有他才能听见的话，生死攸关的私密，甚至在她的呼吸还在吹拂他的面颊的时候，他就已经忘记了它们。

　　吉姆·摩尔在她背后抓住一根捆货带，双脚抵住舱壁。瓦莱丽甚至懒得让他留在视野内。

　　"真的吗？"他静静地说。

　　"当然是他妈真的了她是吸血鬼她会杀死所有——"

　　摩尔的视线锁定在瓦莱丽身上，他朝着森古普塔的方向抬起手掌。森古普塔像是上了断头台一样立刻住嘴了。

　　"你认为这很重要。"瓦莱丽的声音里有一丝玩味，像是亲眼看见一只兔子用后腿站起来，要求得到选举权。

　　"你也这么认为，"摩尔开口道，"否则——"

　　"——你就不会采取行动了。"他和瓦莱丽同步说完。

　　他再次尝试："假如处在正式的情……"两人异口同声。他没有说下去，意识到这是毫无意义的。吸血鬼甚至跟上了他的省略，连节拍都没有失误。

森古普塔在船舱的另一头气得火冒三丈，她太聪明了，因此愚蠢得不知道害怕。布吕克斯想咽口水，结果却哽住了，因为他的喉结卡在瓦莱丽犹如老虎钳的拇指与食指之间。

"马拉维，"瓦莱丽静静地说，然后又道，"与任务的成败无关。"

布吕克斯再次咽口水。难道这艘该死的飞船上还有谁比我更与任务的成败无关吗？

或许摩尔也在这么想。或许他决定为了丹尼尔·布吕克斯而行动，尽管后者只是能像人一样行走的寄生虫。或许他只是利用了敌手的一时分神，或许事情和布吕克斯毫无关系。但摩尔的姿态出现了微妙的变化。他的身体似乎松弛了下来，不知为何，他一方面变得放松，但另一方面又不协调地变得更高大了。

瓦莱丽依然盯着布吕克斯的眼睛，但这并不重要。她咧开嘴，笑得愈加灿烂，牙齿与牙齿磕出细微的嗒嗒声，凡此种种都说明她能从他的面部反应看到摩尔脸上一切重要的变化。

她转身，动作几乎称得上慵懒，把布吕克斯像个烟头似的丢开。布吕克斯挣扎着飞过开阔的脊柱；一条模糊的人影从相反方向与他擦肩而过，他险些撞上。一个储货立方体挡住他，把他撞回甲板上。他蜷成一团咳嗽，摩尔和瓦莱丽像录像快进似的跳着空中舞蹈。怪物的两条胳膊甩得像是离心机的旋臂，她的身体从甲板上弹起，穿过吉姆·摩尔上一个瞬间所在的空隙。

"Fhat thouding do're."

不是一声叫喊，甚至不是惊叹，听上去也不像命令。但这个声音从南极点传进轴心舱，像一巴掌拍得瓦莱丽偏离了目标，钻进怪物的脑袋，接管了它的运动神经。她在半空中扭动，像跳蚤似的落在弧形舱壁上，待在那儿一动不动；眼睛亮得像是卤素灯，露出满嘴寒光闪烁的细小牙齿。

"Juppyu imaké."

摩尔从防守的蹲姿站起来，看着他半举起的双手，他想抵挡的攻击并没有落下。他放下双手。

奇内杜姆·奥福伊格布飞出了王冠号的咽喉。

布吕克斯惊呆了，心想：你怎么可能做到的。你还要在货舱里待三天呢。

"Prothat blemsto bethe?"奥福伊格布挥动双手，就像钢琴家在弹奏不可见的键盘。光芒在他的眼睛里蠕动，就像两团北极光。

我他妈不管你有多聪明，但你依然是血肉之躯。你不可能直接走出减压舱。

这个二分心智人的血液肯定正在身体里沸腾。无数气泡因为提前出舱而从血液中析出，受到高压束缚的气体突然重获自由：它们正在关节和毛细血管里狂欢……

只需要一个就够了，只需要有一个小小的气泡出现在大脑里。一个针尖大小的栓塞在关键部位冒出来，你就死定了，就这么简单。

"你的吸血鬼——"森古普塔开口道。但摩尔打断了她："我们有一些与任务成败相关的问题需要解决……"

但已经不存在"你"了，对吧？你只是一个身体组件，网络中的一个节点。可以牺牲。就算集群给你自由，你的自我还能恢复吗？奇内杜姆·奥福伊格布会及时苏醒，像一只蟑螂那样死去吗？他会改变他的想法，但发现为时已晚吗？他会在停止一切感觉之前感受到背叛吗？

奥福伊格布在船舱里咳出一团细密的红色雾气。血液和星辰在他的眼睛里涌动。他开始蜷成一团。

莉安娜·卢特罗特跟着他爬了上来，她也弯着腰，一条胳膊紧贴身体侧面。她伸出另一只手，疼得龇牙咧嘴；但她的主人离她太远了。她推了一把南极点的舱口，飘上来抱住他。她的每个动作显然都在让她付出代价。

"要是你们互相杀来杀去玩够了——"她咳嗽两声，然后重新开口——"那就来帮我在他咽气前把他送回货舱吧。"

*

"我操。"布吕克斯说，落回食堂里。节点回到了网络中。莉安娜打上了固定网和模具，回到床上躺着，等待受伤的身体部位把自己缝回原处。

摩尔打开了那瓶苏格兰威士忌，拿着一个酒杯递给布吕克斯。

布吕克斯险些笑出声来。"开玩笑？现在？"

上校低头看布吕克斯的手：它们在颤抖。"对，现在。"

布吕克斯接过酒杯，一口喝光。没等他开口，摩尔就又倒了一杯。

"不能这么继续下去了。"布吕克斯说。

"不会的。事实上也没有。"

"这次奇内杜姆阻止了她。但险些要了他的命。"

"奇内杜姆只是个接口，她也明白。攻击他，她什么都得不到，却要冒失去一切的风险。"

"要是她几天前这么闹一场怎么办？要是她再来一次呢？"他摇摇头，"她有可能会杀了莉安娜。这次纯粹只是运气好——"

"我们算是轻松过关了，"摩尔提醒他，"比起某个人来说。"

布吕克斯沉默下去。她杀了她的一个僵尸。

"她为什么那么做？"过了一会儿，他问，"食物？取乐？"

"问得好，"上校承认道，"确实是个好问题。"

"咱们什么都做不了吗？"

"现在不行，"上校深吸一口气，"从道理上说，是森古普塔先动手的。"

"因为瓦莱丽杀了一个人！"

"我们并不确定。而且就算她杀了，也还有——管辖权的问题。

· 193 ·

她的行为很可能没有超出法律赋予她的权力范围。总而言之，那并不重要。"

布吕克斯瞪着他，说不出话。

"最近的执法机构离我们也有一亿公里，"摩尔提醒他，"凑巧路过的任何人对我们都未必会比对瓦莱丽更友好。法律在这儿无关紧要；我们只能打我们手上的牌。还好我们不完全是孤军奋战。二分心智教会至少和她一样聪明和有能力——也许还更聪明。"

"我担心的不是他们的能力。我不信任他们。"

"你信任我吗？"摩尔出乎意料地问他。

布吕克斯思考了一会儿。"信任。"

上校摆了摆脑袋。"那就信任他们吧。"

"我信任的是你的意图。"布吕克斯轻声补充道。

"啊哈。我明白了。"

"吉姆，你和他们走得太近了。"

"不如你最近那么近。"

"早在我入伙前，他们就已经钓上你了。你和莉安娜，你们俩就是，怎么说呢，照单全收……"

摩尔没有回答。

布吕克斯换了个说法。"听我说，你别误会我的意思。你为了我们而和一个吸血鬼搏斗，你很可能会送命，我很清楚这一点。我非常感谢你。但是，吉姆，这次我们走了好运：你总是躲在你给自己建造的感控小窝里，要是瓦莱丽选了另一个时间失控——"

"我躲在那个感控小窝里，"摩尔心平气和地说，"是在处理一个潜在的威胁，它和整个——"

"嗯哼。自从我们突破绕地轨道，你就在一遍又一遍地压榨那些信号，你从中得到了多少新的启示？"

"假如这让你觉得缺乏安全感了，那我道歉。但你的恐惧是没有根据的。另外，无论如何——"摩尔咽下一口烈酒——"地球安全的优先级都更高。"

"事情和地球安全没有关系。"布吕克斯说。

"当然有了。"

"胡扯。和你的儿子有关系。"

摩尔眨眨眼。

"席瑞·基顿，忒修斯任务的综合家，"布吕克斯继续道，声音变得轻柔，"船员名单并不是什么机密。"

"所以，"摩尔的声音变得呆板和平淡，"你并不像看上去的那样只在乎自己。"

"我就当你是在恭维我。"布吕克斯说。

"别。尽管我儿子是那次任务的一员，但这并没有改变摆在眼前的事实。我们在和一个未知来历的代表打交道，他们的科技比我们先进许多倍。我的职责是——"

"但你用来履行职责的大脑依然基于爱和亲缘选择[1]而运转，还有我们似乎一心一意想从等式中剔除的石器时代的遗留因素。这足以让任何一个人分裂，但对你来说还要更加困难，对吧？因为摆在眼前的事实之一就是他之所以会参加任务，原因正是你。"

"他参加任务是因为他最有资格参加。句号。换了任何人处在我的位置上，都会做出相同的决定。"

"那当然。但你和我都知道他为什么最有资格。"

摩尔的脸变成了花岗岩。

"他最有资格，"布吕克斯说，"因为他小时候做过某些特定的增强。他之所以会做那些增强，是因为你选择了一个特定的职业，要冒一些特定的风险，而有个心怀不满的混球搞到了一个拼接套件，

---

[1] 即利群选择，指个体或群体仅对其同类或亲属表现出来的利他行为。

他企图干掉你，却误中了你的儿子。一个现实主义傻逼弄错了目标，而你认为这都是你的错。你为你儿子的遭遇责备自己。父母就是会这么做。"

"而你以为你知道为人父母是怎么一回事。"

"吉姆，我知道身为人类是怎么一回事。我知道人们会怎么说服自己。席瑞还没出生，你就让他变成了适合那种工作的人，天火落入大气层后，你把他放在名单最顶上，送他坐飞船离开，但现在你只有那些该死的信号了，那是你和他的最后一道联系，朋友，我真的明白。这符合自然，这是人类的行为，这是不可避免的，因为你和我，咱们还没走到把这些部件切掉的那一步呢。但你看，咱们周围几乎所有人都切掉了，我们无法承担忽视这一点的代价。我们无法承担——分心的代价。尤其是在这里和这个时间，绝对不行。"

他伸出酒杯，看着握住水晶玻璃杯的手是那么稳定，他不禁隐约感觉到了一丝释然。吉姆·摩尔上校盯着酒杯看了几秒钟，然后扭头望着空了一半的酒瓶。

"酒吧关门了。"他说。

猎物

更值得关注的是由所谓"二分心智教会"（他们对任何形式的军事或政治活动都没有显示出兴趣）开创的较小网络依然有被武器化的潜能。尽管这个组织与解脱心法背后的达摩宗教有着细微的历史性亲缘关系，但他们追求的似乎并不是解脱心法湮灭自我的明确目标；每个二分心智集群都足够小（因此，延迟足够低），可以维持有知觉和一致的自我意识。这倾向于从反应延迟和有效规模的两个方面限制他们的战斗效率。然而，二分心智意识集群接口的有机本质使得他们更不容易受到信号阻塞反制措施的影响，而这一反制措施对硬件网络行之有效。因此，从军武力量的角度来看，二分心智很可能代表了全世界现存意识集群中最具武器化潜能的技术。鉴于近年来该教会取得了海量的科技与科学进展（其中很多被证明有颠覆能力），这一点尤其令人担忧。

——J. 摩尔，2088 年 12 月 03 日，《集群意识、意识集群和生物军用自动机：集体智能在离线战斗中扮演的角色》。

军事科技学报，68(14)

看哪，我站在门外叩门。

——《启示录》3:20

太阳已经变得巨大。表面上有一团黑影。刚开始是个微粒，然后是个斑点：一个黑点，一个圆盘，一个深渊。一开始它比太阳耀斑小——但更暗，更对称——然后变得比太阳耀斑大。它继续生长，就像一个完美的肿瘤，一个黑色的行星吸积盘，位于行星不可能存在之处，它在光球上膨胀，就像一个贪婪的奇点。太阳遮蔽了一半虚空，而虚空又遮蔽了一半太阳。一个转瞬即逝的时刻过去了，前景与背景调换位置，太阳不再是个圆盘，而是一个璀璨的金色虹膜，围绕着慢慢扩大的庞然瞳孔逐渐缩减。现在它连虹膜都算不上了，而是一个狂暴的圆环，围绕着一个没有星辰的完美深渊；很快它变成了一条环形的线，翻腾扭动，热得不可思议，细得难以想象。

消失了。

上百万颗星辰立刻在苍穹中重新点亮，无维度的冰冷针尖散落在半个天空上，有的聚集成条带，有的三五成群。但另一半天空依然是没有形态的虚空——肿瘤吞噬了太阳，此刻正在向外扩张，蚕食星群。布吕克斯从那张巨嘴上转开视线，看见一根黑色的手指横贯星场，直指左侧：那是个黑色的尖顶，长五百米，深藏于暗影之中。布吕克斯将个人光谱滤镜下调了几埃，黑色变成琥珀般的红光，那是个红外黑体，从前方的圆盘中心冉冉升起。它离太阳系的中心近在咫尺，却从未见过太阳本身。

他紧张地拉了拉把他固定在镜球上的兜网。森古普塔在他左侧，和平时一样把自己捆在座椅上，莉安娜在他右侧，她右边是摩尔。布吕克斯提起他儿子之后，老兵连一个字都没和他说过。显然，有些界线在你跨越前是看不见的。

也可能你睁开眼睛就能看见，除非碰到了一个麻木不仁的白痴。

经验主义者永远对其他假说敞开心扉。

于是他向舱外的景象寻求庇护，肉眼见到的黑暗在战术显示上十分活跃。图标、动量向量、轨迹。一个浅绿色的圆环箍住了前向视野，紧裹着王冠号的舰首，那是它的反射性遮光伞的边缘（被感控中心抹掉，以呈现不受干扰的视野），遮光伞现在失去了作用，收起来等待下次打开。生活舱已经收拢，固定在船身上。叠加显示层之外，王冠号无声无息地下降，经过巨大的构架——你只能通过它们遮挡的东西觉察它们的存在：天空中的阴影；托台和微粒输送器那没有星辰的剪影；没有尽头、隐没身形的天线，掩映在天线上导航灯的间歇性闪烁里。

王冠号在晃动。推进器在正前方的黑暗中像电焊火花般闪耀。上下重新出现，前后不复存在。布吕克斯从座椅上缓缓地落进束缚带的弹性怀抱，他悬在空中，王冠号炽热的制动器让遥远的崖面呈现出朦胧的形状：梁桁、冰冷休眠的圆锥形推进器、钨聚合物的巨大层积板。火花很快熄灭，上下随即消失。远处的地形重新隐没。荆棘王冠号继续下降，轻柔得仿佛蓟花的冠毛。

"目前似乎一切正常。"摩尔对所有人说。

"难道不该有什么警戒机制吗？"布吕克斯问。天火坠落的几周后有过一个公告，说什么尽管我们没有发现存有恶意的证据，但出于谨慎等等的考虑，我们必须尽量小心云云，因为在目前不确定的环境下，若是不保护如此至关重要的一个能量源，我们无法承担有可能造成的代价云云。

摩尔没有说话。过了一会儿，莉安娜接过话头。"除非你知道去哪儿找，否则在强光下几乎不可能看见这个地方。而没有什么比大量来来回回的明显热印记更能让其他人知道该去哪儿找了。"

自从瓦莱丽在轴心舱展露狰狞面目以来，这是她说的最长的一句话（至少在布吕克斯印象中是这样）。他认为这是个好兆头。

更多的火花，在瞬息喷发中扭曲了黑夜。框架上现在布满了战术画面，突出显示在裸眼看来与阴影难以分辨的结构。前方的悬崖上亮起了一个个星座，物体的接近触发了那些照明灯，它们像深海鱼的生物光一样黯淡和脆弱。那是窗口的蜡烛，正在指引游子归家。它们荡漾流淌，汇聚在一条巨大的灰色七鳃鳗身上，它从底下的地貌中徐徐展开身体，圆形的巨嘴搏动着噘起，慢慢咬向左舷首。

反向推进器最后一次喷射。七鳃鳗抖动身体，畏缩了一两米，随后继续接近。王冠号现在几乎停下了。七鳃鳗咬住飞船左侧，将身体与对接舱连在一起。

"我们只能冒冒烟了二分人最好知道他们在干什么因为我们刚刚把化学燃料全烧完了，"森古普塔报告道，"现在想让这艘船去任何地方你都必须爬出去自己推了。"

"不是问题，"摩尔说，"我们屁股底下就是全太阳系最大的充电器。"

莉安娜望向布吕克斯，挤出一个笑容。

"欢迎来到伊卡洛斯。"

*

众所周知，第一次约会不可能上床。

握手和大头照开始填充轴心舱的天空：伊卡洛斯和王冠号互相介绍，达成协议，确定这次小小的约会是个私密事件，真的不需要地球方面的工程师参与其中。森古普塔对空间站的机载系统说着甜言蜜语，哄骗它开灯，启动生命支持系统，甚至分享它的几页日志。

赤裸的身体从下半球飘上来。尤拉利和另一个二分心智人（布吕克斯记得他叫哈伊纳）终于清除了有害微生物并减压完毕，屈尊来和基准人类混在一起。似乎没人认为这值得评论一两句。

"自从最后一次现场操作检查之后没人来过。"森古普塔用一根手指戳着一个视窗说，天书般的字母和数字充满了这个视窗。"过去十八个月没人进入或离开过。推进器在一百九十二天前点过火但仅仅是为了稳定轨道。"

双眼的眼角视野里突然出现了迅疾的活动：不死人排成一列，从舱口鱼贯而出，仿佛猛禽俯冲扑向猎物。他们在天花板上反弹，绕过向前的竖梯，随即穿过天花板消失，动作快而流畅，就像一群梭鱼。

狼群出现了，布吕克斯紧张地心想。头狼在哪儿——他不需要想下去了，因为脊梁上毛骨悚然的感觉已经告诉了他答案。

她就在他背后。就他所知，她也许一直都在他背后。

二分心智人似乎不为所动。自从来到轴心舱以后，他们的眼睛就没离开过战术显示。布吕克斯咽了口唾沫，逼着自己向左转动视线。他强迫自己转身。瓦莱丽进入视野的时候，他抵抗垂下视线的冲动，逼着自己直视她的眼睛。那双眼睛炯炯有神地盯着他。他咬紧牙关，竭尽全力去想白色体和薄膜光学，最终意识到：她甚至没有在看我。

她看的确实不是他。怪物的明亮双眼烧穿了他，望着他背后的圆顶，这双眼睛以显微级的步进转动和颤抖，看着这批数据或那幅图像，眼动的速度和僵尸的一样快，强度要高一倍。布吕克斯几乎能看见晶状体背后的大脑在闪烁火花，电场汲取信息的速度超过了视觉神经。它现在吸引了所有人的注意力，无论是僧侣、怪物还是随从，所有人终于齐聚在小小的金属天穹之下，思维的机器充满了这块空间：启动规程、诊断、一千种机械感官那蔓生的多维视场。它威胁着要溢出这个半球，这是一场闪耀的无缝信息风暴，很快就突破了赤道，在布吕克斯的注视下朝着船尾泛滥。

这和纸莎草纸一样原始，他心想。这么多的维度被压扁贴在物理空间上：这个媒介是供穴居人和蟑螂使用的，而不是耸立于他们四周的这些认知巨人。他们为什么要待在这儿呢？感控中心能够永无止境地蔓延，在他们头脑的无限空间中列出无穷无尽的情报，他们为什么非要聚集在这个盲人的国度里呢？不可见的信号能够穿过骨骼和大脑，直接作用于神经突触本身，他们为什么非要使用眼睛这一团团胶冻呢？

妈的，他心想。

遍布全船、无所不在的智能涂料，他以为它们仅仅是环境光源，同时在某一颗超频运行的大脑里的植入体故障时充当灾备的灾备。但现在看起来，这似乎是他们的首选界面：原始、外在、犹如点画法作品。也许并非完全不可破解——但入侵只会发生在头脑之外，受到损毁的将是机械而不是肉体。至少异类（无论是想象中的还是现实存在的）将无法改写集群头脑中的思维了。

它得到了几年时间去安顿下来，摩尔曾经说过。未知势力得到了几年时间去学习陌生的科技，推测科技背后更脆弱的生物的本性，去建造无限的能量供应下有可能建造的一切工具和接口，然后坐等空间站主人的到来。这么长的一段时间，它都可以用来想办法以进入这里。

他们在害怕，布吕克斯意识到，然后：

妈的，他们会害怕？

森古普塔把一排视频源投在圆顶上。画面以货舱和维修夹层为主：储藏可编程物质的槽罐，迷宫般的通道，机器人沿着轨道滑行，执行永无止境的维修和补充任务。生活舱像淋巴结似的嵌在各处，这些空泡会在访客难得一见地上门时被勉强注满温暖的大气——但它们设施贫乏，毫无吸引力，即便能提供重力，其尺寸也不足以让你站直。伊卡洛斯是个冷淡的宿主，厌恶一切妄图住进她肠道的寄生虫。

但她已经被寄生了。

森古普塔抓住那个视窗，把它扩大到圆顶上五分之一的面积：视频源标出这是 AUX/RECOMP（辅助／重组），它是个圆柱形的船舱，另一个圆柱体像金属气管似的从它中央穿过；后者由节段构成，外壳有棱纹，布满了线管、舱门和簇生的高压电缆。画面在他们的注视下变得明亮。舱壁上零星亮起了电弧光，光线很快稳定下来，调暗变成柔和的柠檬黄，在智能涂料上以条带状扩散。一缕缕冷冻的蒸汽在无重力环境下形成盘卷的蔓藤花纹，随后被重新苏醒的通风口吸走。

布吕克斯在降落途中看过布局图。他知道从中切开那根粗大的气管会见到什么。它一端是个巨大的黑色复眼，那是伽马射线激光器组成的蜂窝集簇，沿着管腔指向另一端。泵和励磁线圈以固定间隔环绕腔内的空间：超导体、超低温制冷管——能把只存在于假设中的真空的温度降低到离绝对零度仅差一根头发丝的边缘。物质在腔体内呈现出奇异的形态。原子会乖乖躺倒，忘记布朗运动和熵增原理，收到热力学第二定律的通知，保证回头有空一定联系它。它们会排列得整整齐齐，互相锁定形成均匀的一层。一万亿个原子凝结为一个庞大的实体，它就像一块白板，等待能量和信息把它变成截然不同的另一种事物。

忒修斯号的食物就来自很像它的一个装置，事实上，很可能和它属于同一个回路。也许它还在供给。视线越过激光器、电磁体和微通道板侦测器，布吕克斯在 AUX/RECOMP 的远端看见了另一些东西，那东西——

不太对劲。

刚开始他能确定的只有这个：编译器的输出端有些东西略略偏离了正轨。过了几秒钟，他终于发现了：维修舱口开了一条缝，污渍从边缘渗漏出来。他的大脑在一千张提词卡里乱翻，尝试用泼洒的涂料来判断尺寸，但感觉其实对不上。对于智能物质来说，它看上去过于黏稠和汇聚；另外，他在其他的视频源上没有看见任何一个表面被涂成那种油腻腻的灰色。

有人拉近镜头，一套全新的提示立刻出现。

那些犹如金丝工艺品的分岔边缘：仿佛根须或树突，在机械的表面上生长。

"它还在漏出吗？"莉安娜的声音，有点迷惘。

"别傻了是的话我难道不会提到吗？反正也不会有用某个白痴忘了关舱门。"

但是，布吕克斯记得，在王冠号停泊前，生命支持系统是关闭的。空间站内完全是真空。"也许它一直在生长，直到你给生活舱加压。也许我们——打断了它。"

那些疙疙瘩瘩的小肿块，就像——就像某种早期的子实体……

"我说过了我肯定会提到的我的天日志说几个星期没通电了。"

"前提是我们能信任日志。"摩尔轻声说。

"看上去有点像某种非智能涂料。"莉安娜说。

布吕克斯摇摇头。"像某种黏菌。"

"无论是什么，"摩尔说，"都肯定不是我们的人会弄进去的。这就引出了一个显而易见的问题。"

确实如此，但没人问出口。

*

当然了，任何一种黏菌都不可能在绝对零度下的高度真空环境中生存。

"说一个能的。"摩尔说。

"异常球菌差不多可以。有些合成生命更可以。"

"以活跃形态？"

"不可能，"布吕克斯承认道，"它们会进入休眠，直到环境改善。"

"所以无论那是什么"——摩尔朝画面打个手势——"你都认为它在休眠？"

比视窗里的那东西更奇异的，是荆棘王冠号上的乘客在征求他的意见。古怪的感觉持续了好一会儿，时间长得足以让布吕克斯望向侧面，看见僧侣和吸血鬼聚集在一起，用嗒嗒声、音素和舞动的手指进行多模式对话。二分心智人彼此背对着悬在半空中，组成一个临时的纽结，每一双眼睛都瞄准一个不同的方向。

布吕克斯意识到，吉姆对我来说也许是超级士兵上校，但在这些怪物面前，我和他都只是僧帽猴。

"我说——"

"不好意思，"布吕克斯摇摇头，"不，我不是那个意思。我是说，你看：它在船舱外，至少它有一部分在外面。你告诉我，那台机器有没有能力在凝集板外装配物质。"

"所以它肯定在——生长。"

"这是符合逻辑的结论。"

"在高度真空、接近绝对零度的环境下。"

"也许没那么符合逻辑。但我想不出其他答案了，"布吕克斯朝巨人们摆摆头，"也许他们能。"

"它是逃逸出来的。"

"你想这么说也行。但似乎没逃多远。"那块污渍（或者黏菌，或者天晓得什么东西）从舱口只向外扩散了不到两米，然后就在根须的一次次分叉中逐渐消失。但另一方面，它不该有能力长到这么远的地方来的。

这个鬼东西似乎还活着。尽管布吕克斯不停告诫自己，不要轻易得出结论，不要通过与地球生物的类似外观来判断外来异类的本质，但他的内心深处毕竟是一名生物学家。他望着粗糙的放大画面，看见的不是分子的任意组合，不是从未见过的晶体沿着某种既定的晶格结构生长。他看见的是一种有机体，它不可能是从弥散的原子云中凝聚产生的。

他转向摩尔。"你确定伊卡洛斯的物质遥传技术没有比你告诉我的更先进一点吗？也许更接近于实物制造？因为那东西我怎么看都很像有复杂的宏观结构。"

摩尔转过去，盯着森古普塔说："它会是——突破的吗？强行打开了舱口？"

她摇摇头，眼睛望着天花板。"没有应力和金属疲劳的迹象没有爆裂没有破损没有碎片飘来飘去。看上去只是有人做了一次标准诊断取出样本后忘了关门。"

"愚蠢的错误。"布吕克斯评论道。

"蟑螂嘛，总是会犯愚蠢的错误。"

布吕克斯想说但没有说：而其中最大的一个错误，就是把你们造了出来。

"当然了用镜头只能看到这么多你们必须进去实地勘察才能确定。"

上方的大空中，黏菌用一百万根分叉的手指召唤他们。

"所以这就是下一步了？"布吕克斯猜测道，"我们登站？"

尤拉利嘟囔着发出一串不连贯音，佐以指尖的动作。放在其他任何灵长类动物身上，这个声音都像是在大笑。节点看了他一眼，然后把视线重新转向圆顶。

他说的不是英语。布吕克斯觉得那甚至不是语言，至少不是他定义中的语言。然而不知道为什么，他完全理解了尤拉利的意思。

你先请。

两小时后，四个二分心智人和瓦莱丽的两个僵尸来到了船壳上，他们沿着王冠号的脊柱向前爬行，一组用于维修的蜘蛛机器人跟着他们，带着焊枪、激光器和扳手。为了开始把半艘飞船恢复原状，他们准备了两个小时。

为了鼓起勇气前往其他地方，他们准备了三天。

对，他们先打好了基础。森古普塔一个一个摄像头地检查整个冰封阵列，劫持了几个维修机器人，派它们前往能抵达的所有角落和缝隙。布吕克斯没有在视频里辨认出任何天使——说起来，也没看见任何小行星。他开始怀疑那个代号会不会只是一条红鲱鱼[1]——把它泄露得满天乱飞，这样等王冠号在内部太阳系中走到一半重新启动引擎并加速驶向更遥远的目的地时，追踪者就不会起疑心了。

尽管森古普塔眯着眼睛使劲看，但还是只见到了小小一团黑色的怀疑，叠上一条误差线之后更是消失得无影无踪："站内形状变异偏离了几毫米，然而有那么高的热通量，没有任何收缩和膨胀那才是真的奇怪呢。"集群聚集在一起，偶尔通过莉安娜下达命令：把凝集器提供到二十个大气压。冷冻那个船舱。加热那个船舱。关灯。重新开灯。把凝集器重新抽真空。好，制造这个标准电子组件，然后启动。

房间里的大象拒绝被任何口味的饵料诱惑。过了三天，布吕克斯心痒难耐，只想采取行动。

"他们希望你留在船上，"莉安娜抱歉地说，"为了你的人身安全。"

---

[1] 指误导性的线索或诱饵。

他们悬浮在顶层舱里，王冠号的内脏在他们周围嘶嘶作响、汩汩有声，二分心智人列队在主气闸前穿上太空服。人来人往的舱口旁，被表面张力凝聚在一起的一个水团在半空中颤抖。七鳃鳗嘴里溢出的柔和光线把一切都染成了蛋壳蓝色。

"这会儿他们忽然关心起了我的人身安全。"

她叹了口气。"丹，我们讨论过这个了。"

瓦莱丽从轴心舱出来，经过他们时龇出满嘴牙齿。她的手指拂过一束冷却剂管道，轻轻敲出无节奏的旋律。布吕克斯望向莉安娜，莉安娜转开视线。顶层舱的最上方，奥福伊格布把双手插进水团，他抽出双手搓了搓，然后戴上手套。

"但你可以去。"布吕克斯说。和险些杀死她的怪物并肩工作，后者经过时只是甚至没有正眼看她。他在日常交谈中刻意避开这个话题，而他们近来也很少交谈。她似乎不想谈论那件事。

"这是我的工作，"她说，"但你知道吗？我们甚至让吉姆暂时留在了后面。"

他吃了一惊。"真的？"

"等我们对环境更有把握了，也许会叫他过去——他毕竟是忒修斯任务的地面控制——但即便如此，他基本上也只会从王冠号内远程操作。二分人不希望让任何人冒不必要的风险。另外——"她耸耸肩，"你去了又能做什么呢？"

布吕克斯也耸耸肩。"观察。探索。"船舱上方，水团重新颤抖起来，名叫争楚的节点在洗清她的罪孽。为什么所有的躯体都要这么做一遍，他心想，既然它们背后只有一个意识？

"你在这儿能得到更好的实时情报。"

"也许吧，"他摇摇头，"当然了，你说得对。他们说得对。我只是——有点闲得发慌了。"

"我以为你在生活中不想要那么多刺激了。按照最近的情况来看，我们应该向往无聊才对，"她挤出笑容，把一只手放在他的胳膊上，"你会身临其境的。直接趴在我的肩膀上看。"

他游回轴心舱，森古普塔在沙发上哼了一声。"所以他们不带你玩。"

"是啊。"他承认道，在她身旁坐下。

"这儿看得更清楚，"一只脚漫不经心地在甲板上打拍子，"我反正也不想去特别是和那伙人在一起你甚至没法和他们交谈也许你还没注意到但他们根本不懂礼貌。你给我钱我都不肯去。"

"谢谢。"布吕克斯说。

"谢什么？"

谢谢你挠挠我的脑袋，试着安慰我。

森古普塔像发牌似的挥手：一排监控视窗从左到右在圆顶上打开。戴手套的双手，面盔，头盔背部；战士叠加层用发光的时间序列显示内部和外部情况。

七鳃鳗张开大嘴。二分心智人的随从队伍茫然无知地游进它的咽喉。

布吕克斯戴上头罩，启动运动传感器。

*

他并非全然无用。他们派他重新播种太空草皮，剪掉在下降过程中因为寒冷和真空而牺牲的松脆断茬，把新鲜的营养胶冻喷进舱壁上的种植板，然后把显微级的种子喷进胶冻。经过处理的表面会在一小时内开始变绿，但他观看的不是青草如何生长，而是遥望二分人和僵尸像行军蚁似的涌向伊卡洛斯，从太空站身上切下一块块曲奇模具般的钨聚合物，拖向王冠号上那个参差不齐的残桩，飞船就是在那儿被撕成了两半。他们终于让他出舱了，阵列本身依然是禁区，但他可以在更靠近飞船的地方帮忙。他们教他使用重型机械，放他单独在王冠号的外壳上活动。他按他们的命令焊接索栓和支架，帮忙从船首的系泊处切下遮光伞，然后把它拖向船尾；他帮忙在它的中心处切出尺寸精确的孔洞，自制推进器将从那里喷吐十个太阳的热量。

另一些时候，他在轴心舱里坐立不安，看着森古普塔在墙上计算数字：这么多吨的负载，这么多千牛顿的推力，这么高的比推力。他会接入 AUX/RECOMP 的信号，望着瓦莱丽、奥福伊格布和阿明娜工作，科学与宗教装备漂浮在他们的头部周围，而他们尝试与来自星际的不可思议的黏菌沟通。他会捕捉他们的动作和咒语，把它们输入他自从王冠号停泊后就开始建立的私人数据库。吉姆·摩尔有时候会下来看看；但大多数时候，布吕克斯只会见到他躲进王冠号的某个偏远角落，沉浸于遥测数据的古老海洋之中，那些数据与他的儿子毫无关系，仅仅是摆在眼前的事实。

上校这几天总是很有礼貌，但仅止于此。

布吕克斯看着其他人扮演更有建设性的角色，每当他无法从这样的景象中得到满足，就会离开伊卡洛斯熙熙攘攘的旅游区，逐个摄像头切换信号，单独穿行于空旷的夹层和冰封的生活舱之中。黑暗的通道组成没有尽头的迷宫，连接着没有人烟和未被探索过的区域。有时候他会遇到空气，舱壁上闪烁着寒霜的光芒。有时候他只能见到真空、梁架和轨道，机器沿着轨道跑来跑去，就像机械血流中的血小板。

有一次，他在不该见到星辰的地方见到了星辰：伊卡洛斯的外壳上被啃出了一个大窟窿，但选择的刚好是只会造成最小伤害的位置。布吕克斯从洞口能看见二分心智人燃烧的利齿，小小的蓝色光点向着船体深处又咬了一口。即便经过了摄像头的过滤，光点也亮得让他眯起了眼睛。

下一个。

啊哈。又是 AUX/RECOMP，这次的人更多了：摩尔也加入了瓦莱丽和二分心智人的队伍。

又一只蟑螂，布吕克斯想，就像我一样。

但在餐桌上还是有一席之地。

他默默地看了几秒钟。

去他妈的。

*

浅蓝色的光从敞开的气闸照进顶层舱，勾勒出管道、储物柜和空荡荡的凹槽的边缘。布吕克斯经过舱盖，随手抓住一根支架，转向舱口，进入七鳃鳗散发幽光的大嘴。

一张乌黑的脸，一双超常扫视的眼睛，瞳仁立刻对焦。一条胳膊把身体固定在气闸里，手指紧握着身旁的把手。膝盖之下是装弹簧的假肢，它们怪诞地伸长抵着舱壁，挡住了布吕克斯的去路。

他及时刹车。

"先生，闲人禁止入内。"僵尸说，眼睛重新开始舞动。

"我操。你会说话。"

僵尸没有回答他。

"我以为——那儿没人，"布吕克斯试着开口。毫无反应，"你醒着吗？"

"不，先生。"

"所以你在说梦话。"

沉默。眼睛在眼窝里抖动。

我想知道它知不知道另一个人发生了什么。我想知道它在不在里面……

"我想——"

"你不能，先生。"

"你会——"

"是的，先生。"

——阻止我吗？

"是的，但没有必要。"僵尸又说。

布吕克斯考虑过致命武力的问题。也许最好不要从这个角度进逼。

但另一方面，这个怪物似乎并不介意回答问题……

"为什么你的眼睛——"

"为了最大限度地获取整个视野内的高分辨率输入，先生。"

"唔。"由于带宽的限制，有知觉的意识无法使用这个技巧。所谓视觉有很大一部分事实上由决定删去哪些内容的前意识过滤器组成，以免上游的原始意识受到信息过载的影响。

"你是黑人，"布吕克斯说，"你们僵尸以黑人为主。"

没有回答。

"瓦莱丽是不是有黑色素性癖——"

"交给我了。"摩尔说，从下方的对接管道里钻了出来，僵尸优雅地让到一旁，请他通过。

"他们会说话，"布吕克斯说，"我不知道——"

摩尔经过时扫了一眼布吕克斯的脸。他回到飞船上，飘向船尾。"请跟我来。"

"呃，去哪儿？"

"保养与维修舱。你脸上有斑点，看上去不太妙。"摩尔消失在了轴心舱里。

布吕克斯扭头望向气闸。瓦莱丽的哨兵回到了位置上，挡住通往奇异之所的道路。

"谢谢你陪我聊天，"布吕克斯说，"咱们回头再见。"

*

"闭上眼睛。"

布吕克斯听命，摩尔用激光诊断器从上到下扫描他的面部，眼皮内侧有一瞬间变成了明亮的血红色。

"一个忠告，"上校的声音从眼皮之外传来，"别逗弄僵尸。"

"我没逗弄他，只是聊了——"

"也别和他聊天。"

布吕克斯睁开眼睛。摩尔在看对他来说不可见的诊断结果。"你要记住谁是他们的老大。"他又说。

"我不敢想象瓦莱丽会忘记让她的奴隶发誓保密。"

"我也不敢想象她的奴隶会忘记告诉她你在打听什么秘密。他们有没有回答你是另一码事。"

布吕克斯想了一会儿。"你认为我说她有黑色素性癖也许会惹怒她？"

"我不知道，"摩尔平静地说，"但换了是我，肯定会。"

布吕克斯吃了一惊。"我——"

"你看着他们，"摩尔的声音仿佛液氮，"见到的是——僵尸。反应快，战场表现好，低于人类，甚至低于动物，都不一定有意识。也许你甚至无法想象如何能不尊重这么一个东西。就好比，你能不尊重一台割草机吗？"

"不，我——"

"听我说一说我见到了什么。和你聊天的那个人叫阿扎格巴，他的伙伴叫他阿扎。但他放弃了自己的名字——也许是为了他的信仰，也许是因为那是许多个糟糕选择中最好的一个，也许因为那是

· 213 ·

他唯一的选择。你看着瓦莱丽的随从，见到的是个廉价的笑话。我见到的是七成多的军用生化人是从武装暴力无比猖獗的地区招募来的，在那些地方，不再作为一个有意识的生物存在下去事实上是他们渴望的结果。我见到的是在战场上被杀死的人，他们被重启，但得到的时间只够他们做出一个选择，要么回到坟墓里，要么用十年昏迷和奴隶契约来偿还起死回生。而这已经几乎是最好的情况了。"

"那最坏的情况呢？"

"有些地方的法律依然认为生命结束于死亡，"摩尔对他说，"除此之外都是复活的尸体。在这种情况下，阿扎格巴拥有的权利和解剖学课堂上的尸体一样多。"他在空中戳了几下，点点头："我没看错，是癌前病变。"

那个地方叫马拉维，布吕克斯想起来了。

"所以你对上了她，"他终于明白了，"不是因为我，也不是因为森古普塔，甚至不是因为任务。是因为她杀了你们的人。"

摩尔的视线穿透了他。"我以为到了现在，你应该学会把精神分析的练习结果闷在自己心里了呢。"他从急救包里取出一支肿瘤笔。"有恶心的感觉吗？头疼头晕呢？软便？"

布吕克斯抬起手去摸脸。"还没有。"

"也许没什么好担心的，但以防万一，咱们得做个全身扫描。内脏说不定也有损伤。"他凑近布吕克斯，把肿瘤笔压在他脸上。布吕克斯耳中响起啪的一声电击声，带着刺痒的暖意突然在面颊上扩散。

"建议你从今天开始每天扫描一次，"摩尔说，"我们在接近时的屏蔽做得不够好。"他示意布吕克斯向右让开，然后拉开墙上的医疗床。"但我不得不承认，你这么快就发病也让我有点吃惊。也许你本来就已经有个病灶了，"他站到一旁，"躺下。"

布吕克斯爬到托台上；摩尔用带子把他固定住，免得他自由飘浮。生物医学的拼贴画在舱壁上展开。

"呃，吉姆……"

老兵盯着扫描结果。

"对不起。"

摩尔哼了一声。"也许我不该指望你能那么快就醒悟过来，"他停了停，"你毕竟不是僵尸。"

"蟑螂，你知道的——我们就是会搞砸事情。"布吕克斯承认道。

"是啊，我有时候会忘记，"上校吸了一口气，从咬紧的牙关之间徐徐吐出，"你出现之前，我——唔……"

布吕克斯默默等待着，生怕自己打翻什么天平。

"我有段时间，"摩尔说，"没怎么和我的同类打交道了。"

上帝创造了自然数。其他皆为人造。

——利奥波德·克罗内克

"给你个东西。"

这是个白色的塑料蛤壳，尺寸和形状都刚好能放下一副古董眼镜。莉安娜还做了一个亮绿色的蝴蝶结贴在上面。

布吕克斯狐疑地打量着它。"这是什么？"

"神的面容，"她宣称道，然后——在他投向她的眼神下泄气了，"反正集群就是这么叫它的。一块你所谓的黏菌。"她兴奋地把它塞给他。"穆罕默德不到样本那边去……"[1]

"谢谢。"他接过礼物（尽管想要掩饰，但忍不住露出了笑容），放在桌上的甜点旁。

"他们认为你应该想看一眼，明白吗？看看是什么在维持它的活力。"

布吕克斯望向舱壁上的一个视窗，其中有三个二分心智人悬浮在编译器前，他们的视线正如习惯性的那样分散。（不是森古普塔那

---

[1] 阿拉伯老谚语：如果山不到穆罕默德这边来，穆罕默德就到山那边去。

种避免与人对视，而是一个共享视力的集体对三百六十度视野的默认偏好。）"他们是扔根骨头给我啃啃，还是想让一个消耗品去动手解剖？"

"应该是骨头。但你要知道，这东西有某些生物学性质，而你是船上唯一的生物学家。"

"蟑螂生物学家。那种黏菌就算真的是生命体，肯定也属于后生物学的研究范畴。而你和我一样都清楚，瓦莱丽给我吹箫的可能性都比——"

他没有让自己说下去，但为时已晚。白痴。愚蠢，迟钝——

"也许你确实不行，"莉安娜说，她迟疑了一下，时间短暂得甚至有可能出自他的想象，"但这里只有你一个人具有生物学家的视角。"

"你——你认为这有区别？"

"当然。更重要的是，我觉得他们也这么认为。"

布吕克斯思考片刻。"那好，我会尽量不让他们失望的。"然后又说："莉——"

"所以你在干什么？"她凑过来，仔细查看他正在看的画面，"你在做动作捕捉。"

他点点头，不敢轻易开口。

"为什么？自从我们来到这儿，黏菌就没移动过。"

"我，呃……"他耸耸肩，坦白道，"我在观察二分人。"

她挑起一侧眉毛。

"我在尝试搞清楚他们做事的方法，"他坦白道，"每个人都有一套做事方法，对吧？无论是科学是迷信还是什么诡异的直觉，其中都肯定存在某种模式……"

"但你找不到？"

"不，我找到了。是仪式。尤拉利和奥福伊格布都会这样高举双手，霍多罗夫斯卡会对月嚎叫不多不少刚好三点五秒，真他妈见鬼，他们大多数人会突然仰头发出格格声。这些行为非常刻板，假如你在以前的实验室里——就是把活动物关在笼子里的那种——见到这些行为，会说它们是神经官能性的。但我无法把它们和发生的其他事情联系在一起。你觉得其中应该存在某种序列，对吧？尝试一条路，要是走不通，就尝试另一条路。或者就像按照既定的步骤来驱逐恶灵。"

莉安娜点点头，没有说话。

"我甚至不明白他们为什么要费劲发出声音，"他嘀咕着，"他们的量子胖胝体或其他什么沟通机制肯定比任何形式的声音信号都要快——"

"你别在这上面耗费太多精力，"莉安娜对他说，"那些音素有一半仅仅是启动超顶叶时的副作用。"

布吕克斯点点头。"另外，我认为集群有时候会碎片化，明白吗？我认为有时候我见到的是一个网络，有时候是两个或三个。他们不断地进入和掉出同步。我在建立相关性——好吧，在尝试建立——但就是找不到任何能说得通的关联，"他叹了口气，"天主教至少有一点好，假如有人给你一小块面饼，你知道接下来的某个时候肯定还会得到葡萄酒。"

莉安娜耸耸肩，不为所动。"你要有信心。假如这是神的旨意，那你就必定会搞清楚的。"

他忍不住说："我的天哪，莉安娜，你怎么总能搬出这句话来？你知道不存在哪怕一丁点的证据——"

"是吗，"她的身体语言立刻起了变化，眼睛里突然冒出了怒火，"丹，你认为什么样的证据对你来说足够好？"

"我——"

"云里的声音？天空中的火焰文字，宣称'尔等微不足道的鼠辈，我是耶和华你的神'？然后你就会相信了？"

他举起双手，试图平息她的愤怒。"莉安娜，我不是那个——"

"这会儿你别想退缩。自从我们认识，你就在侮辱我的信仰。你至少可以回答一下这个该死的问题。"

"我——呃……"多半也是不行的，他不得不承认。要是看见天上出现火焰文字，他首先想到的肯定是骗局或幻觉。神这个概念从核心上说就非常荒谬，布吕克斯想不出有什么物理证据能让它成为最合理的解释。

"呃，总在说人类感官如何不可靠的是你。"这话连他自己听上去都觉得很无力。

"也就是说任何证据都无法改变你的想法了，所以你岂不就是个原教旨主义者了？"

"区别在于，"他缓缓地说，整理着他的思路，"完全符合观测结果的还有另一个解释，那就是大脑被黑。而奥卡姆更喜欢这个解释，而不是全知全能在天上写字的巫师。"

"是哦。好吧，被你放在纳米显微镜下的那些人对观测结果也略知一二，我确定他们发表过的论文能把你踢出整个内太阳系。也许你并不是什么都知道。我得走了。"

她转向竖梯，抓住栏杆，用力大得连指关节都发白了。

她停下。松开手，但只是稍微一点。

转回来。

"对不起，我只是……"

"没关系，"他对她说，"我不是存心的，呃……"但他当然是存心的。他们两个人都是。他和她在整个旅程中一直在这条下坡路上跳舞。

但在此之前似乎没这么个人化。

"我不知道我这是怎么了。"莉安娜说。

他也退了一步。"没关系。我有时候会被脑干控制。"

她挤出笑容。

"好吧，我真的要走了。咱们没事吧？"

"当然没事。"

她爬出船舱，笑容依然固定在脸上，身体略向左倾斜——在保护医疗科技早已完全治愈的肋骨。

*

对这些怪物来说，他不是一名科学家。他是游戏围栏里的婴儿，不受欢迎，会让他们分心；大人研究成年人的问题时，找个拨浪鼓扔给他玩就行了。莉安娜带给他的礼物不是样本，而是个橡皮奶头。

但是，以热力学的所有定律发誓，它确实发挥了它的功能。布吕克斯从第一眼就被勾走了魂魄。

他戴上皮头罩，接入实验室的感控中心频道，时间就那么——停止了。是的，时间停止了，然后在片刻之内向前飞跃。他向下穿过一个个数量级，观察分子的运动，建立粗糙的模型，企图哄骗模型以其同样方式运转起来。他为自己的高效感到惊讶，叹服于他竟然在短短儿分钟内就完成了这么多工作；他隐约想到为什么喉咙觉得那么干，为什么一转眼十八个小时就过去了。

你到底是什么？他讶异地想着。

肯定不是计算素[1]。不是有机体。更像是泰斯托维奇的等离子螺旋体，而不是用蛋白质建构的东西。看上去像是突触的东西在按离子的节拍而运转；有些携带着色素和电荷，就像色素体在越界承担联络神经元的功能。还有痕量的磁力物质；让这东西进行某种运算，

---

[1] 指能作为可编程物质的假想材料，即可以用于模拟任何真实事物的基质。

它就能改变它的颜色。

但是，计算密度并不比普通的哺乳类动物大脑高到哪儿去。这一点令人惊讶。

然而……它的排列方式……

他厌恶自己的躯体，因为它需要摄入水分；他无视他越来越强烈的排尿需求，直到膀胱即将爆炸。他建立异类科技的桌面透视模型，缩小自己放进它们的中心，徘徊于街道和城市景观之中，敬畏地仰望智能晶体那有着无穷变化的晶格。那一小块外星物质蕴含着完全不可能存在的事物，而它的实现又简单得让人瞠目结舌，他不禁深深地为之折服。

就好像有人教算盘学会了下象棋，教蜘蛛学会了探讨哲学。

"你在思考。"他喃喃道，忍不住露出了惊叹的微笑。

事实上，它确实让他想到了蜘蛛。有一种蜘蛛是无脊椎动物学家和计算物理学家心中的传奇：它擅长解决问题，能够临场发挥和制订计划，远远超出了一对针尖大小的神经中枢应有的能力。孔蛛。有人称之为八条腿的猫。这种蜘蛛能像哺乳动物那样思考。

你要知道，它会花时间去思考。它会在树叶上一趴就是几个小时，盘算各种角度，但不采取行动，到最后才突然暴起：它沿某种遮蔽猎物视线的迂回路径靠近猎物，每次狩猎会持续数分钟。不知道它是怎么做到的，但孔蛛不会错过途中的任何一个转折点，从来不会跟丢猎物。不知道孔蛛是怎么做到的，它的大脑尺寸甚至不足以识别光线和动作，而它确实用这么一个大脑记住了三维拼图的所有碎片。

研究人员认为孔蛛学会了分割它的感知过程：它似乎在一段一段地模拟一个更大的大脑，把一个模组产生的结果塞进下一个模组。智能的切片依次被制造和销毁。没人能确定，因为一种失控的合成吞噬细胞在人们有机会仔细研究之前让跳蛛科灭绝了；但伊卡洛斯黏菌的设计思路似乎基于同样的概念，而且它成功地运行了起来。当然了，这套架构有其上限：到了一定的阶段，中间结果寄存器和全局变量会占据过多的空间，使得剩下的空间不足以完成认知；但他拿到的仅仅是小小一块，大小甚至比不上一只瓢虫，而凝集舱里充满了这种物质。

莉安娜叫它什么来着？神。神的面容。

也许吧，布吕克斯心想。给它足够的时间。

"标度不变我操它能分时共用！"

他现在差不多已经习惯了。拉克什·森古普塔突然在他身旁惊叫甚至都没有吓他一跳。他剥开头罩，看见她就在他左侧一米外，正在通过辅助的舱壁视频源偷窥他的模型。

他叹了口气，点点头。"一次模拟更大网络的一部分。孔蛛的一小块可以——"

"孔蛛，"森古普塔在空中戳来戳去，操作感控中心的界面，"指的是这种蜘蛛对吧？"

"对。要是必须如此，那一小块能模拟人类的大脑，"他抿紧嘴唇，"我在想它会不会有意识。"

"不可能模拟大脑一个切片半秒钟的活动就需要耗费好几天网络要觉醒就必须——"

"对，"他点点头，"确实如此。"

她的眼珠一抖，另一个视窗从旁边冒了出来：AUX/RECOMP，后生物学奇迹涂满了舱内的空间。"但我猜那东西能做到。你还发现了什么？"

"我认为它是专门为这种环境设计的。"布吕克斯过了一会儿才回答。

"什么环境空间站？"

"无人的空间站。智能物质没什么特殊的。但这么微小的在认知水平上运转的计算单元不一样，你很少会在地球上见到它是有原因的。"

森古普塔皱起眉头。"因为假如你要花一个月才能变得比现在聪明一千倍那么就算你比想吃掉你的东西聪明一千倍也没什么意义。"

"差不多吧。只有在环境长时间不变的情况下，这种冰川式缓动智能才会得到回报。因为更多的物质并不是制约因素，但——怎么说呢，我认为它的设计思路是在无论有多少物质渗透进来的情况下都能正常运转。这意味着它为物质遥传分发做过优化，但是，假如它不使用我们的本地协议，我就不明白它最初是如何劫持传输流的了。"

"哦他们几天前就解开这个问题了。"森古普塔对他说。

"是吗？"那帮混蛋。

"你看就像你把一层轴承滚珠铺在一个箱子的最底下然后再铺第二层这一层会落进第一层产生的凹坑然后第三层落进第二层产生的凹坑因此一切的根源都是第一层决定了它上面所有层的形态，明白吧？"

布吕克斯点点头。

"同样的道理。把滚珠换成原子就行了。"

"你蒙我吧？"

"对因为我闲着没事干只能来逗蟑螂玩。"

"可是——这就像是放下一组轮子，然后希望它能成为汽车的模板。"

"更像是放下一组轮胎印希望它能成为汽车的模板。"

"别胡扯了。必须有东西告诉喷嘴，该把第一层铺在哪儿。必须有东西告诉第二层原子该在什么时候出去，这样才能和第一层对齐。还不如干脆说那就是魔法呢。"

"你说那是魔法。集群说那是神的面容。"

"行啊。好吧，他们的科技也许远远超过我们，但这种迷信标签并不能拉近我们的距离。"

"哦你这话有意思你认为神是一种事物但神并不是一种事物。"

"我从不认为神是一种事物。"布吕克斯说。

"很好因为它不是。它让水变成酒从土制造生命使肉体具有意识。"

我他妈的耶稣啊。你怎么也中招了？

他总结陈词，好推动话题。"所以神是化学反应。"

森古普塔摇头道："神是一个过程。"

好的。随便你。

但她不肯放过他。"如果你向下走得够远，万物皆数不是吗？"她戳了戳他，捏他的胳膊。"你认为这是连续的？你认为除了数学还存在其他东西吗？"

他知道确实不存在。早在他出生前，数字物理学[1]就占据了统治地位，它的教条既荒谬又无可辩驳。数字不仅描述了现实——数字就是现实，离散的阶梯函数在普朗克长度上平滑成了物质的幻觉。蟑螂依然在争论细节，但早熟的孩子们无疑早就做出了结论，只是懒得写信回家：宇宙究竟是个全息图还是个模拟？它的边界是个程序还仅仅是个接口——假如是后者，在边界之外看着它运行的究竟是谁？（一些晚期宗教用他们钟爱的神灵的名字预先回答了这个问题，但布吕克斯一直不太确定全知全能的存在要计算机干什么。说到底，计算意味着存在尚未解决的问题、尚未揭开的谜底。事实上，提前知道结果但不会消除其运行意义的程序只存在一种，而布吕克斯没见到过任何教会将他们的神定义为色情成瘾者。）

---

[1] 即计算宇宙学，指宇宙可以用信息来代表，亦可以被计算。

所以，物理定律是名为现实但实际上是我们无法想象的某种超级电脑的操作系统。至少这解释了现实为什么有分辨率的极限；普朗克长度和普朗克时间怎么看都与像素尺寸过于相似，乃至于无法让人安心。但低于这些尺度，一切又总是像是在针尖上跳舞的天使。在那里发生的一切都对宏观的这个生命出现的世界毫无影响，另外，将宇宙视为程序似乎也没有回答那些大问题，只是把它们踢到了另一个数量级上。你还不如干脆说一切都是神的手笔，在你被逼疯前就打断这个无限回归。

然而……

"一个过程。"布吕克斯沉思道。这听上去更——至少更温和。他思考莉安娜为什么没有在他们争论的时候摆出这个观点。

森古普塔点点头。"问题在于究竟是什么样的过程。是定义了物理定律的主算法还是想爬出来打破它们的守护程序。"她的视线短暂地转向他，但在最后一瞬间又躲开了。"我们因此知道它的存在。奇迹。"

"奇迹。"

"不可能发生的事情。违反物理学的现象。"

"例如？"

"远低于 z 极限的恒星形成。光子表现出不该有的行为四叶草星云附近的元规则在发生改变。他们证明了斯莫林模型还是什么我不懂超过了我的理解能力所以你一百万年也不可能搞明白。但他们发现了一些不可能的事情。在极小的尺度上。"

"一个奇迹。"

"我认为不止一个但意思就是这个意思。"

"等一等，"布吕克斯皱起眉头，"假如物理定律是宇宙操作系统的一部分，而神从定义上说就能打破规则……因此你的意思是……"

"别停下，蟑螂，你快猜到了。"

"你的意思是神是一种病毒。"

"那么问题就来了这对不对？"

孔蛛在他们面前迭代。

莉安娜是怎么说的来着？我们总是认为光速和它那伙常数超越一切，一直到类星体和更遥远的地方也不例外，但假如它们只是某种区域性的限制呢？

"假如它们是程序错误呢？"他喃喃道。

森古普塔咧嘴笑笑，望着他的手腕。"整个任务的目标就不一样了对吧？"

"你说的是这次任务吗？"

"二分心智人的任务整个教会的任务。现实的每个角落都在迭代但还是存在一些矛盾。也许不是我们该在的那个现实？稍微改一下阿尔法常数的值[1]，这个宇宙就不再支持生命了。也许阿尔法常数是错误的。也许生命仅仅是一个混乱操作系统中的一个寄生性分支。"

布吕克斯脑海里的某处，一枚硬币落地了。

一百五十亿年以来，宇宙一直在追求熵的最大化。生命并没有逆熵（任何事物都不能），只是暂时给熵踩下刹车，虽说同时也从另一端产出混沌。任何一个有追求的生物学家学会唱的第一个音阶都是生命的梯度：你让自己离热力学平衡越远，你就越具有活力。

这是人择原理[2]的邪恶双胞胎，他心想。

"这次任务的目标究竟是什么？"布吕克斯轻声说。

"唔，"森古普塔缓缓地前后晃动身体，"他们知道神是存在的，这是老掉牙的常识了。我认为他们现在想知道的是该怎么对待它。"

---

[1]　指精细结构常数。

[2]　指物质宇宙必须与观测到它的存在意识的智慧生命相匹配的哲学理论。

"该怎么对待神。"

"也许崇拜。也许消灭。"

这句话悬在半空中，散发着渎神的气息。

"你要怎么消灭神呢？"布吕克斯过了很久才重新开口。

"别问我我只是个开飞船的。"她的视线飘回舱壁上，望着AUX/RECOMP 的神殿和那里的异星使节。

"但我觉得那个小可爱正在启发他们。"她说。

＊

他穿出食堂天花板的时候，莉安娜·卢特罗特正迷失在内心的空间中。他从甲板上弹起来，她眨了几下眼睛，摇了摇头：她的眼睛恢复澄明，舱壁上礼节性地打开了一个视窗，用平面显示照顾一个神经性的残疾人。

伊卡洛斯。忏悔。身穿太空服的僧侣围成一圈，面部向外，抬起面罩，向神的面容袒露灵魂。

"你好。"布吕克斯小心翼翼地说。

她点点头，嚼着嘴里的古斯米。"拉克什说你取得了一些重大进展。甚至给它取了名字。"

他点点头。"孔蛛。非常惊人，它……"

她的视线飘回视窗上。她无法从上面转开眼睛，他心想。但她转了回来，发现他正在看她。"怎么了？"

"不只是惊人，"他说，"其实有点吓人。"他朝屏幕点点头，"而他们在切碎它。"

"他们在采集样本，"莉安娜说，"就像真正的科学家。"

"那东西穿过半光年的距离，让我们的仪器绕着物理定律做后空翻。"

"但从早到晚盯着它看，也不可能得到任何答案。"

"我以为他们的答案就是这么得到的。"

"丹，他们知道他们在干什么。"

"那只是一个假设。想听听另一个吗？"

"我不确定。"

"听说过诱导性的不朽错觉（Induced ThanoParorasis, ITP）吗？"他问。

"嗯哼，"莉安娜耸耸肩，"增强者的一个常见程序。以免他们陷入存在性的痛苦。"

"其实比这个更基础一些，"布吕克斯说，"你做过吗？"

"不朽错觉？当然没有。"

"你会死吗？"

"迟早的事。希望不是最近。"

"那就好，"布吕克斯说，"因为假如你是 ITP 的受害者，就无法回答这个问题了。你甚至会觉得闻所未闻。"

"丹，我不——"

"你和我是有福的，"——他提高嗓门，盖过她的声音——"因为我们能够在一定程度上否认现实。你承认你会死，你甚至在一定程度的智性上知道这是事实，但你并不真的相信。你做不到。死亡的念头太他妈吓人了。因此我们发明了仙境般的天堂，会在我们去世后接纳我们，或者期待你那些朋友和朋友的朋友在芯片上让我们永生，或者——假如我们是死硬的现实主义者——我们会在口头上承认死亡和朽败，但在头脑里继续感觉不朽。"

"但有些人，"——他朝视频源点点头——"就是太他妈聪明了。他们把头脑凑在一起，建立了过于深入理论的知识，在坟墓上吹几百万年的口哨也比不上他们。他们这样的人知道自己会死，他们能本能地感觉到。他们对死亡的理解是你和我永远无法企及的。为了不让自己崩溃成一摊只会啜泣的烂泥，他们唯一的出路就是进一步否认现实，在脑袋里挖出一个认知意义上的窟窿。我们也许大多数时间都生活在否认现实之中，但这些人——即便他们整个集群离进停尸房只有一个小时了，他们也没有表现出惊骇的反应。他们就像某些失认症患者，会在自己的家里渴死，因为肿瘤破坏了他们对水的识别能力。"

"我不认为他们是这样的。"莉安娜轻声说。

"他们当然是的。你自己告诉过我，没忘记吧？重设感官偏见，随机化误差。"

他们默默地望着集群用小棍戳无比危险的事物。

"他们中的很多人死了，就在不久之前。"布吕克斯过了一会儿说。

"我记得。"

"我也记得。你知道我记得最清楚的是什么吗，知道我最忘不掉的是什么吗？勒基特的脊髓短路烧毁，他在自己的排泄物里打滚，却微笑着坚持说一切都在按计划进行。"

莉安娜转开视线，眼睛闪闪发亮。"我喜欢他。他是个好人。"

"我并不知道。我只知道他听上去就像一个走霉运的耶和华狂信徒，他看着全世界所有的恐怖和不义，嘴里却嘟囔什么泥土没有资格怀疑陶工。唯一的区别在于，其他人把一切责任都推给上帝的伟大计划，而你们二分心智人说那都是你们自己的计划。"

"你说错了。他们根本不是那么看待自己的。"

"那么也许你也不应该。也许你不该把那么多信仰寄托在——"

"丹，你就他妈闭嘴吧。你什么都不知道，你不可能知道——"

"我在场，莉安娜。我看见你了。他们让你深信他们不可能犯错，他们把一切因素都考虑进去了，你甚至不需要在自己的大脑里挖一个窟窿。你会毫不犹豫地走进狮子的巢穴，你径直走到瓦莱丽面前，甚至连一毫秒都没想过她是人类的猎食者，她可以撕开你的喉咙，眼睛都不会多眨一下——"

"你不能怪他们，"莉安娜的声音仿佛燧石，"那是我的错。奇内杜姆他——我不能允许你用我的愚蠢来责怪其他任何人。"

"但宗教不就是这样的吗？难道自古以来不是一向如此吗？你只需要听从戴着可笑帽子的那些人，赢了，一切荣光归于天主，但要是出了差错，那就都是你的问题。你读经文的方式不对。你不配。你信仰不足。"

她的斗志似乎被磨灭了一些，以前的莉安娜·卢特罗特露出了一点影子。她叹了口气，摇摇头，挤出一丝苦笑。"哎，以前说这些还挺好玩的，记得吗？"

他摊开双手，觉得无可奈何。"我只是……"

"你的意图是好的。我知道。但经过你见到的这一切，你无法否认他们比我们领先得太多了。"

"对，他们聪明得吓人，这个我承认。无论我们蟑螂多么努力，他们都能超过我们好几圈，他们把这艘飞船像小树枝似的折断，朝着太阳随手一扔，我们就飞了一亿公里，连推进器都没怎么点火就落在了伊卡洛斯黑暗面的正中央。但他们也会出错，和我们普通人一样。他们依然要洗清他们的罪孽，因为他们尽管重接了大脑的线路，却依然把感知和隐喻混在一起。他们比我们更容易出错，因为他们的至少一半升级都还没公测过——既然说到这儿了，有没有人考虑过一个问题：长达数周的高压氧暴露必定会对额外的脑组织造成神经心理学上的损伤？"

莉安娜摇摇头。"丹，我们已经不在大草原上了。我们衡量成功的标准不再是你在侧风中能把长矛投多远。他们的思维在任何一个重要的方面都领先我们好几圈。"

"嗯哼。而政三和勒基特也还是死了。而那个倒霉蛋，他在临死前只能抱着一个信念,那就是一切都在按计划进行,"他用双手抓住她的肩膀,"莉安娜,这些人不只是无法去思考生死的问题。他们甚至不愿考虑他们会犯错的可能性。要是这还不能吓得你屁滚尿流——"

她甩掉他的手。"计划是把我们弄到伊卡洛斯来。我们已经来了。"

"我们确实来了,"布吕克斯指着舱壁上的视窗,集群半神正在那里和有可能改变物理定律的东西交流,"知道我们的生命取决于一个甚至无法想象它会死的东西的判断,你心情如何?"

战争教会我们不要爱我们的敌人，而是要恨我们的盟友。

——W. L. 乔治

"拉克什对你们这些人有什么意见？"

光线黯淡，变种人和怪物都去追寻他们的外星目标了，格兰杰威士忌回到了桌上。摩尔从酒杯边缘朝布吕克斯做个怪相，他们又变成了朋友。"我们这些人是哪些人？"

"军人，"布吕克斯说，"她为什么那么讨厌你？"

"不确定。也许是自我厌恶吧。"

"这话什么意思？"

"森古普塔和我一样是士兵。她只是不知道而已。或者说没有意识到。"

"你这是在打比方吧。"

摩尔摇摇头，又喝了一口酒；他鼓起面颊，用单一麦芽漱口。他把烈酒咽了下去。"西半联。和我一样。"

"但她不知道。"

"对。"

"她的军衔是什么？"

"不能这么算。"

"算是某种沉睡间谍？"

"也不是那样的。"

"那到底——"

摩尔举起手，布吕克斯沉默下来。

"我说军队，"摩尔对他说，"你立刻想到军靴踩在地上。无人机，僵尸，战场机器人。都是你能看见的东西。但事实上，假如仗打到需要这种武力上场的时候，那你已经输了。"

俄勒冈沙漠的景象跳进布吕克斯的脑海。"对突袭修道院的那些人来说，武力似乎非常好用。"

"他们想阻止我们。但你看，我们已经来了。"

人类的躯体变成石块。二分心智人的垂死惨叫。

不是躯体，他提醒自己。是躯体的组成部分。在二十一世纪即将落幕的今天，你很容易把杀人和剁掉指尖混为一谈。对于一个存在于诸多躯体之中的超级灵魂，过去的那些定义都会失效。

"假如你是一股重要的政治势力，"摩尔说，"一个推动者，一个激励者，一个巨人。你从不在乎的凡人只能围绕你的脚踝打转。他们被你推动和激励。他们并不喜欢你。他们从来都不喜欢你，但从历史角度看，这根本不重要。都是小人物。以前你对他们视而不见。巨人只需要和其他巨人打交道。"

"但现在凡人变成了节点，解读你的官方通告，揭穿你考虑周全的计划。丹尼尔，他们对你恨之入骨，因为现在你成了大人物，而他们是小人物，因为你轻轻一挥手，他们的生活就会天翻地覆，而他们并不关心现实政治或社会大局。他们只在乎操控猴子和吹口哨。"

"于是你找到了他们。你找到拉克什·森古普塔、凯特琳·德弗兰科、帕尔瓦德·甘吉和另外几百万人。你给他们想要的。你给自己的后门留出一条缝，让他们看见你关于非洲霸权的文件。你允许他们在你的防火墙上嗅到缺陷的存在。也许有朝一日，他们会用你的某个马甲账号掀起火风暴，把你为了逃税而控制的某个傀儡政府弄破产。"

"但实际上他们做的并不是这些事。"布吕克斯猜测道。

"是啊，不是，"摩尔的笑容里有一丝哀伤，"那全都是幌子。他们以为他们在攻击你，但实际上是在受你的驱使，服务于他们过一千年也不可能支持的秘密计划，只可惜他们并不知道。而他们真的非常用心，丹尼尔，他们堪称凶暴。他们为你作战，那种激情是你无论如何也不可能用金钱或胁迫得到的，因为驱使他们的纯粹是意识形态。"

"你是不是不应该告诉我这些事？"布吕克斯问。

"你是说这是国家机密？现如今国家算是什么呢？"

"我是说你不怕我去告诉她？"

"随便你。她不会相信你的。"

"为什么不会？她本来就憎恨你们这些人。"

"她不可能相信你，"摩尔点了点自己的太阳穴，"她是被征募的人员，思想受到了——扭曲。"

布吕克斯瞪着他。

"或者再退一步，"摩尔心平气和地阐述，"她不会相信她相信你。"他望向他的苏格兰威士忌。"在一定的程度上，我认为她已经知道了。"

布吕克斯摇着头："你甚至不需要付他们薪水。"

"我们当然会付。好吧，有时候。我们会确保他们有足够的钱过日子。让他们从某个离岸账户里刮点油水，在房租到期前往他们的信箱里扔一份合法生意的合同。不过大多数时候，我们只是激励他们。唉，他们有时候也会厌倦。毕竟是孩子嘛，你明白的。但需要的仅仅是一点小小的司法不公，卑微百姓遭受了暴政新的虐待。他们立刻就来了精神，跳起来为我们冲锋。"

"这似乎有点——"

摩尔挑起一侧眉毛。"不道德？"

"复杂。为什么驱使他们仇恨你们？为什么不直接留些指向其他人的线索？"

"啊哈。妖魔化你的敌人，"摩尔睿智地点点头，"真奇怪，我们怎么一直没想到这个呢？"

布吕克斯龇了龇牙。

"拉克什那种人，他们对那些老招式很警惕。你泄露视频证据，里面是亚洲佬捅死婴儿，他们只需要花三十秒就会找到一个本来不存在的像素，然后害得整个宣传攻势失去信誉。假如证据证明的是人们已经相信的事情，那他们就不会费尽心思在证据里挑刺了。把自己塑造成坏蛋有个好处，那就是没人会来反驳你。"

"另外，"他摊开双手，"现如今有一半时间，我们甚至不知道真正的敌人是谁。"

"比起扭曲他们的意愿来让他们甘心情愿为你做事，这要容易得多。"

"不是更容易，而是稍微合法一点，"上校喝了一口酒，"制造失认症来保护国家机密是一码事。在不征得同意的情况下改变一个人的基础人格，那就完全是另一个等级的事情了。"

两个人都好一会儿不说话。

"真他妈操蛋。"布吕克斯最后说。

"嗯哼。"

"所以她为什么在船上？"

"驾驶飞船。"

"王冠号完全有能力自动驾驶，除非它比我还要守旧。"

"在情报不足的情况下，最好还是让肉体和电子设备互相支持。可以弥补彼此的弱项。"

"但为什么要选她？她为什么会愿意为她厌恶的人做——"

"指挥这次任务的是二分心智教会，"上校提醒他，"而在森古普塔那种位置上的任何人绝对不会放过这样的机会。他们中大多数把生命消耗在从自己卧室里照看低轨道太空垃圾清除器，祈祷出点必须由人类介入的故障。真正的深空任务，也就是时滞长得需要有人在船上实时驾驶的任务，自从天火坠落以来就比暴风雪还稀少了。二分心智人在这方面有自己的选择权。"

"拉克什肯定非常擅长她的工作。"

摩尔喝完酒杯里的酒，放下酒杯。"我认为对她来说，更重要的是做事的驱动力。她有个离不开四级生命维持的妻子。"

"而她没钱付账单。"布吕克斯猜测道。

"现在有钱了。"

"所以他们想要的不是最优秀和最聪明的人，"布吕克斯缓缓地说，"而是一个愿意付出一切去救妻子的人。"

"驱动力。"摩尔重复道。

"他们想要一个人质。"

老兵看着他，眼神显露的情绪几乎接近怜悯。"你不赞同。"

"你赞同。"

"你更希望他们挑一个只想走出房子的家伙？一个为了找刺激或账户余额的人？丹尼尔，这是个仁慈的选择。切卢本来已经必死无疑了。现在她有了一个机会。"

"切卢。"布吕克斯说，咽了一下唾沫，因为他的喉咙突然变得非常干。

摩尔点点头。"拉克什的妻子。"

"她，呃，她出了什么事情？"不可能吧。难道我会刚好碰到那百万分之一的可能性?

摩尔耸耸肩。"生物攻击,差不多一年前,新英格兰。我记得是某种脑炎的变异体。"

那你就错了。她没有任何机会。不可能有。无论他们花了多少钱维持她的心跳,但她不可能从这种攻击中恢复过来。

唉,我的天,是我杀了她。

我杀死了拉克什的妻子。

*

这项研究没有任何激进的东西,甚至没有任何新东西。

使用的方法已有数十年历史,在上千个通过同行评议的研究中被证明有效。人人都知道,不模拟病人就无法模拟一场大流行病;人人都知道,人类行为过于复杂,无法仅仅用几条统计曲线概括。人群不是计算云,人不是一个个点;人是有自主能力和多面表现的行为体。永远会有局外人为了钟爱的人冲进疫区,在第一线工作的医务人员或许连自己也不知道他害怕蜈蚣,结果吓得他在某个关键时刻无法动弹。顾名思义,大流行病必定牵涉到数以百万计的人群,因此假如你想得到符合现实的结果,那么你的模拟就应该运行数以百万计真人水平的人工智能。

或者,你也可以直接利用一个已经存在的模型,它拥有数以百万计的数据点,其中每一个都已经由一个真人水平的智能在操纵了。

游戏世界早就不像以前那么受欢迎了——天堂不受社区标准的约束,抢走了更愿意自娱自乐的无数个灵魂——但游戏的虚拟沙盒依然相当巨大,足以让它们压倒性地成为疾控中心最喜爱的流行病学研究平台。几十年以来,滋扰巫师和巨魔的瘟疫和感冒一直在受到扭曲和微调，完美地模拟着滋扰所谓现实世界的更枯燥无趣的流行病爆发。堕落之血 [1] 与异位纤维发育不良的相似之处不止一点半点。贝奥武夫的灾祸，一种会啃噬精灵血肉的外来发光真菌，它与坏死性筋膜炎在传播动力学方面有着令人不安的相似性。飞毯和魔法传送门对应航班和海关瓶颈，法师对应坐着私人飞机到处跑、碳排放天花板不设限的上层精英。这一代人，全世界在制定公共卫生政策时都参考了牧师和尸鬼肆虐幻想世界的可怖数据。

秘鲁的一个现实主义武斗派想到了该如何入侵系统，而丹·布吕克斯和他快乐的伙伴们刚好在拉丁美洲模拟新发传染病的流行情况。

一开始没人发现。现实主义者非常狡猾。他们没有去碰疾病本身的参数，因为突变率或感染性的突然变化会在日报表里呈现出来。他们基于地理位置和人口统计学微调了受感染玩家在游戏里的形象。部分患者看上去比应该表现出来的更病态，而其他人——拥有黄金和飞行坐骑的更富裕的玩家角色——反而显得更加健康。从生物学的角度上说，它没有改变任何东西，但这个修改使得人类的反应略微偏离了正轨。随后的爆发将反应推向更远处。涟漪从游戏空间扩散到了报告中，然后又从报告扩散到了政策中。没人发觉由此诞生的应急计划里开了个小小的后门——直到六个月后，有人在快乐驼峰日托中心背后的垃圾里发现了一个可疑的空西林瓶。到了这个时候，一个全新的脑炎变种已经从丹尼尔·布吕克斯的第一反应算法下悄然溜走，正在从布里奇波特到费城割出一条血路。

切卢·麦克唐纳逃过了死神的镰刀。她甚至不在屠杀区域内；她在世界的另一头当自由职业者，在她的梦中女郎身边写代码。这

---

[1] 魔兽世界中传染角色的虚拟瘟疫，与现实生活中疾病流行的相似性引起了媒体和科研人员的广泛关注。

种事不像以前那么稀奇了。事实上，自从人类学会编辑梦境和女郎之后，这种事就变得越来越平常了。灵魂伴侣现在可以按需定制：单配偶，一心一意，充满激情。以前的一代代人几乎没有品尝过这样的爱情，他们空洞的仪式会凋零成凄惨的无期徒刑，或者在激情褪色、视线漂移和基因得到传播后彻底破碎。

但对于麦克唐纳和她的同类，那种空洞的虚伪并不存在。他们会直接从头脑中割除谎言，重新接线和拯救情感，把它变成终生保修的可喜真理。在这种亚文化的庇护下，第一人称性爱甚至有所回潮，至少布吕克斯是这么听说的。

当然了，当时他对这些都一无所知。切卢·麦克唐纳只是次级分包商名单上的一个名字，一只猴子，被雇来写学术人员懒得自己写的代码。布吕克斯是事后才对她有所了解的：屠杀结束时的一个血淋淋的小尾声。

没有任何阴谋。没人把她扔给狼群。但学术界有校长有首席执行官有公关大腕，他们能对身份保密，能不让他们的关系玷污可敬机构的好名声。没人为切卢·麦克唐纳遮风挡雨。最终尘埃落定之后，等到调查、掩盖和不在场证明都走完了流程，她的处境变成了这样：孤零零地站在枪口下，被黑的代码从她手上滴下来。

发现她的也许正是拉克什，她张着嘴，呆呆地盯着天花板，因为有某个痛失所爱之人的近亲决定对她施以与罪行相符的惩罚。她应该还在呼吸。变异体不会杀死被感染者。它会烧毁他们的大脑，然后继续传播；你看得出病征什么时候结束，因为抽搐终于停止，而留下的仅仅是一具植物人的躯体。

他们最终找到了凶手：他处于隔离区内的一场微型爆发的中心，已经死了好几天。他似乎疏忽大意了。但拉克什·森古普塔还在狩猎——这是她用过的词。她无法报复扣动扳机的那只手，于是转而寻找枪械师。她内心沸腾的愤慨，她在缓存中筛查的无数个小时，她被植入的理想化的爱，它们全都转化成了悲痛，而悲痛又转化成了怒火。咆哮着吼出的威胁，喃喃自语时说出的狩猎死人和血债血偿，还有等我逮住那个混球，要他生吃自己的肚肠。

拉克什·森古普塔还不知道，但她要找的正是"后门"布吕克斯。

*

她在帐篷的入口处等待。

"蟑螂。给你看点东西。"

他想看懂她的眼神，但她在躲闪他的视线。他想读懂她的身体语言，但它对他来说永远是个谜。

他想去掉声音里的警惕。"你找到什么了？"

"看就知道了。"她在相邻的舱壁上调出一个视窗。

她不知道。她不可能知道。

想要知道，她必须看着我的眼睛……

"你看什么？"

"没——没什么。就是——"

"看视窗。"森古普塔说。

对不起，他心想。天哪，我真的非常抱歉。

他强迫自己望向舱壁：一把诊断椅的背部视角，诊断椅面对一块平面显示器。显示器上是热带稀树草原的景象，照亮它的是脏兮兮的黄色阳光，看上去像是一个正在逝去的下午（布吕克斯猜测那是非洲，但画面中没有可供判断的动物）。诊断椅两侧的显示器上是遥测数据：心率、呼吸、皮电反应，仿佛一条条彩带。半透明的大脑扫描图在左侧闪闪发亮，神经元放电的彩虹色实时图像不断蠕动。

椅子上坐着一个人，他或她几乎完全被椅背挡住了。这个人的头顶从软垫头枕上方露出来，被蛛网般的超导体矩阵包裹着。一侧椅子扶手的顶端进入视野；一只手放在扶手上。这个人的其余部位仅仅存在于推断之中。这个身体的碎片几乎消失在它自己的电信号的明亮画面之中。

森古普塔动了动一根手指：静态画面活了过来。画面上有个计时器每秒一次地改变显示：03/05/2090——0915:25。

"你看见了什么？"说话的不是森古普塔，是视频里的一个人在画面外说话。

"草原。"椅子上的人说，她的脸还是没有露出来，但他立刻认出了这个声音。

瓦莱丽。

草地渐变成风暴中的怒涛，泛黄的天空化作冬季的冰蓝。但地平线没有改变位置，依然从屏幕中央平分画面。

伴音中传来轻轻的叩击声，像是指甲落在塑料上。

"你看见了什么？"

"海洋。太平洋，亚北极地带，千岛群岛洋流，二月初——"

"海洋就行了。只需要说出基础地貌。一个词。"

画面正中央有个动作：瓦莱丽的手指，刚好在视线之内，轻轻敲打椅子扶手。

盐碱平原，在夏日的热浪中摇曳不定。远处的雾霾中能看见一座平顶山的边缘，黑色的阶地平分地平线。

"现在呢？"

"沙漠。"嘀……嘀嘀嘀……嗒……

布吕克斯望向森古普塔。"这是什——"

"嘘——"

同一片盐碱平原：平顶山变魔术似的消失了。朝地平线去一半的位置上，皲裂的地面上长出一棵枯树：没有树叶，颜色仿佛老骨头的黄色，没有树皮、毫无特征的树干太直了，几乎不像是大自然的造物，顶上是横七竖八的赤裸树杈。树干的影子向着镜头径直延伸，像物体的幽灵般与其本身无缝连接。

"现在呢？"

"沙漠。"

"好，很好。"

大脑的透明视图深处，一抹猩红色短暂地扫过视觉皮层，随即迅速消失。

"现在呢？"

同一张图，更高的放大倍数：树位于前景中央，树干像旗杆似的笔直，近得足以垂直平分地平线和上方的一大片天空。火花再次出现，瓦莱丽的大脑深处，隐约有一小团红色玷污了肥皂泡般的彩虹色。她的手指不动了。

"还是沙漠。"她的声音里没有任何感情。

直角，布吕克斯意识到。他们在把地貌变成自然形成的十字……

"现在。"

"一样。"

但现在不一样了。树枝位于画面外，画面中只剩下了白色的土地和晶莹剔透的蓝天，两者之间犹如刀锋般锐利的假想线条从左到右平分世界，而那棵直得不自然的树从上到下平分世界。

他们想触发十字架障碍……

红色不再是一小团了，吸血鬼的整个大脑后部都在散发红光，仿佛一颗搏动的肿瘤，但她的声音依然空洞和平静，身体一动不动地躺在椅子里。

她的脸依然不在画面内。布吕克斯心想，为什么记录者不敢从正面拍摄呢？

屏幕上的世界开始分解。树背后的盐碱平原的底部松开了一点点（树留在原处，就像玻璃上的贴花），画面仿佛一张古老的羊皮纸卷，从显示器的下沿向上卷起，露出了底下的一小条蓝色：就好像沙漠底下隐藏着更多的天空。

"现在呢？"

构成沙漠的像素进一步压缩，朝着天际线挤得更紧了——

"一样。"

——景象从一片压缩成了一条，底下的天空从下向上挤，地平线从上向下压——

"现在呢？"

"一、一样。我……"

猩红色的极光在瓦莱丽的大脑中蠕动。皮电反应和呼吸沿着时间序列颤抖。

心跳强劲而平稳，没有任何变化。

"现在呢？"

地面现在几乎完全是天空了。沙漠缩减成了一条明亮的带子，像变平的脑电波似的横贯屏幕，它仿佛十字架的横梁。树干以直角与它相交。

"我——天空吧，我认为，我——"

"现在呢？"

"——知道你想干什么。"

"现在呢？"

被压扁的沙漠又缩小了几个关键的像素；水平和垂直的轴线将天空分割成四个象限，其边界线的厚度近乎相同。

瓦莱丽开始抽搐。她试图弓起后背，某些东西阻止了她。她的手指在舞动，手臂在椅子的软垫扶手上摆动；布吕克斯第一次意识到她被捆在椅子上。

焰火在她的大脑中爆炸。她的心跳在此之前是那么稳定，此刻却在时间序列上投下参差不齐的锯齿，然后就彻底熄火了。她的身体在痉挛中暂时凝固，抽搐的剧烈程度足以折断骨头，此刻暂时停顿了一个漫长的瞬间；椅子上的除颤器开始工作，身体随即跟着新电流的节奏继续舞动。

"总弧度为三十五，"画面外的声音平静地报告，"轴向三点五度。重复试验23，0919。"录像到此结束。

布吕克斯吐出一口气。

"必须要是真的。"森古普塔嘟囔道。

"什么？"

"地平线不是真的。它、它在天地之间。假象不会触发障碍。"

他认为他明白了：吸血鬼对地平线是免疫的。无论多么平直，无论多么完美，地平线的厚度都是零。你无法用地平线建立十字，至少这样的十字无法阻止瓦莱丽和她的同类，想要阻止他们，你需要一个有厚度的东西。

"这段真的很难搞到，"森古普塔说，"爆炸毁掉了记录。"

"爆炸？"

"西蒙·弗雷泽。"

现实主义者的突袭，他想起来了。他休假前两个月发生的事情：炸弹毁掉了一个研究纺锤体模拟的实验室。但他没听说目标是研究吸血鬼的项目。

"应该有备份。"他猜测道。

"确实有录像。但你怎么知道就是她？你根本没见到她的脸。嵌入标识只给出了实验对象的代码。目标被捆在椅子上步态识别也派不上用场。"

"声音。"布吕克斯说。

"我用的也正是声音。你试试看用一个随机的声音样本在云端搜索，没有应力数据，没有上下文，"森古普塔挑了挑下巴，"就像我说的。非常困难。但现在有了这个后面就越来越容易了。"

"他们在折磨她。"布吕克斯轻声说。我们在折磨她。"吉姆——吉姆知道吗？"

森古普塔发出一声毫无笑意的怪笑。"那个混球我连他在哪个时区都不会告诉他。"

你不是非得这样，布吕克斯心想。你不是非得这么认真，把所有的痛苦变成愤怒。拉克什，你是可以获得自由的。十五分钟的小小调整，他们就能切除你的悲痛，就像他们给爱连线一样。二十五分钟，你甚至会忘记你曾经痛苦过。

但你不想忘记，对吗？你想要悲痛。你需要它。你妻子死了，她永远也回不来了，但你无法接受，你抓着摩尔定律[1]不放，就像那是飓风中的救生衣。也许他们现在无法让她起死回生，但再过五年就不一定了，或者十年；在等待的时间里，你只能靠希望和仇恨活着，尽管你还没搞清楚它们应该归于何方。

他闭上眼睛，而她在他身旁生着闷气。

等你知道了真相，我就只能求上帝了。

*

回到轴心舱，她在看赤裸裸的太阳。太阳在头顶上沸腾涌动，近得触手可及（他确实这么做了，仅仅因为这么做太他妈超现实了：轻轻一推格栅，在无重力环境下飘过一段距离，丹尼尔·布吕克斯就能亲吻天空了）。但它的边缘像刀锋一样干净而锐利：没有耀斑，没有日珥，没有等离子喷流——它们巨大得能让一打木星相形见绌，会扰乱全地球的无线电信号。

---

[1] 指电脑的性能大约每隔十八个月就会提升一倍。

"日冕在哪儿？"他问。心里想着：滤镜。

"哈那不是太阳是向阳面。"

她指的是伊卡洛斯的向阳面：伊卡洛斯直面太阳，太阳光落在伊卡洛斯的盘面上反弹，进入某种远程摄像机的镜头，摄像机经过重重屏蔽，悬浮在万亿颗氢弹的吐息之前。

"调得足够高它能变成完美的反射体，"森古普塔说，"挡不住电离辐射但热和可见光都没问题我能把这儿变成一直到奥尔特云最冷的地方。"

"哇噢。"布吕克斯说。

"不算什么你看这个。"

太阳（太阳的镜像）逐渐变暗。蠕动着的耀眼光芒开始黯淡下来：太阳黑子、气候系统、磁力旋涡从视野中慢慢消失，与更寒冷的宇宙背景融合在一起。没过多久，太阳就成了黑色镜子上的一个苍白幽灵。

但画面中还有其他的东西：另一种涌流，像熔化的玻璃在沸腾中那样对流。液体物质从圆盘中心升起，在不断涌出的湍流旋曲中向外盘旋而去，冷却，流速降低，停滞于比较暗的边缘地带。就好像你剥开太阳的光球层，露出在底下搅动的另一个完全独立的气候系统。

布吕克斯看了一会儿，终于明白过来，他在看的并不是太阳，甚至不是太阳的镜像，而是——

"那是伊卡洛斯。"他喃喃道。一个巨大的凸面体，直径一百公里的太阳能电池：可以透明，也可以不透明，可以是固体，也可以是液体，它的光学特性受制于无比强大的自动恒温器和拉克什·森古普塔的小拇指。现在变得更暗了，离黑体状态只差一丁点，对流的旋涡转得越来越快，竭尽全力排出多余的热能。

某个遥远的角落里，警报器发出柔和的嘀嘀声。

"呃……"布吕克斯开口道。

"别担心蟑螂只是稍微踩点油门额外积累些尔格[1]你不希望地球得到的配额变少对吧？"

嘀嘀声还在继续，变得越来越急切。不肯消失的小提示符在画面底部闪烁，反射率在降低，吸收率和温变在上升。

"还以为我们已经装满燃料了。"那是重建飞船的最后一步：十二个小时前，最后几个二分人收好工具，离开王冠号修理完毕的船体，在孔蛛周围来了个集体拥抱。（看起来，他们的大脑在超出距离上限后会失去联系。）

"有了些还不够我们要摆脱的是极其巨大的一个质量。"

布吕克斯无法把视线从向阳面的图像上转开：那就像在空爆后望着蘑菇云徐徐绽放。他知道肯定是他的想象，但轴心舱似乎——更热了……

他咬了咬嘴唇。"我们不会过热吧？那些提示符——"

"更大的出力需要更多的能量对吧？基础物理学。"

"也不需要那么多吧。"她上次肯定没把反射率调到这么低，现在肯定只是在——

"想核查一下我的数字吗蟑螂？不相信我的数学觉得你能比我做得好？"

——炫耀……

向阳面闪了一下，从圆顶上消失了：画面中只剩下一个个警告图标，巨大的"无信号"三个字在上面搏动。

"妈的，"森古普塔叫道，"该死的摄像机融了。"

"我深受触动，"布吕克斯平静地说，"现在能不能稍微往回调一点——"

---

[1] 能量或功的单位。

"拉克，你别瞎搞了，"莉安娜从南半球飞上来，在北回归线借力反弹，以弧线飞向前方舱门，"我们还有更重要的事情要做。"

　　"哦好的还有比储存燃料更重要的事，"但她的手指在空中抽动，警报声立刻没那么响了，"比方说？"

　　莉安娜抓住一个把手，翻身站在北极圈上。"比方说老古董的黏菌。它在对我们说话。"然后就穿过磁北极消失了。

想结束一场战争，最快的方法就是输掉。

——乔治·奥威尔。

　　说话是相当慷慨的形容：一幅幅图像缓缓爬过孔蛛的表面，它们粗糙而简陋，是一些原始的拼贴画，像素的边长足有一厘米。不存在视窗，也没有边缘明确的区域用来整整齐齐地展示相关信息。拼贴画就那么浮现又消失；默认的表皮层上，油腻腻的灰色以点画法逐渐形成一个大致为圆形的区域，其中的对比度慢慢变高，就像一个黑白两色的便签本，让人想起填字游戏。布吕克斯平凡的脑回路无法辨认出任何模式。

　　色素体，他想了起来。运行恰当的运算，这东西就能改变颜色。"是什么触发的？"

　　"不知道别烦我。"森古普塔把头盔摄像头的信号源缩小成一排缩略图，把注意力放在伊卡洛斯自身的立体摄像机上，她放大画面，聚焦在孔蛛的——什么呢？图像界面上？同样的画面在圆顶上迭代数次：声呐图、红外线、超声波。拼贴画只在可见光的波长上出现：红外和紫外过滤器下还是原来那个孔蛛，就像一团去掉了表面细节的单色麦片粥。

刚好落在人类视觉范围的正中央，布吕克斯心想。不可能是个巧合……

"哈！"森古普塔叫道。"Z 轴等高线，这东西在用高低度说话……"她放大画面。没错，白色的像素比较高，一个个小方块比更暗的对比物高一毫米。布吕克斯也调出视窗，继续放大：整个地形图的表面都在破碎和折叠，每一个像素都在反复分裂，形成更细微的鸽巢式网格。

"它在建立衍射光栅！"森古普塔大吼。

"而且在提高像素分辨——"

"我说了闭嘴！"

布吕克斯忍住没有骂回去，他循环查看僧侣的头盔摄像头信号。二分心智人围绕着他们的崇拜对象陷入沉默，摆弄着各自手中的仪器，用不可见或可见的辐射带扫过孔蛛的皮肤。莉安娜待在一旁；她的摄像机从舱口移向一个个头盔的背面。

那个斑驳视窗的分辨率每一秒都有所提高；指甲盖大小的像素破碎成豌豆大小的点阵，再次消融后化作一簇簇针头的旋涡，继而崩溃成为超过摄像头分辨能力的粉末。阶梯变成锯齿线，锯齿线变成平滑的涡旋曲线，它们掠过显示画面，消散变成平坦的灰色空白。布吕克斯现在几乎能认出它们的变形模式了——每一个新的几何图形都比上一个更眼熟，更用力地牵动某些半遗忘的记录，它们随后放弃，把接力棒交给下一次迭代。但没有留下固定的印象。没有任何画面逗留得足够久，能让他确定那是——图像变幻的速度终于慢了下来，拉克什和莉安娜说出同一个词，一声叫喊和一声呢喃在同一个瞬间出声：

"忒修斯。"

它只花了十一分钟。十一分钟，一种分时共用的厌氧黏菌就把像素从方糖大小降低到了超过人类肉眼分辨能力的极限。十一分钟，从昏迷到交谈。

第一次接触的标准规程。斐波那契数列，黄金分割率，元素周期表。二分心智人在战术平板上涂写密码般的回应，轮流举起来展示；布吕克斯发现孔蛛在旋涡中变幻出的内容比二分心智人的回应更容易理解，他并不觉得特别吃惊。

一个影子从舱门方向隐约闯入画面，说明在头盔视频源和固定摄像头提供的视野之外多了个什么东西。伊卡洛斯充满了盲点，安装摄像头时没有考虑过全面监控。布吕克斯发现了它，但尽量不去注意。

二分心智人突然爆发出一阵惊讶的喃喃声，莉安娜轻声惊叹。布吕克斯扫视视频源，孔蛛皮肤上的几何基元在演绎某些玄奥的定理。"莉安娜，告诉我怎么了。"

"图形界面，"她说，"变成立体的了。"她的视频源环绕船舱，从各个角度拍摄孔蛛。"某种透镜衍射效应。我见到的整个显示都变成立体的了，我们所有人看见的都是立体画面。无论我们怎么动。这东西在追踪我们，追踪五——不，六双眼睛，同时向我们每个人投射定制的衍射点阵。但显示表面是同一个。"

"我这儿看上去不是立体的，"森古普塔抱怨道，"太笨了没法追踪立体摄像机。"

十一分钟，推理出了人类视觉的精细结构。它从零开始理解一个完全陌生的感知系统，没有经过入侵或解剖，这段时间似乎短得不可思议。更有可能的是孔蛛并没有这么做。它很可能早在涉足太阳系之前就学习过了教程。无论它的家园在哪儿，它都肯定在忒修斯号上做过一次短暂的停留。他们很可能不是它第一次遇到的人类。

也许它早就解剖过了。

"吉姆在哪儿？"莉安娜说。

"这儿呢。"摩尔在王冠号的深处说。他已经去休息了，但又活了过来。"正在来的路上。"

"呃，吉姆，你别过来。我们需要你暂时留守。从外面提供你的看法。"

"为什么？"

"你知道为什么。这东西在使用忒修斯号的接触协议。你的股价立刻上涨了。"

"太荒唐了，"摩尔淡然道，"我来过很多次了。"

"但以前它一直没有被激活。"莉安娜的声音里多了一丝恼怒。"行了，吉姆，你比任何人都懂该怎么对待高价值资产。"

"我懂，"摩尔赞同道，"因此我的专业意见会占据上风。我过来了。"

通讯频道陷入沉默。巨大的监控复眼中，视角在不停转移和晃动。

"好吧，"莉安娜最后说，"别忘记穿太空服。"

*

布吕克斯和森古普塔，托儿所里的最后两个小伙伴。他们通过一个摄像头望着摩尔来到顶层舱，穿上他的太空服。他们通过另外六个摄像头看着奥福伊格布和其他人在第一次接触的祭坛上继续他们的仪式，而孔蛛还在迭代劫持来的协议。森古普塔嘟囔什么某种混杂语言正在形成，但布吕克斯只看见了等离子显示的图表和舞动的小人。

"那儿好像有点热。"森古普塔说。布吕克斯几乎没听见。

复眼上方的一角，一个二分心智人（视频源的标识说那是阿明娜）从神龛转开，游出了圣殿；尤拉利很快跟了上来。两个人沿着一条路径返回对接舱。（布吕克斯为摩尔感到了一丝恼恨：要是没有两个成年人来带路，这个愚笨的穴居人搞不好会迷失方向。）

金属内脏在摩尔的视频源上掠过：格栅、舱壁、电路和管道围绕他的轴线懒洋洋地转动。他飞快地经过一个个地标，布吕克斯从没在二分人的视频源里见过这样的速度：散热器总线、通向LEAR[1]环的三岔路口，他在任何示意图上都找不到的那一排荧光粉的高压储槽。摩尔的动作就好像他是在这儿出生的；他绕过最后一个拐角，像海豚似的转了个方向，抵达了他的目的地。莉安娜和奥福伊格布挪到一旁，让他进去。

他不知怎的错过了阿明娜和尤拉利。很可能是走了捷径，布吕克斯心想，看着毫无特征的通道在两人的视频源中掠过。会给他们一个教训的。

圣殿里传来轻柔的叫声。莉安娜的视频源上，摩尔皱着眉头望向画面左侧，显然想从那些声音里榨出一些可理解的东西。

"我认为我看到问题所在了。"他过了一会儿说。

另一个地方，尤拉利和阿明娜停了下来。他们犹豫片刻，耸立于彼此的视频源之中；然后背对背贴着缓缓转动。标牌和危险条纹包围着背景中的一个舱口：VPR H2 储藏室，推进器组件。舱门内是高度真空。

"就像你们说的，"摩尔在圣殿里说，"这些是标准规程。"他头盔上的摄像头聚焦在孔蛛的画作上。莉安娜的视频源从侧面拍摄他，他抬起了面罩，头盔遮住他的一部分面颊，隔着封口的前缘能看见

---

[1] Low Energy Antiproton Ring 的缩写，低能反质子环。

他的侧脸。他的另一侧，奥福伊格布这个节点在看的既不是摩尔也不是孔蛛，而是透过打开的舱门向后看，望着外面的走廊——

等一等，布吕克斯心想。刚才不是有个——

那个影子，说明舱口有个画面外的存在物。它不见了。

摩尔："它和我们使用同样的规程。"

仅仅几分钟前，瓦莱丽就在那儿。现在她不见了。

"它把我们的规程反射回我们的身上。完全是生搬硬套。"

阿明娜和尤拉利。他们不是去接吉姆的，布吕克斯意识到，我打赌他们在追踪瓦莱丽……

他调出他们的视频源放在前景上。他们依然面对相反的方向，应该在分享通过连接两人视野而得到的环绕视野。伊卡洛斯围绕着他们飘荡，像个边缘锐利的幻梦。

"我们不是在和外星智慧说话，"摩尔继续道，"而是在对着镜子说话。"

有个东西吸引了布吕克斯的视线，阿明娜视频源的左上角有个极小的明亮光点。一颗暗星随着空气循环的微风飘荡。他扫视立体摄像头的菜单，选择了27E—蒸汽核心反应堆—外部走廊。同一条走廊，背视图。现在他在俯视两个头盔翻开的顶部；那块亮星悬浮在前景中闪烁。他放大视频源，看见那是一块玻璃——至少看上去像——只有指甲肉刺那么大。破碎之物的一个小碎片。

伊卡洛斯是个巨大的场所。它无穷无尽地绵延，通过一千多公里的管道网络呼吸。这颗玻璃碴有可能来自任何一个角落。

"假如你想取得任何进展——"摩尔说。

没有应力或金属疲劳的迹象，没有东西爆裂或破碎，没有碎片飘来飘去。

……当然了，你必须进去检查才能确定……

"——那你们就必须打破规程。"

吉姆·摩尔在神殿里伸出手臂。奥福伊格布扑上去阻止他，但为时已晚。一个闪亮的小雕像出现在摩尔的掌心里，那是个全息图，一个人形的祭品。

"这是我的儿子，"摩尔的声音在频道里响起，柔和而清晰，"你认识他吗？"

孔蛛的界面内爆了，随即消失。

我操我操——"我操我操我"——森古普塔在他身旁叫道，她陷在了死循环里，与布吕克斯脑海里的声音同步。"闭嘴。"布吕克斯叫道；说来奇怪，两个声音都停下了。

摩尔的手没有动。掌心上的祭品稳定地发着光。孔蛛静静地伏在神龛上，一亿公里内的所有智人都屏住了呼吸。

过了一个无比漫长的瞬间，那个表面的正中央睁开了一只明亮的眼睛。光线从它的瞳孔中倾泻而出，如泉水般在黑色素和磁性物质的画布上涌动，最终定格为一个有着手臂和腿的图形。席瑞·基顿望着自己，双臂在身体两侧微微展开，掌心向外。

布吕克斯凑近画面。"又一个镜像。"

森古普塔发出各种怪声，摇摇头。"不是镜像你看手右手。"她放大视频源，让他看个清楚：那儿有一条锯齿线，从掌根向上延伸到食指和无名指之间。就好像有东西从手指到手腕撕开了基顿的那只手，然后又把它粘了回去。

布吕克斯望向森古普塔，试图回忆："吉姆的那上面没有——"

"当然没有了重点就他妈是这个——"

网络中的某处突然传来一个像是快要窒息的叫声：二分人发出的声音，由一组复杂的谐波构成，很可能包含大量信息。布吕克斯能解析出的只有惊讶：是从27E—外部走廊传来的。尤拉利正在以全速冲过通道。阿明娜悬浮在原处一动不动，直勾勾地望着镜头——不，不是镜头。而是悬浮在镜头前的那一小块碎片，它泄露了某些秘密。

所有地方，突然：大混乱。

对准神龛的所有头盔视频源都在疯狂转动，它们扫来扫去，像是喝醉酒的钟摆，画面摇得太厉害，无法辨认是什么惊吓了他们。27E通道里，尤拉利撞在一块舱壁上反弹（等一等，那个地方在片刻之前有舱壁吗？），然后退向阿明娜；再一眨眼，两人都从第三人称画面中消失了，只剩下他们的太空服摄像头疯狂转动时拍到的模糊画面。森古普塔把AUX/RECOMP的信号拉过来，在圆顶正中央展开，这个画面自上而下拍摄，他们看见了神龛和常驻此处的神，非法前来的信徒从坚固的金属上弹开，但同一个地方仅仅几秒钟前还开着一个舱口。孔蛛像黏土似的静静地趴在凝集器上，那个有着隐晦伤口的席瑞·基顿稳定地发出柔和的光，就像一盏儿童的小夜灯：油腻腻的灰色触手从对面舱壁上萌发，抽向奇内杜姆·奥福伊格布，摩尔几乎没来得及推开那位僧侣。

最后这几秒钟的画面里只有混乱，然后视频源就全部断开了。

森古普塔朝着左侧嘟嘟囔囔。布吕克斯几乎没听见她在说话。我知道那是什么，他心想，在脑海里回放最后几秒钟的画面。我曾经见过它们，我使用过它们，我非常清楚那是什么……

磁性物质、色素体和隐匿技术。笼子被打破和煞费苦心地重建。脚印被擦干净，抹掉令人不安的异类气味，小心翼翼地安装感应器和取样器，沿各个轴线恢复自然栖息地的原状。

这是个取样横断面。

他拉开安全带上的快速释放扣，飘浮在半空中。"咱们必须把他们救出来。"

森古普塔使劲摇头，用力大得布吕克斯担心她的脑袋会飞出去。"他妈的没门他妈的没门咱们必须离开这儿——"

他在镜球上方转身，抓住她的肩膀——

——"他妈的别碰我！"——

——他松开她，但凑到她面前，两张脸之间只隔着几厘米，她扭动身体，把脸转开："它不知道咱们在这儿，你明白吗？你自己说过，它太笨了，不知道跟踪摄像头，它太笨了，不知道咱们在这儿，他们一直不允许咱们去伊卡洛斯，所以它根本没见过我们。咱们可以打它个措手不及——"

"蟑螂逻辑太愚蠢了没有任何意义老兄咱们必须离开——"

"别走。你听见了吗？你不想去就待在这儿，但在我回来前别他妈一个人跑掉。要是引擎能工作就启动它，但先别走。"

她使劲摇头。一滴唾沫从嘴唇上拉出弧线，散播进空气。"你能做什么啊他们比你聪明十倍但根本没料到这个结果——"

问得好。"只是某些方面，拉克什。但另一些方面他们比我们蠢十倍。他们对夸克和振幅多面体无所知，但从没被一块量子泡沫打倒过，你明白吗？他们被一个该死的野外生物学家打倒了。而那是个我里里外外都清楚的游戏。"

他用双手握住他的手，亲吻她的头顶——

——"别走。"——

——然后跃入顶层舱。

*

他像一颗弹珠似的穿过梁架，从支柱弹向把手，撞开束带、搭扣和一碰就散开的含油水球。基准人类布吕克斯。蟑螂布吕克斯。放弃吧，丹尼小子：你连想都别想，你只会让自己在大人面前出丑。你只需要点头，他们喂给你什么你就吃什么。就算森古普塔把几毫米的差异轻描淡写说成是不值一提的热膨胀，你也别他妈开口。摩尔说孔蛛这个奇迹中的奇迹在生长时你要保持安静，发现设备上有一团熔蜡时你只需要耸耸肩就当没看见。别费神去琢磨渗透是不是真的会在一个如此明显的边界线上停止。忘记孔蛛会计算和模式识别，忘记它制造的拼贴画能精细得让肉眼无法分辨裸露舱壁和被薄薄一层智能塑料覆盖的舱壁。别让你半吊子的研究结果让你得出显而易见的结论：孔蛛有可能像不可见的智能皮肤那样包裹着一切，每次有人启动一个操作界面甚至打开一盏灯，它都潜伏在皮肤之下，观察我们的所有行为，感受我们用指尖接触控制面板的每一次敲击。你就好好坐着，微笑着欣赏大人们天真无邪地闯进一个绘制在人造笼子里的外星笼子。

等陷阱啪的一声合上，所有的碎片拼成完整的画面，你可以安慰自己说成年人也没有看见，大脑受损、群体思维的二分心智人其实并没有那么聪明。你可以得意扬扬地死去，辩解说他们之中最优秀的一些人和你一起死在了围绕太阳旋转的这个乱坟堆里。

七鳃鳗在前方左侧张开巨嘴，柔和的蓝色勾勒出边缘和夹角。三件置的太空服悬浮在凹槽里。布吕克斯思考片刻，没有去理会它们：等他扭动着身体穿上太空服，伊卡洛斯上的所有人恐怕都已经被泡在了孔蛛用来充当福尔马林的东西里。向上穿过气闸，一组工具环绕着对接舱前部，它们足以把一艘飞船切成两半，然后再重新焊起来。

孔蛛无疑能把它的分子固化成类似甲壳的东西：奥福伊格布的个头不算小，但黏菌（薄薄地平铺在舱口上，在几秒钟内收紧）甚至没有弯曲就把他弹回了船舱里。但布吕克斯从内部仔细观察过这个鬼玩意儿。他见过让孔蛛说话、思考和融入的部件；他对这些部件的组合方式和材质至少有一个大致的想法。

他很确定它们不可能全都防火。

他从架子上取下一台焊接激光器，拉着自己飘向船尾，他打开保险，边飞边把安全绳绕在手腕上。电容器开始充电，这只电子昆虫发出接近超声波的微弱呜呜声。

向下望进七鳃鳗的咽喉：半柔韧的发光气管，每三米用一个骨架箍圈加固。带软垫的柔软条纹材料沿着通道分布，那是在对接时驱动管道的韧带和肌肉。生物钢框架在转弯的另一侧隐约可见，上面镶嵌着方形舱门：伊卡洛斯的主气闸，坚固如山，在这些软绵绵的生物结构映衬下，工业感令人安心。

舱门一边有个把手镶嵌在合金中，压出了一个猩红色的凹坑。布吕克斯抓住把手，双脚各撑住一侧管壁，转动，用力拉。凹坑在他的拳头四周变成绿色。气闸的舱门嗤的一声打开了。他抓住舱门边缘，把它向后拉开，无视智能涂料紧张地用黄色文字闪烁地警告他：双舱门断开。他的视线穿过打开的内舱门，望向里面的迷宫。

敌人的领地。他不可能知道它延伸的范围。也许孔蛛此刻正在看着他。

他举起焊机，推动身体钻了进去。

没有动画标志为他引路。没有好用的示意图在脑海里旋转，没有发亮的图标指出他的方位。他回忆路线，通过十几个太空服上的视频源和他孤独的偷窥。他不知道这些记忆能有什么用处。也许它们和所有蟑螂的记忆一样不可靠。也许空间站内的结构已经改变。

粗略的解剖学知识能带领他前往圣殿：沿着纵向的脊索走，过了 LEAR 环在岔路口右转，看见冷却剂管道的连接处再次右转。要是他运气好，也许会有人发出些声音，指引他走完剩下的那段路。

应该拿个头盔的，他心想，向后望去，视野清晰。应该带个有通讯连接的玩意。应该多拿一两台激光器给吉姆和那帮小子使用。

妈的，妈的，妈的。

前方有声音，右侧有声音，背后有声音：他沿着一条支线通道向前飞，这条路从未进入过他脑海里的地图，眼角瞥见了一些动静。他抓住在身旁掠过的肋材；激光器继续前进，拽了一把他的手腕，拉得他失去平衡，他翻翻滚滚地撞在舱壁上。他的脑袋被一根支架磕得生疼；激光器在安全绳的尽头抖了一下，反冲穿过无重力的空间，砸在他的胸口上。

背后传来喊叫声。一小群人惊恐的无词合唱。近乎电子乐器发出的滑腻声响。

布吕克斯骂了一声，按原路向回飞。他记忆中不存在的通道迎向他；他抓住一个东西刹车，荡过拐角——

——险些一头撞上一面墙，它在他前方凝结，仿佛有生命力的黏土膜。

他一边停下，一边对自己唠叨——

——我险些碰到它我险些碰到它它险些抓住我——

——那层膜转变成生物钢，坚硬而不可穿透，厚得几乎挡住了另一侧的残杀声音。

不是生物钢，布吕克斯提醒自己。并非不可穿透。

不防火。

他端起焊机。

对。不可能防火。

光束接触之处，孔蛛开始蠕动，它蜷曲变黑，像油渍似的发出彩虹色。布吕克斯对准一个焦点，在无重力和神经所能允许的范围内尽量让光束保持稳定。光束烧穿了目标，打出一个像眼睛般扩大的洞口：拉伸的弹性组织劈裂分开，退缩躲避攻击。光束摆动了一下，在另一侧没有生命的金属上烧出痕迹，险些击中一条人影，布吕克斯连忙切断电路。

他停下了，惊愕地眨着眼睛。

在这个无尽的凝固时刻，他看到了一条没有甲板也没有天花板的通道，舱壁埋在缠结的管道和线路背后，向内十米远的尽头是个三岔路口。沿那个方向一半的地方有五个身穿太空服的人，他们的头盔是打开的。至少一个头盔的面罩碎了：黄铜色的玻璃碎片沿着各自的微小轨道飞行，有几块碎片像镜子一样光亮，有几块被猩红色的液体所沾染和喷溅，液体来自一道弧形的带状云雾，起点是个在半空中转动的银色娇小躯体。那张脸还没有进入视野，他还没看见一双骨白色的眼睛在黑色的面罩中无神地向外瞪视，布吕克斯就知道了那是谁。

莉安娜。

其他人在凭借自己的力量行动。阿明娜，绝望地游向布吕克斯在她面前打开的那一丝微弱希望。埃文斯在屠场中挥舞手脚，想寻找一个把手或落脚点，却被一具飘过的尸体像破布娃娃似的搂在怀里。阿扎格巴，失去双腿的僵尸：像毒蛇出击般飞扑，抓住阿明娜的肩膀将她转了过来，挥出一只犹如刀锋的手，伸直的手指像活塞一样插进她打开的头盔，在瞬息之内掐灭了她的生命之火。瓦莱丽的另一个僵尸像树栖动物似的向前弹跳，伸出手臂想对埃文斯做同样的事情。

布吕克斯打开激光器。僵尸预判了攻击，像鳗鱼般地扭动身体，但弹道曲线将她困在了半空中，她被惯性束缚了仅仅一瞬间。光束击中她的银色躯干，短暂地反弹，在她裸露的脸上像闪电似的烧出一道碳化的痕迹。但她令人惊诧地没有放弃目标：尽管身体被烧灼，一只眼睛在眼窝里沸腾炸裂，但她还是扑上去捏碎了埃文斯的喉咙，然后从金属内脏上弹开，连看都没看就抓住了离她最近的一个把手。

孔蛛也在这里。它感觉到被抓住，立刻做出回应，它用闪闪发亮的蜡质伪足抓住了那只手，迅速得连僵尸的本能都来不及反应。一缕缕白色蒸汽从太空服和黏菌交汇的缝隙处冉冉升起。被困的僵尸用一只跳着死亡之舞的眼睛向下看，然而等她再次抬起头，那张脸上的表情不一样了。

"天哪。"她喘息着说。她弯下腰，使劲咳嗽，一只手嵌在墙上；

血滴和唾液围绕着她的脸旋转。"我这是在——上帝啊，这是——"

她眼睛里的光芒熄灭了；即便以僵尸的标准来说，重新出现的痉挛和抖动似乎也缺少生命力，那是垂死的细胞在自行抽搐。

吉姆应该知道你的名字，布吕克斯心想。

她的肩膀背后，悬浮尸体的另一侧，三岔路口的深处，那里有东西在动：就像壁橱门的缝隙里，床底下的空间中。另一团闪闪发亮的银色，无声无息地移动，带着强烈的目的性：另一条人影拐过了转弯。

瓦莱丽。

他们隔着零落的尸体对视片刻：猎食者用的是心不在焉的好奇眼神，猎物纯粹只是因为他无法转开视线。布吕克斯不知道那个瞬间持续了多久；要不是瓦莱丽放下了面罩，这一刻有可能会持续到永远。也许她这么做是出于慈悲，打破了车头灯下的麻痹状态，否则他会呆呆地停留在远处，等待她撕开他的四肢。也许她只是想给他一个赌命的机会。

布吕克斯转身逃跑。

冷却剂管道簇。维修通道。封闭的舱门，通往他从未探索过或早已遗忘的遥远角落。他经过时目不斜视，让本能带领肉体，而猎食模式和吓得他尿裤子的恐惧充斥了整个脑内空间。经过一个三级吸热器的时候，他能从后脑勺看见瓦莱丽正在逼近；来到储藏舱门口时，他能看见她咧开嘴唇，露出猎食者寒光闪烁的狞笑；沿着脊索向上逃窜时，他能感觉到她在绷紧肌肉，准备挥出杀死猎物的最后一击。

他钻进七鳃鳗：现在没时间停下，找不到机会堵住通道，你甚至别去考虑该怎么抓住舱门，你都还没来得及转身，她就已经扑到你身上了。别回头。继续跑。别思考什么地点，别思考什么时候：三十秒是一生，两分钟是遥远的未来，只有此时此刻才有意义，即将杀死你的是现在。前方传来一个声音，和他头脑里的声音一样惊恐，声音在七鳃鳗的喉咙里回荡，逐渐变得越来越响：全都完了妈的完了，还有对接卡扣，还有数字在倒退——但别去担心那些，留着以后去想吧，那是十秒钟以后的事情，到时候假如你还活着再——

王冠号。

对接管道到了尽头。现在无处可去了，无法再拖延时间了。你拥有的全部未来都摆在你的面前。

没什么可失去的了。

布吕克斯转过身，沿着咽喉向下看：瓦莱丽站在底下，漫不经心地撑住伊卡洛斯号内侧舱门的边缘，隔着犹如独眼巨人之眼的镜面头盔向上看。她安闲得像是已经在那儿站了几个小时，就等着他转身注意到她。

现在他看见了她，她一跃而起。

他吼叫着端起激光器。瓦莱丽飘向他，布吕克斯敢发誓她在笑。他开火了。激光束击中吸血鬼太空服的隔热反射膜，粉碎变成无数道亮如太阳的翠绿色光线。它们在瓦莱丽躲开前的瞬息之内烧灼了好几个表面。

布吕克斯扑向舱门控制器，抓住拉杆，手忙脚乱。王冠号的大门关紧了一丝，然后重新松开。瓦莱丽逼近猎物，展开双臂。不知为何，他能听见她的声音：仅仅是个耳语，但不可思议地清晰，甚至盖过了森古普塔在公共频道上的惊恐念叨。这个声音极为清晰，就好像她趴在他的肩膀上喃喃低语，就好像她就在他的脑袋里：

我要你想象一个东西：十字架上的基督……

他的骨髓深处，电流开始歌唱。突触像烧毁的电路一样崩溃。布吕克斯的肉体像音叉一样嗡嗡震荡，每一块肌肉都立刻陷入强直性痉挛。湿热的感觉在裆部绽放。他无法动弹，无法眨眼，甚至无法呼吸。他大脑里的某个偏僻部分担心了一下最后那个问题，随即意识到这并不重要。瓦莱丽肯定会在他有可能窒息前杀死他。

事实上，她已经来了，她伸出了手——

——然后旋转着飞了出去，有人从背后攻击了她。吉姆·摩尔出现在她刚才的位置上，整张脸完全变成了爬行动物，他打开的头盔仿佛黑暗洞穴，眼睛在里面疯狂地转来转去。他把布吕克斯推进对接舱，然后转身关上气闸的舱门；他的拳头砸在布吕克斯的胸口上，尽管用力不足以隔着太空服打碎胸骨，但他的胸口有什么东西破裂了；某种东西解开了封锁，布吕克斯使劲吸着如潮水般涌来的循环空气。等他停止喘息，摩尔已经把他安全地固定在了墙上的一个空凹槽里，而空置的太空服旁多了一件有人的太空服。

这儿有很多的空置太空服。

王冠号正在预热，变成一个交响乐团：金属在应力下发出吱嘎声和呻吟声，引擎苏醒时隐约发出咳嗽声，卡扣在发着起床气的舱壁上敲出随机的打击乐。森古普塔的惊恐叫声，噼里啪啦地念叨一个个数字。一颗逃逸的油滴悬浮在空中，而飞船在它四周摆动，油滴打在布吕克斯的脸上，他闻到苯的气味。

非常遥远的地方传来大海的咆哮声。

摩尔在舱壁上调出一个界面。他的手指以非人类的精确性操纵那些控制器。一个视窗在界面一侧打开，智能涂料接入一个舱外视频源：一抹参差不齐的蓝光来回摆动，七鳃鳗与飞船分开，反冲缩回了某个遥远的洞穴。星辰、暗影和刀锋般锐利的几何形状舞动着挡住了天空。黯淡的红色星座沿着框架托台闪烁，黑色合金的宽阔悬崖朝着远处自身的地平线伸展。

瓦莱丽的头盔遮住了视野。拳头敲打船身，但引擎的震动淹没了有可能发出的任何声音。日出，突然而灼热：荆棘王冠号蹒跚驶出日食，整个宇宙迸发出火焰。森古普塔在某处咒骂，推动器在另一个地方点火。有一个短暂的瞬间，瓦莱丽是炫目的天空中一个蠕动的黑影，然后在摄像头被烧毁前的一瞬间化作一个火球。

摩尔的手指片刻不停地舞动。

过了无比漫长的几秒钟，备用摄像头启动了。这时他们已经重新隐藏起来，蜷缩在伊卡洛斯的阴影中，散热器尖塔那遮蔽星辰的黑色侧影缓缓滑向左边。温柔的大手把布吕克斯按在凹槽底部，质量乘以加速度的作用力将他推向外面的保护网。天线阵列的指示灯慢慢退向船尾，仿佛黯淡的黄道带；但其他光线在他的注视下点亮，炽热的蓝色新星排列成五角形，在黑暗中悄无声息地闪耀。直到这时，他才察觉到了另一种寂静：摩尔不再对着墙壁说话，手指也不再像机关枪似的敲打金属。布吕克斯在视野边缘隐约分辨出一个模糊的身影，他需要海格力斯般的力量才能把眼睛转动几分之一度，让上校进入视线焦点。他没能完全成功，只是从周围视野中榨出足够的影像，看见老战士像石块似的站在甲板上，抬起一只手半掩住面部。他觉得他听见了中途屏住的轻柔吸气声，决定将其称作回魂之声。

伊卡洛斯逐渐缩小。太阳环绕着它重新出现。尽管日冕亮得耀眼，但依然能看见五个蓝色的火花依然在闪烁：一个黑色的圆盘在火海中变得越来越小，上面镶嵌着五个亮点。那是轨道维持推进器，布吕克斯茫然想道，然后思考它们为什么燃烧了这么久和这么亮，他希望他没有那么快就想到答案。

新产生的重力持续增加他的重量，把布吕克斯越来越重地压在保护网上，他从凹槽里飘了出来，斜着浮在甲板上方。他的膝盖没有在压力下弯曲，身体也没有崩溃。他是一尊会呼吸的雕像，某种比逻辑更强的直觉知道只要束带松开，他不仅仅是会倒下，而是会在甲板上摔成一堆碎肉。

他身旁的太空服已经消失。取而代之的是腐尸，灰色的肉块穿过网眼耷拉着，蛆虫像米粒似的掉出空荡荡的眼窝。狞笑的颌骨咔咔碰撞，发出无法理解的声音。快速眼动睡眠期的麻痹症，布吕克斯的一半大脑对另一半说，尽管他并没有睡着。幻觉。尸体的笑声像是没有完全死去的东西在泥土中咳嗽。

絮状物在他的眼睛里游动。正在蚕食一切的雾气中，吉姆·摩尔的身影半隐半现，他站在甲板上，既不依靠防护网也不依靠魔法或其他东西，只是对自己的动作有着压倒性的自觉意识。布吕克斯的最后几个突触在黑暗中冒出火花，他思考勒基特面对如此惨重的损失会说什么。

大概还是一切都在按计划进行吧。

猎食者

你必须理解，迪恩，这是今年到目前为止对委内瑞拉的喷流注入计划的第五次攻击。平流层的硫酸盐依然下降了百分之三，即便没有进一步的攻击，要是能在十一月恢复过来就算咱们走运了。买不起高度抗旱转基因作物的农户都会度过一个灾难性的夏天。克隆体和高纬度的催熟作物应该能填补缺额，前提是我们不会重蹈去年单一农产品崩溃的覆辙，但地区性的短缺几乎不可避免。

我们都知道委内瑞拉的计划严格来说是违法的（你以为我们没人读过 GBA？），但平流层冷却的好处就用不着我告诉你了。即便地球工程是个短期解决方案，你也必须利用你能利用的一切，否则你就不可能活到实现长期目标的那一天了。当然了，加拉加斯愚蠢地坚持他们过时的司法体系没有给他们带来任何好处。个人责任？那些 [粗话，自动抹除] 接下来还会想出什么来，淹死巫婆？

因此，我可以代表整个部门说我们完全同情他们。要是你们人权委员会想再次把他们放进黑名单，那就请便吧。但底线是，你们不能要求我们撤回对委内瑞拉的支持。我们不能眼看着哪怕最温和的缓解气候失控的努力就这样被破坏，这个世界无法承担这个代价。

我知道这看上去有多么糟糕。我知道想兜售这么一个联盟有多么困难，联盟的这个政权秉持的神经政治学毕竟扎根于中世纪。但我们只能把这根阴茎含在嘴里，无论喷出什么都得咽下去。平流层冷却是现在保持这颗星球不至于彻底崩溃的少数几个方法之一，而如你所知，这项技术需要投入大量能量。

要是这么说能让你感觉好一些的话，请考虑一个事实：假如事情发生在二十或二十五年前，这次谈话根本不可能发生；当时咱们手头没有足够的能量，负担不起这样的选择。那样的话这会儿咱们说不定已经投入又一个黑暗时代了。

感谢上帝赐予我们伊卡洛斯，对吧？

——联合国内部交流的片段（通话双方身份未知）：从不
明亚智能网络的混乱竞争中泄露的情报源修复而来，

2091 年 8 月 23 日 1332:45

我自己的内心都没有看清过一瞬，你凭什么要我判断其他人的行为？

——莫里斯·梅特林克

他在无重力环境中醒来。不可见的双手像推动浮木似的引导他穿过轴心舱，穿过和他一样动弹不得的南半球。拉克什·森古普塔在遥远的某处呼叫，她没有吼叫或嘶喊，声音和普通的蟑螂一样柔和："耽搁得太久了要是不重新点火咱们就会开始掉回去顶多只有五分钟。"

"三分钟，"摩尔的声音比较近，"你开始计时。"

就剩下我们几个人了，布吕克斯朦胧地想着，只有吉姆、拉克什和我。吸血鬼没了，不死人保镖没了。二分心智人全都没了。莉安娜死了。唉，天哪，莉安娜。可怜的孩子，无辜的美丽尸体。你不该得到这么一个结果，你唯一的罪过就是信仰⋯⋯

一个轴向舱门在他周围经过。下一个瞬间，他绕过了一个他不适应的直角转弯：王冠号的轮辐，在推动器点火前收了起来，依然向后平贴着脊柱。摩尔推着他头前脚后朝着船尾而去，一个个梯级从他面前掠过。

我们所有的孩子全都死了。他们比我们更聪明、更强壮、更精悍。被强化过的所有突触，从更新世遗留至今的所有问题，全都烟消云散了。这给他们带来了什么？他们现在去了哪儿？死了。不在了。变成了等离子。

用不了多久，那大概也会是我们的命运⋯⋯

保养与维修。摩尔打开医疗床，把他捆在托台上，王冠号刚好清了清喉咙。到他转身离开的时候，重力正在一点一点重新渗入这个世界。布吕克斯想转动头部，他几乎做到了。他试着清了清喉咙，他成功了。

"呃⋯⋯吉姆⋯⋯"声音只比耳语响一丁点。上校在竖梯前停下，他是布吕克斯眼角中的一道模糊剪影。推进器点火似乎在把他压进甲板。

"⋯⋯谢、谢谢，"布吕克斯挤出这几个字。

剪影默默地站在萌生的重力中。

"那不是我。"他最后说，然后爬出了船舱。

*

来探望他的不只是摩尔。莉安娜也从坟墓里回来了，一团闪烁着的黑色等离子，俯身对着他冰封的面容微笑，摇着头轻声说你这个可怜人，你这么迷失，又这么傲慢，然后太阳召唤她回家去了。

奇内杜姆·奥福伊格布在他身旁站了几个小时，用手指、眼睛和从喉咙深处断断续续发出的声音说话，布吕克斯却不知怎的终于理解了他：不是他们嚎叫出的密文，不是有智能的肿瘤集群，而是一个和蔼的老人，他最美好的童年记忆是他和浣熊一家偷偷结下的友谊，用的是几把狗粮，顺便偷偷破坏了家庭有机作物栽培箱的插销。等一等——你有过童年？布吕克斯想，但奥福伊格布的面部和双手已经消失在了突然爆发的淋巴结炎和巨大的肿瘤之下，他再也说不出话来了。

连罗娜都从天堂回来了，虽说她曾发誓再也不回来。她背对他站着生闷气；他想让她转过来，逗她笑，但等她真的笑了，表情却怨恨而愤怒，眼睛里充满火花。哦，你想念她吗？她暴怒道。你想念你没有脑子的木偶了？想念被你的自我俘虏的可爱奴隶了？还是说只是因为你失去了你整个虚假而渺小的人生中的一个虚假而渺小的片段，而你以为你对它有着某种控制力？很好，丹，枷锁已经永远解开了。你就在这儿腐烂吧，我根本不在乎。

但那不是我的本意，他想说，我从没那么想过你，而——等他终于不再否认现实，没有其他话可说了，他说：求求你，我需要你，我一个人做不到……

你当然做不到了，她嗤之以鼻。你一个人什么都做不到，对吧？我给你下个结论吧：你把无能变成了一种生存策略。要是你失去了你的全部借口，要是你和其他人一样做过增强，你还能说什么呢？要是不能归咎于你的残疾，等你发现你依然跟不上节奏，你该怎么活下去呢？

他思考天堂到底是个什么鬼地方，能把她变得这么充满恶意和仇恨。他想问，但罗娜在他这双老古董的眼前变成了拉克什·森古普塔，她的思路似乎跳到了截然不同的另一条轨道上。你必须远离船首，她急切地低声说，紧张地扭头张望。你必须远离顶层舱，他现在盘踞在那儿也许还有其他什么东西。我希望你能回来情况很可能非常糟糕而我只擅长处理数字，你明白吗？我在肉体空间里没什么本事。

你做得很好，布吕克斯想说。你连说话都开始像我们蟑螂了。但他能发出的只有咯咯声和一声咳嗽，无论拉克什听见了什么，都似乎比他的沉默更加吓到她。

有时候他睁开眼睛，看见摩尔杵在旁边，拿着明晃晃闪烁的筷子在他面前挥动。有一两次，一个隐形的咆哮巨人站在他的胸膛上，把他深深地压进他背后柔软的泥土中（舱壁上新长出来的稀疏草带低伏在墙上，每一片叶子都指着相同的方向）；其他时候，他和蒲公英种子一样毫无重量。有时候他几乎能够移动，聚集在他身旁的生物会惊起后退。还有一些时候，他甚至无法让眼珠在眼眶里转动。

有时候他会醒来。

*

一个东西坐在他身旁，那是视野边缘一团大致呈人形的模糊影子。布吕克斯想转动头部，把视线从天花板上挪开。他只能看见管道和涂料。

"是我。"摩尔的声音。

是吗？真的吗？

"我猜你肯定没想到，"模糊的影子说，"事实上我也非常吃惊森古普塔没告诉你。她应该会喜欢散播这种消息的。"

他再次尝试。再次失败。他的颈椎似乎——融成了一块，不，被蚀化成了一块。

"也许她并不知道。"

布吕克斯咽了口唾沫。他能完成这个动作，但喉咙依然很干。

模糊的影子动了动，发出窸窸窣窣的声音。"在我以前待的地方，这是个强制性的程序。在太多的情境下，意识的参与会——损害性能。无论军队现在变成了什么样子，都不会随随便便接收你，除非你……"

咳嗽。重新开始。

"事实上，我是自愿的。那时候一切都还在测试，还没有成为政策。"

你有能力决定何时进入和离开那个状态吗？布吕克斯心想。那是一种选择，还是一种本能反应？

"你也许听说过我们只是睡着了。失去所有的知觉，让身体自动驾驶。这样事后我们就不会因为扣动扳机而感到懊悔了，"布吕克斯在老兵的声音里听见了一丝苦涩，"现如今确实是这样的。但我们这些第一代的型号，我们——保持清醒。他们说当时只能做到这个程度了。他们可以切断运动控制回路，但无法在不影响自律神经表现的前提下关闭下丘脑回路。有传闻说他们其实能做到，只是希望我们保持清醒，以便事后汇报情况，因为我们是富有经验的战场观察员，但我们太他妈上头了，根本不在乎。最性感的尖端科技。后人类边疆的首批探险家，"摩尔轻轻嗤笑，"总而言之。几次任务都没能按计划执行之后，他们推出了涅槃迭代。甚至问我要不要升级，但我觉得——我也说不准，但不知道为什么，我就是觉得保持神智似乎非常重要。"

你为什么要告诉我这些？你把整个地球的生命线扔进了太阳，说这些还有什么意义？

"我想说的是，我其实在场。一直都在。但仅仅是作为一名乘客，没有任何能动性，但我也没有离开。不像瓦莱丽的雇佣兵，我——我至少在观察。不知道能不能让你感觉好一些。反正就是想让你知道一下。"

那不是你。你想说的是这个。那不是你的错。

"好好休息吧。"模糊的影子在他身旁伸长，上校的脸在布吕克斯的视野中短暂地变得清晰，然后再次消散，只留下脚步声渐渐远去。

脚步声停下了。

"别担心，"摩尔说，"你不会再看见我那个样子了。"

*

下次醒来的时候，森古普塔在俯视他。

"多久了？"布吕克斯试着开口，听见自己说出这几个字，他感到如释重负。

她说："你能动吗试着动一动。"

他向腿部发出指令，感觉到脚趾做出反应。他试着动了动手指，指节像生锈了似的硬邦邦的。

"不太龙易。"他说。

"只是暂时这样会好起来的。"

"她对我做了什么？"

"我正在研究听着——"

"像是某种反沆、反向的十字架障碍。"他的舌头挣扎着吐出这几个字。"她到底是怎么做到的，我们基滚、基准人类不会发作障碍症，我们没有那个神经回路——"

"我说过了我正在研究。你听我说咱们现在有更重要的事要担心。"

是你还有更重要的事要担心——"吉姆哪呢？"

"我想说的就是这个他在顶层舱我觉得他和孔蛛一起在那儿——"

“啥！”

“哎我们不可能知道那东西到底扩散了多远它有可能覆盖了阵列的整个内部我们永远不可能知道。有可能一直长到了咱们的大门口然后钻了进来。”

至少他的交感运动神经还在工作：布吕克斯能感觉到他前臂上的汗毛竖了起来。

“有人取让——取过样吗？”

“那不是我的工作我是个数学女仆不是拎桶小弟我连规程都不知道。”

“你不能去查一下吗？”

“那不是我的工作。”

布吕克斯叹了口气。“吉姆呢？”

森古普塔望着他的另一侧。“没用他只会一遍又一遍地读那些地球来信。我告诉了他但我觉得他根本不在乎。”她摇了摇头（她做这个动作倒是毫不费力），又说：“他有时候下来查看你的情况。他一直在给你注射各种各样的 GABA[1] 和解痉药说你现在应该可以起来了。”

他活动手指，这次感觉还不赖。“好像确实在恢复。但身体太久不动弹了。”

“是啊有段时间了。总之我得回去了，”她迈步穿过生活舱，在竖梯底下转回来，“你必须快点回来丹情况变得越来越古怪了。”

他们也一样变得古怪了。

她之前从来没叫过他的名字。

森古普塔离开的时候，他已经不再口齿不清了；五分钟后，他

---

[1] 即 γ-氨基丁酸，是一种重要的抑制性神经递质。

可以左右翻身而没有什么不适感了。他弯曲膝盖和手肘，艰难地一点一点加大幅度，让各个关节与血肉的脆性阻力逐渐磨合。弯到某个临界角度，他的右胳膊肘响起了咔嚓一声，剧痛像电击一样传遍了整条手臂，但过了这个阶段，这条肢体终于听使唤了，在他的指挥下弯曲和伸直，除了关节还隐约有点关节炎式的酸痛，没有其他异常感觉。他得到鼓励，逼着另外三条肢体迈过转折点，重新夺回了主权。

从谁手里夺回的呢？他心想。

医疗档案以快进方式重现他肉体的朽败：这具躯体里充斥着乙酰胆碱，闰绍细胞[1]受到破坏，ATP被纤维蛋白拖向战场，但纤维蛋白不肯松开铁爪。没有ATP能下场请肌球蛋白跳这场舞，也就没有东西能打破肌动蛋白和肌球蛋白的结合。完全阻塞。强直。肌肉痉挛让整个该死的身体变得僵硬。

机制其实很简单：一旦动作电位开始以如此迅猛的速度传递，那么结局就只有一个了。但这似乎不是被药物诱发的。瓦莱丽没有给他的咖啡下毒，也没有在他的食物中加料。医疗遥测系统直到布吕克斯受袭后几分钟才捕捉到踪迹，然而在他看来，这些信号来自他自己的大脑：从中枢神经系统到阿尔法运动神经元到突触间隙，轰轰轰。

无论这是什么，都是他对自己造成的。

他不紧不慢地结束治疗。他慢慢拔出导尿管，伸展四肢；让躯体慢慢地从化石状态恢复到一定的活跃状态。现在该补充燃料了：康复使得他饥肠辘辘。差不多一个小时后，他爬出保养与维修舱去厨房找东西吃。

穿过轴心舱走到一半，他才注意到有光线从那条轮辐泄漏出来。

---

[1] 脊髓前角内的一种抑制性中间神经元。

这是来自过去的一张快照：一具尸体，躺在草坪上。布吕克斯不知道更不协调的是哪个元素。

他觉得应该是草坪。它至少出乎他的意料：与其说是草坪，它更像一块磨旧了的蓝绿色斑驳草垫，在吸血鬼喜爱的长波光下呈现锈红色，有人把它从生活舱的墙上撕下来，随随便便地铺在甲板上。布吕克斯隐约记得，吸血鬼有强迫症。好吧，是神话中的吸血鬼，而不是激发传说的血肉之躯的远古猎食者。十七世纪的民间传说认为你只需要在吸血鬼的路径上撒盐就能让它分心，某些超自然的脑回路会强迫吸血鬼扔下一切，趴在地上数盐粒。布吕克斯记得他在什么地方读到过这些，只是这说法未必通过了同行评议。

在他看来，这个迷信说法尽管荒谬，但也许真的有点什么神经生物学的基础。反正它不可能比十字架障碍更加荒唐；也许那些无所不能的大脑里有个模式识别的小瑕疵，某个反馈回路做得过头了。也许瓦莱丽成了同一个子程序的受害者，她看见几千片附生植物的叶子，用指甲把它们从舱壁上抠下来，一片一片数叶子，让它们纷纷扬扬地洒落在甲板上，变成一场没精打采的叶绿素暴雪。

当然了，遗憾之处是吸血鬼不需要计数，他们会在一瞬间内看清楚盐粒或草叶的具体数目，不需要经过有意识的加法过程就会知道七位数的总数。农夫牺牲两秒钟时间在路径上撒盐，顶多只能给自己争取到十分之一秒的缓刑。这个交换比率实在不高。

但也许僵尸并不知道这一点。也许眼睛背后的原始意识在紧急关头重启，看见了即将发生什么，也许它通过某种手段从那些短接和加线中夺回了控制权，因为反正也无路可退而在最后时刻拼死一搏。也许瓦莱丽故意放任，看着这一幕觉得很好玩；甚至配合它一起演戏，假装数每一片落下的草叶，让她的晚餐把甲板变成凌乱的粗毛毯。

也许僵尸根本没有在意。也许它只是服从命令躺下，等待被吃。也许瓦莱丽仅仅想铺块桌布。

僵尸的喉咙被切开了。它光着身子，摊开四肢趴在地上，面部朝着侧面。它的右臀被割掉了；还有股四头肌，还有一长条小腿肌肉。上面有肉，下面也有肉，两者之间，裸露的股骨将小腿与躯干连接在一起，通过髋关节与骨盆上被刮干净的髂骨合为一体。

血很少。伤口被烧烙过。

"你没看过那儿的情况。"布吕克斯说。

森古普塔拉近画面：血淋淋的餐桌占满了整个视窗。草叶变得有竹笋那么大，牙印像参差的犁沟一样印在沾着血的骨头上。

某种线缆蜿蜒穿过草丛，消失在被吃的残缺尸体底下，放大到这个倍数依然只是依稀可辨。

"发现八根线缆不知道具体用途但那东西不是什么神秘圣诞老人明白吗？屠夫说多半是诡雷屠夫这次多半是对的。她希望我们看见这些。"

"你怎么知道？"

"她只留下这个视频源没有破坏。"森古普塔挥挥手，录像从舱壁上消失了。

"所以你们放弃了生活舱。"

她点点头。"进去的风险太高放着不管的风险也太高。"

另一个视频源出现在前一个视频源旁边，俯视曾经通往瓦莱丽巢穴的那根轮辐。它现在已经截断了，结束于仅仅二十米之外。一个橙色圆盘以两秒一次的频率在通道口闪烁，其中的文字是"未加压"。对面的食堂轮辐也被切断了，以保持矢量的平衡。

他想起在那底下的一次次谈话和酒杯碰撞的叮当声响。"妈的。"他说。

"其他几根其实没什么区别你知道的管道工程和生命支持系统都是一样的。"

"我知道。"

"我们应该也不会缺食物或空气因为所有人都死了而——"

"我他妈知道。"布吕克斯吼道，森古普塔立刻沉默下去，他吃了一惊。

他叹息道："怎么说呢，这趟该死的血腥旅程中，我只有在食堂的那一丁点时间过得还算凑合，你明白吗？"

她好一会儿没说话；等她重新开口，布吕克斯没有听懂她在说什么。

"你说什么？"

"你经常和他在那底下聊天，"她喃喃道，"我知道但食堂在不在都不重要了因为他不下去了。他现在只是待在顶层舱一遍又一遍分析那些信号就好像他根本没离开伊卡洛斯……"

"他失去了儿子，"布吕克斯说，"那改变了他，他当然会被改变。"

"哦，对。"她的声音比耳语都轻。这个声音中的某些东西让布吕克斯怀念她标志性的鬣狗怪笑。"确实改变了他。"

*

找不到其他借口了。也没有其他事情可做。

他向上爬进轴心舱，突破天空钻进飞船的内脏：嘶嘶作响的支气管、纵横交错的椎骨、边缘笔直的肠道。他的动作像个老人，零重力、残存的麻痹和他从货舱气闸翻出来的宇航服合谋，把他的笨拙送上新高度。正前方，对接舱周围的智能涂料一如既往地用漫射光照亮周围的地貌。

这就是阴影会侵袭的地方，布吕克斯心想。货舱成为禁区，瓦莱丽的洞窟被切断舍弃，现在王冠号的其他角落都明亮得像是游泳池。阴影在那些地方没有卷土重来的机会。

它们没有其他地方可去……

"欢迎回到活人的国度。"

气闸的另一侧，吉姆·摩尔在梁架中缓缓转动。他的面部线条和肢体轮廓在日食中进进出出。

"这算是活着？"布吕克斯试着搭话。

"这是候选清单。"

他觉得他也许看见了一丝笑容。布吕克斯推动身体穿过顶层舱，从工具架上抽出一把焊枪：检查电量，掂量质量。吉姆·摩尔隔着一段距离望着他，阴影遮蔽了他的整张脸。

"呃，吉姆。关于——"

"敌占区，"摩尔说，"没用了。"

"是啊。"全世界五分之一的能源供应掌握在来自外太空的智能黏菌手中。布吕克斯不怎么想知道那个成本效益率。"但间接损失……"

摩尔转开视线。"他们能克服的。"

他也许是正确的。天火坠落让地球放慢了轻率追寻地外反物质的脚步；在这个犹如神祇的外星生命会随意现身和消失的宇宙里，绵延一点五亿公里的一条输电线实在过于脆弱了。反正还有备用措施，有核聚变和强制光合作用，有地热钉插进地壳深处，汲取创世的剩余热能。裤腰带会勒紧，生命会损失，但这个世界能凑合着过下去。我们一向如此：无论是乞丐还是挑挑拣拣的人，还是被宠坏了的贪得无厌的新生代，沉迷于他们的玩具和吞噬能量的虚拟世界。至少他们的空气是用之不竭的。他们不会在星辰间无尽的贫瘠荒原中被冻死。

摩尔如此热爱这个世界，他献出了他的独子。两次。

"总之，"摩尔又说，"咱们很快就会知道了。"

布吕克斯咬了会儿嘴唇。"具体是多久？"

"应该能在几周内回到家，"摩尔漠然道，"你去问森古普塔吧。"

"几周——但去程用了——"

"去程用的是燃料箱半满的 I-CAN[1]，而且把推进器保持在绝对最低限度上。现在靠纯粒子束核心反物质引擎推进。要是油门全开，咱们几天就能飞到地球。但速度会太快，就算到了也停不下来。等我们刹车的时候，到半人马座的路程都走完一半了。"

或者是两者之间的某个地方，布吕克斯心想。

他隔着船舱望向摩尔。摩尔像风车似的在光明与阴影中缓缓转动，他也望着布吕克斯。这次他的笑容既显而易见又高深莫测。

"别担心。"他说。

"担心什么？"

"我们不会去奥尔特云的。我不会带着你走上歧途，去绝望地搜寻我死去的儿子。"

"我——吉姆，我不是——"

"因为不需要。我儿子还活着。"

也许六个月前还活着。也许甚至现在也还活着。这个可能性应该存在。但六个月后就不可能了。因为遥传物质流已经中断，忒修斯号只能在黑暗中陷入冰封。

因为你切断了他们的生命线……

"吉姆……"

"我儿子还活着，"摩尔又说，"而且要回家了。"

布吕克斯沉默了好一会儿，然后问："你怎么知道？"

---

[1]　飞行器名称，其上装备了反物质催化微聚变引擎（Antimatter Catalyzed Micro Fission/Fusion，ACMF）。

"我就是知道。"

布吕克斯把焊枪从一只手推向另一只手，感受体外质量和惯性的坚实的现实性和体内疼痛的身体部件的脆弱性。"好吧。我，呃，我应该取些样本——"

"好的。森古普塔说什么黏菌入侵对吧。"

"检查一下总不会有坏处。"

"那是当然，"摩尔漫不经心地伸出一只手，把身体固定在收起来的梯子上，"所以太空服是你的安全套。"

"没必要冒险。"他望着身穿黄色纸质连体服的摩尔，上校的手裸露在外，抓着未经检验的区域。

"没戴头盔。"摩尔指出。

"因为没有必要出舱。"假如孔蛛是靠环境热能生存的，那就不可能在短时间内从舱壁吸收足够的热量，供它萌生出任何伪足。另外，布吕克斯觉得自己现在这个样子就够傻的了。

摩尔困惑地望着他，他把身体固定在舱口一侧，将激光束调到短距对焦。舱口边缘的智能涂料冒出火花，鼓起水泡。没有东西尖啸或退缩。金属器物没有突然伸出触手，疯狂挥动以保护自己。布吕克斯从焦痕外围刮取样本。他在几厘米外没烤过的表面上也取了个样。他有条不紊地围绕舱口每四十厘米左右取一个样。

"你会在我身上也来这么一下吗？"摩尔在他背后问道。

我应该这么做的。"我觉得现在还没这个必要。"

摩尔点点头，表情无动于衷："好的。要是你改了主意，你知道我在哪儿。"

布吕克斯微笑。

我希望我知道，我的朋友。真的希望我知道。

但我他妈根本毫无头绪。

离开顶层舱，回到轴心舱。

至少看上去像是轴心舱。也许有一层衬里。也许是一层皮肤。

穿过赤道，从冰封的北半球来到回旋的南半球。穿过格栅时尽量不要碰到它。

有可能正在看着我。我有可能正在游过一颗眼球。

别傻了，布吕克斯。孔蛛在伊卡洛斯待了好几年，你在那儿只待了三个星期。时间不够长，不可能长出足够的新皮肤去——

但有可能它没有长出新的衬里，有可能只是重新分配了既有的物质。有可能它把这几年的时间都耗费在培植备用的后生物质上，作为应对未来扩张的先期投资。

它不可能悄悄渗入前门，沿着咽喉钻进来，但不被任何人注意到。（此刻他在滑翔，从眼球和虹膜之间穿过：一个睁开，一个闭合，两者都是银色。两者都无法视物。）没有运动时排出的废热，没有物质聚集的警报——

有可能它移动得非常慢，混入了背景噪声。有可能它凑巧比我们更了解热力学定律……

顺着轮辐向下，重量渐渐增加，瞪大眼睛看戴着手套的手指握紧把手。提高警惕寻找太空服与脚蹬之间的细微菌丝。搜寻任何有可能存在的凝结水珠，搜寻表面张力构成的弯月面，它所掩盖的有可能是运动中的液膜。

你这是偏执狂。你这是在犯傻。这根本是对于一丝渺茫可能性的预防措施。就这么简单。

别陷得太深了，你是丹·布吕克斯。

你不是拉克什·森古普塔。

但造就她的正是你。

＊

他把样本放进固定托盘，听见她在储藏室里弄出的响动。他尽量不去理会她的脚步声和喃喃自语，让碎屑在隔离区内走完应有的全套流程。他屈服于重新苏醒的饥饿感，狼吞虎咽地吃下实验室生活舱的简陋厨房所能提供的食品，可惜他吞咽得不够快，无法忽略螺旋藻留下的余味。

但最后他还是认输了：摩尔不协调的冷漠态度从上方推动他，森古普塔强迫性的乱窜从下方吸引他。他向下爬出实验室，绕过森古普塔在他的帐篷旁搭建的巨大豆荚。驾驶员把感控中心投在两块耗尽肥力的太空草皮之间的赤裸舱壁上。荆棘王冠号在画面中实时转动，两条肢体从肘部被切断。按照这个速度损坏下去，布吕克斯自嘲地想，等我们回到地球，就只剩下三件太空服和一罐氧气了。

地图上有个小点：J. 摩尔安稳地悬浮在遥远的顶层舱里。其他读数在舱壁上组成了稀疏的拼贴画，布吕克斯并不完全理解它们，但很确定其中有一两个牵涉到阻断内部通信系统的信号源。

他的双脚落在甲板上，她转过身，期待地望着他的衣领。

"吉姆。"他说。

"对。"

"你说他——变了……"

"不用我说你自己也看见了自从我们离开近地轨道他就一直在变。"

布吕克斯摇摇头。"他之前只是——心不在焉。有心事。但没有妄想。"

森古普塔的手指扫过舱壁；文件列表一闪而过，布吕克斯根本看不清楚。"他在向奥尔特云发射信号你知道吗？甚至在我们离开地球前他就犯了法而天火坠落后的那个法根本就他妈是他协助制定的没人能逃脱惩罚但老兄，他毕竟是伟大的吉姆·摩尔他在——发送信息……"

"什么样的信息。"

"给忒修斯号的。"

"呃，这很正常吧。他是任务管控中心的人。"

"而它回话了。"

"拉克什啊，那又怎样呢？"

"它现在就在和他交谈，"森古普塔说。

"呃——什么？这么强的干扰下？"

"我们已经摆脱了太阳的随机噪声至少基本上摆脱了。但他一直在收集那些信号时间比你想象中长得多有些时间戳甚至来自七年前而且它们在改变。早期的信号全都只是遥测数据明白吗？也有很多音频日志但以数据为主，所有的传感器记录各种可能性分析一百万个不同的情境都是那个叫萨拉斯第的吸血鬼在他们接近目标的时候搞出来的。信号很密集全是噪声但数据流是冗余的所以用几个正确的过滤器就能搞出来明白吗？然后忒修斯失联了好一阵子没有任何消息然后就是这个——"

她沉默下去。

"拉克，然后怎么了？"布吕克斯轻声催促。

她深吸一口气。"然后出现了另一个信号。不是窄波束。是全方向的。横扫整个内太阳系。"

"他说过忒修斯号失联了，"布吕克斯回忆道，"他们进入奥尔特云，然后联系中断，所有人都知道。"

"他当然知道。这个信号非常弱而且衰减严重用上武器库里所有的过滤器和降噪算法也只能勉强分辨出来我猜要是你不知道它的存在就绝对不可能发现它但屠夫上校，老兄，他知道。他把它筛了出来，而它……它……"

她的手指在两人之间的空气中飞舞和抖动。极其轻微的随机噪音如轻风般飘过生活舱：一个遥远鬼魂的呻吟。

"就这个？"布吕克斯问。

"差不多，但再加上最后几个傅里叶变换，就——"

——变成了一个说话声：无力、微弱、没有性别。这个声音没有音色，没有韵律，字词背后听不出任何情绪。尘埃、距离和整个宇宙在微波背景中发出的隆隆喧嚣吞噬了它有可能蕴含的一切人性。剩下的只有字词本身，与其说是从噪声中恢复得到的，不如说是以其为材质建造的。虚空中的耳语：

想象你是席瑞·基顿。你在重生的剧痛中醒来……破纪录的睡眠，呼吸中止，整整一百四十……在待命好几个月之后，血管已经萎缩得不成样子……能感觉到你的血液在拼命往前挤，黏黏糊糊……你的身体痛苦地生长，逐渐膨胀：血管开始扩……血肉一点点剥落；肋骨突然噼啪……成全新的角度。你的关节久未使用，早已卡住。你好似木头人，冻结在……活尸僵状态中。你本想尖叫，只可惜喘不上气来。

生活舱陷入寂静。

过了很久，布吕克斯才低声说："这他妈是什么？"

"不知道，"森古普塔用手指敲打着大腿，"一个故事的开头。它一直在断断续续地传送，从时间戳看，每隔几年会发送一段。我也不知道有没有结束，我认为还在……进行中。"

"但这是什么——"

"我不知道，没听见吗？它在说席瑞·基顿。底下还有其他东西并不是文字但是我不知道。"

"不可能。"

"你或我认为他是不是席瑞·基顿并不重要。但你要知道他在和它交谈我认为他在和它交谈。"

我儿子还活着。

"那他就有得等了。假如信号真的来自奥尔特云，他在有可能得到回应前至少要等一年。"

森古普塔耸耸肩，望着舱壁。

他要回家了。

任何足够先进的科技都与大自然无异。

——卡尔·施罗德

无。

无。

无。

撕碎的晶格和断裂的纳米接线和被破坏的微二极管。被开膛破肚的智能涂料。没有其他的东西了。

四个小时以来，他一直在想象中演绎最糟糕的情境。孔蛛已经扩散到了王冠号内。孔蛛已经溢出了顶层舱。孔蛛已经无声无息地涂满了所有的舱壁和表面，覆盖了帐篷和船员的皮肤，包裹了他们从对接那一刻起放进嘴里的食物的每一个颗粒。孔蛛像第二层皮肤似的包裹着他；孔蛛在他的身体里，正在从外到内和从内到外度量、分析和侵蚀他。孔蛛无处不在。孔蛛就是一切。

胡扯。

他的新皮质很清楚这一点，但脑干劫持了它的洞见，把它们扭曲到了多疑的极点。无论孔蛛的最初起源在哪儿，建造它的都是遥传物质系统：激光把空白的凝集材料蚀刻成会思考的微膜，它策划和盘算，向着所有新的边疆扩散，就像一场认知瘟疫。无论它扩散得多么遥远，无论它渗透王冠号的程度是高还是低，一旦切断它与创生引擎之间的联系，它就不可能继续增长了。他们对接的时间没那么久，敌人顶多只可能渗透了前线的最表层。

样本是干净的。

但是，这无法证明任何结论。

它在伊卡洛斯号上像个捕兽夹似的突然闭合，但它在那里有无穷多的能量可供调配，还有八年时间供它学习如何使用那些能量。太阳能电池板上加个被动滤波器，窃取十万分之一的能量。一条短接的电线，用电火花加热周围的金属。它只需要做这么多就行了——然后就是时间，还有一点点布朗运动的能量来喂养它。

孔蛛发动袭击前，森古普塔随口说过一句什么来着？那里好像有点热……

他心想：不囤积能量，它是不可能突然冲刺的。也许它会在进攻前制造出一个能被探测到的热印记……

森古普塔的脑袋从地板下探进来。"找到什么了吗？"

她爬上甲板，布吕克斯摇摇头。

"但我有发现了。我知道该死的吸血鬼是怎么把你变成石头的了是你总比是我好，但很抱歉要是我没弄错也有可能是我或屠夫。我认为她对我们所有人都下手了。"

"她做了什么？"

"蟑螂，你害怕过吗？"

我有不害怕的时候吗？"拉克什，我们险些死了——"

"在那之前，"森古普塔前后摆动脑袋，"没有原因的害怕连去卫生间都害怕。"

有东西在他的胃里跳动。"你发现了什么？"

她把一个监控探头视频源投在墙上：这只眼睛在顶层舱里俯视，

视线穿过空荡荡的船舱，一直到通往轴心舱的舱口。森古普塔放大侧面次级气闸旁的一块舱壁。有人在那个表面上涂抹了某种象形文字，多种颜色的曲线和转角彼此纠缠，看上去像是立体派画家所演绎的极度简化的神经回路。

"我不记得见过那东西。"布吕克斯喃喃道。

"不你见过只是不记得了。它只持续了两百毫秒这个截屏纯属运气。你看见了但没有记住它吓得你魂不附体。"

"这会儿我并不害怕。"

"这只是一帧蟑螂是一个动画的一小部分但摄像头的扫描速度不够快所以现在已经消失了。我不得不像个傻逼似的筛查也只找到了这一丁点。"

他盯着图像：曲里拐弯的一小团线条和扭结，和手掌差不多等宽，像一幅抽象派涂鸦。从眼角偷瞥，它几乎具备了某种意义，就像一组几乎构成一个词语的字母；但你正眼去看，它就变得杂乱无章了。即便是从一个序列中抽出来的，即便是从斜向看见的，它也让他的大脑感到不舒服。

"她好像在画——帮派标志，"他轻声说，"在整艘船上。"

"不只这些你记得她移动的方式吗我说过我不喜欢她移动的方式还有咔咔嗒嗒的微小声音——妈的还有她袭击我那次后来我看见她在你耳边说话对你说了什么？"

"我——不知道，"布吕克斯忽然意识到，"我不记得了。"

"不你记得。就像布达佩斯那回，通过振动改变你的大脑线路就像排那几个啤酒杯很疯对吧？"森古普塔飞快地用力敲了三下她的太阳穴，"但甚至并不激我是说要听到一个字或者闻到一个屁你的大脑必须重新接线哪怕只是一丁点大脑就是这么工作的一切事物都会对你重新编程。她只是搞清楚了该在地上哪儿跺脚能让你收到指令就会动弹不得。发生在我身上也同样容易。"

"确实发生在你身上了，"布吕克斯说，"拉克，你为什么要攻击她？我在轴心舱里看见了你，你像疯狗一样扑向她。是什么控制了你？"

"我不知道就是她发出一些怪声惹得我特别生气我不由自主就上去了。"

"恐音症，"布吕克斯苦笑道，"她让你得了恐音症。"

西蒙·弗雷泽研究所的录像：瓦莱丽被捆在椅子上，手指轻敲扶手。那时候她就在这么做了。就连他们折磨她的时候，她却在——对他们重新编程……

他忍不住笑出了声。

"怎么了？"森古普塔说，"怎么了？"

"你知道好记性的秘诀吗？"他吞下又一声大笑，"有个东西会让海马体超频运转，比任何直接神经诱导都能更快更深地把印象烙在大脑里，你知道那是什么吗？"

"蟑螂你是发——"

"恐惧，"布吕克斯摇着头说，"她总是在扮演怪物。我以为她只是喜欢玩虐待狂的游戏，是吧？我以为她只是想吓唬我们。但她根本不是在——浪费生命。她只是在努力提高波特率[1]……"

森古普塔喷了一声，望着视窗。

他轻轻地哼了一声。"即便是在顶层舱里的那次，莉安娜和我——我们甚至没看见她，我们就是知道她在那上面，但是，拉克，我和莉安娜是面对面的。我和她都被自己左侧的东西吓住了，但我们是面对面的——"我们当然是面对面的，结论显而易见。之前我怎么就没想到呢？"我打赌她根本不在顶层舱，那只是——颞顶联

---

[1] 即调制速率，指的是有效数据讯号调制载波的速率，即单位时间内载波调制状态变化的次数。

合区产生的幻觉。夜魇。感官存在之类的鬼东西。"

"蟑螂记得,"森古普塔的声音近乎耳语,"蟑螂开始觉醒……"

"她操纵我们就像操纵棋子,"布吕克斯不知道他该感到敬畏还是惊恐,"自始至终……"

"除此之外,她还给我们编了什么程序?我们会开始看见并不存在的东西还是光着身子在船上走来走去?"

布吕克斯想了想。"我不认为会是这样。除非她用同样的方法入侵我们所有人。底层情绪?很容易。恐惧。欲望。共通的那些东西。"想到王冠号活下来的船员在重编程的控制下勃起和给奶头穿刺,他露出了狞笑。这会儿我的脑袋里可不需要这样的画面。"想改造更高级的行为,那就必须入侵影响人格形成的童年经历和特异化的记忆通道。个体差异太大,不存在通用的解法。"

森古普塔磕了磕牙齿。"老蟑螂居然教育起了小蟑螂。谁知道那——"

"但她无法入侵二分心智人。"他缓缓地说。

"什么?"

"那些招式利用的是传统的神经通路,对重整了大脑回路的人来说不起作用。她必须把他们除掉。"一千块碎片突然令人头晕目眩地落在了应有的位置上。"所以她才要突袭修道院,所以她没有只是带着一个提议去敲门。她想招惹他们,从而让外面注意到。她知道蟑螂们会做出什么样的反应,甚至具体化到了一种武器化的生物制剂,它足以致命,能让集群在行程中不来妨碍她,但又没有致命到足以完全破坏整个任务的地步。妈的。"想到这里,他倒吸了一口气。

"现在有一个问题。"森古普塔说。

我看到的全他妈是问题。"你说的是哪个问题?"

"她是吸血鬼是史前后人类两者合二为一。这些王八蛋能用心算解决 NP 完全问题能把我们当围棋下而她却蠢到会在咱们逃跑时被不小心关在船舱外？"

布吕克斯摇头，"她被烧死了。我亲眼看见的。你去问吉姆。"

"你去问他。"她转过身，他的脸刚从视野里消失，她就从甲板上抬起了视线。"去吧。他就在那上面。"

"不着急，"布吕克斯过了一会儿说，"等他下来的时候我再去找他。"

*

船尾方向，移植而来的遮光伞挡住了太阳：一个巨大的黑色护盾，灿烂的火焰依然时而喷出它的边缘。前方是群星：其中至少有一颗爬满了生命和混沌，但它过于遥远，尚无法吸引视线，与其说寄托着希望，更像是个假说，但他们正在接近它，越来越近了。这就足够了。

两者之间：

一条金属脊柱，支架如蛛网般包裹着它，长满了疙疙瘩瘩的金属肿瘤。轮辐、生活舱和截断的肢体朝着一个方向扫过天空；一根配重短棍朝着另一个方向转动，以平衡矢量。轴心舱。货舱：一个圆柱形的洞窟，在船尾方向紧邻护盾，尾端的边缘参差不齐，向着太空张开巨口。它曾经满载货物、元件和会思考的肿瘤；现在它塞满了数以吨计的铀、以微克计的珍贵反氢和庞大如房屋的超导环形线圈。

暗影比比皆是，呈现网状和锯齿状，来自上百个黯淡的光源——它们或者装饰在天线的顶端或控制面板的锁扣上，或者安装在半被遗忘的紧急气闸的舱门边缘上充当照明灯。森古普塔打开了每一盏灯，把亮度调到最高，但它们仅仅是路标，而不是探照灯：它们不但没有照亮黑暗，反而与黑暗形成了对比。

· 292 ·

不过这并不重要。她的无人机不需要光也能看见。

她没有使用标准的维修机器人，它们像蜘蛛似的在船身上爬行，修补、侦测和治疗微陨石留下的伤痕。她说它们太显眼了，太容易被入侵，因此她自己从零开始建造了一个。打印机仍然在修整后的货舱里嗡嗡运行，她用它远程打印了部件：把一台标准机器人拆掉以获得最关键的那点镧和铥，然后用王冠号的储备材料造出其他东西，整个过程就像耶和华吹气赋予泥土以生命。此刻它正在艰难地爬过由支架和电路组成的地貌，阴影和黑暗与十几个波长的伪彩色地图彼此叠加。

"有了！"许多个小时以来，森古普塔第四次叫道，然后又骂道，"妈的。"

只是又一个漏气点。布吕克斯现在已经懂得不去担心船体上的无数个孔眼了。荆棘王冠号就像一个筛子。绝大多数飞船都是这样。幸运的是，网眼都相当小：只要不被大于扁豆的物体直接击中，船内气压要过好几年才会显著下降。在需要担心窒息之前，他们大概早就死于饥饿或辐射病了。

"操他妈的又是一个泄漏点我发誓……"森古普塔的声音小了下去，然后重新响起，"等一等……"

在布吕克斯眼中，这些征兆没有任何区别：红外视图上最微不可查的一缕黄色，几百万个分子从某个较温暖的核心中流出，热量能勉强维持一两个瞬间。"看上去还是个微漏气点。比上一个还小。"

"对但你看它在哪儿。"

蝠翼支架中的一根，液滴散热器在那里从脊柱向外伸展。"所以？"

"那儿没有大气没有储槽也没有管线。"

一条长臂从近距离扫过，就像烛光照亮的风车的一叶。然后又是一条。

森古普塔自己倒腾了起来。她的木偶小心翼翼地选择路线，穿过黑暗的混杂地形。一个物体伏在前方的船壳上，可见的轮廓被阴影埋没。红外视图只显示出那团在船身上散逸的朦胧微星云。

热辐射是无法屏蔽的，布吕克斯心想，只要你是恒温动物就不可能。"那算不上是个热踪迹——"

"对蟑螂来说肯定不算。但假如你能自我休眠几十年就算了……"

"用激光雷达扫一下。"

森古普塔来回摆动头部。"不可能没有任何活动有可能是陷阱。"

不可能是她，布吕克斯对自己说。我亲眼看见她烧成了灰……"星光增强呢？"他问。

"我正在使用星光增强必须再靠近一点。"

"但假如她是靠活动感应器触发的——"

"接近警报我知道"——森古普塔点点头，手指点来点去，眼睛盯着猎物——"但那样肯定会有活动而我会捕捉到信号。另外我也藏得很好。"

确实如此：机器人的眼睛看见的更多的是支架和金属镀层，而不是阴影中的阴影。森古普塔低着头慢慢靠近目标。此刻他们只能看见一个格栅小丘耸立在正前方。

"拐过这个弯就到了，现在应该可以了。"

无人机喷出氢气，缓缓飘出暗处。除了红外视图上那一抹无定形的黄色，依然什么都没有。

但是在星光增强视图上：一个银色的躯体，双腿伸直，双臂展开，固定在船身上。高能光子把躯体映照成一块块：镜面织物的隆起处在千年前发出的星光下闪闪发亮，褶皱吞没了质地或结构的一切线索。太空服由明亮的条带与黑暗的缺失拼接而成，这个外壳里是一具碎烂的木乃伊，它的缠带被扯掉了一半，底下什么都没有。不过右肩上闪着白色的清晰光芒：那是个双 E 徽标，吹嘘着极端环境公司保护装备那无与伦比的优秀质量；还有一个可编程姓名牌，能够方便地显示多名使用者的身份。

卢特罗特。

不可能，布吕克斯心想。我看见她了，她死了，她的面罩变成了碎片。她不是失去了知觉，不是陷入了昏厥。我看见的不是她，那个捶打舱门、苏醒过来逃命的人不是她。这个在慌乱中没有注意到自己穿着别人的太空服的人不是她。我们没有扔下莉安娜让她被活活烧死，而是瓦莱丽。只可能是瓦莱丽。我们抛弃的都是已经死去的人。

我们不可能做出那种事。

森古普塔发出的声音介于大笑和癔症发作之间。"我说过了我说过了我说过了。她绝对不愚蠢。她知道她在干什么。"

她一直在外面，布吕克斯心想。躲在那儿。我不可能发现她的。我根本就不可能去看。

也许孔蛛也躲在什么地方。也许我只是找得不够仔细。

"咱们必须告诉吉姆。"他说。

*

"真是开眼界了。"摩尔说。

莉安娜的太空服在圆顶上闪耀，那是一张快照，拍摄于森古普塔因为担心会触发警报而收回无人机之前。不过实时拍摄也不会比这张照片更具有活力。

"那是瓦莱丽是他妈的瓦莱丽——"

"显然如此。"

这不可能，布吕克斯第一千次心想，他脑海里的声音每次重复都会变得更无力一些，到现在已经几近耳语。

"我说过了，我们不能信任——"

"这会儿她看上去没什么伤害性。"上校说。

"没伤害性个屁你不记得她干了什——"

摩尔打断她："那件太空服不可能维持活动的新陈代谢一路回到地球，也没有任何章鱼装备的迹象。她在回程中进入了不死人状态。多半打算等咱们停泊在近地轨道上，然后再复苏和跳船。提前醒来除了消耗氧气不会有任何好处。"

"很好要我说咱们给机器人装上牙齿趁现在还有机会把她像藤壶似的从船上刮掉。"

"你请便，只要你认为她没为这种情况设置过任何防御措施。只要你确定船壳上没被装上诡雷，比方说一毫微克的反物质，假如有任何东西打扰她的睡眠，就把飞船炸出个大窟窿来。我猜你早就意识到了她很聪明。你撤回无人机的动作肯定够快。"

她犹豫了。"那咱们该怎么做？"

"她在等咱们停船，那咱们就不停船，"摩尔耸耸肩，"咱们自己跳船，让王冠号在重入大气层的时候烧成灰。"

"然后呢骑着一颗路过的通信卫星穿过大气层回家？要是咱们带上一艘交通艇就好了但没人跟我说过。"

"一次只考虑一件事。现在你继续让机器人在船身上爬一遍，以免她还打了什么其他埋伏。要是二位不介意——"他沿着自己的轴心转动，然后将身体推离甲板——"我还有自己的事情要做。"

他钻进顶层舱消失了。布吕克斯和森古普塔留在镜球旁。瓦莱丽潜伏在船身上某个偏僻角落的暗影中，披着抢来的皮囊，一动不动地躺着。

"她的目的是什么呢？"布吕克斯很想知道。

"我猜和他们其他人一样触碰神的面容。"

共同的敌人，他想了起来。"从她屠杀二分人的那一刻开始，敌人的敌人是朋友这种屁话就被冲进了下水道。无论那是什么，她都不想和其他人分享。"

"她有关于神的计划行吧他们都有计划。只可惜神对他们也有自己的计划。"

也许她觉得只是触碰神的面容还不够。也许她想把神当作宠物带回家。也许，我们发疯般地搜寻孔蛛的时候，它一直就在这儿，只是被封在了一个密封袋里。

又是一个烧掉这艘船的好理由——就好像我们真的需要理由似的。

"无论那些计划是什么，"他说，"它们都死翘翘了。"

"唔，你是这么认为的吗？"

"吉姆的——"

"哦吉姆真是个好说辞。因为吸血鬼的计划肯定比不上蟑螂的对吧？那你说一说她是怎么逃出来的？她为什么不是被捆在椅子里在西蒙·弗雷泽大学解决难题？"

每一个从垃圾场收回来的吸血鬼都严格地和同类隔离，生活环境从各方各面都受到规制和监控。他们被十字架和直角束缚，生命依赖于精确配给的药物，免得他们看见一个窗框就开始抽搐。这些生物尽管有着令人恐惧的力量和智慧，但在城市街道上只要睁开眼睛就会倒地不起。

瓦莱丽，在某个晚上愉快地走出牢笼，来到当地的酒吧里，吓得猎物们屁滚尿流，然后又施施然地走了回去，仅仅是为了显示她有这个能力。

"我不知道。"布吕克斯承认道。

"我知道，"她使劲一点头，"那所实验室除了她还有三个吸血鬼他们是同谋。"

他摇摇头。"他们从没见过面。吸血鬼甚至不被允许在同一个时间出现在一幢楼的同一侧，更别说同一个房间里。另外，就算他们见过面，他们更有可能去做的是撕开彼此的喉咙，而不是商量逃跑计划。"

"呵呵可是他们就是制订了计划但每个人都是单独行动的。"

布吕克斯觉得反驳的话都到嘴边了，但就在这时，他想通了。

"妈的。"他说。

"对。"

"你说他们就是知道其他人会怎么做。他们只是——"

"小个子红毛猎物的呼吸频率增加与过去两百次呼吸间的同种相遇一致，"森古普塔念诵道，"东南走廊是公共的因此可以排除；同种个体必定在不多于一百二十五次呼吸前沿着北通道移动了二十米。诸如此类。"

每一次主人驱赶他们从实验室去牢房和会议室的路上，各个个体都在观察最微不足道的行为征兆和最不起眼的建筑细节。每个个体都能推断出其他个体的存在和方位，独立计算出由 X 个体在 Y 地点于 Z 时间发动叛乱的最优配置。然后他们完全同步地开始行动，并且知道从没见过面的其他个体会推演出同样的方案。

"你是怎么知道的？"他低声说。

"只是唯一的可能我试过从其他所有角度推测这个结果只有这个模型完全说得通。你们蟑螂没有任何机会。"

我的天哪，布吕克斯心想。

"非常了不起的破局，对吧？"森古普塔的声音里交织着敬佩和恐惧，"要是那些怪物可以忍受一起待在同一个房间里你能想象他们会做出什么事情来吗？"

他摇了摇头，他依然惊魂未定，还在尝试理解这一切。"所以我们才要确保他们不会见面。"

"怎么确保？我认为他们就是怎么说呢，特别有领地意识。"

"领地意识不可能有那么强。肯定有人增强了他们的反应，以免他们联合起来对付我们，"布吕克斯耸耸肩，"就像十字架障碍，不过是——存心造成的。"

"你怎么知道的我没在其他地方看到过这说法。"

"拉克，就像你说过的：只有这个模型完全说得通。否则的话，假如他们的本能反应是一见面就杀个你死我活，那么这条血脉怎么可能繁衍呢？就叫它'分而治之障碍'好了，"他苦笑，"唉，我们真厉害。"

"他们更厉害，"森古普塔说，"你看我不在乎屠夫认为那东西有多么孤立无援我他妈会目不转睛地盯着它。另外我在用防火墙隔离舰载的所有应用和我能找到的所有子程序直到我挨个检查完里面有没有逻辑炸弹。"

真是个打发周末时光的好节目。他大声问："还有什么？"

"不知道我正在研究但我怎么知道她没料到我能想到的一切点子呢？无论我怎么做都有可能一头撞进她怀里。"

"唔，首先，"布吕克斯建议道，"把气闸焊死如何？金属板是黑不掉的。"

森古普塔把视线从地平线上移开，转过身来。布吕克斯有一瞬间甚至觉得她也许会看他一眼。

"等到要下船的时候，咱们切出一个洞来，"他继续道，"或者炸出一个来。我猜这艘飞船不是租来的。不过就算是租来的，押金恐怕也早就赔光了。"

他习惯性地等待被否定。

"这是个好主意，"森古普塔最后说，"基准人类的蛮力思路我自己应该想到的。去他妈的安全规程。我去焊货舱和轮辐，顶层舱交给你了。"

*

对接舱不肯被焊死：它的反应能力太高，几乎具有生物体的本能反射。咬死的时候，它能承受激光的近距离直射，同时依然能像眼睛在适应黑暗似的根据指令扩大。布吕克斯不得不就地取材，他从顶层舱的框架上取下舱壁隔板，把它们焊接在气闸的内壁上。

吉姆·摩尔在他身旁冒了出来，一言不发地帮他把隔板放到位置上。"谢谢。"布吕克斯嘟囔道。

摩尔点点头。"好主意。不过你可以制造一个更好的——"

"我们尽量用低科技。以免瓦莱丽黑了制造器。"

"哦，"上校点点头，"看来是拉克什的主意。"

"嗯哼。"

摩尔平稳地扶住隔板的一头，布吕克斯调整激光的焦点。"那家伙有很严重的信任问题。她非常不喜欢我。"

"不能怪她——考虑到你们这些人是怎么操控她的，"布吕克斯瞄准锁眼发射激光。焊枪顶端之下，金属发出太阳般的强光，伴随着电流的噼啪声；还好透镜场把刺眼的光芒减弱到了烛光的亮度。金属蒸汽的气味刺激着布吕克斯的鼻窦。

"我不认为她知道，"摩尔淡然道，"再说负责她的也不是我。"

"反正是你这种人。"瞄准，开火，噼啪。

"未必。"

布吕克斯从焊枪上抬起头。吉姆·摩尔不动声色地和他对视。

"吉姆，你说过那是个什么机制。驱使他们服务他们再过一千年也不可能支持的计划，忘记了吗？有人想出了这个点子。"

"也许有，也许没有。"摩尔的目光焦点位于布吕克斯左肩后的某处。

你的灵魂根本不在这儿，布吕克斯心想。即便是此刻，半个你也沉迷于某种——降神会……

"还存在另一个完整的网络，"摩尔说，"与所有的计算云不相关，与它们互动的方式就像——我说不清楚，也许就像暗物质与重子物质的互动。弱效应，而且非常微妙。极难追踪，但无所不在。对于我们用来调配力量的那种调整来说极为理想。但是，丹尼尔，你知道它最了不起的一点是什么吗？"

"说吧。"

"据我们所知，没人建造过那个鬼东西。我们只是发现了它，利用它实现我们的目标。理论家认为它有可能是网络化社交体系的一个涌现属性。就像你妻子的超意识网络。"

"嗯哼。"布吕克斯过了一会儿说。

"你不相信。"

他摇摇头。"一个隐蔽的超网络，刚好适合用来操控某些小卒，他们刚好拥有适合军事应用的特定技能集。而这东西又刚好是自我涌现的？"

摩尔微微一笑。"当然了。任何复杂的微调系统都不可能是自己演化出来的。肯定有人创造了它。"

呜呼，布吕克斯心想。

"我承认我听到过这种论调，"摩尔说，"只是没想到连一位生物学家也会这么说。"

显而易见，半个他就足够应付他了。

工具的开发先于其拥有者的需要

——阿尔弗雷德·拉塞尔·华莱士

他被急促的呼吸声吵醒。影子在帐篷的皮肤上移动。

"拉克？"

门从正中间自上而下劈开。她爬进帐篷，像是伤心的婴儿返回子宫。即便在他的帐篷里，面颊贴着下颌，她也不肯看他的脸；她蠕动着转过去，背对着他躺下，蜷成一团，攥紧了两个拳头。

"呃……"布吕克斯开口道。

"我说过我不喜欢他从来不喜欢现在你看看，"森古普塔轻声说，"蟑螂我们不能信任他，我从来就不喜欢他但你可以依靠他至少你知道他的立场。现在他已经——完全不在了。我已经不知道他到底站哪儿了。"

"他失去了儿子。他为此责备自己。不同的人会用不同的方式处理这种事。"

"没这么简单他许多年前就失去了他的孩子。"

"但那次他们把他救了回来——尽管不完美，尽管只是一小段时间。你能想象那是个什么感觉吗——你失去了你所爱的一个人，你尽量消化那种痛苦，结果却发现他还在某个地方活着，他还在发出声音，他是不是在和你说话、说话的那个人还是不是他，这都不重要，重要的是这是新信息，你不是在玩模拟，或者沉迷于同一段旧录像，她真的还活着，而且——"

他止住了话头，思考她有没有注意到。

我可以把她救回来，他对自己说。也许不是肉体的那个她，也未必是在现实世界中，但至少是在现实时间中，总好过吉姆紧抱着不放的这个仿佛来自地府的微弱独白。我只需要敲一敲天堂的大门……

但那正是他发誓他绝对不会去做的一件事。

"他说席瑞还活着，"森古普塔悄声说，"说他要回家了。"

"也许是真的。播送里的那个片段，就在一开始的时候，你知道吗？那口棺材。"

她用手指抚过帐篷的内壁，文字在其尾迹中自行浮现：视角是很重要的：此刻我明白这一点了，因为我眼前一片漆黑，口中自言自语，困在一口棺材里从太阳系边缘下落。

布吕克斯点点头。"就是这段。假如你从字面意义理解这段话，那他就已经不在忒修斯号上了。"

"救生船，"森古普塔说，"交通艇。"

"听上去他在向内惯性滑行。他要飞不知道多少年，但船上应该有冬眠舱，"他把一只手放在她的肩膀上，"也许吉姆没有错，也许他儿子真的要回家了。"

他躺在那儿，呼吸机油、霉菌、塑料和汗水的气味，望着他的呼吸吹动她的头发。

"有东西要来地球，"她最后说，"但不一定是席瑞。"

"为什么这么说？"

"它说话的方式怎么听都不对劲语言模式里的那种抽动它一直

说想象你是这个想象你是那个它听上去特别递归有时候听上去像是在尝试运行某种模型……"

想象你是席瑞·基顿。同一个信号里后来采集到的另一句话：想象你是一台机器。

"是文学修辞手段。他想说得有诗意一点。把自己放在角色的位置上，诸如此类的。"

"你为什么要把自己放在自己的位置上呢你为什么要想象如果是你会是个什么感觉呢？"她摇了摇头，用一次猛烈的小小抽搐表示否定，"那么多的样条拟合过滤器和近邻成分析它们抹掉的东西太多了明白吗，没有它们你就听不见那些字词但不去掉它们你就听不见说话的声音。于是我回溯所有的步骤寻找某个也许能让你听清楚的最优点我不知道我能不能做到信号太弱了噪声太他妈多了但在四十七分钟的地方有个极短的时刻你分辨不出字词但算是能分辨出声音，我不确定你不可能确定但我认为泛音不对劲。"

"怎么个不对劲？"

"席瑞·基顿是男的，我不认为这是个男人。"

"是个女人的声音？"

"也许是女人——要是我们运气好。"

"你到底在说什么，拉克什？你想说那不是人类？"

"我不知道我不知道但感觉就是不对劲万一那不是——文学修辞手段呢万一那是某种模拟呢？万一那儿有个东西在按字面意思试图想象身为席瑞·基顿是个什么感觉呢？"

"神的声音。"布吕克斯喃喃道。

"我不知道真的不知道。但无论那是什么它都钓上了一个大脑里有僵尸开关的杀人机器。我不知道为什么但我看见黑客入侵总是能认出来的。"

"它怎么可能入侵他的大脑，那需要对他有足够的了解。它甚至不该知道他的存在。"

"它肯定了解席瑞而席瑞了解他。也许这就够了。"

"我不确定，"他过了一会儿说，"在六个月时延的情况下黑进一个人类的意识，这似乎——"

"你摸够了吧。"她说。

"什么？"

她从肩膀上甩掉他的手。"我知道你们凡人喜欢亲亲摸摸用肉体性交什么的但我们其他人不需要别人帮我们发泄希望你不介意。我想待在这儿但你别胡思乱想可以吗？"

"呃，这是我的——"

"什么？"她背对着他说。

"没什么。"他躺了回去，转动身体，用后背靠着帐篷的内壁。两人之间留下了三十厘米的空隙。他甚至可以睡觉，只要两个人都不翻身就行。

但他一点都不困。

拉克什也没有睡。她在抚弄帐篷被她征用的那一侧，在内壁上调出一场场微小的光影秀：镜头瞄准梁架拉开王冠号的动画视图，J. 摩尔在那里或者紧抱着一个幽灵不肯放手，或者被不可知的异类计划操纵着跳舞，或者两者同时；无人机在搜寻反制措施时跨越的金属地貌；休眠怪物躲在阴影里散发的一团微不可查的红外污迹。其实没有任何地方是安全的，布吕克斯心想。还不如用人数来伪造你想要的安全。朋友的陪伴，宠物的体温，其实是一样的；重要的是有个身体供你偎依去度过漫漫长夜，借此给脑干带去一点简单的慰藉。

森古普塔把脸侧过来一点点，只露出颧骨和部分被遮住的鼻尖。"蟑螂？"

"说真的，我希望你能别那么叫我。"

"你之前说的，关于失去所爱的人。不同的人会用不同的方式处理你是这么说的对吧？"

"对，我这么说过。"

"你是怎么处理的？"

"我——"他不确定该怎么回答，"也许有朝一日你失去的人会回来。也许有朝一日别人会填补同一个位置。"

森古普塔轻轻地哼了一声，其中有着他听惯了的嘲讽的余响："你就只是坐着傻等？"

"不——我继续过我的生活。做其他事情，"布吕克斯摇摇头，隐约有点生气，"我觉得你可以定制一个感控玩伴——"

"别他妈教训我该怎么做。"

布吕克斯咬住嘴唇。"对不起。"

愚蠢的老家伙。你知道痛点在哪儿，但忍不住就是要去碰。

屠夫上校的疯狂程度与日俱增，瓦莱丽在等待向猎物痛下杀手，幽灵在太空中徘徊，不确定的命运即将降临，但这一切也有光明的一面：至少拉克什不再针对他了。他思考着这个念头，惊讶于森古普塔在他个人的恐惧等级中竟然高居其上。归根结底，她只是个人类。手无寸铁的血肉之躯。她不是史前噩梦或外星变形怪，不是神祇或魔鬼。她只是个孩子，甚至称得上朋友——假如她还能用这些概念思考。一个无辜的人，甚至不知道他的秘密。和怪物、肿瘤与位于毁灭边缘的整个世界相比，拉克什·森古普塔算是个什么角色呢？比起从四面八方逼近的其他恐怖之物，她那点宿怨算得了什么呢？

当然了，这只是个修辞性的设问。宇宙确实充满了恐怖之物。

而只有她是他亲手为自己制造的。

他本人的狩猎并不顺利。

孔蛛这个目标自然不像丹尼尔·布吕克斯那么明显。布吕克斯无法靠舱壁原子在室温下震动产生的环境热能而生存，无法把自己平展成一张纸，然后裹在水管上，借此掩饰那一丁点微不足道的热印记。他思考过反照率和分光法，考虑过制作一个针对极短波的探测器，它也许能够拾取孔蛛用来交谈的衍射光栅（也许那也是它的伪装手段），但他自制的探测器没有发现任何端倪。这未必就意味着此路不通，也许只说明孔蛛躲藏在王冠号的无穷分形地貌之中，那些洞眼和缝隙对机器人和人类来说都过于微小。

他几乎可以确定假如它想公然发动攻击，就不可能不泄露一些征兆：肌肉类似物蓄力时的热信号；足以在某个给定坐标集上搭建附肢的物质重新分配。然而，它有可能在某种后生物学的基准状态下运行，靠真基质的原始物质到假基质的超导智能转换时的微弱能量共鸣供给能量。要是二分心智人的计算准确无误，它在那个模式下就可以永远思考和策划。它可以躲藏。

他发现得越少，他就越发害怕。直觉告诉他，附近有什么东西在观察他。

"飞船的杂讯太他妈多了，"他向森古普塔坦陈，"热力学方面的，形变方面的。孔蛛有可能在任何一个地方，有可能无处不在。我们怎么可能知道呢？"

"不可能。"她对他说。

"你凭什么这么确定？之前警告我的就是你——"

"没错我认为它有可能进来了。也许它真的进来了。但还没到无处不在的地步它不可能包裹所有东西。它没有把咱们吞掉。"

"你怎么知道？"

"它想把咱们留在伊卡洛斯。假如我们还在它里面它就不会阻止我们离开。它并不是无所不在的。"

他思考片刻。"但还是有可能在任何一个地方。"

"对。但不足以占领飞船，只是——少许一点。迷失而孤独。"

她的声音里有些什么情绪，几乎像是怜悯。

"唔好吧为什么不呢？"她问，尽管他并没有开口，"我们知道那是个什么感觉。"

*

顺着脊柱向上，穿过南半球的旋转巨碗，再向上穿过右舷的兔子洞，镜球在他左侧闪闪发亮：丹尼尔·布吕克斯，完美的寄生虫，终于在荆棘王冠号无重力的肠道里回到了家。"我计算了三遍。我不认为孔蛛——"

他突然停下了。他的脸在半个天穹上向下俯视。

哦，妈的——

拉克什·森古普塔出现在视野边缘，是一团模糊的动作和色彩，与其说是看见的，不如说是感觉到的。他只需要转一下头，她就会进入焦点。

她知道了她知道了她知道了——

"我找到那个混球了。"她说，声音里有鲜血和胜利，还有可怕的承诺。他无法鼓起勇气去面对她。他只能望着前方那张控诉他有罪的照片，看着他的个人与职业生涯滚过天空，一段又一段的内容巨大如黄道十二宫：法庭证词、论文目录、家庭住址，已经进入天堂的罗娜，他三年级时获得的该死的游泳证书。

"这就是他。就是这个混蛋害死了我的——害死了七千四百八十二个人。丹尼尔·布吕克斯。"

她说话不再像是拉克什·森古普塔，他意识到某种可怖之处，她说话像是完全变了一个人。

"我说过我会找到他的。我找到他了。你看。他。就是。"

她的语气好像湿婆，该死的毁灭之神。

他悬浮在半空中，就像罪犯被逮了个正着，等待致命一击的到来。

"现在我知道他是谁了，"湿婆继续道，"我要活得比船壳上的那个怪物更久，我要活得比屠夫上校脑袋里的怪物更久，我一定要返回地球。然后我要找到这个狗娘养的，让他后悔自己为什么要出生。"

等等，什么——？

他强迫自己脱离瘫痪状态。他转动头部。他的驾驶员，他唯一的知己，发誓要报复他的女神，她出现在视线的焦点里。他本人的罪恶形象照亮了她仰起来对着天穹的面部。

她侧着头看了他一眼，嘴唇分开，露出一个会让瓦莱丽感到自豪的笑容。"想陪我一起走这一趟吗？"

她在戏弄我？这是某种扭曲的——

"呃，拉克什——"他咳嗽一声，清了清比普赖恩维尔沙漠还要干的喉咙，然后重新开口，"我不确定——"

不等他说完，她就抬起了一只手。"我知道，我知道。轻重缓急。先数小鸡[1]。我们还有其他的事情要做。但我有几个朋友被一伙冲锋队消灭了因为他们黑了某个参议员的日记然后这个混球搞出了四位数的伤亡同一伙冲锋队却开始保护他，你明白我的意思对吧。所以，对，飞船上有吸血鬼和外星黏菌而一整个地球都在从接缝上崩溃但我对这一切都无能为力。"她盯着地面，手指着天空。"但对

---

[1] 谚语，鸡蛋未孵出，先别数小鸡。意为不要高兴太早。

这个我能做些事情。"

你不知道我是谁。我就站在你面前，你把我悲惨的整个人生都挖掘了出来，你却没有把我和那个人联系在一起，你怎么就无法把两者联系在一起呢？

"为社会方程式找回一丁点平衡。"

也许就是因为视线接触的问题。他忍住了歇斯底里的咯咯怪笑。也许她在肉体空间中从来没正眼看过我……

"任何地方都他妈不存在公平，除非你为自己伸张正义。"

哇噢，布吕克斯心想，内心有一丝惊讶。吉姆和他那些互不相关的网络。他们真的捏住了你的命脉。

但你为什么没有捏住我的？

*

"他们对她做了什么？她为什么没能认出我来？"

"做了什么？"摩尔摇摇头，倦怠的双眼底下挤出半个笑容，"孩子，他们什么都没做。没人做任何事情，我们早就结束了……"

顶层舱永远光线昏暗，更适合摩尔和他脑海里的幻象做伴。他在半昏暗之中是朦胧可见的半个人影，一只手慵懒地在半空中画圈，另外三条肢体都缠绕着梁架。就好像王冠号正在把他吸收进她的骨骼，就好像他是某种退化的寄生性鲅鳒鱼，与一个怪诞的伴侣融合成了一体。陈旧的汗水和荷尔蒙的气味像裹尸布一样在他周围飘荡。

"她挖出了布里奇波特的事情，"布吕克斯从齿缝里说，"她挖出了我的资料，她把我的个人情况全都铺在屏幕上，却没有认出我是谁。"

"哦，那个。"摩尔只说了三个字。

"这超出了用一点微调保护国家机密的范畴。他们到底做了什么？你们到底做了什么？"

摩尔皱起眉头，这是个已经忘记了几秒钟前发生了什么的老人。"我——我什么都没做过。我这是第一次听说。她肯定有个过滤器。"

"过滤器。"

"认知过滤器，"上校点点头，完整的过程性记忆在朽败的事件性记忆中启动，"选择性地干扰梭状回 [1] 的面部识别湿件。她能看清楚你的样子，只是在特定的……环境中无法识别你。触发失认症。甚至会弄错你的名字的发音……"

"我知道认知过滤器是什么。我想知道的是为什么，没人知道我会登上这艘该死的船，为什么会有人煞费苦心地让拉克什认不出我来。我只是在休假，而一群后人类凑巧选了同一片沙漠决斗，对吧？因为我只是凑巧在错误的时间出现在了错误的地点。"

"我一直在想你什么时候会想通，"摩尔心不在焉地说，"我以为说不定有人破坏了你的认知能力。"

布吕克斯一拳打在他脸上。

至少他想这么做来着。不知怎的，这一拳没有击中目标；不知怎的，摩尔出现在一瞬前所在之处的稍左一点，拳头像活塞似的捣在布吕克斯的横膈膜上。布吕克斯向后飞去，后脑勺磕在一个棱角太多、缓冲力不够的东西上。他弯下腰，无法呼吸，悬浮物在脑袋里搅动。

"一个手无寸铁、没有战斗经验的生物学家，攻击一个在战场上待了三十年、线粒体数量比你多一倍的职业士兵，"摩尔看着布吕克斯挣扎喘息，"这恐怕不是个好主意。"

布吕克斯捂着腹部，望向船舱的对面。摩尔也望着他，那双眼睛在他的爆发后似乎稍微有了点神采。

---

[1]　位于大脑视觉联合皮层中底面，负责面部识别和物体次级分类识别。

"从多久以前，吉姆？他们是不是在我的收件箱里投放了潜意识暗示，确保我会选择普赖恩维尔？他们是不是害得我搞砸模拟，杀死那么多的人，好让我觉得有必要去避世一段时间？他们为什么要让我一起去？一伙超智能肿瘤有什么理由非要带上一只蟑螂去执行他们的秘密任务？"

"你是活人，"摩尔说，"他们不是。"

"这个理由不够好。"

"好吧，我们是活人。你越接近基准人类，从这次任务中活下来的可能性就越高。"

"这话你说给莉安娜去听。"

"没这个必要。丹尼尔，我跟你说过了，叫你蟑螂并不是一种侮辱。哺乳类动物造出核弹之后，我们依然活得好好的，我们拥有超级简化的系统，这个系统简单得可怕，几乎能在所有的环境中运行。在会思考的肉体之中，我们就像该死的卡拉什尼科夫冲锋枪[1]。"

"也许根本不是因为二分人，"布吕克斯说，"也许我就是森古普塔的报酬。你们就是这么运作的，对吧？你们以意识形态做价，你们剥削激情。森古普塔完成她的工作，你们就摘掉她的眼罩，释放她的复仇怒火。"

"不是这样的。"摩尔轻声说。

"你怎么能确定呢？也许你根本不在决策圈里，也许那些不相关的潜网也在操控你，就像你以为你在操控拉克什那样。你以为全地球的人都是木偶，只有吉姆·摩尔上校是个例外？"

"你真的认为这个情境有可能发生吗？"

"情境？我连目标都他妈不知道是什么！无论幕后的黑手是谁，

---

[1] 即 AK-47，以简单耐用而著称。

除了在离家一点五亿公里的地方险些被杀，你说我们还做到了什么？"

摩尔耸耸肩。"只有神才知道。"

"哦，说得非常好。"

"丹尼尔，你到底要我说什么？无论你想给我安上什么马基雅维利式的动机，我都不比你更清楚究竟发生了什么。二分心智教会能在从室女座超星系团到抽水马桶的一切东西中看见神的存在。谁知道他们为什么要我们上船呢？至于拉克什的过滤器——你怎么知道不是你们自己人做的呢？"

"我们自己人？"

"公关部。教师事务部。你们学术机构用来不让脏事暴露在公众视线下的部门。布里奇波特之后，他们做了很多擦屁股的事情；你怎么知道对拉克什的调整不是一点保险措施呢？比如说先发制人的损害控制？"

"我——"他确实无法确定。他从没想到过这个念头。

"但还是无法解释她和我为什么会参加同一个任务。"他最后说。

"为什么，"上校轻声嗤笑，"要是能知道咱们干了什么都已经算是咱们运气好了。任何简单得连咱们都能有意识地理解的原因都肯定是错误的。"

"反正缓存空间就是不够。"布吕克斯恼恨地说。

摩尔侧了侧头。

"所以还就是神的旨意。所有的增强，所有的科技，四百年的所谓启蒙，兜兜转转到最后，还是回到了神的旨意上。"

"据我们所知，"摩尔说，"你出现在任务团队里是神最不想看见的结果。也许这就是重点所在。"

森古普塔的声音在他脑海里响起：也许崇拜。也许消灭。

吉姆·摩尔把自己和梁架分开，像蜘蛛一样在顶层舱里爬行，动作慵懒，几近漠然。即便在这里人造的微光中，布吕克斯也能看见他眼神的缓慢变化，焦点一步步变深：先是进入布吕克斯的眼睛，然后穿过他；穿过舱壁，穿过船身；越过行星和黄道带，越过矮行星、彗星和海王星外天体，一直飘向隐藏于群星之间的某个不可见的黑暗巨物。

他又走了，他心想，但并没有完全离开。摩尔把遥远的视线从布吕克斯的脸上放下来，拿起他的手，指着布吕克斯先前没有注意到的一块色斑。

"另一个肿瘤。"布吕克斯说，而摩尔在无穷远处点点头：

"不该长的那种。"

*

太阳在他们背后变得很小了，他们舍弃了遮光伞。前方，就在偏右几度的地方，地球从零维变成了灰色的小点，在船上人工规定的每一天里朝着十二点方向无穷接近。太阳风不再在每一个频段上咆哮；它断断续续，嘶嘶作响，让位给了其他声音，那些声音无比微弱，但更接近他们的耳朵。吉姆·摩尔继续靠承载着他儿子的存档为食；森古普塔从噪音中榨出信号，坚持认为其中还蕴含着其他模式，只需要破译出来就行了。

但自称席瑞·基顿的鬼魂只是太空中的一个声音。还存在其他的声音——对布吕克斯来说，实在太多了。

他们匆匆逃离的那个世界几乎没有声音，被天空中燃烧的幽灵军队的记忆吓得噤若寒蝉。但声音现在回来了：加密数据连绵不断的咔咔声仿佛机关枪开火；六百兆赫兹波段上闪烁的模糊面容和风景；载波在重新苏醒的频段上嘶嘶作响，名义上是开放的，但暂时缄默不言，像是在等待发令枪打响。无数种语言，无数个信息。天气报告，随机噪音侵蚀新闻播报，将散落在各大洲的无数家庭连接在一起的个人通话。这些信号的内容远没有它们的存在那么令人不安，它们就这么赤裸裸地铺展在毫无遮蔽的荒原上。信号应该被困在激光和光纤中，应该在可视距离内隐秘地眨眼。这些广播是另一个时代的遗物。二十一世纪电信科技的密闭机制在接缝处开始渗漏，人们正在重新接纳更加杂凑的技术拼盘。

这是由于缺少营养和氧气而发育迟缓的大脑会做的事情。这是复杂系统缺乏能量输入时可预见的退化行为。

但那是他们的家，而他们就快到家了。有很多基础工作要完成，不需要引导王冠号入港的时候，摩尔和森古普塔各自从自己前去探险的远方归来，处理各种琐碎事务。战士把其余的时间分配在顶层舱和他的帐篷里，寡妇继续茫然无知地与敌共眠，吸血鬼像一块船壳上的化石，并未被她可能设下的警报或绊线惊扰。布吕克斯通过地球的观测尺寸和渐渐放松的心脏来判断回归地球的时间。他曾短暂地考虑过要不要回到游戏中去，睡觉，做他的清醒梦，但罗娜不肯见他，他也打不起心思再去寻她。王冠号的内脏依然没有长出触手。

他独自喝完最后一杯格兰杰威士忌，在穿过月球轨道时向着实验台敬酒。就算有人注意到了他们的回归，也没空派遣欢迎委员会来迎接他们。

满怀希望地旅行比抵达目的地更加美好。

——罗伯特·路易斯·斯蒂文森

近地快速轨道，脚下是个失火的世界。

一千场政治冷冲突在他们离开后转为热战。两倍于此的流行病和环境问题。无数个声音在早被遗忘的从千赫到千兆赫的无线电波段上呼叫，窄波束泛滥成灾，全行星的禁言令被撤销或遗忘。奥尼尔殖民地各自隔离。太空电梯已经垮塌，燃烧的残骸还在从轨道坠落，包裹了三分之一赤道带的溅落锥造成了难以言喻的破坏。喷流地球工程无法维持大气层的稳定，终于在重压下崩溃。阿特拉斯失去了将天空从地面托起的力量，大气中的硫酸盐水平陡降，火风暴在六大洲无休止地闪现。普勒陀利亚，布鲁日和其他上百个城市被僵尸攻占，数以百万计的人类变成只知道战斗、逃跑和性交的机器，而当局甚至没有去尝试控制疫区内的任何情况。谣言和混乱都永无止境。伊卡洛斯已经坠落。萤火虫已经归来。侵略已经开始。现实主义者发动了攻击。二分心智教会毁灭了世界。

摩尔与布吕克斯和森古普塔一起听着海啸般的消息，三个人都在接近地球时把自己捆在了镜球上，他的脸和尸体的面容一样无动于衷。这是你们干的好事，布吕克斯没说出口。这个世界只能勉强维持收支平衡，而你们摧毁了它最大的资产。吞噬能量的海水净化器勉强向数以百万计的人类供水，体制力量勉强压制住无数场叛乱，蛮力科技的压倒性应用在勉强控制数不胜数的环境灾难。伊卡洛斯背负着至少五分之一的人类文明，你们把它投向太阳的时候考虑过会发生什么吗？

连森古普塔都不说话了。无论说什么都毫无意义。

敌占区。没用的。

也许摩尔是正确的。这个世界已经焖烧了一个多世纪，沸腾只是个时间问题。也许他做的仅仅是把时间表提前了几个月。

"看到了，"森古普塔说，"阿留申群岛上空，全是垃圾。"

地平线上亮起一个战术轮廓图：一个圆柱体，直径约十米，长约三十米，朝着星空的一侧展开了宽阔如冠冕的巨大太阳能电池板，一簇口器从另一侧伸向地球，从形状看应该是微波发射器。它看上去像个老式的能量卫星，只是围绕极不寻常的轨道运转。当然了，这本来就是它的设计思路。

"和那玩意儿对接很麻烦的。"它的一侧，王冠号的模拟图像懒洋洋地把它残存的肢体（展开又旋转着放下）收拢到锁定位置。

"我们不对接。"摩尔提醒她。

"多久？"布吕克斯问。

"三十分钟左右。咱们该关门了。"

顶层舱的设计不是用来在机动飞行时充当工作环境的，但他们凑合着做到了，对接舱正对面有三个挂太空服的凹槽，每个凹槽里都固定着一名幸存者。布吕克斯和摩尔在经过金星后焊死了对接舱的舱口，不过六小时前是森古普塔在接缝处下了铝热剂。空白舱壁所剩无几，森古普塔依然不愿让感控中心接入她的大脑，她拆掉工具架，在壁虎板上涂满了智能涂料。微纤维在高分辨率下显得有点模糊，但那块空间足够大，能容纳她需要的那些视窗：雷达反射图和轨迹叠加图、引擎的生命体征、用金色和翠绿色标出的风门和刹车。摩尔袖子里最后一张王牌是一份裸眼视图，它依然伪装成一块已经退役的太空垃圾，但伪装得有点过于认真，它在一轮蓝绿色新月的映衬下渐渐膨胀，而那轮新月其实是一个正在坠入失修绝境的世界。

舞台右侧一个专用的视窗里，瓦莱丽依然被捆在桅杆上。她好几个星期没动弹过了，但那具冰封的躯体依然蕴含着某种潜伏的致命感，让你觉得那个东西在像弹簧似的蓄力，等待时机到来。

它剩余的时间现在是以分钟计算的。

轻轻一推，缓和而稳定的压力将布吕克斯推向凹槽一侧。工具架上，王冠号的化身绕着质心笨重地旋转了一百八十度，与他们相对退行。

"坚持一下。"森古普塔提醒道，然后踩下刹车。

这艘残缺不全、截断肢体、受过灼烧的飞船呻吟着，德尔塔V[1]开始降低。减速把布吕克斯压向凹槽的地面。他无法站稳，安全带固定住他，帮助他抵御下坠的最后拉力。摩尔点击不可见的控制界面，他的变色龙卫星在真空中沿着接缝裂开，情形仿佛分解爆炸图：太阳能电池板和散热器叶片分崩离析，喷出的一团团蒸汽立刻变成了雪花。外壳像是被车裂似的碎裂，尸块无声无息地飞向四面八方。一个巨大的箭头蜕去伪装的皮肤，悬浮在空中，指着地球。它在初升的太阳中闪闪发亮，粗壮的翅膀像蜻蜓一样绽放虹彩。

乱飞的碎片像冰雹似的打在王冠号的船体上。裸眼窗口闪耀了一下，随即死去，某些出格的碎片干掉了外部摄像机。森古普塔轻

---

[1] 即速度变化，用于衡量航天器改变自身速度的"能力"，同时也代表航天器完成某一机动所需的速度变化。

声咒骂了一句。啪嗒的声响持续了几秒钟，仿佛某个看不见的太空鼓手在金属上敲击出不稳定的节奏。声音逐渐变小，最终停止了。

摩尔按下开关。

裂缝中透出来的阳光在舱口周围点燃：被焊死的屏障在高热中重新打开，然后飞了出去。舱外的空间在一瞬间内扩大，短暂的飓风将板材拖进太空，把布吕克斯拽向群星。固定网牢牢地拉住他，但片刻之后摩尔就打开了搭扣。他们飞了出去，进入寂静的虚空，他只能听见急促而刺耳的呼吸声，这个声音在恐慌中充满了布吕克斯的头盔。黑暗中的地球在底下展开：一个凸起过大的地表，一个过于庞大迫近的球体。天气系统在它的表面上留下肮脏的手印。海岸线和陆地在文明璀璨之处像星系一样灿烂，在文明耗尽之处只有黯淡和间断的橙色亮光。

降落的路途如此漫长。

阳光把前方的漂浮物变成了刺眼的拼图块，但有一个短暂的瞬间，一只庞然黑手从太阳前掠过。布吕克斯挥动四肢，扭头去看，见到荆棘王冠号飞过，它在天空中依然巨大，初升的太阳和越来越大的明亮新月从背后照亮它。她最后一口凝冻的气息在船首闪闪发亮，仿佛一团微弱的珠宝星云。

他从这儿看不见瓦莱丽的藏身之处。

有人拽了一下他的牵引绳。布吕克斯旋身，飞向在视野中的残骸云里变得越来越大的交通艇。"集中精神。"摩尔在通讯器里恶狠狠地说。

"对不起——"

他们翻滚着飞向前方，摩尔领头，拖着另外两个人。交通艇的舱口开在驾驶舱环绕式舷窗的背后，就像割开青蛙的耳膜然后折回来贴在它的头上。某种魔法般的喷涂磨削使得船体闪耀着油性的彩虹色。

冰晶扫过布吕克斯的头盔，发出耳语般的微弱响声；转眼间，摩尔就落在了船体上，他正中目标，靴子落在舱门边缘和像毛巾杆似的焊在机身上的把手之间。他弯曲双腿，吸收冲击力；戴着手套的一只手像是长了眼睛似的抓住把手。布吕克斯从他头顶飞过，重重地撞在船身上。他弹了起来，被安全绳拉住，他在空中旋转，发疯般地乱抓，手在仅仅几厘米外掠过一个休眠的机动推进器的锥形外壳——终于感觉到靴子咔嗒一下吸附在了船体上。

王冠号已经远远地超过他们，此刻位于他们下方很远的地方，正在缓慢而庄重地翻滚着飞向明暗界线：向前的动量失速，速度渐渐降低，从沿着卫星轨道的无尽坠落变成一颗坠入大气层的终极燃烧弹。距离和视力限制抹去了它的伤疤。此刻，她看上去几乎恢复了原状，像是从未被撕碎和重新拼合过，从未被烧灼和破坏过。你维持过我们的生命，布吕克斯心想，然后：对不起。

摩尔把他从此刻拽进了下一个时刻，将布吕克斯和森古普塔像一条绳上的两条鱼一样卷在一起。布吕克斯抽出一瞬敬佩驾驶员的镇定，她没有发出任何声音，在坠落穿过无尽深渊时连呼吸都没有变得急促。但此刻，隔着她的面罩，他分明看见她紧闭双眼，嘴唇在无声地翕动。但此刻，他的头盔和她的头盔碰到一起，他终于听见了她的吟诵。

"——噢我操噢我操噢我操——"

你这个胆小鬼。你关掉了通讯器……

摩尔牵着她穿过打开的舱门。布吕克斯紧随其后，把身体拽进船舱：两排架子，一前一后，每排架子上有六张加速座椅，看上去就像纸盒里的半打鸡蛋。座椅近乎平放，几乎可以归类为行军床，只在臀部和膝盖处有两处弯折；架子面对前方，正对两把样式更传统的指挥椅和马蹄形的控制台。控制设备上方，石英玻璃的保护罩环绕驾驶舱的前侧。视角是从船首俯视，因此视野中没有星辰闪烁；

地球从左侧到右侧充满视野，大部分区域暗沉沉的，越靠近右侧越明亮。

差不多就是这些了。船尾舱壁上有个舱口，甲板上有个较小的舱口，两者都是封死的。前一个大概通往货舱，从整艘船的尺寸来看，货舱恐怕也很小；但甲板上的洞口只可能通向维修爬行道那种大小的空间。摩尔说过，这是个紧急轨道撤离器。在任务失败后，供掉队的士兵紧急降落回行星表面。这算不上是一艘交通艇，仅仅是个高级版的降落伞，一次性使用的那种。

摩尔封住舱门，把身体塞进一把指挥椅；森古普塔从短暂的紧张症发作中恢复过来，摸索着爬进另一把。布吕克斯将自己固定在后面的一个汉堡烤架上，他们的飞行器随即启动。外界的声音回到他的耳朵里，刚开始如耳语般微弱，头盔呼吸调节器里的气息声和通讯器里的飞行前例行检查的念诵声几乎淹没了它们。压缩气体的嘶嘶声。轻微的嗒嗒声和嘀嘀声，像是被压在枕头底下似的发闷。陈旧的开关在插槽中拨动的啪啪声。

HUD 报告：七十千帕。他打开面罩，向后滑开；进入肺部的气流像冰川一样寒冷，喉咙里有塑料单体的气味。但可以呼吸。

摩尔在安全带里扭动身体，没有完全转过来直视他。"最好戴上面罩。鸟儿有段时间没飞过了，难说会不会漏气。"

布吕克斯第一次把注意力放在仪表盘上：单功能的 LED 指示灯；一排排巨大的手动开关，包裹在麦拉膜和聚氨酯手套里的手也能使用；战术显示屏被框在嵌入式水晶玻璃板里面，而不是按使用者的需要在任何一个表面上流淌。

他重新戴上面罩。"这东西很古老。"

摩尔在通讯器里嘟囔："越古老就越有可能被所有人遗忘。"

我们用一个遗弃物换了另一个。舷窗外，布吕克斯从眼角看见一个东西闪了一下：也许是轨道上的一块碎片在反射阳光，也可能是远处一艘飞船的推进器点火。但前者未免持续太久，后者的颜色又不对。他扭头面对它，在阳光下眯起眼睛，几乎敢发誓他见到了凝结尾流中的核心：一道火焰线条在星球表面刻画出它的痕迹，其中有一块边缘参差的黑色拼凑体逐渐化作碎片。枝干和骨头，燃烧成了灰烬。

"她走了。"摩尔轻声说，布吕克斯不确定他说的是那个怪物还是那艘飞船。

"点火。"森古普塔说。他们也开始坠落。

*

王冠号烧得很干净。没有东西弹出。没有穿太空服的人影忽然苏醒，在最后一刻奇迹般地跳下飞船，森古普塔的摄像头一直盯着它。就在信号切断前的一瞬间，它的一条肢体似乎抽搐了一下，那具躯体里的意识短暂恢复，但时间只够它觉察到它面面俱到的计划出了差错——然而就连这个也有可能只是个光学错觉。反高潮让负罪感卡在布吕克斯的喉咙里难以下咽。他们如此轻而易举地杀死了瓦莱丽，这反过来使得她的威胁性大大减轻，从他们的罪行中夺走了正当性。

下降几乎没给他留下任何记忆：摩擦热像闪电一样在挡风玻璃上闪耀，静电噪音在每一个频道上嘶嘶作响，直到他想起来关闭了无线电。只有一些碎片。不连贯的图像。过了某个阶段，他又感觉到了重量；一百年来，重量从没这么强大和稳定过；架子和加速躺椅，一只孤独的蟑螂把身体折叠成传统的坐姿，屁股对着剧烈抖动的甲板，甲板在布吕克斯的感知中逐渐变成了地面。很快，他们在铁灰色的海面上绕着大圈螺旋滑行，太阳再次落到了海平线之下。底下的海面上有个倾斜的东西，它在挡风玻璃上从前向后掠过，他

· 322 ·

在千分之一秒内看见了一眼：滑水运动员的半浸没跳台；被洪水淹没的停车场；无人入驻的航空母舰一角，闪耀着圣艾尔摩之火[1]。从这个高度，布吕克斯难以判断物体的尺寸。过了几秒钟，森古普塔拉起机头准备落地，海洋掉出了他的视野。

有个东西从背后狠狠踹了他们一脚，把布吕克斯向前推，安全带勒住了他，机头啪的一声拍在水面上。白色水沫如喷泉般没过舷窗，从中线裂开回落；片刻之后，水柱沿着石英玻璃向下流，视野随即破碎分解。有个东西给交通艇下巴上来了一拳，交通艇向后跃起，整艘船从头到尾都像女妖被开膛似的发出嚎叫。这一刻他们再次爬升，下一刻他们慢了下来，再一刻他们静止不动。

水柱收缩成细流，继而变成水滴。交通艇从水花上向外望去，看见铁灰色天空中几颗正在隐退的星辰。右侧远处，几乎在视野之外，一个东西像半个梦境似的时隐时现。大概是某种天线。就像铁丝折成的一棵树。

摩尔摘下头盔，松手让它滚到甲板上。"到了。"

*

有人凭空挖出了一条跑道。

它悬在波涛上方四五米之处，像一条被烧灼得伤痕累累的合金舌头，交通艇就停在舌尖上。它向后延伸，通向坚实的陆地，就像一根荒谬的跳水板——但它的底层不是陆地，也并不坚实。它从海洋中像海岸一样逐渐浮现；电镀蓝的响尾蛇沿着吃水线蠕动和闪耀，跟随波浪涌上斜坡又退下。在黎明前的朦胧光线中，它的表面似乎

---

[1] 古代海员观察到的一种自然现象，经常发生于雷雨中，在如船只桅杆顶端之类的尖状物上，有时会产生如火焰般的蓝白色闪光。

是水泥般的灰色，除了交通艇留下的烧灼痕迹，上面几乎看不出任何印记。但是，尽管它从海洋中升起，一端就像一个普普通通的船用坡道，但另一端既没有下沉也没有收拢或没入水中，而只是逐渐消失。这块倾斜的合金板像一个停车场那么巨大，在大约一米半的距离内，从无法否认其存在性的坚实的不透明变成幽灵般的半透明，继而变得空无一物。

除了这条跑道，它是在热着陆的呼啸摩擦中刚刚被雕刻出来的。

摩尔已经脱掉了太空服，已经降落的交通艇前方十米处，他站在虚空之上。冰冷的灰色海浪在他脚下列队而过。每隔几秒钟就会有一个金属框架结构在附近闪现，它耸立于他头顶上六米的高度上，支撑着抛物面天线。

布吕克斯从舱口探身出去，扫视眼前的一切。刺骨的太平洋海风穿透了他的连体服，他的感觉就像是没穿衣服。大地以他几乎已经忘记的力量束缚着他；他的手臂抓着舱壁支撑身体，软得像是用橡胶做的。

森古普塔从背后捅了捅他。"快点蟑螂没见过色素体吗？"

他当然见过。色素体材料基本上就是智能涂料的一个亚种。但他从没见过这么巨大的应用。"这东西有多大？"

"挺小的只有一公里宽你到底下不下去在等这东西沉下去吗？"

他蹲下，抓住舱门边缘，爬到船外。落地时重力险些把他掀翻在地，他好不容易才保持住平衡，晃晃悠悠地站在那儿，一只手扶着船身（尽管泡在海水里，摸起来依然很热）。离交通艇比较近的地方，伪装涂料被彻底烧掉了，但他头重脚轻地才走出去六步，就来到了比玻璃还透明的底层上。他低头望着波涛翻滚的海面，按捺住挥舞手臂的冲动。

他转身，小心翼翼地走向摩尔，森古普塔跟着他爬下交通艇。绕过机头的时候，橙色的闪烁光芒吸引了他的视线：近距离内的火光，槽沟中的一道火焰，底下是与之不协调的一块垫高的烧黑的土地。布吕克斯能在那儿分辨出上部结构的轮廓：低矮的平顶矩形，像蛋壳般裂开的射电圆顶，火光中几乎看不清的扶手与栏杆柱的交错阴影。似乎有东西在动，从这个距离看大小如蚂蚁。

这不是什么普普通通的吉兰地。不是难民营或城邦国家，不是对国际水域宽松的监管环境感兴趣的可疑商业冒险行为。这是摩尔及其同类的乐园：秘密军事行动的补给站。公海上的一个瞭望站，可以借着北太平洋环流巡游周边地区。秘密据点。

但显然还不够秘密。

他在摩尔身旁哆嗦着说："来这儿干什么？"

上校耸耸肩："对咱们很方便。"

"怎么个方便？"

"这儿已经废弃了。咱们不需要混进去。"

"这东西还联网吗？万一——"

摩尔摇摇头。"应该不成问题。做这种事的人都不会对天堂感兴趣，"他指了指远处的火焰，"那个方向。"

布吕克斯转过身，森古普塔刚好来到他们背后；交通艇在背景中冷却，半融化的磨削层从机腹像烛蜡似的淌下来。"唔，"他说，"我还以为会有，那什么，起落架呢。"

"太贵了，"摩尔对他说，"一切都是一次性的。"

您说得都对。

他们爬上一段缓坡，走走停停，冷得要死。他们走过一段水面。不可见的桥通向一座垮塌冰山的可见顶端。被掏空的结构体在他们面前展开，犹如炼狱的碎片，有些依然熊熊燃烧，有些只是焖烧冒烟。他们终于来到了那个悬浮小岛的可见边缘，尽管它看上去只是飘在半空中的一团油腻黑灰，但见到有东西出现在脚下还是让他如释重负，能停下来喘口气就更加让他感激涕零了。

摩尔突然按住他的肩膀。森古普塔说："那是——"随即沉默下去。

前方有动静，在油腻腻的黑烟中只是隐约可见。

他们来到的这个地方曾经是某个空中交通枢纽：低矮的控制室棚屋，被烟尘熏黑的窗户斜对着天空，围绕墙壁和屋顶转了一圈。两架直升机的尸体和一架单翼垂直起降喷气机胡乱停放在被烧毁的停机坪和起降台上，伤痕累累，几乎难以辨认。甲板上随处可见伸缩式供油管的加油枪；其中有一个在喷吐烈焰，它就像巨大的蜡烛或引信，准备引爆为烈焰提供燃料的油库。在这一切之中，一具具躯体在活动。

这些躯体属于人类，但动作绝对不是。

摩尔挥手示意另外两个人靠在棚屋上，他向后瞥了一眼，举起一只手：待在这儿。布吕克斯点点头。摩尔无声无息地绕过拐角消失了。

一阵旋风把火花和刺鼻的浓烟吹到布吕克斯的脸上。他克制住咳嗽，眯着刺痛的眼睛向雾霾中张望。人类，没错。两个或三个，在一个起降台的边缘活动。灰色的工作服，蓝色的制服，距离太远，看不清衣服上的徽标。

他们在跳舞。

更确切地说，跳舞是布吕克斯能用来描述这个景象的最接近的说法：他们的动作精确得不像人类，也敏捷得不像人类，这几个人类形态的模拟物在参与某种他从未见过的肉体启应行为。有一个领头的，但领头者在不停改变；有舞步，但似乎从不重复。这是芭蕾，这是旗语，这是某种对话，身体的所有部位都参与其中，只有舌头除外。除了靴子在甲板上踏出的机关枪般的断奏声，他们没有发出任何声音；在风的轻柔咆哮和火焰的噼啪燃烧中，只能听见他们断断续续的微弱脚步声。

而这个声音，不知道为什么，有些耳熟。

摩尔用猛击后脑结束了这一切。前一个瞬间，跳舞的木偶还在舞台上单独表演，下一个瞬间，上校忽然从烟雾中现身，一只手已经化作劈向目标的残影。这个灰衣舞者甩动着四肢，抽搐着倒在甲板上，就像一个脱线的木偶突然陷入癫痫大发作；另一个人在同一瞬间扑倒在地，但摩尔根本没有碰他。他在倒下的同伴身旁扭动，癫狂的动作依然精确如钟表，但现在只剩下了抽搐，幅度受到控制，以补偿突然进入程序的意料之外的新舞步。

"无意识模仿无他妈意识的模仿。"森古普塔在他背后从牙缝里说。

摩尔回来了。"这边走。"

拐角处有一扇洞开的门。里面，尚未被火焰吞噬的少数几个控制表面上，愚笨的智能涂料在闪烁和吱吱作响。

布吕克斯扭头望去："那些——"

"他们陷入了反馈循环。在机械师回来之前，咱们不需要担心。"对面舱壁上是升降扶梯的入口。倒下的文件柜挡住去路。摩尔把它推开。

"对他们来说不好吧？"布吕克斯问，立刻觉得自己像个傻瓜。"我是说，要是我们打破循环会不会好一些？把他们分开？"

摩尔在扶梯顶上停下。"最好的情境下，他们的表现会像是被人从中间劈成了两半。"

"哦。"过了一会儿。"最坏的呢？"

"他们醒来，"摩尔说，"来追杀我们。"

你不能回两次家。

——托马斯·沃尔夫

他们来到一个倾斜的公共休息区，黑暗而荒弃，只有走廊里的应急灯洒进来一团锥形光线，对面舱壁上有几个图标在断断续续地闪烁：一排公用通讯隔间，它们正在休眠，等待某个孤独的工作人员决定打电话回家或偷窥外界发生的事情。它们只能访问主街，无法窥视那些需要安全许可的地方，但感控中心和个人通讯链接依然悬浮在空气中，不受上层甲板那场小小的灭世灾难的侵扰，欢迎任何人前来使用。

摩尔向前走，搜寻更高的权限和更黑暗的秘密。森古普塔多逗留了一会儿，确定哪些链接真的可用，然后消失在他的背影中。

布吕克斯坐在倾斜的黑暗中没动。

我该对她说什么？我该怎么说呢？

嘿，你知道伊卡洛斯是怎么完蛋的，世界是怎么瓦解的吗？说来有趣……

你知道咱们认为神并不存在，对吧？很好，其实情况比你想象中更糟糕……

哎，亲爱的。我回家了。

他深吸一口气。

愚蠢的想法。我们早就过了这个阶段。我该——听一听其他人的近况。

然后再把消息放出来。

必须有人去告诉她。她有资格知道。

他感觉到自己的嘴角在向后扯动，露出一个自我厌恶的怪相。

重点甚至不是她。重点是丹·布吕克斯和他内爆的世界观。重点是只有一个人曾经给过你一丁点安慰，你配不配得到安慰是另一码事，而现在你要再次投向她的怀抱……

他开始操作界面。

他尝试了四次，系统终于找到了地址；他喉咙的肿块随着每一次尝试而变大。万联网正在崩溃，一切都在崩溃。但它根基很深，有些古老的根系能追溯到一百多年前：那套设计完全去中心化，有着巨量冗余。面对压倒性的熵增，可用性从一开始就被植入了它的遗传密码。

链接已建立：欢迎来到天堂

蒂明斯授权经营

访客大厅

依然存在。依然在线。依然存活。他并不完全信服。"呃，罗娜·麦克伦南，2086 年 11 月 13 日。"

呼叫中

接听吧，求求你了。

呼叫中

忙线吧，求求你了。

呼叫中

"丹。"

上帝啊。她上线了。

我肯定在做梦……

"你好，罗娜。"

"我还在想你到底去哪儿了。外面的情况最近非常混乱……"

她是个黑暗中的遥远声音，没有身体。没有视频信号。

"真对不起，我最近没有联系……"

"我也没指望你会联系我，"此刻她的声音里也许有一丝暖意，至少是一丝嘲弄的笑意，"你上次来看我是什么时候？"

"你不要我来看你！你说过——"

"亲爱的，我说过我不想再出去了。我说过我不希望你把咱们在一起的时间全花在试图改变我的想法上。"

他说不出话来了。

"我很高兴你能来看我，"她过了一会儿说，"很高兴见到你。"

"我看不见你。"他轻声说。

"丹。能不能看见有什么意义呢？"

他摇了摇头。

"难道很重要吗？我可以给你看——看些东西。也许能让你觉得舒服一点。"

"罗娜，你不能再待在里面了。"

"丹，我不想再和你讨论这件事了。"

"这次讨论的不是同一件事！情况变了……"

"我知道。我在天堂里，又不是在仙女座。我能看见我想看见的一切。剧变，叛乱，环境崩溃。万变不离其宗。"

"伊卡洛斯断线后，情况变得更糟糕了。"

"是啊，"她缓缓地说，"伊卡洛斯。"

"一切都被拉到了断裂极限，无论你往哪儿看，见到的都是资源断供和电力管制。我试了四次才找到你，你能想象吗？而天堂还不是地球上最无人问津的地址。整个网络都在——遗忘……"

"丹，网络多年来一直在遗忘。所以我们才叫它分裂网。"

"我不知道你们这么叫它。"他说，隐约有点吃惊。

"大象为什么像个精神分裂症患者？"

"我——什么？"

"因为大象不会忘事。"

他接不上话了。

"这是个人工智能笑话。"她过了一会儿说。

"有可能是我听过的最烂的一个。"

"我这儿有几百万个呢。你确定你想让我回来？"

前所未有地想。

"但说真的，假如你能记住你经历的一切事情，你觉得你能保持多久不发疯？遗忘是好事，无论你是哪种网络都一样。遗忘不是故障，而是适应。"

"胡说八道，罗娜。丢失网络地址难道是件好事？接下来呢，供电协议？要是电网忘记了向蒂明斯输送电力，你说会发生什么？"

"风险当然存在，"她温和地说，"我明白。备用方案会失效。现实主义者会突袭。人工智能权利的领袖们还在把我当战犯通缉，因为我违反了基本通则，不过我觉得也不能责怪他们。我在这儿的每一天都有可能是我的最后一天，这和外面的生活又有什么区别呢？"她通过某个微镜头见到了丹尼尔·布吕克斯准备开口，于是抢先说了下去："我来告诉你吧。我没有任何人有可能想要的东西。我对任何人都不构成威胁。我的数字脚印和你的相比只是九牛一毛，哪怕算上你在帐篷里消磨那么多时间的怪癖也是这样。我在这儿能体验到你在外面能体验到的一切，此外还有十亿件其他事情可以让我去做。哦，对了，还有一点。"

她停顿了精确到毫秒的一小段时间。

"我不需要为了房租去杀死有智能的存在。"

"没人说你必须——"

"然后咱们看一眼外面可好？光是我知道的，传染性僵尸化正在至少二十个国家肆虐。现实主义者和后卫天主教会在朝他们能瞄准的所有异教徒开火。在买不起消费级打印机的人群中，食物中毒正在节节攀升。人们这十几年来都懒得去追踪物种灭绝速率了，另外——哦，你听说过新出现的武器化无意识模仿正在流行吗？他们称之为吉特巴。曾经纯粹只是有样学样，但据说正在变异。现在一个人有可能跳舞到死了，然后顺便带走一个朋友。"

"区别在于，"他冷冷地说，"外面断电的时候，你可以蜷缩在毯子底下。但要是天堂断电，你五分钟内就会脑死亡。罗娜，你在那里面太脆弱了，天堂就像一个纸牌屋，只等……"

她没有回答。他说不下去了。

他想知道她已经改变了多少，在那个温和但绝不屈从的虚幻声音背后，真正的她还剩下多少。和他交谈的是一颗完整的大脑吗？还是一个神经元和砷化物的混合模拟物？他的妻子在过去两年间被取代了多少？这种缓慢进行的食人行为，这种持续性的肉体矿物质石化过程——每次想到都会吓得他魂飞魄散。

而她投入了它的怀抱。

"我见到了一些东西，"他对她说，"会震撼世界的东西。"

"我们都见过。这是个摇摇欲坠的世界。"

"你能不能闭嘴听我说？我说的不是该死的新闻播报，我说的是另一些事情——我亲眼见到的一些事情——现在我理解你为什么要离开了，明白吗？我终于明白了。我以前一直不明白，但现在我发誓，要是我能做到，保证立刻会去投奔你。但我不能。这对我来说感觉不像飞升，不像进入一个更美好的世界，而像是——被取代。我是说，我甚至无法忍受在脑袋里做个感控增强植入。就好像任何改变我的东西都会杀死我。你能理解吗？"

"当然。你在害怕。"

他凄凉地点点头。

"丹，你一直在害怕。从我认识你的那天起。你这一辈子都在扮演一个混蛋，就是不想让人们发现你在害怕。算你走运，我看穿了你的伪装，明白吗？"

他一言不发。

"知道我还看到了什么吗？"

他不知道。他没有任何头绪。

"那正是使你勇敢的原因。"

他花了好一会儿才听懂这句话。"什么？"

"你以为我不知道吗？你为什么总是对着错误的人乱说话？你为什么一路上不断破坏自己的职业生涯？你为什么忍不住见到能摆布你的人就要上去对着干？"

顺着没有尽头的梯子爬向饥饿的怪兽。冲进墙壁可活动、遍地是陷阱的迷宫。一个只有他一半大的小女孩说他回不了家，他一口咬掉她的脑袋。

最后那个似乎不是什么值得骄傲的时刻……

"你是说我克服了我的恐惧。"他开口道。

"我是说你向你的恐惧屈服了！每一次！你太害怕被视为胆小鬼，仅仅为了证明你不是，你就跳下了悬崖！你以为我一直没有看到吗？老天在上，我是你妻子啊。你总是挺身面对校园霸王，因为惹麻烦而被踢得满地找牙，每次我都看见你的膝盖在打战。你整个该死的人生就是一场没有尽头的过度补偿戏码，可是，亲爱的，你知道吗？其实挺好的。因为时不时就需要有人挺身而出，除了你谁还会这么干呢？"

他刚开始不明白她在说什么。他能做的只是皱起眉头，在内心重演对话，努力搞清楚他们的交谈从什么时候改变了轨道。

"这肯定是我听到过的最暖心的'混蛋'定义。"他最后说。

"我喜欢。"

他摇了摇头。"但已经不重要了。我还是不能——跟随你……"

"跟随我，"她的声音因为突然的顿悟而变得单调，"你以为……"

她不肯出来，而我不能进去——

"丹，"墙上打开了一个视窗，"看着我。"

他转开视线。

他转了回去。

他看见的东西不像一个成年女性，而更像是个胎儿标本。他看见尽管手腕和脚踝都被镣铐拉开，但胳膊和腿依然紧贴身体，无视每天三次伸缩微管材料把它们拉直的努力，这场战斗的敌人是肌肉萎缩和肌腱缩短。他看见皱缩的脸和没有头发的头皮，一百万根碳纤维从颅骨底部萌发，像光晕似的悬浮在她的头部周围。

"我说的不是这个。"某个东西用她的声音说，而她的嘴唇一动不动。

"罗娜，你为什么——"

"你说这是改变，但这并不是，"那个声音说，"天堂不是未来，而是想要逃避未来的怯懦怪人的避难所，是无法适应变化的那些人的自然保护区。它是——是旅鸽[1]们的如愿以偿。你以为我爱这些更胜过你？不，这只是个没用废物的垃圾场。你不属于这里。"

"没用？"布吕克斯惊愕道。"罗娜，你怎么能——"

"我逃跑了。几年前我就竖起了白旗。但你——你也许因为错误的理由做了各种各样的事情，你做那些事情的时候也许吓得尿了

---

[1] 曾经是世界上最常见的一种鸟类，据推断是由于低遗传多样性，被人类大量捕食和栖息地丧失，没有时间去适应而于 1914 年灭绝。

裤子，但至少你一直没有放弃。你原本可以和我们这些人一起躲起来，但你留在了外面那个没有重启按钮的世界里，那是个你无法控制的地方，在那个地方，其他人能夺走你一辈子的研究成果，把它扭曲成无比恐怖的应用，而你绝不可能撤回他们的所作所为。"

"罗娜——什么——"

"我知道，丹。我当然知道。你不需要对我隐瞒那些事。你也不可能对我隐瞒，因为我联网的程度比你深。"这个声音很温和也很亲切，但那个躯体的脸一动不动。"从他们隔离布里奇波特的那一刻我就知道了。当时我几乎想呼叫你，我以为你最终会放弃，进入天堂，但——"

一座山砸在他的后脑勺上。他的额头撞在小隔间的墙上，然后反弹回来；他从椅子上向后翻倒，四仰八叉地躺在甲板上。红移的星系在他的脑海里点燃、搏动：无数光年以外，一个上下颠倒的巨人站在门口，光线勾勒出来者的剪影。

他使劲眨眼，呻吟着想要集中注意力。星场变得黯淡，脑袋里的隆隆声略微减弱，巨人缩小到了只有普通人的大小，但它犹如深渊，黑得几乎发亮。

拉克什·森古普塔，见到了"后门"布吕克斯。

遥远的某个地方，一台电脑在用他亡妻的声音呼唤他。布吕克斯想抬起手去摸头部；森古普塔一脚踩在他的手上，俯身凑近他。新的一阵剧痛从身体中线诞生，沿着手臂向上传播。

"狗娘养的蟑螂，你给我想象一个东西。"森古普塔的手指在他头顶上舞动和点击。

天哪，不，布吕克斯呆呆地想。不可能连你也……他让头部转向侧面，逼着眼睛望向别处——无论什么地方都行；森古普塔踢了一脚他的脑袋，强迫他望着她。她的手指紧紧地彼此交织，向后弯曲的弧度让他觉得它们随时都会折断。

"我要你想象十字架上的耶稣——"

痉挛开始的时候，他甚至都还没来得及感到惊讶。

森古普塔凑近他，欣赏她的杰作。即便到了此刻，她也无法直视他的面部。"哦太好了我一直在等这一刻我一直在为这一刻努力我一直——"

一个声音：尖锐、短促、响亮。森古普塔立刻陷入沉默。她站起来。

她的左胸绽放出一团暗色的污斑。

她像破布娃娃似的倒在布吕克斯身上。两个人脸贴脸地躺在地上，就像一对跳慢舞的情侣。她咳嗽着想爬起来，却身子一软，倒在了布吕克斯的身旁。她的眼睛黯淡下去，聚焦又失焦，视线最终落在舱口附近的某个地方。吉姆·摩尔像雕像一样站在那儿，双眼充满了哀痛，仿佛已经死去。

某种情绪在那一刻掠过森古普塔的面庞。不是喜悦，并不是。也不是惊讶。有可能是明悟。过了一会儿，她第一次直视丹·布吕克斯的眼睛。

"唉，妈的，"她低声说，眼里失去了神采，"你每次都会搞砸。"

*

"我知道这很难理解，"摩尔说，玩着手里的枪，"我们从来都不亲近。我猜应该是我的错。不过，你知道，他也不是很容易打交道的那种孩子……"

他拉过来一把椅子，拱起肩膀坐下，后背靠着横档，胳膊肘压在膝盖上，走廊里的光照亮他的四分之一个侧面。布吕克斯躺在地上，森古普塔的鲜血在他身旁积成血泊。血液浸透了他的衣服，把连体服粘在他的肋骨上。他的头部在抽痛。他的喉咙干得发涩。他试着咽了口唾沫，发现他能做到这个动作时，他不禁松了一口气，同时又有点吃惊。

"然而现在……他在半光年之外，我这辈子第一次感到我们真的能够交谈了……"

苍白的星云遮蔽了森古普塔睁着的眼睛。尽管光线昏暗，布吕克斯依然能清楚地看见它们；稍微转动一下头部，它们甚至能落在他视线的焦点上。这不是瓦莱丽精确制导的障碍症，不是吸血鬼在几周时间内用涂鸦和微妙手指埋下的完全瘫痪——至少在触发刺激因素方面不具备相同的精确性。程序应该是一样的，还是从光子到镜像神经元到运动神经的同一个链路，它依然在他的头脑深处休眠，一旦有人召唤就会活跃起来；森古普塔应该是在事后自行发挥的，她回看录制下来的视频，搞清楚基础要点，然后尽她所能重现出来。

"就好像他许多个月之前就知道我会在听，就好像他知道他的话语抵达时我会在想什么……"

她甚至可能并没有策划复仇。那有可能只是另一个模式匹配的解谜游戏，为了让她高度亢奋的大脑有事可做，而等她发现她收养的蟑螂正是杀死她妻子的凶手时，这个武器刚好就在手边。这种僵直状态并不完整，而且很快就会过去；他能在他的肌腱中感觉到。紧张感已经开始减退了。

但还是相当令人叹服。

"我现在感觉我和席瑞比我们在同一颗星球上的时候更亲近了。"摩尔说。他向前俯身，端详一个活人和一个死人。"你觉得你能理解吗？"

布吕克斯试着移动舌头：它只是贴着上颚微微颤抖。他集中注意力去移动嘴唇。他发出了一个声音。那是呻吟声，其中包含的只有沮丧和苦楚。

"我知道，"摩尔赞同道，"刚开始觉得更像——报告，明白吗？

写给家里的信，但充满了事实。他们任务的情况。我听着那个信号，唉，我愿意永远听下去，尽管他做的仅仅是讲述经过。我得知了许多关于这个孩子的事情，许多我根本没想到过的事情。"

第二次尝试："吉姆……"

"然后它——改变了。就好像他说完了事实，现在只有感情可以说了。他结束报告，开始和我说话……"

"吉姆——拉克——拉克什认为——"

"丹尼尔，连现在我都能听见他的声音。真是太了不起了。信号那么弱，它不该能穿透大气层的，尤其是有那么多的宽频带通讯在同时进行。但我还是能听见他的声音，就在这个房间里。"

"拉克什认为——你的僵尸开关——"

"我认为他想警告我注意什么……"

"——你有可能被——入侵了——"

"关于你的事情。"

"她说你——你有可能失去了——控制——"

摩尔停止把玩手里的枪。他低头看着枪。布吕克斯向着全身的每一根运动神经发送他能发送的一切指令，但只有手指动了动。

摩尔露出一个哀伤的微笑。"丹尼尔，没人能控制自己。你真以为你脑袋里没有一个僵尸开关吗，你不认为每个人都有吗？我们只是波涛中的一朵小浪花，真正重要的是天主正在降临。神在来的路上了。是小行星的诸天使在主宰一切……"

又是天使。神圣的远程操控者，强大的生物，但既没有灵魂也没有意志。神的牵线木偶。

吉姆·摩尔就在他眼前变成这么一个怪物。

"假如那不是——席瑞呢？"布吕克斯勉强吐出一句话，舌头似乎稍微解冻了一点点，"万一，万一是其他的什么东西……"

上校再次微笑。"你以为我认不出自己的儿子。"

"吉姆，但它了解你的儿子。"它当然了解他，它残害了他，你不记得那该死的幻灯片了吗？"它了解席瑞，席瑞了解你，而且——吉姆，它很聪明，他妈的非常聪明……"

"你也是，"摩尔好奇地打量他，"至少比你表现出来的聪明。"

真是那样就好了。

他不够聪明，无法摆脱这个困境。他不够聪明，无法智胜一个星际恶魔，后者能隔着五万亿公里和六个月时延入侵一个人的大脑，把它的寄生性子程序植入宿主的思想，实时操控他做这做那。当然了，也可能是摩尔自己发疯了，这应该是最省心的解释。

那也无所谓。布吕克斯同样没聪明到能摆脱那种困境的地步。

摩尔垂下视线。"我不想那么做，你明白的。她是个好人，只是——被误导了。我猜我也许反应过激了。我那么做只是为了保护你。"

他背后，支撑天花板的一根横梁上，有个黑影在其他影子之中动了一下。布吕克斯一眨眼，它就不见了。

"我在想那到底是不是个好主意……"

"当然是，"布吕克斯用粗哑的声音说，"真的。你——"

他这一句话都没说完，一个身影就从天花板上分离出来，在灯光中悄无声息地荡下来，像螳螂似的落在摩尔身上。非人类的手指，动作快到有了残影；嘴唇在背光中翕动。

摩尔根本没来得及挣扎，就停止了一切动作。

瓦莱丽无声无息地落在甲板上，她穿过房间，俯视地上的丹尼尔·布吕克斯，而他痛苦而缓慢地弯起一个膝盖。这是他仅存的战斗/逃跑本能了。她弯腰凑近他，低声说——

"亚拉马太的坟墓。"

他的身体解锁了。

他大口呼吸空气。吸血鬼直起腰，后退，对他露出谜一般的微笑。

布吕克斯咽了口唾沫。"亲眼看见你烧成了灰。"他挤出这几个字。而且是两次。

她甚至没有屈尊回答他的问题。

我们期待发现她的诡计，我们找到了，我们额手相庆。我们发现她一动不动地趴在船身上——至少以为我们发现了——于是就停止了搜索。她当然就在外面了：你看那不就是吗？她的生活舱和所有的陷阱都没了。为什么还要继续找下去呢？

为什么要在王冠号里搜寻呢？为什么要去检查交通艇里的舱口呢？

他用胳膊肘撑起身体；被鲜血浸透的连体服从甲板上剥离，像是泡在半凝固的环氧树脂里。瓦莱丽冷漠地看着他爬起来。

"现在怎么办？你让我先跑十秒钟，然后咱们玩个游——"

一道模糊的影子，一阵嘶嘶声，他离开了地面，她的手扼住他的喉咙，他在甲板之上一米处窒息踢腾。再一个瞬间，他回到了地面上，瘫软成一堆，而瓦莱丽狞笑着俯视他，多得过分的牙齿闪着寒光。

"经历了这么多，"她看着竭力喘息的他说，"你却依然是个白痴。"

猫捉老鼠的捉放游戏。她只是在找乐子，他心想。以她独有的方式。

"飞行器全完了，"瓦莱丽说，"不过我在月池里找到了一艘快艇。至少能把咱们弄到大陆上去。"

"咱们。"布吕克斯说。

"你要是愿意可以游泳，或者留在这儿，"她朝椅子上一动不动的雕像点了点头，"不过要是你想留下，最好先弄死他。否则等他解锁，肯定会宰了你的。"

"他是我的朋友。他保护了我，但后来——"

"只是他的一部分。操作系统冲突。很快就会解决的，已经在解决了，"瓦莱丽转向房门，"别等太久了。他在执行神的任务。"

她走向光明。布吕克斯扭头望向他的朋友：吉姆·摩尔坐在椅子上，眼睛盯着地面，面容晦涩难懂。就在布吕克斯看着的时候，他极其缓慢地眨了一次眼睛。

他没有因为被抛弃而喊叫。

布吕克斯跟着怪物穿过倾斜的走廊，爬上扶梯，沿着应急灯照明的楼梯走下无数级台阶，经过吉兰地的腹部，最终来到它的肛门：这是一个气闸，考虑到他此刻的同伴是谁，它就算再大五倍他也嫌太小。气闸外面的房间像洞窟一样回音袅袅，看上去也有点像：管道、软管和压缩气瓶从歪斜的天花板上像钟乳石一样垂下来。房间有一半浸在水里；大海在吉兰地倾侧时突破了月池的堤岸，在对面舱壁的一半处暂时形成了某种平衡。灰绿色的散射光通过海水从外面向上照进来，暗沉沉地在每一个表面上蠕动。

这只是一个小小的避风港。在这个漂浮的庞然巨物上应该还有一个足以停泊海妖级或剑鱼级船只的隔舱，此处的泊位是为较小的船只准备的。十几个停靠架悬在头顶上的传送带上，其中大多数空着。一组爪钩抓着一艘双人水下侦查艇，维修起重机的一端依然嵌在它破碎的玻璃船首中。另一艘侦查艇岌岌可危地挂在天花板上，船首泡在水里，尾部缠在折断的栖架里。

第三艘似乎完好无损，它在被淹没的甲板旁载浮载沉：宽阔的鲨鱼式船体，鲸鱼般的平坦尾部，船首顶上是一双巨大的圆盘眼睛，就是生活在海洋中层的巨银斧鱼的那种眼睛。蚀刻在反影伪装线上方的文字说它是盾齿鳎号。它轻轻地碰撞着月池的边缘，船尾贴着舱壁，船首探出地面上的大洞——他们需要蹚过齐腰深的海水，沿着被淹没的斜坡走下去。

事实证明，这海水真他妈的冷。瓦莱丽以站姿一跃而起，越过布吕克斯的头顶，落下时离舱口仅有一步之遥。侦查艇在冲击下倾斜摇摆，而她甚至连晃都没晃一下。等布吕克斯拖着他透湿的双腿和缩成一团的睾丸爬上船时，她已经钻了进去，小型潜水艇正在嗡嗡震动着醒来。

布吕克斯坐进副驾驶座，关好头顶上的舱盖，然后拧紧。瓦莱丽点击仪表盘，盾齿鰤号开始颤抖，尾部疯狂摆动，向前碾过松脱的罐子和破损的同类。它悬停片刻，腹部刮过月泡在水中的边缘；它的尾部像海豚尾巴似的拍打水面，很快就获得了自由。

但头顶上还是暗沉沉的，自从日出到此刻，肯定已经过去了许多个小时。荒弃的吉兰地像山腹耸立于他们上方，从底下望去显眼得可怕，像是随时都会砸下来，把他们碾成齑粉。驾驶舱外什么都没有：没有鱼，没有成群的浮游生物，没有阳光照耀下的海浪折射光束在水中舞动，甚至连坚不可摧、永远漂流、从南极到北极无所不在的塑料碎片都没有。他只能看见上方浓重的黑暗，除此之外无论朝那个方向看，都是一片浑浊的晦暗绿色。而盾齿鰤号，则是嵌在玻璃中的一个小黑点。

现在要去哪儿？我为什么要跟着她走，她为什么要带上我，除了一顿会走路的午饭，我对这个怪物来说还能算是什么？我他妈为什么会认为吉姆·摩尔比一个该死的吸血鬼更加危险？

但他知道这是个毫无意义的问题。它有一个预设前提，那就是他拥有决定权。

上方的黑暗逐渐消退，转而从下方蚕食他们：盾齿鰤号在下潜。一百米。一百五十米。他们在太平洋的中间。海床脚下四公里处。两者之间什么都没有——除非瓦莱丽安排要和另一艘潜水艇会合。

两百米。盾齿鰤号拉直船首。

很好。温跃层以下。在声呐上隐身。

潜水艇转向左侧。自从离开水面，瓦莱丽就没再碰过控制系统。她很可能在丹·布吕克斯忙着用缸中之脑祈祷时向潜水艇下达了行军指令。航线就绘制在仪表盘上，一根模糊的金线沿着北太平洋东部蜿蜒伸展。不过他的视角不够好：画面太小，等高线太多。他无法分辨更多的细节。

他知道他会选择去什么地方。这一切的起点是沙漠。二分心智教会出于自身的某种理由，操纵他走上了他们该死的棋盘，他们也许本来打算告诉他这究竟是个什么玩笑，但孔蛛和瓦莱丽在他们找到机会开口前就干掉了他们。不过二分心智人是个集体，不是每一名成员都被烧死在了祭坛上。假如问题存在答案，那么集群肯定知道。

他向侧面探出身子，直到路线图出现在更清晰的视野中：他哼了一声给自己听，一点也不感到惊讶。瓦莱丽凝视着深渊，一言不发。

她定下的路线通往俄勒冈海岸。

先知

有些人以启蒙的名义反复淹死自己。他们爬进美其名曰"棱镜"的玻璃棺材,封死盖子,打开水龙头,直到完全泡在水中。他们有时候在棺材顶上留下一团空气,大小只够他们把鼻子伸进去;其他时候连这点余量都不留。

这并不是自杀(尽管偶尔也有死亡的记录)。他们会告诉你,这实际上刚好相反,除非濒临死亡,否则你就不能算是活着。尽管这种行为从表面上看像是肾上腺素成瘾者在寻求刺激,但它还有更深的意义。棱镜癖源于意识本身的演化支承基础。

把你的手放在明火中,潜意识反射会在你感觉到疼痛之前就把手缩回去。只有在其他目标与其发生冲突时(例如你的手很疼,但你不想把滚烫餐盘里的东西洒在干净的地毯上),自我才会觉醒,决定要依从哪一种冲动。在艺术、科学和哲学出现前很久,意识只有一个功能:不是简单地执行行动指令,而是调和彼此矛盾的多个指令。

对泡在水里、渴求空气的躯体来说,你很难想象还有比呼吸和屏息更对立的两个要求了。正如一名棱镜癖告诉我的:"把你自己放在那种处境中,然后你自己看你的意识是不是前所未有地清醒。"

这种癖好（称之为"运动"似乎有些夸张）自认是对冲突欲望的一种显现，是对某些事物的一种反应。无论从什么角度说，溺水都是一种极令人不愉快的体验（尽管我并没有接受采访对象的建议）。你很难想象什么样的刺激会激发如此强烈的负面反应，而坚持一个人对所有事物的意识的需要为何如此迫切。我访问了多名棱镜癖，他们没有一个能对此提供任何解答。他们完全不会从这些角度去思考他们的行为。"重要的就在于知道你是谁"，一名二十八岁的此道大师在考虑良久后对我说，但他的话似乎更像一个疑问，而不是回答。

——基思·霍尼鲍恩，2080：《与我的蚂蚁同行：基准人
类面临被淘汰的指南》

怪物使我们有勇气去改变我们能改变的事物：它们是我们原始恐惧的化身，只要奋起挑战就能征服的可怖猎食者。诸神使我们得以平静地接受我们无法接受的事物：它们的存在解释了洪水、地震和超出我们控制的一切事物。

获悉吸血鬼不相信存在怪物，我一点也不觉得惊讶。反过来我不得不承认，他们相信神的存在确实让我有点惊讶。

——戴维·尼克尔

俄勒冈沙漠深处，丹尼尔·布吕克斯睁开眼睛，疯得像个先知，像平时一样清点毁坏情况。

修道院化作了瓦砾堆。正门口的宽阔石阶在他面前倾斜而下，虽然遍布碎屑和裂缝，但大体而言依然完好。石阶底下，一小块被奇异地烧成玻璃的沙漠左侧，他的帐篷在晨风中颤抖。那是他从山谷对面捡回来的——必定如此，连同他的物资和设备，只是他不确定那是什么时候的事了——然而他几乎不记得他上次在帐篷里睡觉

是何年何月了。不知为何，他觉得帐篷太逼仄了。苍穹是个更好的天花板。最近那顶帐篷基本上只用来存放东西。

他站起来，伸个懒腰，感觉关节噼啪作响，而太阳从背后倒塌的石头堆的缝隙中探出脑袋。他转身扫视他的领地。修道院的一侧还算完整，另一侧是一堆摇摇欲坠的残垣断壁。毁坏是阶梯式呈现的，就好像熵正在从北向南慢慢吞噬这座建筑物。

不过，熵也留下了一条小径：瓦砾堆里有一条小小的峡谷，向后通往修道院的花园。草坪上没被完全掩埋的地方变成了棕色，早已枯死的草秆一碰就会折断，只有二分心智人的一个洗脸池基座周围还有一小块青草在苦苦坚持。在某种魔法的护佑下，那个基座完好无损，如雨点般落在其他各处的毁灭没有给它留下任何印记。洗脸池里甚至还有半盆死水；无论是灼热的中午还是寒冷的午夜，水位从不改变。多半是某种毛细作用，多孔石的核心从地底深处的蓄水层汲取潮气。加上他休假时带来的口粮，足以暂时让他活下去了。

至于为什么，那就是另一码事了。

有时候他依然心存疑虑。在废墟中特别徒劳无功地挖掘了一天之后，他偶尔会思考他在这儿日复一日地究竟做到了什么，这整件事是不是完全是在浪费时间。即便是此刻他眯着眼睛看初升的太阳时，他脑海深处的那个小声音也还在怀疑。

布吕克斯弯下腰，从洗脸池里舀水浇在脸上，然后喝了几口。他洗了洗手。

这么做总能让他感觉好一些。

*

他和平时一样度过了那天剩下的时间：扮演一名业余考古学家，

筛查废墟，搜寻答案。他不知道他离开后究竟发生了什么，他们逃跑后为什么还要进行如此大规模的物理性破坏。在他看来，被留下的那些人没有能力组织防御。也许只是有人想拿他们杀鸡给猴看。刚开始布吕克斯还在帐篷里睡觉的时候，他就搜寻过答案，向织物提交语音询问和搜索字串，翻阅计算云能提供的最接近的所有返回结果，但他似乎不可能找到任何切题的线索。也许是人类掩盖了一切细节。也许是网络担心即将发作的精神分裂症，彻底遗忘了那些事情。

布吕克斯很久没用过感控中心了。但这并不重要。那些并不是他在寻找的答案。

他现在明白了，勒基特说得对；确实存在一套计划，所有事情都是按照这套计划发生的。这是唯一符合数据的模型。与其相信基准人类有可能击败二分心智人，还不如认为一群狐猴能够在象棋棋盘上智胜吉姆·摩尔呢。集群之所以会输，只是因为他们的目标就是输；丹·布吕克斯能逃脱，仅仅因为他们希望他逃脱；而他又回到了修道院，在这儿寻找答案，因为他们留下了答案供他发现。他迟早会找到答案，只是个时间问题。

他知道这是真的。他有信仰。

*

废墟的东北角有个大坑；在大清洗的过程中，粉碎的墙壁朝着那个方向倾泻，但碎石只走完了一半距离。另一种力量碾平了曾经在一段安全距离外环绕深坑的齐腰高的护栏。布吕克斯轻而易举地跨过护栏，走过铺着混凝土的外沿。

他看不清坑底的情况。有时候，太阳高悬的时刻，他能看见地底深处有放射形巨齿反射的微弱光芒，那东西横贯坑体。他把石子踢下边缘；很长一段时间之后，水花四溅，偶尔会看见电路短路喷出的蓝色火花。因此底下还有生命——某种生命。他无可不可地考虑过进一步探索，肯定有某种通道通往地底深处，至少会有个通风口；不过他有的是时间，以后再去也来得及。

他还要应付另一些更不固定的危险。响尾蛇似乎在卷土重来，至少它们的分布状况正在改变；清理碎石时他在不经意间把手伸进了暗处，结果导致了几次险情，不过他的冻干口粮倒是因此有所增加。一种外来的蝗虫在他离开时发现了火，一天上午布吕克斯在附近挖掘时，它们点燃了一片枯草。他望着火焰噼啪燃烧，烧黑草地，直到事后才在着火点周围发现了一些烤焦的昆虫尸体，它们显然不够强壮，无法跳离自己引燃的野火。读码器无法识别它们在科以下的分类，但认为与它们最接近的物种是澳洲疫蝗——澳大利亚瘟疫蝗虫，它们离家千万公里，刚刚装配了一种新的甲壳素变异体，事实证明其摩擦系数在求偶鸣叫时极易燃烧。

瘟疫和火风暴的二合一。多么有世界末日的风味。某位剪接者对生物武器做出了一个全新的圣经式诠释。

那天下午有人来拜访他，他看了近一个小时，望着它从一个黑点变成蜃景又变成两足动物，跟跟跄跄穿过东面的平原。他只有蟑螂的视觉，因此没有立刻识别出那是什么，他险些出去迎接它，直到那种特殊的跟跄步态提醒了他，让他匆忙找地方藏起来。来者没有奔跑，但动作极快，而且没有任何负担：没有背包，没有水壶，只有一条腿的尽头穿着一只运动鞋，而那条腿像牛肉干似的黝黑而坚韧。无论他是谁，他都已经超出了脱水的范畴，他几乎只剩下一把骨头。他的左臂荡来荡去，像是折断了肱骨。

但他似乎毫不在意。他继续用那种仿佛受惊的抽搐姿态向前走，他跌跌撞撞地经过修道院，甚至没有多看一眼，他顶着致命的灼热阳光，以之字形走向西边的地平线。布吕克斯藏在废墟中望着他经过，没有看清他的眼睛。但他不认为那双眼睛在抖动。他不是那种不死人。

他蜷缩在石块间的安全之处，试图回想风在朝哪个方向吹。

*

日落后，瓦莱丽出现了。她从黑暗中显形，在闪烁不定的血色篝火中半隐半现，把一袋物资扔在他的脚边：现在以罐头为主了。不再有一撕开就能加热炖菜或冷冻冰激凌的魔法铝箔袋了。外面可选择的东西肯定正变得越来越少。

他嘟囔了一声表示欢迎："好久不见，自从——自从……"

他已经记不清了。他只记得瓦莱丽把他带到了这儿来。应该是吧？他的脑海里有时会闪现一些画面：大雨滂沱的海岸线，一个认为值得为金属和塑料制作的物件送命的男人。一只脱离身体的眼睛，底下拖着扯断的神经和肌腱，晶状体过于浑浊，几乎无法打开用视网膜加密的驾驶座车门。她手里的一副偏振光眼镜，她底部反光的可怖双眼直勾勾地盯着他，她龇着的牙齿嗒嗒作响，问："我来？"

他记得他说"好的"。他说"求求你"，甚至没有试图掩饰声音里的呜咽。她对他网开一面。她稍微掩饰了一下自己，算是狮子对羔羊的仁慈。

今晚除了篝火还有其他的光：西北方地平线上有一团黯淡的橘红色亮光，那是低垂的乌云底部反射的遥远火光。布吕克斯觉得那大致是本德[1]的方向。

他指着她背后。"那是你干的？"

她没有回头去看。"你干的。"

---

[1] 美国俄勒冈州中部城市，位于德舒特河畔、喀斯喀特山脉脚下。

他朝在火上吱吱作响的蜥蜴乱炖点点头，把他刚啃掉边缘的压缩食物条递给她。瓦莱丽摇摇头："我吃过了。"

即便到了此刻，听她这么说还是让他松了一口气。

他重新坐在一个破碎的空陵墓的一角上。"今天我找到了我的房间。"更确切地说，他发现了他的护目镜——缺了一个镜片，另一个镜片在镜框里碎成了蜘蛛网——于是认出了他逃往太阳前在地球上度过最后一夜的斗室的遗迹。他把今天剩下的时间花在了这儿，四肢着地地翻查附近的地基。"还以为会有人留下了些什么，但……"

火光中，她的瞳孔像两团余烬似的闪闪发亮。"无所谓了。"她对他说，但字词底下还有一层含义，那是不必说出来的言下之意。布吕克斯不完全确定他是怎么知道的；也许是瓦莱丽姿态中有着某些微妙的迹象，也许是他的潜意识解析了她嘴唇的抽动，将其视为某种执行摘要——

——范围错误；往下看——

——布吕克斯忽然认清了真相：召唤他回家的这些集群意识后人类，他们了解他。他们了解他的背景，了解他许多个月之前究竟在沙漠里干什么。他们留给他的任何答案都是仅仅留给他一个人的：那些答案极为微妙，在凡人笨手笨脚的挖掘下不会现身，但又极为牢固，连炸弹和推土机都无法摧毁。它们会是普遍存在且不可破坏的，除了预期的收件人，其他所有人都看不见它们。

他在脑海里踹了自己一脚，他早就应该想到的。

他不完全确定此刻他是怎么看到的，他究竟在瓦莱丽的身体语言中读到了什么暗示，甚至不确定这些暗示是蓄意还是不经意间留下的。但这种事近来发生得越来越频繁，就好像沙漠让他的头脑变得清醒，洗掉了电子器物、信息干扰和二十一世纪无孔不入的量子混沌的影响，现在他的意识锐利，崭新，就如同一个新入学的本科生。他新得到的澄明状态在某些时候甚至救了他的命；他有一种强烈的感觉，假如他答错了瓦莱丽在篝火中提出的某些问题，他将承受非常严厉的惩罚。

这就是增强的感觉吗？他心想，但知道这不可能是。他甚至好几个星期没嗑过认知素了。

但他对事物的认识确实变得更清楚了，这一点毫无疑问。云团中的面容。让大脑跃跃欲试的模式。拉克什会为他感到自豪的。

连瓦莱丽都似乎在为他感到自豪。

*

刚开始她来得很少，后来逐渐变得频繁。第一次来的时候，她仅仅是一道长着脸的黑影，稍纵即逝，布吕克斯以为那只是创伤后遗症发作时的闪现。但六天后的夜里，她回到了修道院，两晚后再次出现——然后她就留了下来，在篝火的火光外逡巡，两只发亮的眼睛悬浮在黑暗中。

刚开始他以为她又在戏弄他了，从惊吓猎物中得到施虐狂的乐趣。但随后他想到她并不是那么一个怪物，而且她显然不希望他死，他还活着的事实就足以证明这一切了。一天夜里，他朝着黑暗大喊，想要把她激出来——"哎！你这恶魔牌打得难道就不嫌累吗？"——于是她走到了火光中：双手摊开，嘴唇紧闭，盯着他望着她。几分钟后她离开了，但这时他已经明白了她在干什么。她是个人类学家，正在逐步让一个原始部落民适应她的存在。她是来自过去的一名灵长类动物学家，正在慢慢融入一个注定要灭绝的倭黑猩猩群落：在这个物种永远消失前做最后一次行为研究。

最近她时常坐在篝火对面，问他一些奇奇怪怪的谜语，就像一个邪恶的拷问官在评估他能不能再熬过一个夜晚：这些问题从旅行推销员到哈密顿回路[1]无所不包。刚开始他很害怕：他不敢回答，但也不敢不回答，认为无论瓦莱丽为什么让他活着，只要他回答错误就会在一瞬间送命。他尽其所能回答问题，知道自己做得还不够好——他对装箱问题和多项式时间能有什么了解呢？一介凡人怎么可能跟得上吸血鬼的思路？——但她到现在也没有杀死他。她没有用咒语把他变回石像。她不再用指尖敲出怪异的旋律，不再在沙地上勾画能够改变意识的想象文字。他们已经过了那个阶段。

另外，尽管他不确定他是怎么做到的，但他开始能够猜到一些正确答案了。

*

他从最显而易见的标志物开始：魔术洗脸池，像绿色瞳孔般环绕它、藐视自然规律的那片草丛。他对池水采集样本，从石块上刮取样本，从地上摘取草叶样本，然后在读码器里检测。他找到了上千种常见的细菌，其中有几种是纯种的，绝大多数充满了侧向转移而来的基因。

他只找到了一种能在黑暗中发光的细菌。

当然了，它的发光并非显而易见。它不会在黑暗中发出肉眼可见的光，机器报告的那一丁点密度不足以做到那个程度。他之所以会知道它发出荧光，仅仅是因为它的基因序列本身：五百七十六个不该出现的核苷酸，那是一条装配线，能产出一种会在氧气环境中发红光的蛋白质。这是某种标记。一个信标。

刚开始他读不懂它的含义。他见到了光，但两侧的基因似乎毫

---

[1] 旅行推销员和哈密顿回路都是数学中 NP 完全问题（世界七大数学难题之一）的经典例子。

无意义。它就像沙漠中的一个路标，放眼望去没有任何道路。

他让他的手脚引导他。答案必将自行降临。

他探索了建筑物南侧的走廊和镶木墙板的厅堂，这儿的情况甚至超过了完好无损：一尘不染，去除了所有东西；墙上的非智能涂料已经褪色，曾经挂画的地方如今只剩下了一个个浅色的矩形。他在一扇被砸烂的门背后的角落里找到了政三的一对桃花心木弹珠。他发现了他的摩托车的残骸：折断的车把手，叉轴，一面倒塌的墙压住了一个充气的内胎，看上去像个过度膨胀的足球。

但他直到深夜才发现那具尸体。

他没找到其他人的尸体。当局很可能把它们处理掉了——当然还有另一种可能性：与他亲眼见到的所有证据相悖，他们通过某种手段逃掉了。更奇怪的事情也发生过。

那天夜里，附近的落石声惊醒了他，他的记忆不知怎么在星光无法照亮的废墟中找到了一条路，双脚自己穿过凌乱的碎石，连一步都没有走错，耳朵追寻着前方黑暗中砾石滚下新形成的斜坡时的轻微声响。最后，他见到了一团边缘参差不齐的黑影，这儿以前什么都没有，破碎的瓷砖中塌陷出了一个新的地洞。布吕克斯站在洞口边缘瑟瑟发抖，等待天色变亮。

尸体在坑底逐渐化作深浅不同的灰色：黑暗中一团无定形的灰斑，混杂碎石中的一团突出灰影，地下室地面上用罩衣裹着的一把黑色木棍。它仰面躺着，塌陷从腰部掩埋了它。尸体在沙漠气候中木乃伊化，皱缩成了骨头和棕色皮革。它盯着天空的眼睛早已只剩下两个空眼眶。双臂也许曾经平静地叠放在胸前，但现在变得弯折扭曲，像是罹患了某种毁伤性疾病，手腕转向内侧，手指抓挠胸骨。

它指着它自己，布吕克斯意识到。指着它自己……在他新得到的信仰护佑下，丹尼尔·布吕克斯的头脑变得异常清晰，他看清楚了这具尸体的本质。

它是一个标志。

"那是个标记，"下一次瓦莱丽到访时（两晚后，还是三晚？），他告诉她，"它指着它自己。"

有了后见之明，一切都是那么显而易见：编码荧光蛋白的序列还包含其他信息，同一团缠结的氨基酸长链既服务于平平常常的生物学功能，也向一个能看懂这个字母表的人拼出了更加玄奥的留言。

不只是标记，也不只是留言，而是一段对话：基因和蛋白质彼此交谈。作者直接把氨基酸转换成了字母表：缬氨酸、苏氨酸、丙氨酸拼成 the，苯丙氨酸、谷氨酸、缬氨酸、丙氨酸拼成 fate，丝氨酸按迭代情境解读为空格或硬回车。荧光蛋白拼出一段留言：

仙境是玫红色

的光辉

命运

我们信靠……

指导其合成的反密码子用另一套字母表拼出另一段留言：

任何生活方式

都是极好的

喔，停留吧

我的里拉琴……

一首呼应体的自由诗被塞进了仅仅一百四十个密码子里。这是密码学效率的奇迹，一旦布吕克斯看到光明，剩下的就很简单了。

"序列拼出一个信息并为一种蛋白质编码。这种蛋白质发出荧光并包含回应。这不是污染或侧向转移。而是一首诗。"

"不是给你的，"瓦莱丽说，"你在寻找其他东西。"

不，他心想，是你在找其他东西。

"你这不是一种怪癖。"他过了一会儿说，过去点燃篝火。

"你是说我无法从饲养弱智宠物中得到乐趣，"她的眼睛闪烁着橘红色，"我不是拉克什·森古普塔。"

"我也很确定你来这儿不仅仅是为了享受有我陪伴的乐趣。"她没有喊出反对的话。"所以你到底为什么来？"

瓦莱丽的面容高深莫测。"你觉得呢？"

"我觉得我是个廉价劳工。在这儿能找到一些有用东西的概率高得不容忽视，但又低得不值得浪费太多资源。你有可能发现宝贝。因此，每隔一段时间，你等到太阳下山后就会来看看我挖出了什么东西。"

她盯着他看了好一会儿。布吕克斯看着她那张有点像狼的脸，黑影在那张脸上舞动，他惊讶于自己不再觉得它令人恐惧了。

"丹尼尔，"她最后说，"你太低估自己了。"

*

然而事实上，瓦莱丽似乎很享受他的陪伴。他们交谈的语气悄然改变，不再是拷问，对哲学和病毒性神学的探讨几乎变成了一种对话。她的思想不再能够甩他好几圈，现在他偶尔甚至能够挑战她了。他依然不确定这种新得到的能力究竟从何而来。他的潜意识直接提供了正确的回应，但懒得展示它的运作过程。刚开始他感到恐惧——新的想法脱口而出，他不可能有机会检验它们的正确性，不可能来得及解析它们的含义。他想克制，但做不到，他自己的见解让他越来越感到不安，甚至是恐惧；而瓦莱丽只是侧着头，从遥远的史前时代望着他。

让他最终平静下来的也正是这些洞见。说到底，这难道不正是人类大脑一贯的行为方式吗？晴空中的一道霹雳，典型的完全成熟的尤里卡[1]时刻？苯环的结构不也是在梦中浮现在凯库勒眼前的吗？

他也开始做梦。他在梦中听见声音，那是一种持续不断的耳语声：她是这一切的幕后黑手。这全都是她一手操纵的，你难道看不出来吗？逃出牢笼，溜过各种网和太空，穿透基准人类能建立的最优秀的防火墙。向假情报部门亮出假证件，从机库里偷走一艘隐形飞船，船上还有整整一个班的僵尸，离开时没有惊动任何人。她靠虚张声势登上荆棘王冠号。其他人都在伊卡洛斯葬身火海，而她安然无恙地回到了地球。

你认为是一群僧侣把你和一个发誓要杀了你的女人关在一起，让你扮演按需转移注意力的诡雷，等待真相像闪光手雷似的爆炸？不，肯定是吸血鬼。只可能是吸血鬼，而其他人都死了，你之所以还活着，是因为她想知道神为丹尼尔·布吕克斯安排的计划。她会得到她想要的一切，然后就宰了你。

醒来后他只记得听到了一些声音，但不记得它们都说过什么。

*

两晚后，瓦莱丽亲吻了他。

他甚至不知道她来了，直到她的手一把抓住他的后脖颈，把他整个人转了过来，而他的脑干都来不及做出反应。等他的心脏从嘴里蹦出来、身体回想起战斗／逃跑的本能、缓存有机会想到"完了，她不需要我了，我死了，我死了，我死了"，她的舌头已经插进他的喉咙深处，她的另一只手（不是正在压碎他颈椎的那只手）捏住他的面颊，迫使他分开两排牙齿。他无法合拢他的上下颚。

他被她抓在半空中无法动弹，而她从内部品尝着他。隔着她的

---

[1] Eureka，终于发现了（问题的答案）并因此感到高兴。

身体，他感觉到了某种节奏，假如它不是那么缓慢，他几乎可以肯定那是心跳。她终于松开了手，他瘫倒在地，连滚带爬地侧身逃跑，就像一只螃蟹被困在了避无可避的空旷之处。

"这他妈——"他喘息道。

"酮类，"她的视线穿透了他，紫色的暮光勾勒出她的轮廓，"乳酸盐。"

"你能尝到肿瘤。"他过了一会儿才醒悟。

"比你们的机器更灵敏，"她凑近布吕克斯狞笑，"不过未必特别准确。"

即便目光相接，她似乎也不是在看他。

他在她行动前一瞬间想到了——

——她要咬我了——

——但剧烈的刺痛来自他的手臂，而瓦莱丽的脸连一厘米都没移动过。他低头望去，诧异地发现他的前臂多了一对穿刺的痕迹——两者相距仅一厘米。他随后看见瓦莱丽拿着一把双头的活检枪，然后他看见野外急救包扔在地上，盖子被打开了，小药瓶、针头和手术器具在火光中闪闪发亮。

"太阳带来的麻烦，"瓦莱丽轻声说，"辐射太强，防护不够。"

在伊卡洛斯，他想起来了。当时我们以为我们会把你像蛾子一样烧死在船壳上……

"但你很容易就能治好。"

"为什么？"布吕克斯问，他不需要说下去，知道她肯定明白他的意思：

为什么帮助一个猎物？

为什么帮助一个想杀死你的人？

我为什么还没死？

我们为什么还没死？

"是你们把我们带回了世间。"瓦莱丽淡然道。

"当我们的奴隶。"

她耸耸肩。"否则我们就会吃了你们。"

我们把你们带回世间，然后出于自卫而奴役你们。但也许她认为这个交易其实很合算：让你在被囚和完全不存在之间选择，谁会选择后者呢？

对不起，他想说但无法开口。

"没必要，"她答道，像是听见了他的心声，"你们没有奴役我们。奴役我们的是物理学。你们打造的锁链——"她的利齿闪闪发光，仿佛小小的匕首，"就快被我们打破。"

"我以为你们已经打破了。"

她摇了摇头，初生的月亮短暂地照亮他的眼睛。"障碍依然在起作用。看见十字架，我的一部分就死了。"

"但那是你制造的——一个、一个部分。"当然了。这还用说吗。他们毕竟是并行处理器……

真相像阳光一样照进他的脑海：一个定制的缓存，一个被创造出来的原始意识，被隔离出来充当祭品，让它承受十字架产生的痛苦，而其他的认知线程像溪流绕过石块一样包裹住它。瓦莱丽根本没有消除癫痫发作，而是把它装进包裹，带着它负重前行。

他想知道她从多久之前就能做到这一点了。

"只是个权宜之计，"她说，"必须解除神经接线才行。"

当然了，不是为了去报复蟑螂。那场战争早已结束，只是输掉的一方现在还不知道。这个史前后人类，它的脑袋里有十几个并行存在的实体，之所以能够如此大大方方地承认（没有仇恨，没有怨恨，全然不在乎区区一个丹尼尔·布吕克斯有可能对她的革命造成什么影响），是因为她早已不把基准人类放在眼里了。瓦莱丽和她的同类不需要打破锁链也完全有能力摆脱人类的压迫，他们需要解放手臂是为了对付能力与他们相称的事物。

"你们不像你想象中那么渺小，"她说，看懂了他的心思，"你们可以比我们全体都要伟大。"

布吕克斯摇摇头。"我们不可能的。假如说我从这些遭遇学到了什么——"

涌现的复杂性，他意识到这才是她想说的。

一个神经元不知道它被激发是在响应一种气味还是一部交响乐。脑细胞并没有智慧，有智慧的是大脑。而脑细胞甚至不是下限。思维的起源被埋藏得非常深，它们甚至早于多细胞生命本身：领鞭毛虫的神经递质，单领鞭虫的钾离子门。

我是一个在自言自语的微生物群落，布吕克斯心想。

等天堂和感控中心把足够多的大脑连接在一起，节点之间的时延降低到接近于零，谁知道会涌现出什么样的元进程呢？谁知道已经存在了什么样的元进程呢？和某些东西相比，二分心智人的集群也许简陋得就像海葵的神经系统。

也许奇点早已到来，只是它的组件还茫然无知。

"它们永远不会知道的，"瓦莱丽对他说，"神经元只会被动回答，它们不会知道理由。"

他摇了摇头。"即便有东西已经——凝聚产生，它也甩掉了我。我没有接入网络，我甚至没做过增强。"

"感控中心只是一个界面，还存在其他的接口。"

无意识模仿，他心想。

但这并不重要。他依然是丹尼尔·布吕克斯，人类之中的腔棘鱼：徘徊于演化的外围，没有改变也无法改变，而世界已经滚滚前进。启蒙对他来说就够了，他不想成为变形的一部分。

就让我留在这儿吧，看着形势逆转，烈焰燃尽。就让我站在原地吧，看着人类变成某种陌生的事物或者在尝试的过程中死去。我会看着是什么取代人类而崛起。

无论如何，我都将见证我这个物种的灭绝。

瓦莱丽从黑暗中望着他。你们制造的锁链——就快被我们打破。

"我希望我们并不需要它们，"他轻声承认道，"我希望我们把你们带回世间，没有给你们十字架障碍或分而治之障碍或其他任何该死的锁链。也许我们可以减弱你们的猎食者本能，解决原钙粘蛋白不足的问题。把你们造得更……"

"更像你们。"她替他说完。

他张开嘴，发现他无话可说。镣铐是用基因还是钢铁铸造的并不重要，是在出生后还是受孕前戴上的也不重要。无论你把锁链戴在什么地方，无论它们是由人工造出还是演化生成的，锁链就是锁链。

也许我们就该让你们灭绝。从零开始制造一些更友善的生物。

"你们需要你们的怪物。"她淡然道。

他摇摇头。"你们实在太——复杂了。所有东西都和其他东西有关联。解决了十字架障碍，你们就会丧失模式识别的能力。让你们变得更不反社会，天晓得还会失去什么？我们不敢把你们改造得过于彻底。"

瓦莱丽发出轻轻的嘶嘶声，碰撞上下牙齿。"你们需要怪物是为了打败它们。屠宰一头羊羔算不上什么伟大的胜利。"

"我们没那么愚蠢。"

瓦莱丽转身望向地平线：照亮云层的闪烁火光就是她需要的全部反驳。

但那不是我们，布吕克斯心想，即便是也不真的是。那是——旧城改造。拆毁一个旧世界，为新主人做好准备。

虫害控制。

怪物的肩膀抬起又落下。她背对着他说——"要是咱们都能和睦相处，那岂不是很好吗？"——在他余生中的每一天里，布吕克斯都无法分辨她是真诚的还是在讽刺。

"我以为我们已经做到了。"他说，一把捞起野外急救箱里的活检针。他像跳蚤似的蹿到她的背上——这辈子动作都没有这么敏捷过——把针头深深地插进她的颅骨底部。

衣服里没有皇帝

——斯图尔特·格思里

　　现在只剩他一个人了。白天，龙卷风像烟柱穿过沙漠，只受上帝的控制。夜晚，远处灌木丛燃烧的火光环绕地平线：后人类世爆发正进行得如火如荼。布吕克斯思考外界有可能在发生什么，他愿意去想一切事情，除了他刚刚犯下的罪行。他想象不可见的战斗如何进行。他思考是谁在占据上风。

　　也许是二分心智人塑造了奇点，在盒子里铺下了第一层滚珠。为未来奠定了基础。也许这就是他们的关键时刻，是凝集器底部积累的第一批原子。从这一切开始，人类可以跨越时间和空间共鸣，引发决定性的连锁反应，旨在消灭神这个病毒的所有作为。清理本地条例中的错误，删除制约人类的法则。从蝴蝶扇动翅膀般的微小起点开始，整个过程或许要花费几十亿年的时光，但到了最后，生命本身也许可能从普朗克尺度向上完全得到解脱。

　　除了涅槃，你还能称之为什么呢？

　　还存在其他的势力、其他的计划。吸血鬼是其中之一，他们是最聪明的自私基因。他们也许希望人类猎物能保持现状：缓慢，愚钝，思维受到意识缓存这个可憎瓶颈的制约。或者是正在东方崛起的另一个派别，或者人类已经分化产生的任何一个怪异亚种：组大脑派、多核心派、中文屋派或者僵尸派。甚至还有罗娜的超意识人工智能。他们各有自己的理念，各有自己的战斗理由——或者以为自己有。

　　然而事实上，他们的行为似乎都服务于其他某些事物的目标，那是个庞大的分布式网络，正在逐渐滑向伯利恒——这也许纯粹是个巧合。也许我们的行为真的只是出自我们所相信的理由。也许一切都摆在明面上，光线充足，容易分辨。也许丹尼尔·布吕克斯、拉克什·森古普塔和吉姆·摩尔，他们每个人都在为了救赎而燃烧自我，只是凑巧都在极地轨道的白热辐射中结束，他们过于痴迷，以至于冲向了天使也不敢涉足的地方。

　　也许从某种程度上说，确实是丹尼尔·布吕克斯，刚刚杀死了他最后的也是唯一的朋友……

　　他想到吉姆·摩尔，摩尔在他脑海里点着头，给出睿智的建议。罗娜提醒他要像生物学家那样思考，于是他看到了自己的错误；他听说过小行星的诸天使，他亲眼见过天国之物，那东西不属于地球。他见到的是一块块毫无生气的旋转的岩石，而不是曾经爬过地球潮间带的已经灭绝的棘皮动物。海星，没有大脑的生物，甚至没有头部，但它们的行动依然具有目标性和某种智能。对于入侵伊卡洛斯的生物来说，这个类比不算糟糕。对于正在沙漠之外发生的事情来说，这个类比同样不算糟糕……

　　他的脑海里还有其他声音：瓦莱丽、拉克什、他不认识的另一些人。有时候他们会互相争论，他对于他们来说只是个事后的念头。他们说他正在变成精神分裂症患者，说他们仅仅是他自己的念头，无拘无束地飘荡于一个正在逐步分崩离析的头脑之中。他们会恐惧地低声说有个东西潜伏在地下室里，这个东西是他从太阳带回来的，

· 363 ·

它跺着脚走来走去，移动楼上的东西。布吕克斯想起吉姆·摩尔切除他身上的肿瘤，感觉到他的朋友在他的心灵之眼背后摇头：对不起，丹尼尔——看来我没切干净……

有些夜晚，他躺在床上无法入睡，他咬紧牙关，绷直身体，凭借纯粹的意志力去解除中脑缓慢的渐进式重新布线。地下室里的那东西在梦中找到他。你以为这是新花招吗？它嗤笑道。哪怕在这个可悲的穷乡僻壤，同样的事情已经持续发生了四十亿年。我要把你整个儿吞下去。

"我会和你战斗到底。"布吕克斯大声说。

你当然会了。这就是你的存在目的，你全部的存在目的。你胡扯什么盲眼的钟表匠和演化的奇迹，但你太愚蠢了，看不出只要你放手离开，一切将会发生得多么迅猛。你是个拉马克时代的达尔文化石。你难道看不出我们已经厌倦了让你拖住我们的后腿，因为你愚蠢得无法区分成功与自杀而大哭大闹？

"我看见了火光。人们正在反击。"

在那里的不是我，是你们这些家伙，正在勉力追赶。

这是一场逆境中的战斗。意识从来没有占据过上风；我只是个便签本，是记忆中现在时刻的瞬间快照。布吕克斯以前没听到过那些声音，但它们一直都存在，只是藏了起来，做着繁重的工作，向一个高高在上的愚蠢小人发送状态报告，而后者拿走了所有的荣誉。一个自欺欺人的原始意识，试图理解比它聪明无数倍的那些部属。

而它们迟早会意识到它们根本不需要他，只是个时间问题而已。

*

他不再在废墟中寻找答案，而是在整个广阔的沙漠中寻找它们。他的感官已经崩溃。每一次日出似乎都比上一次苍白，每一股吹拂皮肤的微风都比上一股更遥远。为了感受生命，他伤害自己，鲜血像泉水似的涌出来。他存心折断小拇指，感觉到的不是疼痛，而是微弱的音乐。那些声音一刻也不肯放过他。他们告诉他该吃什么，他把石块塞进嘴里。他不再能够分辨面包和岩石。

一天，他见到一具尸体，它在干燥的沙漠空气中逐渐脱水，食腐动物撕开了尸体的侧腹部，苍蝇像光环似的包围尸体的头部。他几乎可以肯定他没有把尸体扔在那儿。他觉得他看见尸体动了一下，没有完全死去的神经还在抽搐，拒绝承认它们正在腐坏。负罪感像硫酸似的爬上他的喉咙。

是你杀了她，布吕克斯对他身体里的那东西说。

这就是你还活着的唯一原因。我是你的救主。

你是寄生虫。

是吗？我付房租。我做翻修。我才刚刚开始，这个系统就已经运转得足够快，能够智胜一个吸血鬼了。除了吸葡萄糖，盯着自己的肚脐眼看，你说你还做了什么？

所以你到底是什么？

我是从天而降的吗哪[1]。我是一张罗夏墨迹图。僧侣们看着我，见到了神的手，吸血鬼见到了结束孤独的方法。丹尼小子，你见到了什么？

他见到的是个猎鸭棚，是辆遥控车。他见到的是另一个奇点在看他。他见到的是瓦莱丽的尸体在他脚下抽搐。丹尼尔·布吕克斯残余的心智想到了她的遗言，当时她用活检枪刺穿他的皮肤，但目的不是为了做活检："要是咱们都能和睦相处，那岂不是很好吗？"

你知道她说的不是你。

他当然知道。

---

[1] 《旧约》中奇迹般出现的食物，提供给从埃及逃出在荒凉的沙漠中游荡的以色列人。

他发现自己站在悬崖边上，正在从高处俯视沙漠。修道院的废墟在热浪中闪烁，而他什么都感觉不到。他似乎身处一百万英里之外，像是在通过摄像头远远地观望世间的景象。折磨他的怪物说，你必须调高振幅。想要感觉到任何东西，那是你唯一的办法。你必须提升增益。

但布吕克斯已经明白了。他不是第一个在沙漠中受到诱惑的人，他知道故事会如何发展。他应该与这个声音抗争。不要试探耶和华你的神，他应该这么说，然后从悬崖前退开，走进历史。剧本里就是这么写的。

但他已经受够了那些狗屁剧本。他记不清上次由他自己写台词是什么时候了。看不见的巨手把他赶进沙漠，塞进一个后人类工具箱里，与纳米显微镜、培养皿和读码器为伍：一个所谓的生物学家，甚至没有足够的脑子去戳弄他不了解的东西，愚蠢得甚至不知道那些东西什么时候会戳弄回来。他们利用了他，他们全都利用了他。他根本不是他们的同事，更不用说朋友了。他根本不是他一开始以为的意外旅客，一个需要额外照顾的弱智祖先。他是个集装箱：这就是他扮演的全部角色。一个育儿袋。

但他不是没有自我意识的自动机，现在还不是。他依然是丹尼尔·布吕克斯，这一刻他不受任何人的舞台指令的奴役。他要决定他自己的操蛋命运。

你敢？某个东西在他的脑海里咬牙切齿。

"你看我敢不敢。"他说，然后向前迈了一步。

尾声 孤独的终结

《新约》所明确见证的是肉体的复活，而不是灵魂的迁移。

——N. T. 莱特

可用的材料并不多。加起来连一个黑色素瘤都不到。重新连接中脑的回路当然绰绰有余，但能够处理粉碎的骨骼吗？能够在损伤如此巨大的情况下保持成骨细胞和横纹肌的生命力吗？能够控制住腐败分解吗？

恐怕很难。但一点一点来吧。

食腐动物来拜访时，身体会喊叫，发出没有含义的警告吼叫。幅度可观的抽搐吓走了大部分鸟类。但即便如此，在身体变得足够完整、爬到隐蔽处之前，某种动物啄掉了它的一只眼睛；而到时候身体末端也会坏死。系统鉴定自己的伤情，决定重点关注腿脚和运动结构。需要的话，手可以换掉。以后再说。

还有另一件东西：神的一个碎片，它经过重新编程，被包裹在脑炎病毒的松脆外壳里。这是一个补丁，针对吸血鬼大脑的一个特定部位：孔蛛处理器，怀念着梭状回的模式匹配湿件。

这双眼睛里不再有神采了。寄生性的自省原始意识已被驱除。不过，系统依然能够访问存储的记忆，假如有足够的理由，它肯定能重复拉克什·森古普塔在世时的惊愕话语。

要是那些怪物可以忍受一起待在同一个房间里，你能想象他们会做出什么事情来吗？

孤独的终结。它现在已经侵占了曾经名叫丹尼尔·布吕克斯的系统。他是立约的血，将为许多人而流。

它拖着破碎的下半截身体爬起来，用两条僵硬的腿站着——现在它只是一名观察员，但也许很快就会成为一名大使。复活者走向东方的新世界。

瓦莱丽的遗产与它同行。

致谢

好久不见。三位编辑。三位家人的去世。一次与食肉性疾病的近距离接触。一次重罪判决。一场婚姻。

现在有了这个。

我不确定"这个"究竟是什么——但无论好坏，若是没有帮助，我都不可能完成这本书。事实上，要是没有帮助，我甚至不可能还活着。因此，首先也是最重要的，请允许我衷心感谢凯特琳·斯威特的贡献。没有她，《模仿》就不可能存在，因为没有她，我就已经不存在了。我会在 2011 年 2 月 12 日死于坏死性筋膜炎（那天正是达尔文日，我说真的，不信就去查一查）。作为救我一命的恶意奖励，凯特琳不得不在浴室里、床上和餐桌前没完没了地听我唠叨这个场景话太多，那个高潮太做作；然后她会提出一个优雅的解决方法，尽管到头来我自己也有可能会想到，但多半不会是在截稿日之前。她的洞见比黄金还宝贵。假如实现得太糟糕，那都是我的错，而不是她的。

本书的前两章也受惠于两个作家小组的工作坊讨论：一个是直布罗陀角的各位（迈克尔·卡尔、劳里·钱纳、约翰·麦克戴德、贝基·梅恩斯、伊丽莎白·米切尔、戴夫·尼克尔、贾尼斯·奥康纳和罗布·斯陶弗），另一个是塞西尔街的各位（玛德琳·阿什比、吉尔·卢姆、戴夫·尼克尔——第二次、海伦·雷肯斯、卡尔·施罗德、萨拉·西蒙斯、迈克尔·斯基特、道格·史密斯、休·斯宾塞、戴尔·斯普鲁尔和艾伦·韦斯博士）。

多年来我一直在列清单，尽量记录形形色色的见解、参考资料和疯狂幻觉般的假设，是它们为这本书的写作提供了素材。我尽量和许多人保持联络，他们有的发论文给我，有的就是他妈的论文作者，有些在博客文章里随口提到一些东西，有些在酒吧辩论时醉醺醺地戳着我的胸口表达观点。我想按照他们贡献的性质来列出每一个人：测试性读者、科学权威、信息管道、魔鬼代言人。

然而对大多数人来说，我做不到这一点，因为重叠的情况太多了。彼此叠加的无数色块把维恩图变成了一团乱糟糟的灰色。因此，对大多数人来说，我只能按照传统的字母顺序来感谢他们，其中包括尼克·阿尔科克、贝弗利·班伯里、汉努·布鲁米拉、安德鲁·布尔、南希·塞雷利、阿列克谢·切贝尔达、克里斯蒂娜·乔多罗克萨博士、雅各布·科恩、安娜·达沃尔、阿莱克斯·德拉莫尼卡、西比勒·艾斯巴赫、乔恩·恩森、瓦尔·格林、诺姆·霍德曼、托马斯·哈德曼、安德鲁·海塞尔博士、基思·霍尼鲍恩、塞斯·凯珀、艾德·凯勒博士、克里斯·克纳尔、列昂尼德·科罗戈德斯基、杜明·卢、马特·麦考密克博士、丹妮尔·麦克唐纳、奇内杜姆·奥福伊格布、赫苏斯·奥尔莫、克里斯·佩珀、亚纳·兰迪纳、凯利·罗伯森、帕特里克·"巴哈姆特"罗切福特、卡伊·索塔拉博士、布拉德·坦普尔顿博士和罗伯·塔克，还有一位我只知道他叫"随便·J."的神秘老兄。

还有些人以非凡或特定的方式超过了其他所有人。丹·布鲁克斯博士唠唠叨叨，和我针锋相对，偶尔扮演旅伴的角色。克里斯汀·乔夫尽其所能教我学习DNA读码的要领，然而就是挡不住我去舔针头（她还送给我一个小瓶，里面装着十几种动植物的精制

DNA，我先用它们清洗口腔，然后向国土安全部提交颊黏膜拭子样本）。利昂娜·卢特罗特将神描述为一个过程，这在我的脑海里点亮了一个 LED。黛博拉·麦克伦南博士领着我偷越了付费墙。希拉·米格斯告诉我有个插件，能让我极其方便地在"笔记和参考文献"一章中插入引用（读完那一章，假如你因为同一个原因而觉得她非常讨厌，我也能够理解）。雷·尼尔森始终鞭策着我，同时保证我的 Linux 电脑正常运行。马克·肖维尔确保我能用一台用活页夹固定在一起的笔记本电脑工作，对我倍感同情。凯特·斯帕克斯带着我走遍半个世界，她是把我最糟糕的一年变成最好一年的支点。

这些人有一部分是我在现实世界的朋友，其他人则是像素伙伴。他们和我在线上和线下争论，在《模仿》孕育过程中流出的片段里搜寻漏洞，给了我数不胜数的参考资料，内容从人类遗传学到机器的自我意识到嗜金属细菌不一而足。他们这支军队人数虽然不多，但异常聪明，尽管我已经尽了最大的努力，但还是有可能忘了感谢其中的一些。希望被我漏掉的那些朋友能够原谅我。

霍华德·莫哈姆。我和很多经纪人打过交道，他们的建议从"我会买你的书看"到"除非你去写主角是海洋生物学家的近未来技术惊悚小说，否则我就不会代理你"样样都有，但只有霍华德对我说，我有什么灵感就写什么，而卖书是他的工作。想适应一个达尔文式的市场，这也许不是最符合机会主义的态度，但是啊，朋友我跟你说，能遇到一个把写作放在第一位的经纪人可真是太好了呢。

不过讽刺的是，我的下一本小说多半会是以海洋生物学家为主角的近未来技术惊悚小说。

笔记与参考文献

打这段话的时候我没穿衣服。

整本书都是我光着身子写完的。

我渴望在写作过程中得到一定程度的不适感，道理在于假如你不敢冒摔个狗吃屎的风险，就不可能去任何新的地方。如果有什么确定的方法把我弄出我的舒适区，这就是严肃地对待一个看不见的全能天仙子，把它塞进硬科幻小说，这样一种挑战。说起来，"基于信仰的硬科幻"这个短语本身就极为矛盾（暂且不论克拉克第三定律[1]），它意味着《模仿》可能会是我自从 βehemoth 以来摔得最惨的一跤（尤其是在《盲视》出版之后，多年来它为我赢得的爱一直在让我感到惊讶）。另外，由于缺乏神灵存在的经验性证据（至少在写到此处时还没有），我甚至不能使用我一贯的策略，用《自然》杂志上的论文给我的核心主张充当挡箭牌。

但在此我还是要给其他所有东西找一找挡箭牌。也许这就够了。

---

[1] 任何非常先进的技术，初看都与魔法无异。

心理战与意识障碍

这次我没有在意识的话题上纠缠太多，我在《盲视》里已经差不多说完了我想说的一切，但我想顺便提一句："意识是一种非适应性的副作用"这个概念在当时尚属激进，才刚刚出现在文献里[1]，而现在越来越多的所谓意识活动（包括数学![2]）被证明其实是非意识的[3,4,5]（但也有人持保留意见[6]）。

基思·霍尼鲍恩关于"棱镜癖"的报告中提到了一个引人人胜的例外，这些人把自己淹个半死，以期达到极高的觉知状态。伊齐基尔·莫塞拉的 PRISM 模型[7,8]假设了意识最初演化是为了一个令人惊讶的平凡目的：调解对骨骼肌发出的彼此矛盾的运动指令。（不得不指出，同样的矛盾——一方面是从引起痛苦的刺激中缩回的冲动，另一方面是知道按照这个冲动行动你就会丧命——正是弗兰克·赫伯特《沙丘》中贝尼·杰瑟里特姐妹会用戈姆刺测试来评定保罗·厄崔迪是否能达到被视为"人类"的标准。）

其他一切归根结底都只是花招和障碍。瓦莱丽画在王冠号舱壁上给潜意识编程的"帮派符号"应该是新生的光遗传学[1]领域[9]的符合逻辑（尽管有些牵强）的外延。丹·布吕克斯和莉安娜·卢特罗特在顶层舱体验到的"感知存在"来自对颞顶联合区的入侵，因此扰乱了大脑的身体映射[10,11]（大体而言就是你大脑中追踪身体部位情况的区域受到刺激，结果产生了另一套身体部位的映射）。森古普塔的诱导性恐音症会让患者在听到相对无害的声音（吧唧嘴的声音，打嗝声）后就会触发暴力性的愤怒[12]。然而这些过程都曾应用于教育，正如布吕克斯指出的，恐惧会促进记忆的形成[13,14]。

恐惧和信念同样会杀死你[15]，在某些宗教活动中，这个技法被

---

[1] 融合光学及遗传学的技术，能精准控制特定细胞在空间与时间上的活动。

应用得很好 [16]。另外，假如你在思考结尾的梭状回是怎么回事（我的几个测试性读者就是如此），我可以告诉你，这个结构包括了面部识别的脑回路 [17]，人类对它做了微调，以提高吸血鬼的相互对立反应。同一个脑回路在演化中使得我们在云中见到面容，（再一次地）参与了人类宗教冲动的演化（见下文）。

大脑习惯于从字面意义理解隐喻——你凑巧拿着一杯咖啡的时候，会倾向于认为其他人有"更温暖"的性格，二分心智人用洗手来减轻负罪感和犹疑感——这同样是个经过验证的神经学事实。[18]

至于"诱导性的不朽错觉 [1]"，那是我凭空捏造的。不过想法挺酷，对吧？

不死者的更新版

当初在《盲视》里，我已经对吸血鬼的生物学和演化特征打下了相当坚实的基础。在此我不打算重温这些内容（读者若是想要复习，可以看看费泽尔药业为股东准备的演示 [19]），但有一点我要说明一下，《盲视》里有一条引文的言下之意是不可能存在女性吸血鬼（强制他们成为专性食人族的基因位于 Y 染色体上 [20]）。近期切博尔达等人的研究确定了 X 和 Y 染色体上的缺陷都有可能导致更普遍的原钙粘蛋白失调问题 [21]，于是解决了我无意间造成的这个悖论。

话说回来，僵尸与这个故事的关系更大。手术和病毒造成的两个变种都出现了《模仿》里；手术诱导的军用型号基本上就是哲学家钟爱的"p- 僵尸"[2] [22]，它已经在《盲视》中亮过相了。病毒模式的例子包括巴基斯坦大流行病的患者："成群的平民被几千字节的武

---

[1] 原文为 thanoparorasis，前一半 thano 来自希腊语的死亡，后一半是倒错、错觉的意思。

[2] 即"哲学僵尸"，Philosophical Zombie。

器化代码弱化成了会走路的脑干，而那些代码受到意识思维的标志性生化过程吸引。"

这种病毒有可能以什么信号为靶标呢？意识在很大程度上拥有分布式活动的特性——大脑中相隔甚远的区域会同步受到激发 [23, 24]——但它也和特定的位置和结构有关系。[25] 就具体的目标细胞而言，我认为可能性比较大的是冯·艾克诺默神经元（即纺锤体神经元）：大得不成比例，形状呈反常的纺锤状，是稀疏分叉的一类神经元，比一般的神经元大 50%~200% [26, 27]。它们数量不多，在前扣带回和前岛叶只占 1%，但似乎对意识状态至关重要。

僵尸大脑摆脱了自我意识的代谢成本，在这些区域和前额叶皮质、顶上小叶和左角回表现出葡萄糖代谢减弱的迹象，从而造成僵尸大脑的温度有所下降。有意思的是，研究者发现同样的代谢抑制也出现在临床被诊断为精神失常的杀人犯的大脑上 [28]。

孔蛛

这一节开始我想先强调一下现实生活中八条腿的孔蛛是多么的酷。孔蛛具有可随机应变的狩猎策略、哺乳动物级的问题解决能力和视觉敏锐度，却完全是通过比针尖还小的一团分时共享的神经元实现的——这些全都是十足真金的事实 [29, 30, 31, 32]。

话虽如此，但伊卡洛斯上那种分时共享认知能力的黏菌还要更酷。考虑到二十一世纪末人类遥传物质技术的限制，也考虑到搭其他人的传送波束的入侵者若是明智，就一定会把它的结构复杂性降到最低，因此，拥有到达目的地后的自我组装能力就极为理想了。米拉斯等人阐述了一个过程，我认为它至少符合这个想法的雏形 [33, 34]。一旦它开始自我组装，我认为孔蛛的功能也许类似于库珀的iCHELLs [35]：无机质的金属细胞，不需要太费劲就能完成或可称为

"新陈代谢"的化学反应。也许还可以再加上一抹魔法仙尘般的等离子[36]——尽管我猜这两个过程未必能够兼容。

适应性自我欺骗系统……

最近研究人员发表了大量关于宗教冲动的自然历史和有神论迷信的适应性价值的论文[37, 38, 39, 40, 41, 42, 43, 44]。考虑到宗教冲动在我们这个物种中几乎普遍存在，宗教对适应性有一些益处也并不令人惊讶[45, 46, 47, 48]。假如你对这个话题感兴趣，而且有九十分钟的闲暇时间，那么我强烈推荐你看一看罗伯特·萨波尔斯基关于宗教信仰的演化与神经根源的精彩演讲[49]。

不过，我想说的不完全是食物禁忌和割包皮。与目前讨论更相关的是一个事实：宗教教徒的思维展现出了某些特有的神经学特性[50]。举例来说，信徒比非信徒更擅长在视觉信息中寻找模式[51]。佛教冥想增加了额前皮质和右前岛叶的厚度（这两个结构与注意力、内感受和感觉信息处理相关）[52]。甚至有间接证据表明，基督徒比非信徒更少受到情绪的支配[53]（他们遵循的规则是否更理性则是另一个问题）。某些宗教仪式在集中注意力和缓解压力上极为有效，甚至有人建议把它们整合成某种"无神论者的宗教"[54]。

一个显而易见的重大问题是，大多数宗教信仰（神、灵魂、太空迪士尼乐园）顶多只是一种观点，完全没有经验性证据（而且更常见的情况是存在反面证据）。尽管依然不可能证明一个东西不存在，但就大多数现实目的来说，直接称这些信仰为谬误也是完全合理的。

然而在写作本书的过程中，我忽然想到一个问题：对于科学，你是不是也能这么说呢？

因兹利希特等人有一篇论文[55]将宗教描述为现实的内心模型，

即便这个模型是错误的，但依然能给信仰者带来好处。读这篇论文的时候，我想出了卢特罗特将宗教信仰与视觉生理学比较的论述。尽管这个想法并不新鲜，但它的措辞让我联想到了我们大脑的运作方式——它是古老的生存引擎，而不是真相探测器——因此我不得不怀疑，在任何一个世界观经过人类神经系统进入大脑的那一瞬间起，整个正确与错误的区分很可能就不再适用了。接下来我读的一篇论文[56]认为，某些宇宙之谜的始作俑者不一定是暗能量，而是物理学定律的不一致性——假如真是如此，那实质上就不可能区分了……

当然了，这绝对不是在否定科学方法的实用性，尤其是与之相比的是戴着古怪帽子手持念珠和摇铃的那些人。然而，我不得不承认：我并不完全能够接受这条路似乎通往的方向。

……以及二分心智状态

二分心智教会刚开始并不是一个集群。他们是适应性故障和糟糕适应的一个偶然并列。

这个名称并非来自朱利安·杰恩斯[57]。与其相反，杰恩斯和教会回忆的都是一个过去的时代，当时成对的两个脑半球是唯一的选择：右脑是个缺乏想象力的务实记录者，左脑则负责模式匹配[58]。拿"基因复制"打个比方，在这个过程中，基因复制偶尔会出错，原本只存在一个基因，复制后却出现了多个复本，而多出来的复本就会成为"备用品"，可用于演化实验。脑半球偏侧化就有点像它。一个实用主义者核心，一个哲学家核心。

左脑寻求的是意义，哪怕是在不存在意义的情况下。虚假记忆、幻想性错觉——压力引起的在噪音中感知模式的现象[59]——这些都是左脑干的。即便没有输入或不存在意义，左脑也有可能去找到它。

左脑造就了宗教。

然而有时候，模式极为微妙。有时候，基本上只存在噪音：至少对由传统方式演化而来的感官来说是某种噪音。模糊的概率，掩盖了你所观察的事物的位置或动量的波。虚粒子能在黑洞边缘之外躲过一切探测手段。也许，等你远离我们感官演化来解析的这个世界几个数量级之后，一丁点幻想性错觉就能弥补缺憾。就像羽毛，它是为了调节体温而演化出来的，但后来被强行征用，完全发育，赋予其飞行的使命，也许我们能给大脑寻求虚假目的的湿件换个目的，去寻找它曾经不得不自我创造的模式。也许未来将是宗教和经验主义的融合。

也许左脑需要的只是一点点帮助。

故障和破坏为他们指明了方向。某些形式的脑损伤能导致特定类型的创造力大幅度提高[16]。中风会激起艺术创造性的爆发[60]，额颞痴呆能让大脑的部分区域超常发挥，尽管同时也会损伤其他区域[61]。一些自闭症患者拥有堪比猎食性鸟类的超常视觉敏感度，虽说他们使用的和我们一样都是人类的眼睛[62]。精神分裂症患者不受某些视错觉的影响[63]。至少有某些类型的联觉会带来认知优势[64]（有些人真的能看见时间，能把时间排列成五彩缤纷的彩带，他们在回忆个人时间线上发生的事件时，记忆力比我们其他人好两倍[65]）。正如丹尼尔·布吕克斯想到的，在某些类型的决策中，脑损伤实际上是基本理性的先决条件[66]。

二分心智人用非常特化的方式损伤自己的大脑。他们操纵NR2B的表达[67]，微调TRNP-1[68]的合成，用精心培育的癌症来促进生长（他们的基因做过标记，易于分辨[69]，万一出了什么错误也方便解决），增加神经雕塑的自由度。然后他们无情地剔除这些连接，把彼此纠缠的神经通路修剪到最优化的孤立功能岛[70]。他们将模式匹配能力提升到普通基准人类几乎无从想象的地步。

这样的增强当然会付出代价[71, 72]。二分心智人失去了跨越认知物种鸿沟进行有效沟通的能力。这不仅是因为他们重接了语言中枢[73]，使用大脑的其他区域进行交谈；他们现在几乎完全用隐喻来思考，用含有意义（即便严格地说意义并不存在的时候）的模式来思考。

他们接入网络后，情况会变得更加混乱，即便在现今的初级连接性水平上，网络也能彻底扰乱一个人的思维。名叫谷歌的"交互式记忆系统"已经在重接我们大脑中用来记忆事实的区域了，这些回路现在存储的是用来远程访问一个分布式数据库的搜索协议[74]。而谷歌离真正的集群思维的连接性还差得远呢。

这并不是在说集群思维还没有成为人类社会中无处不在的一个组成部分。你就是一个集群思维，从来都是：你是一个统一而连贯的意识，分布存在于两个脑半球之中，这两个脑半球在彼此分离后，都能成为一个有意识的独立实体，拥有自己的思想、审美甚至宗教信仰[75]。相反的情况同样会发生。一个脑半球在其伙伴被麻醉后（比方说准备做手术）不得不单独运行，它会表现出与完整大脑有所不同的一个人格，然而等两个半球重新连接后，这个单独的人格会被在完整的双核器官上运行的那个人格吞噬[16]。意识会扩展充满可用的所有空间。

二分心智集群的灵感来自克丽丝塔和塔蒂亚娜·霍根，这对颅部联胎的大脑在丘脑处融合[76]。除了其他功能，丘脑在扮演感官中继器的角色；这对双胞胎共享一套感官输入。两个人都能通过另一人的眼睛看世界。你挠一个人的痒痒，另一个人也会笑。传闻证据表明，她们能分享思想，尽管两个人都具有独立的人格，在提到双胞胎中的另一个时却会使用"我"这个代词。

这一切都是感官中继器的融合造成的。假如它们被进一步链接起来呢？一个念头抵达胼胝体的时候，它不知道应该停下掉头。假如它遇到的是另一种胼胝体，表现为什么会有所不同呢？假如把两个意识用一根足够粗大的管道连接在一起，它们的表现为什么会和你自己大脑的两个半球有所不同呢？

因此，足够高的带宽应该能够把任何数量的平台整合为单一的一个意识。从技术角度说，链接本身可以利用所谓的"假突触耦合"[77]（在这种情况下，直接的突触刺激会被绕过，大脑中其他部位产生的扩散电场导致神经元放电）。同步性是至关重要的：只有在所有脑区能在顶多几百毫秒的时延以内同时放电的时候，统一的意识才有可能存在[23, 24]。控制住这个管道，你就有可能在存取其他节点的记忆和感官数据的同时保持独立性[78]。

我始终让二分心智集群的整合范围保持灵活，允许节点间的连接随着需求而增减，但这些关于带宽 vs 接入的决定是由节点自身做出的，还是由更加包罗万象的某个事物决定的，我没有写得过于直白。假如你想了解完全认知整合的结果，我建议你不妨看看达摩联盟的解脱心法[79]。

无论集群是如何链接的，无论意识一致性的程度如何，这都是一种宗教体验——字面意义上的。

我们知道出神（rapture）是什么：一个好听的故障，大脑中关注躯体在何处结束、其他事物从何处开始的区域出现了障碍[80]。这个界限崩溃的时候，意识会觉得它与一切连接在了一起，从字面意义地感觉它和宇宙融为了一体。当然了，这是一种幻觉。超脱（Transcendence）是体验，而不是领悟。这并不是二分心智人产生出神感受的原因。

他们之所以会产生这种感受，是因为那是隶属于一个集群所带来的无可避免的副作用。共享感官系统，把思维链接在一起，这样的联系确实能够消除躯体之间的界限。与其说二分心智人的灵性出神是一种幻觉，还不如将其视为衡量带宽的标准。不用说，这种事的感觉很好，它本身的内涵就是如此。二分人连起来解决问题的时候，他们会得到莫大的快乐。他们真的能从发现中得到快感；假如基准人类也能得到这种奖励的话，他们就不会去追求终身教职了。

然而，副作用还有自己的副作用。与出神有关的神经回路的激活即便在基准大脑中也会造成荒诞言语的现象[81,82]；考虑到二分心智人用来增强提升性的大脑修改[83,84]，偶尔胡说八道一下肯定是相当常见的。集群没有尖叫个没完，布吕克斯就应该觉得很庆幸了。

回头再看，把二分心智人写成一个教会显然有点容易误导读者：他们选择融合的那些脑区只是凑巧与宗教神经行为事件中被激活的那些脑区有所重叠，因此表现形式彼此相似。这点区别是否意义重大，那就留给读者去思考吧。

神和数码宇宙

只有在你相信刚萌芽不久的数码物理学[85]的前提下，神是一种病毒的概念才真的说得通。大多数读者应该知道数码物理学是什么：建立在宇宙是离散的和数学的基础上的一组模型，因此宇宙间的一切事件都可被视为某种计算。数码物理学有几个分支：宇宙是一个模拟，运行在宇宙外某处的一台电脑上[86,87,88]；宇宙本身就是一台巨大的计算机，物质是硬件，物理学是软件，每一个电子的一次翻转都是一次计算。在某些版本中，物质本身也是幻觉，是实例化的数字[89,90]。在另一些版本中，现实是个全息图，宇宙的内部是虚无[91,92,93]；真正的事件发生在宇宙的二维边界上，而我们仅仅是从肥皂泡表面投射到其内部的干涉模式。无论是线上[94]还是线下[95]，这些东西都不乏通俗化的综述。

李·斯莫林（滑铁卢圆周理论物理研究所）反其道而行之：他完全拒绝接受数码物理学，转而提出了一个单一的宇宙，时间在这个宇宙里不是幻觉，但现实也不是确定性的，宇宙本身会通过超大规模的自然选择（将黑洞视为后代，熵视为选择压力）来生长、繁殖和演化[96, 97, 98]。然而即便是斯莫林的模型，在物理定律不一致面前也不堪一击；他的模型事实上预测了物理定律会随着现实的其他元素一同演化。这就让我们回到了一个老问题上：假如你处于一个不稳定的宇宙之中，该如何有效地确认稳定性呢？

读完这些参考文献，你必定会意识到，数码物理学尽管乍看之下实在荒诞，但科学界有许多重量级人物站在它这一边。我当然并不是其中之一，然而既然有那么多比我更聪明的人在为它辩护，我也就安于把病毒性神灵偷偷放在他们的艰辛努力背后并希望它能蒙混过关了。

其他背景知识

故事开始时布吕克斯正在进行的野外考察工作源于现在颇为流行的"DNA 条码"，这是一种快速而便捷的分类技法，根据细胞色素氧化酶基因的片段来区分物种[99]。从现在算起的八十年以后，它不可能依然以今天的形式存在——我们已经有了手持式分析仪[100]，它淘汰了传统的湿法化学分析——但我认为，不管技术怎么发展，基因条码的概念会一直存在下去。

为二分心智修道院提供动力的涡流引擎[101]来自路易斯·米乔德申请的专利[102]，他是一位退休的工程师，在车库里鼓捣的时候想出了这个点子。我不确定高二十公里、耗能两百兆瓦的漏斗旋风是不是我们的未来，但专利确实获得了批准[103]，而且该项目得到了政府和研究机构的认真关注。没人说其中的物理学有什么错误。

我们已经在逼近能绕过意识知觉的学习技术了[104]，莉安娜·卢特罗特在她的二分心智主人手中通过这种方法接受训练。与此类似，布吕克斯用来代替大脑植入物的皮头套也能在文献中早已存在的各种意识读写技术中看到雏形 [105, 106, 107, 108, 109]。另一方面，布吕克斯对认知素的依赖使得他真的成为了过去时代（也就是我们这个时代）的遗迹：记忆促进剂已经蓄势待发 [110, 111, 112]，而早在 2008 年，五分之一的在职科学家已经沉迷于大脑兴奋剂，以帮助他们不在竞争中掉队 [113]。

将大型多人在线游戏用作流行病学的模拟工具最初由洛夫格伦和费弗曼提出 [114]；而他们的灵感来自《魔兽世界》中的"堕落之血"意外疫情 [115]，造成疫情的原因是游戏中的玩家和现实生活中的人一样，往往不会按应有的方式去行动。我不知道有多少人接过这个球并跑了下去——至少有一篇论文提到利用在线游戏进行经济学研究 [116]——但假如没有其他研究的话，那么我认为我们就错过了一个巨大的机会。

小说快结束的时候有个关于自然选择的宣教时刻。大多数人似乎认为生物体会根据环境改变来产生适应性特征。这完全是胡扯。环境改变，凑巧已经拥有新适应性特征的个体不会被消灭。正在崩溃的丹尼尔·布吕克斯想到了一个特别切题的例证，那是一个奇异的事实：先进的神经结构基础已经存在于连最初级的神经系统都不具备的单细胞动物的体内 [117, 118, 119, 120]。

几个互不相关的冷知识。果蝇会在匮乏的环境中通过健忘来节省能量 [121]，记忆的建构和维持毕竟需要付出代价。我想象罗娜·麦克伦南的"分裂网"在伊卡洛斯断线后也不得不面对类似的权衡过程以节省能量。至于布吕克斯问摩尔为什么要费神费力地锻炼以保持身材？那是因为有一种药物已经离我们不远了，它能让你的新陈代谢进入肌肉佬模式，哪怕你一整天都坐在沙发上吃炸猪皮看《美国偶像》都无所谓 [122, 123]。

布吕克斯的意识分崩离析时，他在沙漠中发现的那首诗并不是（也许和读者的想法相反）幻觉。它是真实的，是加拿大诗人克里斯蒂安·博克扭曲的脑力劳动结果[124]，他把过去十年的时间花在研究如何建立一个基因上，这个基因不但能拼出一首诗，还能编码产生一种荧光蛋白，它的氨基酸序列解码后是对那首诗的回应[125]。我们上次碰面的时候，他已经成功地把它植入了大肠杆菌之中，但他的终极目标是把它植入抗辐射奇异球菌之中，这种细菌又名"细菌界的野蛮人柯南"[126]，也就是最强悍的一种微生物，甚至能在核反应堆的内部谈笑风生。假如克里斯蒂安的计划成功了，他的文字将会在这颗星球的表面反复出现，一直到太阳爆炸的那一天。谁能想象诗歌可以得到这么惊人的印刷量呢？

最后：自由意志。尽管自由意志（更确切地说，自由意志的不存在）是《模仿》的核心主题之一（无意识模仿这种神经性疾病之于自主性，就像盲视之于意识），我对此没什么想说的了，因为我的论点显而易见，已经到了令人厌倦的地步。神经元不会主动放电，只会对外部刺激做出反应；因此，大脑无法主动采取行动，只会对外部刺激做出反应[127]。在此我就不再赘述有关大脑在意识"决定"要行动前就采取行动的诸多研究了[128, 129]。忘记那些修正主义者的解释吧，他们对自由意志的定义进行了降级，认为自由意志只是一种凭借其不可预测性来迷惑猎食者的意志[130, 131]。事情实际上非常简单：开关没法自己开关。证毕。假如你还要坚持搞什么自由意志的闹剧，我就不再浪费时间继续争论下去了，因为许多人已经比我更有说服力地阐述了这个问题[132, 133, 134, 135]。

不过，考虑到目前的技术进展，《模仿》要求读者囫囵吞下的另一个假设是八十年以后，人们依然会坚信这样一个自相矛盾的前提——在即将步入二十二世纪的时候，人类的行动仿佛仍然拥有自由意志。

事实上，我们很可能会有那样的表现。并不是说你无法说服人们相信他们是自动机——至少从智性层面说，这很容易就能做到。

人们甚至会在认识到这一点之后改变他们的态度和行为 [136]：例如，更有可能出轨或更难以让他为他的不法行为负责 [137, 138]。但慢慢地，我们的态度会回到启蒙前的基准状态；即便是接受了决定论的那些人，其大多数也会在某种程度上相信个人罪责 [139, 140]。几万年以来，我们早已习惯于以一百二的时速巡航；假如没有意识的持续干预，我们往往会把油门踩到让我们感觉最舒服的程度。

《模仿》做出了社会同样有可能做出的象征性让步。你也许已经注意到了，在小说里，世界各国的司法体系已经剔除了个人罪责的概念，依然秉持这种想法的黑暗时代后进者会受到整个文明世界的人权制裁。布吕克斯和摩尔在修道院对"自由意志的老狗屁"有过一段争执。从未认真看待过自由意志的那些东方宗教的信徒已经进入了（在任何有分辨能力的人看来）类似于深度紧张症的一种集群思维状态。我们其他人则继续按我们一贯的方式生活。

结果证明，我们在这件事上没什么选择权。

1　D. M. Rosenthal, "Consciousness and Its Function," *Neuropsychologia 46*, no. 3 (2008): 829–840.

2　Asael Y. Sklar et al., "Reading and Doing Arithmetic Nonconsciously," *Proceedings of the National Academy of Sciences* (November 12, 2012): 201211645, doi:10.1073/pnas.1211645109.

3　Ap Dijksterhuis et al., "On Making the Right Choice: The Deliberation-Without-Attention Effect," *Science* 311, no. 5763 (February 17, 2006): 1005–1007, doi:10.1126/science.1121629.

4　Christof Koch and Naotsugu Tsuchiya, "Attention and Consciousness: Two Distinct Brain Processes," *Trends in Cognitive Sciences* 11, no. 1 (January 2007): 16–22, doi:10.1016/j.tics.2006.10.012.

5　Ken A. Paller and Joel L. Voss, "An Electrophysiological Signature of Unconscious Recognition Memory," *Nature Neuroscience* 12, no. 3 (March 2009): 349+.

6   C. Nathan DeWall, Roy F. Baumeister, and E. J. Masicampo, "Evidence That Logical Reasoning Depends on Conscious Processing," *Consciousness and Cognition* 17, no. 3 (September 2008): 628–645, doi:10.1016/j.concog.2007.12.004.

7   Ezequiel Morsella et al., "The Essence of Conscious Conflict: Subjective Effects of Sustaining Incompatible Intentions," *Emotion (Washington, D.C.)* 9, no. 5 (October 2009): 717–728, doi:10.1037/a0017121.

8   E. Morsella, "The Function of Phenomenal States: Supramodular Interaction Theory," *Psychological Review* 112, no. 4 (2005): 1000–1021.

9   Matthew W. Self and Pieter R. Roelfsema, "Optogenetics: Eye Movements at Light Speed," *Current Biology 22*, no. 18 (September 25, 2012): R804–R806, doi:10.1016/j.cub.2012.07.039.

10 Shahar Arzy et al., "Induction of an Illusory Shadow Person," *Nature* 443, no. 7109 (September 21, 2006): 287–287, doi:10.1038/443287a.

11 Michael A. Persinger and Sandra G. Tiller, "Case Report: A Prototypical Spontaneous 'sensed Presence' of a Sentient Being and Concomitant Electroencephalographic Activity in the Clinical Laboratory," *Neurocase* 14, no. 5 (2008): 425–430, doi:10.1080/13554790802406172.

12 Joyce Cohen, "For People with Misophonia, a Chomp or a Slurp May Cause Rage," June 9, 2011, http://www.nytimes.com/2011/09/06/health/06annoy.html.

13 Rachel Jones, "Stress Brings Memories to the Fore," *PLoS Biol* 8, no. 12 (December 21, 2010): e1001007, doi:10.1371/journal.pbio.1001007.

14 V. S. Ramachandran, *The Tell-Tale Brain: a Neuroscientist's Quest for What Makes Us Human* (New York: W. W. Norton, 2012).

15 Alexis C. Madrigal, "The Dark Side of the Placebo Effect: When Intense Belief Kills," *The Atlantic*, September 14, 2011, http://www.theatlantic.com/health/archive/2011/09/the-dark-side-of-the-placebo-effect-when-intense-belief-kills/245065/.

16 Vilayanur S. Ramachandran and Sandra Blakeslee, *Phantoms in the Brain* (New York: Quill, 1999).

17 Mark Brown, "How the Brain Spots Faces—Wired Science," *Wired Science*, January 10, 2012, http://www.wired.com/wiredscience/2012/01/brain-face-recognition/.

18 Simon Lacey, Randall Stilla, and K. Sathian, "Metaphorically Feeling: Comprehending Textual Metaphors Activates Somatosensory Cortex," *Brain and Language* 120, no. 3 (March 2012): 416–421, doi:10.1016/j.bandl.2011.12.016.

19 FizerPharm, Inc. "Vampire Domestication: Taming Yesterday's Nightmares for a Better Tomorrow" 2055. http://www.rifters.com/blindsight/vampires.htm

20 Patricia Blanco-Arias, Carole A. Sargent, and Nabeel A. Affara, "A Comparative Analysis of the Pig, Mouse, and Human PCDHX Genes," *Mammalian Genome: Official Journal of the International Mammalian Genome Society* 15, no. 4 (April 2004): 296–306, doi:10.1007/s00335-003-3034-9.

21 Alexey Cheberda, Janna Randina, and J. Random, "Coincident Autapomorphies in the γ-PCDHX γ-PCDHY Gene Complexes, and Their Role in Vampire Hominovory," *Vampire Genetics and Epigenetics* 24, no. 1 (2072): 435–460.

22 Anonymous, "Philosophical Zombie," *Wikipedia, the Free Encyclopedia*, October 25, 2013, http://en.wikipedia.org/w/index.php?title=Philosophical_zombie&oldid=576098290.

23 Giulio Tononi and Gerald M. Edelman, "Consciousness and Complexity," Science 282, no. 5395 (December 4, 1998): 1846–1851, doi:10.1126/science.282.5395.1846.

24 Jaakko W. Långsjö et al., "Returning from Oblivion: Imaging the Neural Core of Consciousness," *The Journal of Neuroscience* 32, no. 14 (April 4, 2012): 4935–4943, doi:10.1523/JNEUROSCI.4962-11.2012.

25 Navindra Persaud et al., "Awareness-related Activity in Prefrontal and Parietal Cortices in Blindsight Reflects More Than Superior Visual Performance," *NeuroImage* 58, no. 2 (September 15, 2011): 605–611, doi:10.1016/j.neuroimage.2011.06.081.

26 Franco Cauda et al., "Functional Anatomy of Cortical Areas Characterized by Von Economo Neurons," *Brain Structure and Function* 218, no. 1 (January 29, 2012): 1–20, doi:10.1007/s00429-012-0382-9.

27 Caroline Williams, "The Cells That Make You Conscious," *New Scientist* 215, no. 2874 (July 21, 2012): 32–35, doi:10.1016/S0262-4079(12)61884-3.

28 Adrian Raine, Monte Buchsbaum, and Lori Lacasse, "Brain Abnormalities in Murderers Indicated by Positron Emission Tomography," *Biological Psychiatry* 42, no. 6 (September 15, 1997): 495–508, doi:10.1016/S0006-3223(96)00362-9.

29 Duane P. Harland and Robert R. Jackson, "Eight-legged Cats and How They See— a Review of Recent Research on Jumping Spiders (Araneae: Salticidae). 16 (2000): 231–240.," *Cimbebasia* 16 (2000): 231–240.

30 D. P. Harland and R. R. Jackson, "A Knife in the Back: Use of Prey-Specific Attack Tactics by Araneophagic Jumping Spiders (Araneae: Salticidae)," *Journal of Zoology* 269, no. 3 (2006): 285–290, doi:10.1111/j.1469-7998.2006.00112.x.

31 M. Tarsitano, "Araneophagic Jumping Spiders Discriminate Between Detour Routes That Do and Do Not Lead to Prey," *Animal Behaviour* 53, no. 2 (n.d.): 257–266.

32 John McCrone, "Smarter Than the Average Bug," *New Scientist* 191, no. 2553 (2006): 37+.

33 H. N. Miras et al., "Unveiling the Transient Template in the Self-Assembly of a Molecular Oxide Nanowheel," *Science* 327, no. 5961 (December 31, 2009): 72–74, doi:10.1126/science.1181735.

34 Katharine Sanderson, "Life in 5000 Hours: Recreating Evolution in the Lab," *New Scientist* 209, no. 2797 (January 29, 2011): 32–35, doi:10.1016/S0262-4079(11)60217-0.

35 Geoffrey J. T. Cooper, "Modular Redox-Active Inorganic Chemical Cells: iCHELLs," *Angewandte Chemie International Edition* 50, no. 44 (2011): 10373–10376.

36 V. N. Tsytovich, "From Plasma Crystals and Helical Structures Towards Inorganic Living Matter," *New Journal of Physics* 9, no. 8 (August 1, 2007): 263.

37 Ara Norenzayan and Azim F. Shariff, "The Origin and Evolution of Religious Prosociality," *Science* 322, no. 5898 (October 3, 2008): 58–62, doi:10.1126/science.1158757.

38 Richard Sosis and Candace Alcorta, "Signaling, Solidarity, and the Sacred: The Evolution of Religious Behavior," *Evolutionary Anthropology: Issues, News, and Reviews* 12, no. 6 (2003): 264–274, doi:10.1002/evan.10120.

39 Jesse M. Bering, "The Folk Psychology of Souls," *Behavioral and Brain Sciences* 29, no. 05 (2006): 453–462, doi:10.1017/S0140525X06009101.

40 Azim F. Shariff and Ara Norenzayan, "God Is Watching You: Priming God Concepts Increases Prosocial Behavior in an Anonymous Economic Game," *Psychological Science* 18, no. 9 (September 1, 2007): 803–809, doi:10.1111/j.1467-9280.2007.01983.x.

41 Melissa Bateson, Daniel Nettle, and Gilbert Roberts, "Cues of Being Watched Enhance Cooperation in a Real-world Setting," *Biology Letters* 2, no. 3 (September 22, 2006): 412–414, doi:10.1098/rsbl.2006.0509.

42 Azim F. Shariff and Ara Norenzayan, "Mean Gods Make Good People: Different Views of God Predict Cheating Behavior," *International Journal for the Psychology of Religion* 21, no. 2 (2011): 85–96, doi:10.1080/10508619.2011.556990.

43 Jeffrey P. Schloss and Michael J. Murray, "Evolutionary Accounts of Belief in Supernatural Punishment: a Critical Review," *Religion, Brain & Behavior* 1, no. 1 (2011): 46–99, doi:10.1080/2153599X.2011.558707.

44 ··· to name but a few.

45 Eckart Voland and Wulf Schiefenhovel (Eds), *The Biological Evolution of Religious Mind and Behavior*, 2009, http://www.springer.com/life+sciences/evolutionary+%26+developmental+biology/book/978-3-642-00127-7.

46 Justin L. Barrett, "The God Issue: We Are All Born Believers," *New Scientist* 213, no. 2856 (March 17, 2012): 38–41, doi:10.1016/S02624079(12)60704-0.

47 Paul Bloom, "Is God an Accident?," *The Atlantic*, December 2005, http://www.theatlantic.com/magazine/archive/2005/12/is-god-an-accident/304425/?single_page=true.

48 Elizabeth Culotta, "On the Origin of Religion," Science 326, no. 5954 (November 6, 2009): 784–787, doi:10.1126/science.326_784.

49 *Dr. Robert Sapolsky's Lecture About Biological Underpinnings of Religiosity*, 2011, http://www.youtube.com/watch?v=4WwAQqWUkpI&feature=youtube_gdata_player.

50 Sam Harris et al., "The Neural Correlates of Religious and Nonreligious Belief," *PLoS ONE* 4, no. 10 (October 1, 2009): e7272, doi:10.1371/journal.pone.0007272.

51 Lorenza S. Colzato, Wery P. M. van den Wildenberg, and Bernhard Hommel, "Losing

the Big Picture: How Religion May Control Visual Attention," *PLoS ONE* 3, no. 11 (November 12, 2008): e3679, doi:10.1371/journal.pone.0003679.

52   Sara W Lazar et al., "Meditation Experience Is Associated with Increased Cortical Thickness," *Neuroreport* 16, no. 17 (November 28, 2005): 1893–1897.

53   Laura Saslow, "My Brother's Keeper?: Compassion Predicts Generosity More Among Less Religious Individuals," *Social Psychological and Personality Science* 4, no. 1 (January 1, 2013): 31–38.

54   Graham Lawton, "The God Issue: Religion for Atheists," *New Scientist* 213, no. 2856 (March 17, 2012): 48–49, doi:10.1016/S0262-4079(12)60708-8.

55   Michael Inzlicht, Alexa M. Tullett, and Marie Good, "The Need to Believe: a Neuroscience Account of Religion as a Motivated Process," *Religion, Brain & Behavior* 1, no. 3 (2011): 192–212, doi:10.1080/2153599X.2011.647849.

56   George Ellis, "Cosmology: Patchy Solutions," *Nature* 452, no. 7184 (March 13, 2008): 158–161, doi:10.1038/452158a.

57   Julian Jaynes, *The Origin of Consciousness in the Breakdown of the Bicameral Mind* (Boston,: Houghton Mifflin Company, 1976).

58   Michael S. Gazzaniga, "The Split Brain Revisited," *Scientific American Special Edition* 12, no. 1 (August 2, 2002): 27–31.

59   Jennifer A. Whitson and Adam D. Galinsky, "Lacking Control Increases Illusory Pattern Perception," *Science* 322, no. 5898 (October 3, 2008): 115–117, doi:10.1126/science.1159845.

60   Helen Thomson, "Mindscapes: Stroke Turned Ex-con into Rhyming Painter - Health - 10 May 2013 - New Scientist," 2013, http://www.newscientist.com/article/dn23523-mindscapes-stroke-turned-excon-into-rhyming-painter.html.

61   Sandra Blakeslee, "A Disease That Allowed Torrents of Creativity," *New York Times*, April 8, 2008, sec. Health, http://www.nytimes.com/2008/04/08/health/08brai.html.

62   Emma Ashwin et al., "Eagle-Eyed Visual Acuity: An Experimental Investigation of Enhanced Perception in Autism," *Biological Psychiatry* 65, no. 1 (January 1, 2009): 17–21, doi:10.1016/j.biopsych.2008.06.012.

63   Danai Dima et al., "Understanding Why Patients with Schizophrenia Do Not Perceive the Hollow-mask Illusion Using Dynamic Causal Modelling," *NeuroImage* 46, no. 4 (July 15, 2009): 1180–1186, doi:10.1016/j.neuroimage.2009.03.033.

64   Heather Mann et al., "Time-space Synaesthesia–a Cognitive Advantage?," *Consciousness and Cognition* 18, no. 3 (September 2009): 619–627, doi:10.1016/j.concog.2009.06.005.

65   Victoria Gill, "Can You See Time?," *BBC*, September 11, 2009, sec. Science & Environment, http://news.bbc.co.uk/2/hi/science/nature/8248589.stm.

66   Michael Koenigs et al., "Damage to the Prefrontal Cortex Increases Utilitarian Moral Judgements," *Nature* 446, no. 7138 (April 19, 2007): 908–911, doi:10.1038/

nature05631.

67 Deheng Wang et al., "Genetic Enhancement of Memory and Long-Term Potentiation but Not CA1 Long-Term Depression in NR2B Transgenic Rats," *PLoS ONE* 4, no. 10 (October 19, 2009): e7486, doi:10.1371/journal.pone.0007486.

68 Ronny Stahl et al., "Trnp1 Regulates Expansion and Folding of the Mammalian Cerebral Cortex by Control of Radial Glial Fate," *Cell* 153, no. 3 (April 25, 2013): 535–549, doi:10.1016/j.cell.2013.03.027.

69 Robert M. Hoffman, "The Multiple Uses of Fluorescent Proteins to Visualize Cancer in Vivo," *Nature Reviews. Cancer* 5, no. 10 (October 2005): 796–806, doi:10.1038/nrc1717.

70 Anonymous, "Autism: Making the Connection," *The Economist*, August 5, 2004, http://www.economist.com/node/3061282.

71 Fabienne Samson et al., "Enhanced Visual Functioning in Autism: An ALE Meta-analysis," *Human Brain Mapping* 33, no. 7 (2012): 1553–1581, doi:10.1002/hbm.21307.

72 Deborah Halber, "Gene Research May Help Explain Autistic Savants - MIT News Office," *MIT's News Office*, 2008, http://web.mit.edu/newsoffice/2008/savants-0212.html.

73 Fumiko Hoeft et al., "Functional and Morphometric Brain Dissociation Between Dyslexia and Reading Ability," *Proceedings of the National Academy of Sciences* 104, no. 10 (March 6, 2007): 4234–4239, doi:10.1073/pnas.0609399104.

74 B. Sparrow, J. Liu, and D. M. Wegner, "Google Effects on Memory: Cognitive Consequences of Having Information at Our Fingertips," *Science* 333, no. 6043 (July 14, 2011): 776–778, doi:10.1126/science.1207745.

75 V. S. Ramachandran and Stuart Hameroff, "Beyond Belief: Science, Reason, Religion & Survival. Salk Institute for Biological Studies, Nov 5–7, 2006 (Session 4)," *The Science Network*, 2006, http://thesciencenetwork.org/programs/beyond-belief-science-religion-reason-and-survival/session-4-1.

76 Jordan Squair, "Craniopagus: Overview and the Implications of Sharing a Brain," *University of British Columbia's Undergraduate Journal of Psychology (UBCUJP)* 1, no. 0 (May 1, 2012), http://ojs.library.ubc.ca/index.php/ubcujp/article/view/2521.

77 Costas A. Anastassiou et al., "Ephaptic Coupling of Cortical Neurons," *Nature Neuroscience* 14, no. 2 (February 2011): 217–223, doi:10.1038/nn.2727.

78 Kaj Sotala and Harri Valpola, "Coalescing Minds: Brain Uploading-Related Group Mind Scenarios," *International Journal of Machine Consciousness* 04, no. 01 (June 2012): 293–312, doi:10.1142/S1793843012400173.

79 The Pontifical Academy of Sciences, "An Enemy Within: The Bicameral Threat to Institutional Religion in the Twenty-First Century (An Internal Report to the Holy See)" (Internal Report., 2093).

80 A. B. Newberg and E.G. d' Aquili, "The Neuropsychology of Religious and Spiritual Experience," *Journal of Consciousness Studies* 7, no. 11–12 (November 1, 2000): 251–266.

81 Andrew B. Newberg et al., "The Measurement of Regional Cerebral Blood Flow During Glossolalia: A Preliminary SPECT Study," *Psychiatry Research: Neuroimaging* 148, no. 1 (November 22, 2006): 67–71, doi:10.1016/j.pscychresns.2006.07.001.

82 M. A. Persinger, "Striking EEG Profiles from Single Episodes of Glossolalia and Transcendental Meditation," *Perceptual and Motor Skills* 58, no. 1 (February 1984): 127–133.

83 Cosimo Urgesi et al., "The Spiritual Brain: Selective Cortical Lesions Modulate Human Self-Transcendence," Neuron 65, no. 3 (February 11, 2010): 309–319, doi:10.1016/j.neuron.2010.01.026.

84 Dimitrios Kapogiannis et al., "Neuroanatomical Variability of Religiosity," *PLoS ONE* 4, no. 9 (September 28, 2009): e7180, doi:10.1371/journal.pone.0007180.

85 Anonymous, "Digital Physics," *Wikipedia, the Free Encyclopedia*, September 17, 2013, http://en.wikipedia.org/w/index.php?title=Digital_physics&oldid=571364996.

86 Nick Bostrom, "Are We Living in a Computer Simulation?," *The Philosophical Quarterly* 53, no. 211 (2003): 243–255, doi:10.1111/1467-9213.00309.

87 Nick Bostrom, "The Simulation Argument," n.d., http://www.simulation-argument.com/.

88 Brian Whitworth, *The Physical World as a Virtual Reality*, arXiv e-print, January 2, 2008, http://arxiv.org/abs/0801.0337.

89 Max Tegmark, *The Mathematical Universe*, arXiv e-print, April 5, 2007, http://arxiv.org/abs/0704.0646.

90 Amanda Gefter, "Reality: Is Everything Made of Numbers?," *New Scientist* 215, no. 2884 (September 29, 2012): 38–39, doi:10.1016/S02624079(12)62518-4.

91 Zeeya Merali, "Theoretical Physics: The Origins of Space and Time," *Nature* 500, no. 7464 (August 28, 2013): 516–519, doi:10.1038/500516a.

92 Marcus Chown, "Our World May Be a Giant Hologram," *New Scientist* no. 2691 (2009): 24–27.

93 Dave Mosher, "World's Most Precise Clocks Could Reveal Universe Is a Hologram - Wired Science," *Wired Science*, October 28, 2010, http://www.wired.com/wiredscience/2010/10/holometer-universe-resolution/.

94 "Rebooting the Cosmos: Is the Universe the Ultimate Computer? [Replay]: Scientific American," accessed September 10, 2013, http://www.scientificamerican.com/article.cfm?id=world-science-festival-rebooting-the-cosmos-is-the-universe-ultimate-computer-live-event.

95 B Greene, *The Hidden Reality: Parallel Universes and the Deep Laws of the Cosmos* (New York: Vintage Books, 2011).

96 Lee Smolin, *The Life of the Cosmos* (New York: Oxford University Press, 1997).

97 Lee Smolin, "Time Reborn," 2012, http://perimeterinstitute.ca/videos/time-reborn.

98 Lee Smolin, *Time Reborn: From the Crisis in Physics to the Future of the Universe* (Boston: Houghton Mifflin Harcourt, 2013).

99 "DNA Barcoding," *Wikipedia, the Free Encyclopedia*, September 17, 2013, http://en.wikipedia.org/w/index.php?title=DNA_barcoding&oldid=573251556.

100 Kevin Davies, "A QuantuMDx Leap for Handheld DNA Sequencing - Bio-IT World," *Bio-IT World*, 2012, http://www.bio-itworld.com/2012/01/17/quantumdx-leap-handheld-dna-sequencing.html.

101 "Vortex Engine," *Wikipedia, the Free Encyclopedia*, September 18, 2013, http://en.wikipedia.org/w/index.php?title=Vortex_engine&oldid=573492083.

102 Tyler Hamilton, "Taming Tornadoes to Power Cities.," *The Toronto Star*, July 21, 2007, http://www.thestar.com/business/2007/07/21/taming_tornadoes_to_power_cities.html.

103 Kurt Kleiner, "Artificial Tornado Plan to Generate Electricity," *Technology: New Scientist Blogs*, 2008, http://www.newscientist.com/blog/technology/2008/06/artificial-tornado-plan-to-generate.html.

104 Kazuhisa Shibata et al., "Perceptual Learning Incepted by Decoded fMRI Neurofeedback Without Stimulus Presentation," *Science* 334, no. 6061 (December 9, 2011): 1413–1415, doi:10.1126/science.1212003.

105 Jack L. Gallant et al., "Identifying Natural Images from Human Brain Activity," *Nature* 452, no. 7185 (March 20, 2008): 352+.

106 T. Horikawa et al., "Neural Decoding of Visual Imagery During Sleep," *Science* 340, no. 6132 (May 3, 2013): 639–642, doi:10.1126/science.1234330.

107 Kendrick N. Kay and Jack L. Gallant, "I Can See What You See," *Nature Neuroscience* 12, no. 3 (March 2009): 245–245, doi:10.1038/nn0309-245.

108 Thomas Naselaris et al., "Bayesian Reconstruction of Natural Images from Human Brain Activity," *Neuron* 63, no. 6 (September 24, 2009): 902–915, doi:10.1016/j.neuron.2009.09.006.

109 Jon Stokes, "Sony Patents a Brain Manipulation Technology," *Ars Technica*, April 7, 2005, http://arstechnica.com/uncategorized/2005/04/4785-2/.

110 Johannes Gräff and Li-Huei Tsai, "Cognitive Enhancement: A Molecular Memory Booster," *Nature* 469, no. 7331 (January 27, 2011): 474–475, doi:10.1038/469474a.

111 Dillon Y. Chen et al., "A Critical Role for IGF-II in Memory Consolidation and Enhancement," *Nature* 469, no. 7331 (January 27, 2011): 491–497, doi:10.1038/nature09667.

112 Reut Shema et al., "Enhancement of Consolidated Long-Term Memory by Overexpression of Protein Kinase M ζ in the Neocortex," *Science* 331, no. 6021 (March 4, 2011): 1207–1210, doi:10.1126/science.1200215.

113 Brendan Maher, "Poll Results: Look Who's Doping," *Nature News* 452, no. 7188 (April 9, 2008): 674–675, doi:10.1038/452674a.

114 Eric T. Lofgren and Nina H Fefferman, "The Untapped Potential of Virtual Game Worlds to Shed Light on Real World Epidemics," *The Lancet Infectious Diseases* 7, no. 9 (September 2007): 625–629, doi:10.1016/S1473-3099(07)70212-8.

115 "Corrupted Blood Incident," *Wikipedia, the Free Encyclopedia*, August 12, 2013, http://en.wikipedia.org/w/index.php?title=Corrupted_Blood_ incident&oldid=566358819.

116 John Gaudiosi, "Gameworld:Virtual Economies in Video Games Used as Case Studies," *Reuters*, October 1, 2009, http://www.reuters.com/article/2009/10/01/ videogames-economies-idUSSP15565220091001.

117 Alexandre Alié and Michaël Manuel, "The Backbone of the Post-synaptic Density Originated in a Unicellular Ancestor of Choanoflagellates and Metazoans," *BMC Evolutionary Biology* 10, no. 1 (2010): 34, doi:10.1186/1471-2148-10-34.

118 P. Burkhardt et al., "Primordial Neurosecretory Apparatus Identified in the Choanoflagellate Monosiga Brevicollis," *Proceedings of the National Academy of Sciences* 108, no. 37 (August 29, 2011): 15264–15269, doi:10.1073/pnas.1106189108.

119 X. Cai, "Unicellular Ca2+ Signaling 'Toolkit' at the Origin of Metazoa," *Molecular Biology and Evolution* 25, no. 7 (April 3, 2008): 1357–1361, doi:10.1093/molbev/ msn077.

120 B. J. Liebeskind, D. M. Hillis, and H. H. Zakon, "Evolution of Sodium Channels Predates the Origin of Nervous Systems in Animals," *Proceedings of the National Academy of Sciences* 108, no. 22 (May 16, 2011): 9154–9159, doi:10.1073/ pnas.1106363108.

121 Pierre-Yves Plaçais and Thomas Preat, "To Favor Survival Under Food Shortage, the Brain Disables Costly Memory," *Science* 339, no. 6118 (January 25, 2013): 440–442, doi:10.1126/science.1226018.

122 Margaret Talbot, "Brain Gain," *The New Yorker*, April 27, 2009, http://www. newyorker.com/reporting/2009/04/27/090427fa_fact_talbot.

123 Vihang A. Narkar et al., "AMPK and PPARδ Agonists Are Exercise Mimetics," *Cell* 134, no. 3 (August 8, 2008): 405–415, doi:10.1016/j.cell.2008.06.051.

124 "Christian Bök," *Wikipedia, the Free Encyclopedia*, September 14, 2013.

125 Jamie Condliffe, "Cryptic Poetry Written in a Microbe's DNA," *CultureLab, New Scientist Online*, 2011, http://www.newscientist.com/blogs/culturelab/2011/05/ christian-boks-dynamic-dna-poetry.html.

126 "*Deinococcus Radiodurans*," *Wikipedia, the Free Encyclopedia*, July 29, 2013.

127 Yes, there may be random elements—quantum flickers that introduce unpredictability into one's behavior—but slaving your decisions to a dice roll doesn't make you free.

128 Benjamin Libet et al., "Time of Conscious Intention to Act in Relation to Onset

of Cerebral Activity (readiness-Potential) the Unconscious Initiation of a Freely Voluntary Act," *Brain* 106, no. 3 (September 1, 1983): 623–642, doi:10.1093/brain/106.3.623.

129   Chun Siong Soon et al., "Unconscious Determinants of Free Decisions in the Human Brain," *Nature Neuroscience* 11, no. 5 (May 2008): 543–545, doi:10.1038/nn.2112.

130   Björn Brembs, "Towards a Scientific Concept of Free Will as a Biological Trait: Spontaneous Actions and Decision-making in Invertebrates," *Proceedings of the Royal Society B: Biological Sciences* (December 15, 2010), doi:10.1098/rspb.2010.2325.

131   Alexander Maye et al., "Order in Spontaneous Behavior," *PLoS ONE* 2, no. 5 (May 16, 2007): e443, doi:10.1371/journal.pone.0000443.

132   Anthony R Cashmore, "The Lucretian Swerve: The Biological Basis of Human Behavior and the Criminal Justice System," *Proceedings of the National Academy of Sciences of the United States of America* 107, no. 10 (March 9, 2010): 4499–4504, doi:10.1073/pnas.0915161107.

133   David Eagleman, *Incognito: The Secret Lives of the Brain* (New York: Vintage Books, 2012).

134   Daniel M. Wegner, *The Illusion of Conscious Will* (Cambridge, Mass.: MIT Press, 2002).

135   Sam Harris on *"Free Will,"* 2012, http://www.youtube.com/watch?v=pCofmZlC72g&feature=youtube_gdata_player.

136   Davide Rigoni et al., "Inducing Disbelief in Free Will Alters Brain Correlates of Preconscious Motor Preparation: The Brain Minds Whether We Believe in Free Will or Not," *Psychological Science* 22, no. 5 (May 2011): 613–618, doi:10.1177/0956797611405680.

137   Roy F. Baumeister, E. J. Masicampo, and C. Nathan DeWall, "Prosocial Benefits of Feeling Free: Disbelief in Free Will Increases Aggression and Reduces Helpfulness," *Personality and Social Psychology Bulletin* 35, no. 2 (February 1, 2009): 260–268, doi:10.1177/0146167208327217.

138   Kathleen D. Vohs and Jonathan W. Schooler, "The Value of Believing in Free Will Encouraging a Belief in Determinism Increases Cheating," *Psychological Science* 19, no. 1 (January 1, 2008): 49–54, doi:10.1111/j.1467-9280.2008.02045.x.

139   Hagop Sarkissian et al., "Is Belief in Free Will a Cultural Universal?," *Mind & Language* 25, no. 3 (2010): 346–358, doi:10.1111/j.1468-0017.2010.01393.x.

140   Wasn't it Joss Whedon, in one of his X-Men comics, who stated that "Contradiction is the seed of consciousness" ?